In de schaduw

Wilt u op de hoogte gehouden worden van de thrillers van A.W. Bruna Uitgevers? Meld u dan aan voor de nieuwsbrief via onze website www.awbruna.nl of volg ons op www.facebook.com/AWBrunaUitgevers, @AWBruna op Twitter of Instagram.

Liz Nugent

In de schaduw

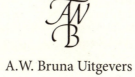

A.W. Bruna Uitgevers

Oorspronkelijke titel
Lying in Wait
© Elizabeth Nugent 2018
Translation rights arranged through Vicki Satlow of The Agency srl.
Vertaling
Valérie Janssen
Omslagbeeld
© Ludmila Shumilova/Arcangel
Omslagontwerp
Buro Blikgoed
© 2023 A.W. Bruna Uitgevers, Amsterdam

NUR 305

Behoudens de in of krachtens de Auteurswet van 1912 gestelde uitzonderingen mag niets uit deze uitgave worden verveelvoudigd, opgeslagen in een geautomatiseerd gegevensbestand, of openbaar gemaakt, in enige vorm of op enige wijze, hetzij elektronisch, mechanisch, door fotokopieën, opnamen of enige andere manier, zonder voorafgaande schriftelijke toestemming van de uitgever. Voor zover het maken van reprografische verveelvoudigingen uit deze uitgave is toegestaan op grond van artikel 16 h Auteurswet 1912 dient men de daarvoor wettelijk verschuldigde vergoedingen te voldoen aan Stichting Reprorecht (Postbus 3060, 2130 KB Hoofddorp, www.reprorecht.nl). Voor het overnemen van gedeelte(n) uit deze uitgave in bloemlezingen, readers en andere compilatiewerken (artikel 16 Auteurswet 1912) kan men zich wenden tot de Stichting PRO (Stichting Publicatie- en Reproductierechten Organisatie, Postbus 3060, 2130 KB Hoofddorp, www.stichting-pro.nl).

Voor Richard, met al mijn liefde

Beneden sliep de koude aarde,
boven glansde het kille licht.
En in de wijde omtrek dreunde
met een huiveringwekkende kreun
uit grotten van ijs en velden van sneeuw
de adem van de nacht als een doodse schreeuw
onder de vervagende maan.

Percy Bysshe Shelley

DEEL 1
1980

1

Lydia

Mijn man wou Annie Doyle niet vermoorden, maar dat leugenachtige kreng verdiende het. Nadat we van de eerste schrik waren bekomen, probeerde ik hem te beletten om over haar te praten. Ik stond het alleen toe om onze alibi's op elkaar af te stemmen of te bespreken hoe we eventueel bewijsmateriaal konden wegwerken. Hij raakte er ontzettend overstuur van en het leek me het beste om verder te gaan met ons leven alsof er niets was gebeurd. Hoewel we het er niet over hadden, nam ik de gebeurtenissen van die avond in gedachten telkens opnieuw door, wensend dat één aspect, één detail anders was, maar een feit is een feit en daar moesten we mee leren leven.

Het was 14 november 1980. Alles was van tevoren gepland. Niet haar dood, maar de ontmoeting, om te kijken of ze betrouwbaar was, en zo niet, om ons geld terug te krijgen. Ik wandelde twintig minuten lang over het strand om er zeker van te zijn dat er verder niemand was, maar daar hoefde ik me geen zorgen over te maken. Op die akelig gure avond was het strand verlaten. Toen ik ervan overtuigd was dat ik alleen was, ging ik op het bankje zitten om te wachten. De golven voerden een meedogenloze wind aan, dus ik trok mijn kasjmier jas strak om me heen en zette de kraag op. Andrew arriveerde stipt op tijd en parkeerde de auto niet al te ver van de plek vandaan waar ik zat, zoals ik hem had opgedragen. Ik keek van twintig meter afstand toe. Ik had tegen hem gezegd dat hij de confrontatie met haar moest aangaan. En ik wilde haar met eigen ogen zien, om te bepalen of ze geschikt was. Het was de bedoeling dat ze uit de auto zouden stappen en langs me zouden lopen. Maar dat deden ze niet. Nadat ik tien minuten had gewacht, begon ik me af te vragen waarom het zo lang duurde. Ik stond op en liep naar de auto. Toen ik dichterbij kwam, hoorde ik luide stemmen. En opeens zag ik dat ze met elkaar vochten. Het portier aan de passagierskant zwaaide open en ze probeerde uit te stappen. Hij trok haar echter naar zich toe. Ik zag dat hij zijn handen om haar keel had geklemd. Ik sloeg haar worsteling even gebiologeerd gade en vroeg me af of ik het me misschien inbeeldde. Toen herpakte ik me, verdreef ik mijn verwarring en rende ik naar de auto.

'Hou op! Andrew! Wat doe je?' Ik hoorde zelf hoe schril mijn stem klonk. Haar ogen draaiden zich geschokt en doodsbang naar me toe, en rolden toen weg in haar hoofd.

Hij liet haar onmiddellijk los en ze zakte rochelend achterover. Ze was bijna dood, maar nog niet helemaal, dus graaide ik het stuurslot uit de ruimte bij haar voeten en liet het eenmaal op haar schedel neerkomen. Ze begon te bloeden, schokte zacht en bleef toen roerloos liggen.

Ik weet niet goed waarom ik dat deed. Instinct?

Ze leek jonger dan tweeëntwintig. Ik keek verder dan de ordinaire make-up en het haar dat zo diepzwart geverfd was dat het bijna blauw leek. Van haar misvormde bovenlip liep een lelijk wit litteken naar het neustussenschot. Ik vroeg me af waarom Andrew daar nooit iets over had gezegd. Tijdens de worsteling was haar jack bij haar ene arm naar beneden gegleden en in de kromming van haar elleboog zag ik bloederige korstjes. Ze had een sarcastische uitdrukking op haar gezicht, een spottende grijns die de dood niet had kunnen wissen. Ik mag graag denken dat ik die jonge vrouw een gunst heb bewezen, zoals je een gewond vogeltje uit zijn lijden verlost. Zoveel compassie verdiende ze niet.

Andrew had altijd al een kort lontje gehad. Hij kon om kleine, onbeduidende dingen door het lint gaan en was dan vrijwel meteen daarna berouwvol en kalm. Deze keer werd hij echter hysterisch; hij huilde en schreeuwde zo hard dat het in de wijde omtrek te horen moest zijn.

'O, jezus christus! O, jezus!' herhaalde hij steeds, alsof de Zoon van God hem hieruit kon redden. 'Wat hebben we gedaan?'

'We?' Ik was ontzet. 'Jij hebt haar vermoord!'

'Ze lachte me uit! Je had gelijk. Ze zei dat ik een gemakkelijk doelwit was. En dat ze naar de media zou stappen. Ze wilde me chanteren. Ik werd razend. Maar jij… jij hebt het afgemaakt. Misschien was het anders wel goed met haar gekomen…'

'Dat moet je niet… Dat moet je niet zeggen, sukkel. Wat ben je toch een idioot!'

Hij vertrok gekweld zijn gezicht. Ik kreeg medelijden met hem. Ik zei dat hij zich moest vermannen. We moesten ervoor zorgen dat we eerder thuis waren dan Laurence. Ik droeg hem op me te helpen om het lichaam in de kofferbak te leggen. Hij deed met betraande ogen wat ik zei. Tot mijn woede bleken zijn golfclubs, die hij al een jaar niet had gebruikt, een groot deel van de ruimte in beslag te nemen, maar gelukkig was het lijk precies zo licht en mager als ik had verwacht, en nog buigzaam, dus lukte het ons haar erin te proppen.

'Wat moeten we nu met haar doen?'

'Dat weet ik niet. We moeten kalm blijven. We bedenken morgen wel iets. Nu moeten we naar huis. Wat weet je over haar? Heeft ze familie? Iemand die naar haar op zoek zal gaan?'

'Geen idee... Ze... Volgens mij had ze het over een zus.'

'Op dit moment weet niemand dat ze dood is. Niemand weet dat ze wordt vermist. Dat moeten we zo zien te houden.'

Toen we een kwartier na middernacht bij Avalon aankwamen, zag ik aan de schaduw uit het raam dat de lamp op het nachtkastje in Laurence' slaapkamer brandde. Ik had er echt willen zijn toen hij thuiskwam, om te horen hoe zijn avond was geweest. Ik vroeg Andrew om een glas cognac voor ons allebei in te schenken en ging zelf een kijkje nemen bij onze zoon. Hij lag languit op zijn bed en verroerde zich niet toen ik met een hand door zijn haar woelde en hem een zoen op zijn voorhoofd gaf. 'Welterusten, Laurence,' fluisterde ik, maar hij was diep in slaap. Ik deed de lamp uit, sloot de deur van zijn slaapkamer en liep naar de badkamer om een valiumtablet uit het medicijnkastje te halen voordat ik terugging naar beneden. Ik moest rustig worden.

Andrew beefde van top tot teen. 'Jezus, Lydia. We zitten diep in de problemen. Misschien moeten we de politie bellen.'

Ik schonk zijn glas bij en goot het laatste restje uit de fles in dat van mij. Hij was in shock.

'En Laurence' leven voorgoed verpesten? Morgen is er weer een dag. Dan handelen we dit wel af, maar wat er ook gebeurt, we móéten aan Laurence denken. Hij mag hier niets van weten.'

'Laurence? Wat heeft hij er nu mee te maken? Het gaat

om Annie. Lieve god, we hebben haar gedood. We hebben haar vermoord. We gaan de gevangenis in.'

Ik ging helemaal niet de gevangenis in. Wie moest er dan voor Laurence zorgen? Ik streelde zijn arm om hem te troosten. 'We bedenken morgen wel iets. Niemand heeft ons gezien. Niemand kan ons in verband brengen met die vrouw. Ze zal zich beslist te veel hebben geschaamd om het aan iemand te vertellen. We moeten alleen bedenken waar we haar lichaam laten.'

'Weet je zeker dat niemand ons heeft gezien?'

'Er was helemaal niemand op het strand. Ik ben van de ene kant naar de andere gelopen om het te controleren. Ga naar bed, lieverd. Morgen voel je je vast beter.'

Hij keek me aan alsof ik gek was geworden.

Ik staarde onbewogen terug. 'Ik ben niet degene die haar heeft gewurgd.'

Er stroomden tranen over zijn wangen. 'Maar als jij haar niet had geslagen, zou ze misschien...'

'Wat? Langzamer zijn doodgegaan? Een permanente hersenbeschadiging hebben opgelopen?'

'We hadden kunnen zeggen dat we haar zo hadden gevonden!'

'Wil je soms terugrijden om haar daar te dumpen, vanuit een telefooncel een ambulance bellen en uitleggen wat je om één uur 's nachts op het strand deed?'

Hij tuurde in zijn glas.

'Maar wat moeten we dan doen?'

'We gaan naar bed.'

Op de trap hoorde ik het gebrom van de wasmachine. Ik vroeg me af waarom Laurence op vrijdagavond een was draaide. Dat was niets voor hem. Maar het herinnerde me er wel aan dat mijn kleding en die van Andrew ook moesten worden gewassen. We kleedden ons allebei uit en ik legde de stapel wasgoed klaar om de volgende ochtend te wassen. Ik spoelde het zand van onze schoenen en veegde de delen van de vloer waar we over hadden gelopen schoon. Ik gooide het zand uit het blik in de achtertuin, op het verhoogde gedeelte van het gazon onder het keukenraam. Ik staarde er een tijdje naar. Ik had daar altijd al een bloembed willen hebben.

Toen ik later in bed glipte, sloeg ik mijn armen om Andrews trillende gedaante. Hij draaide zich naar me om en we bedreven de liefde, ons aan elkaar vastklemmend als overlevenden van een afgrijselijke ramp.

Tot een jaar geleden was Andrew een heel goede echtgenoot geweest. Eenentwintig jaar lang was ons huwelijk tegen alles bestand. Papa was diep onder de indruk van hem geweest. Op zijn sterfbed had hij gezegd dat hij gerustgesteld was, omdat hij me in goede handen achterliet. Papa was Andrews mentor geweest bij Hyland & Goldblatt. Hij had Andrew als zijn protegé onder zijn hoede genomen. Toen ik zesentwintig was, had papa me op een dag thuis gebeld om me te vertellen dat er die avond een bijzondere gast bij ons zou komen eten, en dat ik iets lekkers moest koken en mijn haar moest laten doen. 'Geen lippenstift,' zei hij. Papa had iets tegen make-up. 'Ik kan die sloeries met hun dikke laag make-up niet uitstaan!' zei hij vaak als hij het over Amerikaanse filmsterren had. Papa kon erg extreem zijn in zijn mening. 'Je bent mijn mooie dochter. Iets wat al mooi is, heeft geen opsmuk nodig.'

Ik was nieuwsgierig naar de gast en benieuwd waarom ik me voor hem moest opdoffen. Ik had natuurlijk kunnen weten dat papa ons wilde koppelen. Hij had zich geen zorgen hoeven maken. Andrew aanbad me vanaf het eerste moment dat hij me zag. Hij deed ontzettend zijn best om me het hof te maken. Hij zei dat hij alles voor me zou doen. 'Ik kan mijn ogen niet van je afhouden,' zei hij. Zijn ogen volgden me inderdaad overal. Hij noemde me altijd zijn grootste geschenk, zijn grootste schat. Ik hield ook van hem. Mijn vader wist altijd wat het beste voor me was.

Onze verkeringstijd was kort en lieflijk. Andrew kwam uit een goede familie. Zijn overleden vader was kinderarts geweest en hoewel ik zijn moeder een beetje lastig vond, had ze geen bezwaar tegen onze relatie. Als Andrew met me trouwde, zou hij tenslotte ook Avalon krijgen, een vrijstaand landhuis met zes slaapkamers uit de late negentiende eeuw met veertig are grond eromheen in Cabinteely, een buitenwijk aan de zuidkant van Dublin. Andrew wilde na ons trouwen een eigen huis kopen, maar dat vond papa onzin. 'Jullie komen gewoon hier wonen. Dit is Lydia's thuis. Een gegeven paard moet je niet in de bek kijken.'

Andrew trok dus bij ons in. Papa gaf de grote slaapkamer op en nam zijn intrek in de slaapkamer aan de overkant van de gang. Andrew mopperde er een beetje over tegen mij. 'Liefje, begrijp je dan niet hoe ongemakkelijk het is? Ik woon in hetzelfde huis als mijn baas!' Ik moet inderdaad toegeven dat papa Andrew flink liep te commanderen, maar Andrew wende er al snel aan. Ik denk dat hij wel wist dat hij enorm veel geluk had gehad.

Andrew vond het niet erg dat ik geen feestjes wilde organiseren en niet met andere stellen wilde omgaan. Hij zei dat hij het prima vond om me voor zichzelf te houden. Hij was lief, vrijgevig en attent. Confrontaties ging hij meestal uit de weg, dus we hadden niet vaak ruzie. Als hij geïrriteerd was, wilde hij nog weleens ergens tegenaan schoppen of met iets gooien, maar volgens mij doet iedereen dat van tijd tot tijd. En na afloop had hij altijd enorme wroeging.

Andrew klom gestaag langs de bedrijfsladder omhoog,

totdat de vele uren op de golfbaan zich eindelijk uitbetaalden en hij drie jaar geleden werd benoemd tot rechter bij de strafrechtbank. Hij was een gerespecteerd lid van de maatschappij. Als hij iets zei, werd er naar hem geluisterd en hij werd in de kranten geciteerd. Hij stond wijd en zijd bekend als de stem der rede in juridische kwesties.

Maar vorig jaar had Paddy Carey, zijn goede vriend, accountant en golfpartner, het land verlaten met medeneming van ons geld. Ik had verwacht dat Andrew wel voorzichtig zou zijn met onze financiën. Dat was de taak van een echtgenoot: geld verdienen en voor het economische welzijn van het gezin zorgen. Hij had alles echter aan Paddy toevertrouwd en Paddy had ons allemaal voor de gek gehouden. We bleven achter met een enorme berg schulden en Andrews aanzienlijke salaris was amper genoeg om in ons levensonderhoud te voorzien.

Had ik dan toch een slechte partij getrouwd? Het was mijn taak om verzorgd, mooi en charmant te zijn. Een huisvrouw, metgezellin, goede kok, geliefde en moeder. Een moeder.

Andrew stelde voor om een deel van het land aan ontwikkelaars te verkopen om aan geld te komen. Ik reageerde vol afschuw op het voorstel. Mensen met onze status deden zoiets niet. Ik had mijn hele leven doorgebracht in Avalon. Mijn vader had het van zíjn vader geërfd en ik was er geboren. En mijn zus was er gestorven. Ik weigerde een compromis te sluiten en een deel van Avalon te verkopen. En ik weigerde ook elk compromis over het geld dat we nodig hadden om de vrouw te betalen.

Helaas moesten we Laurence wel van het verschrikkelijk prijzige Carmichael Abbey halen en hem in plaats daarvan naar het St. Martin sturen. Het ging me echt aan het hart. Ik wist dat hij daar ongelukkig was. Ik wist dat hij er werd gepest vanwege zijn afkomst en accent, maar er was gewoon geen geld. Andrew verkocht in stilte een deel van het familiezilver om onze schulden af te betalen en zo een financiële ramp te voorkomen. Hij kon niet het risico nemen dat hij bankroet werd verklaard, want dan zou hij ontslag moeten nemen als rechter. We hadden nooit een extravagant leven geleid, maar moesten toch afstand doen van enkele luxezaken die we tot dan toe normaal hadden gevonden. Hij zegde zijn lidmaatschap van de golfclub op, maar beweerde dat hij mijn vasteklantenrekeningen bij Switzers en Brown Thomas best kon betalen. Hij vond het altijd vervelend om me teleur te stellen.

En nu dus dit. Een dode jonge vrouw in de kofferbak van de auto in de garage. Ik vond het naar dat ze dood was, maar ik durf eerlijk gezegd niet te zweren dat ik haar onder dezelfde omstandigheden niet zelf zou hebben gewurgd. We wilden gewoon ons geld terug. Ik moest steeds aan de littekens aan de binnenkant van haar arm denken. Ik had op de BBC een documentaire over heroïneverslaafden gezien en in de krant artikelen over een heroïne-epidemie gelezen. Het leek me duidelijk dat ze ons geld in haar ader had gespoten, alsof onze behoeften en wensen er niet toe deden.

Terwijl Andrew onrustig sliep, af en toe zachtjes jammerend of een kreet slakend, maakte ik plannen.

De volgende dag was een zaterdag en Laurence sliep die ochtend uit. Ik droeg Andrew op om zo weinig mogelijk te zeggen. Hij stemde er gretig mee in. Hij was hologig en zijn stem trilde een beetje, iets wat na die avond nooit meer helemaal verdween. Laurence en hij hadden altijd al een moeizame relatie gehad en spraken bijna nooit met elkaar. Ik was van plan om Laurence die dag het huis uit te werken door hem met een of andere smoes de stad in te sturen, zodat Andrew de jonge vrouw in de tuin kon begraven. Andrew reageerde geschokt toen ik hem mijn plan vertelde, maar ik wist hem duidelijk te maken dat ze op die manier niet kon worden ontdekt. We hadden de volledige zeggenschap over ons terrein. Zonder onze toestemming mocht er niemand komen. Geen van onze buren keek uit op onze grote achtertuin. Ik had al bedacht waar ze het beste kon worden begraven. In mijn jeugd had er onder het keukenraam een siervijver gelegen, met daarnaast een plataan. Na de dood van mijn zus had papa de vijver echter volgestort. De stenen rand, die al bijna veertig jaar onder de aarde verborgen lag, had heel toepasselijk wel iets van een graf.

Nadat Andrew het lijk had begraven, kon hij de auto schoonmaken en stofzuigen tot er geen spoor van vezels of vingerafdrukken meer te vinden zou zijn. Ik was vastbesloten om alle mogelijke voorzorgsmaatregelen te nemen. Door zijn werk wist Andrew precies wat voor soort dingen op iemands schuld konden wijzen. Niemand had ons op het strand gezien, maar we konden maar beter het zekere voor het onzekere nemen.

Toen Laurence aan de ontbijttafel aanschoof, liep hij mank. Ik deed mijn best om opgewekt te klinken. 'Hoe gaat het met je, lieverd?' Andrew verstopte zich achter *The Irish Times*, maar ik zag dat zijn handen de krant stevig vasthielden om te voorkomen dat ze beefden.

'Mijn enkel doet pijn. Ik ben gisteravond op de trap gestruikeld.'

Ik bekeek zijn enkel vluchtig. Hij was opgezet en waarschijnlijk verstuikt. Dat verpestte mijn plan om hem de stad in te sturen. Maar ik kon mijn zoon wel in huis vasthouden, hem zogezegd tot één plek beperken. Ik verbond zijn enkel en droeg hem op de hele dag op de bank te blijven liggen. Op die manier kon ik op hem letten en hem weghouden bij de achterkant van het huis, waar de begrafenis moest plaatsvinden. Laurence was geen actieve jongen, dus hij vond het helemaal niet erg om de hele dag op de bank televisie te kijken en al zijn eten op een dienblad aangereikt te krijgen.

Toen de schemering inviel en de klus was geklaard stak Andrew buiten een vuur aan. Ik weet niet wat hij verbrandde, maar ik had hem op het hart gedrukt om alle bewijzen uit de weg te ruimen. 'Zie het maar als een van je rechtszaken. Wat voor dingen geven de leugens prijs? Ga grondig te werk!' En ere wie ere toekomt: grondig was hij.

Maar Laurence was een slim kind. Hij was intuïtief, net als ik, en zijn vaders sombere, kribbige stemming ontging hem niet. Andrew wilde per se het journaal zien, vermoedelijk doodsbang dat de vrouw erin zou worden genoemd. Dat was niet het geval. Na afloop beweerde hij dat hij griep had, en hij ging vroeg naar bed. Toen ik later bovenkwam, was hij bezig spullen in een koffer te gooien.

'Wat doe je?'

'Ik kan er niet tegen. Ik moet hier weg.'

'Waarnaartoe? Waar wil je dan naartoe? We kunnen er nu niets meer aan veranderen. Daar is het te laat voor.'

Hij keek me voor het eerst recht aan, ziedend van woede. 'Het is allemaal jouw schuld! Zonder jou had ik haar nooit ontmoet. Ik had er nooit mee moeten instemmen. Het was vanaf het begin een krankzinnig plan, maar jij weigerde erover op te houden. Je was geobsedeerd! Je hebt me veel te veel onder druk gezet. Ik ben helemaal niet zo'n man die...' Hij maakte zijn zin niet af, want hij was toevallig juist wél zo'n man die een onbekende jonge vrouw wurgde. Alleen had hij dat tot nu toe niet geweten. Bovendien was mijn plan perfect geweest. Híj was degene die het had verknoeid.

'Ik heb nog zo tegen je gezegd dat je een gezonde vrouw moest uitkiezen. Heb je die sporen op haar armen niet gezien? Ze was een heroïneverslaafde. Herinner je je die documentaire niet meer? Haar armen kunnen je onmogelijk zijn ontgaan.'

Hij liet zich snikkend op het bed vallen en ik hield zijn hoofd in mijn armen om het geluid te dempen. Laurence mocht het niet horen. Toen zijn schouders niet meer zo hevig schokten, keerde ik de koffer om op het bed en legde ik hem terug op de kast.

'Berg je spullen op. We gaan helemaal nergens naartoe. We gedragen ons zoals we ons altijd gedragen. Dit is ons thuis en wij zijn een gezin. Laurence, jij en ik.'

2

Karen

De laatste keer dat ik Annie zag, was op donderdag 13 november 1980 in haar kamer in Hanbury Street. Ik weet nog dat het er als altijd brandschoon was. Hoe wanordelijk haar leven ook was, sinds haar verblijf in het St. Joseph hield Annie de boel altijd akelig aan kant. De dekens lagen keurig opgevouwen op het voeteneinde van haar bed en het raam stond wijd open, zodat er ijskoude lucht de kamer in stroomde.

'Mag het raam alsjeblieft dicht, Annie?'

'Zodra mijn sigaret op is.'

Terwijl zij liggend op haar bed een korte sigaret zonder filter rookte, zette ik een pot thee. De mokken stonden netjes op een rij op de plank, ondersteboven en met het oor naar voren. Ik deed twee lepels theeblaadjes uit het theeblikje in de gloeiend hete pot en schonk er kokend water bij. Ze wierp een blik op haar horloge.

'Twee minuten. Je moet hem twee minuten laten trekken.'

'Ik weet heus wel hoe ik thee moet zetten.'

'Niemand doet het goed.'

Dat was iets waar ik altijd horendol van werd bij Annie. Ze was vreselijk koppig. Er was maar één manier om iets goed te doen, en dat was die van haar.

'Ik bevries bijna.' Ze trok haar lange vest strak om zich

heen en de mouwen hingen over haar handen. Toen de twee minuten voorbij waren, knikte ze, ten teken dat ik mocht inschenken. Ik gaf haar een mok thee en ze gooide haar asbak leeg in een plastic zak, die ze zorgvuldig dubbelvouwde en in de afvalemmer stopte.

'Weet je zeker dat hij goed dichtzit?' Ik bedoelde het sarcastisch.

'Heel zeker.' Ze was bloedserieus. Ze strekte haar arm om het raam dicht te doen en spoot met zo'n verschrikkelijke spuitbus met luchtverfrisser die een geur door de kamer verspreidde waar je bijna van stikte.

'Hoe gaat het met ma?' vroeg ze.

'Ze maakt zich zorgen om jou. Net als pa.'

'En dat moet ik zeker geloven,' zei ze met een verbeten trek om haar mond.

'Je bent zondag niet lang gebleven. Je moet altijd ergens naartoe. Hij maakt zich echt zorgen om je.'

'Tuurlijk, joh.'

Mijn zus en ik waren altijd al heel verschillend. Ik zie mezelf graag als een braaf kind, maar misschien was dat alleen maar in vergelijking met Annie. Ik kon goed leren, maar eigenlijk is alles me altijd aan komen waaien. Als we samen in een winkel waren, negeerde het personeel haar volledig en hielp het mij. Mensen vonden het fijn om me te helpen en dingen voor me te doen. Annie zei altijd dat dat was omdat ik mooi ben, maar ze zei het nooit op een jaloerse manier. Tot op zekere hoogte leken we uiterlijk op elkaar. Als kind werden we 'de vuurtorens' genoemd vanwege ons knalrode haar, maar in één onmiskenbaar opzicht waren we totaal anders. Annie was geboren met een hazenlip. Als baby had ze een mislukte operatie ondergaan, waardoor haar bovenlip was opgerekt en aan de voorkant helemaal plat was. Ze had een litteken dat van haar neus naar haar mond liep. Mijn mondhoeken wezen omhoog, waardoor het leek alsof ik altijd lachte. Volgens mij vond iedereen me daarom mooi. Want dat was ik niet echt. Als ik in de spiegel keek, zag ik gewoon Karen de vuurtoren.

Toen we klein waren, ging Annie er regelmatig vandoor. Als we met de buurkinderen voor het huis speelden, kwam mijn moeder naar buiten en dan vroeg ze: 'Waar is Annie?' en dan moesten we haar allemaal gaan zoeken. Soms was ze in een straat buiten het deel van de wijk waar we mochten spelen en eenmaal was ze zelfs met een bus naar de stad gereden. Mevrouw Kelly van nummer 42 was haar tegengekomen en had haar terug naar huis gebracht. Ik denk dat Annie gewoon nieuwsgierig was. Ze wilde altijd weten wat er om de volgende hoek was. In die tijd waren onze pa en zij heel hecht. Ze klom altijd op zijn schouders. Dan rende hij met haar door het hele huis en gilde ze het uit van de pret. Ik was kleiner en bang om zo hoog te zitten. Maar in haar tienerjaren was het altijd bonje tussen pa en haar.

Mijn zus had een reputatie. Ma vertelde dat ze met haar voeten als eerste trappend en schoppend uit de baarmoeder was gekomen, en ze was altijd overal tegenaan blijven schoppen. Op de middelbare school werkte Annie zich altijd in de nesten. Ze was brutaal tegen de leraren, ze jatte, ze sloopte dingen, ze spijbelde en ze sloeg andere meisjes in elkaar. Ze was ontzettend slim, maar te onrustig om te leren. Ze las heel langzaam en schreef nog langzamer. Ik was drie jaar jonger, maar kon op mijn zevende al beter lezen en schrijven dan zij. Ik deed heel hard mijn best om haar te helpen, maar ze zei dat ze letters niet altijd logisch vond. Zelfs als ik een zin opschreef en haar vroeg om hem over te schrijven, werden de woorden rommelig. Toen ze op haar veertiende van school ging, was ze al twee keer naar een andere school overgeplaatst. Ze kon maar net aan schrijven, en haar grootste hobby's in die tijd waren roken en drinken. Ma probeerde op haar in te praten en het met haar op een akkoordje te gooien, maar toen dat niets opleverde, nam pa zijn toevlucht tot geweld. Hij sloeg haar en sloot haar op in onze kamer, ook al wist ik dat hij er zelf bijna aan onderdoor ging. 'Jezus, Annie. Kijk nou wat je me laat doen!' Daarna zei hij dagenlang niets. Maar dat werkte ook niet en uiteindelijk overkwam ons het ergste wat een gezin in die tijd kon overkomen. We kwamen er pas achter toen ze al vier maanden ver was.

De hel brak los. Ze was pas zestien. De vader was een jongen van haar eigen leeftijd die uiteraard alle verantwoordelijkheid ontkende en beweerde dat de baby van iedereen kon zijn. Zijn ouders en hij verhuisden kort daarna. Pa riep de hulp in van de pastoor, die Annie samen met een politieagent in een zwarte auto naar het St. Joseph bracht. Daarna zag ik haar bijna twee jaar lang niet.

Toen ze terugkwam, was ze totaal veranderd. Daar had ze al haar tics en haar schoonmaakobsessie ontwikkeld. Zo was ze ervoor nooit geweest. Haar uiterlijk kwam als een flinke schok. Haar knalrode haar was weg, want haar hoofd was geschoren. Ze was vreselijk mager. Toen ik haar op de eerste avond dat ze terug was in de slaapkamer die we samen deelden vroeg me te vertellen hoe het was om vast te zitten in een tehuis voor ongehuwde moeders en hun kinderen, zei ze dat het een hel was die ze wilde vergeten. Ze vertelde me over de dag dat de baby was geboren. Het was 1 augustus geweest. Ze had haar Marnie genoemd. 'Ze was volmaakt,' zei ze. 'Zelfs haar mond was volmaakt.' Toen ik vroeg wat er met de baby was gebeurd, draaide ze haar gezicht naar de muur en begon te huilen. In de eerste twee maanden na haar thuiskomst verstopte ze steeds eten onder haar bed. Ze schrok van het minste of geringste geluidje. Annie en mijn ouders praatten nooit over de baby. We probeerden normaal te doen en Annie probeerde haar draai te vinden. Pa regelde een schoonmaakbaantje voor haar bij de bakkerij waar hij zelf werkte. Haar haren groeiden weer aan, maar ze verfde ze zwart. Meedogenloos blauwzwart. Het was een rebels protest.

Een paar maanden later kocht ik op 1 augustus op de Dandelion Market een cadeautje voor Annie, een armbandje met een naamplaatje. Ik had er 'Marnie' in laten graveren. Ik had er een tijdje voor gespaard, maar het was niet van echt zilver en werd al snel dof. Toch deed ze het nooit af. Op een dag begon pa erover.

'Wat heb je daar voor ding om?'

Ze hield haar pols vlak voor zijn gezicht, maar hij kon het woord op de armband niet lezen.

'Er staat "Marnie" op,' zei ze. 'Dat is de naam van je kleindochter, als je het echt wilt weten.'

Annie verviel langzaam maar zeker in haar oude gedrag. Ze werd door de baas van pa bij de bakkerij ontslagen, omdat ze slordig werk leverde. Daarna verkilde de relatie tussen pa en haar zo erg dat het ondraaglijk werd. Ze ging het huis uit en ik moet eerlijk toegeven dat ik daar blij om was.

Hoewel ze zelf een rebel was, spoorde Annie mij altijd aan om mijn huiswerk te maken en niet in de problemen te komen.

'Jij hebt hersens én schoonheid, Karen,' zei ze. 'Die moet je gebruiken.'

Nou was ik waarschijnlijk best intelligent, en ik had het ook naar mijn zin op school, maar ik werkte vooral hard om van het stigma af te komen waarmee zij me had opgezadeld. Mijn leraren hadden dat in de gaten. 'Jouw zus en jij zijn totaal verschillend!' zei mevrouw Donnelly op een dag, nadat ik een acht had gehaald voor een Engelse toets. Toen ik op mijn vijftiende van school wilde gaan om bij de Lemons-snoepfabriek te werken, kwam mevrouw Donnelly met pa en ma praten. Ze vertelde hun dat ik kon blijven om het *Leaving Certificate* te halen. Bij ons in de familie had nog nooit iemand eindexamen op de middelbare school gedaan. Mijn ouders vonden het geweldig en Annie was heel blij voor me. 'Je maakt mijn slechte reputatie een beetje goed!' zei ze.

Ik was geen geboren genie, maar ik leerde hard om de trots van mijn ouders te rechtvaardigen. Toen ik redelijk goede cijfers bleek te halen, was er zelfs sprake van dat ik zou gaan studeren. Ik wist dat het een zware last voor mijn ouders was geweest om mijn school te betalen, terwijl ik eigenlijk geld had moeten verdienen, en waarschijnlijk had ik tijdens mijn studie best kunnen werken, maar ik wist niet wát ik wilde studeren. Engels en tekenen waren mijn beste vakken, maar als ik Engels ging studeren, zou ik eerst een driejarige bacheloropleiding moeten volgen en daarna nog een jaar een master. En als ik voor tekenen koos, moest ik naar de kunstacademie, en volgens mijn moeder was er geen werk voor kunstenaars. Bovendien sprak ik met het verkeerde accent voor de universiteit.

Ma vond dat ik een secretaresseopleiding moest kiezen. Er was nog vraag naar typistes, ook al waren er niet veel banen meer beschikbaar. Dat idee sprak me veel meer aan, en AnCo, de landelijke organisatie voor beroepsopleidingen, bood een cursus van zes weken aan voor meisjes die goede cijfers hadden gehaald voor hun Leaving Certificate. Annie was teleurgesteld. 'Je had naar de universiteit kunnen gaan, je had een studiebeurs kunnen aanvragen.' Ze snapte mijn tegenzin niet. Ik was niet zo ondernemend als zij. Ze vond het fantastisch dat ik op de middelbare school was doorgegaan tot het eindexamen, maar als ze dronken was, lachte ze me uit omdat ik moeilijke woorden gebruikte die ze niet kende.

Annie had af en toe wat schoonmaakwerk, maar leefde meestal van een uitkering en woonde in een eenkamerwoning niet al te ver bij ons vandaan. Ma stopte haar soms stiekem geld toe. Tijdens haar zondagse bezoekjes probeerde pa te doen alsof hij blij was om haar te zien, maar ik denk dat hij zich eigenlijk voor haar schaamde, ook al ontkende hij dat later. Hij kon maar niet begrijpen waarom ze zo anders was dan wij. Pa, ma en ik werkten heel hard voor alles. We hielden ons gedeisd en probeerden geen problemen te veroorzaken. Annie zocht de problemen juist op.

Na afloop van de cursus vond ik een baan bij een stomerij, waar ik rekeningen typte en daarnaast ook een beetje boekhouding deed. Ik kan niet zeggen dat ik het leuk werk vond, maar ik leerde daar wel Dessie Fenlon kennen. Sommige mannen met wie ik te maken kreeg waren smeerlappen die ranzige opmerkingen maakten over mijn figuur of vunzige voorstellen deden, maar Dessie was anders. Respectvol. Op een dag zag ik hem een jonge vent een oorveeg geven vanwege de manier waarop hij over me praatte. Dessie was een van de chauffeurs. Hij was heel verlegen en het duurde een halfjaar voordat hij genoeg moed had verzameld om me mee uit te vragen. Volgens mij vond hij het leeftijdsverschil te groot. Hij was zesentwintig, bijna negen jaar ouder dan ik. Het mooiste moment van mijn werkdag was altijd als hij binnenkwam om bestellingen op te halen of af te leveren, want dan flirtten we giechelend met elkaar dat het een lieve lust was. En toen gingen we voor het eerst samen uit. Hij vertelde me dat hij zijn geluk niet op had gekund toen hij me mee uit had gevraagd en ik 'ja' had gezegd. Zodra het iedereen in de zaak duidelijk werd dat Dessie Fenlon en ik verkering hadden, stopten de opmerkingen. Dessie was rustig, maar kon agressief worden als je hem kwaad maakte. Hij had een reputatie als vechtjas en had al heel wat knokpartijtjes op zijn naam staan.

Het werk was saai en ik verveelde me vaak, maar ik verdiende genoeg om op mezelf te gaan wonen. Ik stelde Annie voor om samen een flat te zoeken, maar daar voelde ze niet veel voor. Ik was teleurgesteld en zei er iets over tegen ma, die het aan pa doorbriefde. Hij zei: 'Niet met Annie gaan samenwonen. Ze zal je alleen maar naar beneden halen.' Ik vraag me af of alles anders was gelopen als ik toen wél met Annie was gaan samenwonen. Ik ben benieuwd of pa nog weet dat hij dat heeft gezegd. Of het hem kwelt. Ik wil hem er niet aan herinneren. Hij lijdt al genoeg. Wij allemaal.

Op de laatste dag dat ik Annie zag, was ze onrustig, maar ook opgetogen. Ze zei dat ze een echte teken- en schilderset voor me zou kopen, omdat ze wist dat ik nog steeds graag tekende en schilderde. Ik had blij moeten zijn met de belofte van zo'n cadeau, maar ik kende Annie te goed. Ze vond het vervelend dat ik geen gat in de lucht sprong van blijdschap, maar Annie beloofde wel vaker dat ze iets voor me zou kopen of dat we samen iets zouden doen, maar ze kwam haar beloftes zelden na.

'Een professionele tekendoos met inhoud. Ik heb hem bij Clark in de etalage zien staan, een grote houten kist met verftubes en allerlei soorten kwasten. Waterverf en inkt, geen olieverf. Zie je wel? Ik herinner me alles wat je me over dat tekenen en schilderen van jou hebt verteld. Ik weet dat je niet graag met olieverf werkt. Hij is echt prachtig. De doos zelf ziet er een beetje ouderwets uit, maar hij is gloednieuw en zit helemaal vol. Die ga ik zaterdagochtend voor je kopen. Echt waar. Dat beloof ik. Kom zaterdagmiddag maar bij me langs.'

'Hoe kom je aan het geld om zoiets te kunnen kopen?'

'Maak je niet druk, met dat geld zit het wel goed.'

'Oké.'

'Ik meen het. Geloof je me soms niet, Karen?'

Het was gemakkelijker om het spel met haar mee te spelen, ook al wist ik dat het toch nooit zou gebeuren. Net als die keer een paar weken eerder toen ze had gezegd dat we uit eten zouden gaan bij Sheries in de Abbey Street. Ik had een halfuur buiten in de kou staan wachten, maar ze kwam niet opdagen. Toen ik haar erover opbelde, zei ze dat ze het te druk had en dat we een andere keer zouden gaan.

Ondanks alles hield ik van Annie. Ze wilde het beste voor me, ze wilde dat ik leerde van haar fouten. Ze waarschuwde me voor mannen, zei dat ik te goed was voor de jongens uit onze buurt en dat ik mezelf moest bewaren voor die ene speciale man. Ik luisterde niet altijd naar haar. Niemand kon me zo aan het lachen maken als zij, en hoewel haar verblijf in het tehuis voor ongehuwde moeders haar opgewektheid had beteugeld, leek die juist weer op te laaien tegen de tijd dat ze spoorloos verdween.

'Beloof je dat je zaterdag langskomt? Zo rond een uur of drie, oké? Ik kan bijna niet wachten tot ik je gezicht zie wanneer je de tekendoos openmaakt.' Dus beloofde ik het, ook al durfde ik niet te hopen dat ze zich aan haar woord zou houden. En ik kon me al helemaal niet voorstellen dat ik haar nooit meer zou terugzien.

'Dat is goed,' zei ik. 'En dan neem ik Dessie mee.'

Haar gezicht versomberde. In het begin hadden ze het wel met elkaar kunnen vinden, ook al vond hij haar een beetje wild. Hij keurde het af dat ze vaak ontzettend dronken was en wilde net als pa niet dat ik veel met haar optrok.

Maar toen ik hem vertelde over Annies zwangerschap en haar verblijf in het St. Joseph, moest hij helemaal niets meer van haar hebben.

'Dus ze is een van die sloeries?' vroeg hij. 'Wie was de vader, of weet ze dat niet?'

Ik vond zijn reactie walgelijk. Ik negeerde hem wekenlang en sprak op het werk niet meer met hem, maar hij gaf niet op en palmde me uiteindelijk in met een bos bloemen en een geschreven verontschuldiging. Hij zei dat hij mijn zus niet had mogen uitschelden. Maar als Dessie, die een goed, vriendelijk karakter had, al zo over Annie dacht, deed iedereen dat natuurlijk. Daarna voelde hij zich nooit meer op zijn gemak in haar gezelschap, en Annie was niet dom.

'Wat mankeert die vent van jou?' vroeg ze op een keer in The Viking. 'Hij moet er altijd zo snel weer vandoor.'

'Hij vindt deze pub niet zo leuk,' antwoordde ik, wat nog waar was ook. The Viking was een nogal ruige kroeg in een verwaarloosd deel van de stad. Er hingen lijmsnuivende tieners rond. Dessie had regelmatig geklaagd over het feit dat we altijd daar met haar afspraken, maar Annie was een gewoontedier. 'Het zit er vol met alcoholisten,' zei hij, maar ik wees hem erop dat dát van de meeste pubs in Ierland kon worden gezegd. Annie was duidelijk populair in de kroeg en was een van de jongste stamgasten. Laat op de avond werd er gezongen en Annie brulde dan aangeschoten met luide stem 'Da Ya Think I'm Sexy?' of 'I Will Survive'. Dessie vond het verschrikkelijk. 'Ze zet zichzelf voor schut,' zei hij dan. Hoewel ik het soms met hem eens was, kon ze wel toon houden en kende ze de tekst helemaal. Ik was niet van plan haar te weerhouden van iets wat ze leuk vond.

Toen ik op zaterdag naar haar toe ging, besloot ik Dessie niet mee te nemen. Ik keek er niet echt van op toen ze niet thuis bleek te zijn. Die avond belde ik haar en het meisje dat de telefoon in de gang opnam, zei dat ze een boodschap voor haar zou achterlaten.

Die zondag kwam Annie niet bij pa en ma langs. De lunch na de mis van halfeen was het enige familieritueel dat we in stand hadden gehouden, en meestal was Annie erbij.

'Heeft ze jou gebeld, ma, om te zeggen dat ze niet zou komen?'

'Welnee. Die rotmeid,' zei mijn vader, die haar onverantwoordelijke gedrag als een persoonlijke belediging opvatte.

Ik bagatelliseerde het. 'Misschien heeft ze wel griep. Toen ik haar donderdag zag, was het steenkoud in de flat.'

'Had ze de gashaard niet aan?'

'Jawel, maar ze zet tijdens het roken altijd het raam open.'

'Dat roken heeft ze van jou,' zei mijn moeder tegen pa.

'Dat is dan ook het enige wat ze van mij heeft, Pauline.'

Ik begon snel over iets anders en vroeg pa of hij op donderdag naar de windhondenrennen ging.

De volgende dag, maandag, ging ik weer bij haar langs, ditmaal wel met Dessie. Er werd niet opengedaan bij haar flat, maar ik kwam een ander meisje tegen dat net op weg was naar buiten. In het twee verdiepingen tellende huis waren drie eenkamerflats met een gedeelde badkamer. Ik vroeg haar of ze Annie had gezien.

'Nu je het zegt. Niet meer sinds donderdag of vrijdag. Ik dacht dat ze weg was. Meestal word ik wakker van haar radio.'

Ik begon me voor het eerst een beetje zorgen te maken. Annie zou niet zijn weggegaan zonder het me te vertellen. En trouwens, waar zou ze dan naartoe zijn?

'Met een of andere vent?' opperde Dessie, maar hij hield meteen zijn mond weer toen ik hem een vinnige blik toewierp.

Normaal gesproken hadden we twee of drie keer per week contact met elkaar, maar op woensdag had ik nog steeds niets van haar gehoord. Ik ging bij ma langs, maar zij had haar ook niet gesproken.

'Heeft ze tegen jou gezegd dat ze weg zou gaan?'

'Nee. Het is erg vreemd.'

Ik was er nog toen pa thuiskwam van de bakkerij.

'Die is waarschijnlijk op een zuiptocht. Ze komt wel weer boven water.'

'Ze is nog nooit eerder zo lang weggebleven. Het is al bijna een week.'

'Wanneer heb je haar voor het laatst gezien?'

'Afgelopen donderdag. Ze vroeg me om op zaterdag bij haar langs te komen. Ze had beloofd dat ze thuis zou zijn.' Ik zei niets over de teken- en schilderdoos. Dat had geen enkele zin.

'O, ja? Had ze dat beloofd?' zei hij sarcastisch.

Toen we haar op vrijdag nog steeds niet konden bereiken, wisten we allemaal dat er iets aan de hand moest zijn. Ik ging met pa naar haar flat. Intussen belde ma Annies vriendinnen en een paar meisjes met wie ze vroeger had gewerkt. Bij Annies flat vertelde een van de andere huurders dat ze er de hele week niet was geweest. We belden de huurbaas met de gemeenschappelijke telefoon in de gang. Hij kwam naar het huis toe, een dikke, zwetende man met een grote neus die mopperde omdat hij na zes uur 's avonds was gestoord. Met zijn enorme sleutelbos liet hij ons in de flat. Alles was er spic en span als altijd. Alle kleren die ik kende hingen gewoon in de kast, behalve haar grijze jas met visgraatmotief, de mouwloze wollen jurk die ma haar voor haar verjaardag had gegeven en de kniehoge paarse laarzen. Ik wilde niet tussen haar spullen neuzen, maar een vluchtige blik maakte me duidelijk dat ze niet op reis was. Haar reistas lag gewoon onder de ladekast. In de gootsteen stond een mok met wat schimmel op de bodem.

'Die zou ze daar nooit hebben laten staan als ze wist dat ze weg zou gaan, pa. Een paar uur misschien nog wel, maar dat ding staat daar al dagen.'

De huurbaas zei: 'Volgende week moet de huur worden betaald. Ik wil wel mijn geld hebben.'

'Hou toch je kop!' zei pa. Inwendig juichte ik, omdat hij het voor Annie opnam en het lang geleden was dat ik hem dat had horen doen.

De huurbaas wilde dat we vertrokken en zei dat hij Annies spullen in een tas op de stoep zou zetten als hij de volgende week geen huur ontving.

Toen we thuiskwamen met ons nieuws was ma verschrikkelijk bezorgd. Annies vriendinnen hadden haar al ruim een week niet gezien en hadden haar verteld dat ze bij twee schoonmaakklussen in het centrum van de stad niet was komen opdagen. Dat zou op zich bij niemand alarmbellen hebben doen afgaan, maar mijn schuchtere moeder was dapper in het donker naar The Viking gegaan. De stamgasten daar kenden Annie allemaal en zeiden dat ze ook daar ruim een week niet was geweest.

'Zou ze weer in verwachting zijn en zijn teruggegaan naar het St. Joseph?' vroeg pa met een ongeruste klank in zijn stem.

'Daar zou ze nooit naar teruggaan, pa. In nog geen miljoen jaar. Dat weet ik zeker.'

Mijn moeder dacht er precies zo over. 'En al was ze in

verwachting, waarom zou ze dan ergens naartoe gaan zonder haar kleren of een tas?'

'Ik ga de politie bellen,' zei pa op vrijdag 21 november 1980.

3

Laurence

Ik hoorde het hem heel duidelijk zeggen.
'Het weekend van 14 november? Laat me eens kijken... Wacht... Even denken, hoor. O, ja. Toen was ik hier met mijn vrouw. Waarom vraagt u dat, meneer de agent?'
'Het hele weekend? U bent het huis niet uit geweest?'
'Dat klopt. Ik ben vrijdag om een uur of zes thuisgekomen van mijn werk en ben daarna niet meer weg geweest.'
Dat was gelogen.
'En u was hier alleen met uw vrouw? Verder niemand?'
'Mijn zoon was uit die vrijdag. Maar volgens mij was hij voor middernacht thuis. Waarom wilt u dat weten?'
'Nou, meneer. Het zit zo. In de afgelopen maanden is er regelmatig een auto bij het huis van de vermiste vrouw gesignaleerd, meneer. Eentje zoals die van u, meneer... Een oude Jaguar.'
De politieagent klonk zenuwachtig, onderdanig. Hij gebruikte te veel 'meneers'. Het was duidelijk dat hij aan het kortste eind had getrokken en eropuit was gestuurd om mijn vader te ondervragen. Of rechter Fitzsimons, zoals hij sinds kort bekendstond.
'Mag ik vragen hoe je heet?' vroeg mijn vader. Hoewel ik hem niet kon zien, hoorde ik de hooghartige klank in zijn stem, vermengd met een vreemde trilling, die nieuw was.

De keukendeur achter me stond op een kier en ik spitste mijn oren om te horen wat er bij de voordeur werd gezegd.

'Mooney, meneer. Het spijt me dat ik het moet vragen, maar...'

'En wat is je rang precies, Mooney?' Hij rekte de oe-klank in Mooney net iets te lang uit.

'Ik ben agent bij de recherche, meneer.'

'Juist, ja. Dus geen brigadier of inspecteur?' Ik kende die toon. Papa kon erg grof of laatdunkend zijn tegen onbekenden, en hij kon ook razend worden. Ik vond hem soms erg intimiderend. Ik weet niet of het zijn bedoeling was, maar zo kwam hij wel over.

Mijn moeder keek me vanaf de andere kant van de tafel vragend aan.

'Is dat je vijfde aardappel, Laurence? Toe dan maar, maar doe het snel, zodat je vader het niet ziet.'

Ik had ze niet geteld.

Mijn moeder mompelde iets over tocht en stond op. Ze deed de deur achter me dicht, zette de radio aan en neuriede toonloos mee met het nummer dat werd gedraaid. Ik zei niets, maar kon niet langer horen wat er bij de voordeur werd besproken.

Mijn vader had zojuist bewust gelogen tegen de politie. Ik moet eerlijk bekennen dat ik verbijsterd was over zijn leugen. Er was gevraagd wat hij bijna twee weken eerder had gedaan. Ik herinnerde me die vrijdagavond nog heel goed, omdat ik zelf een interessante avond had gehad. Ik had ook gelogen over waar ik was geweest. Ik had mijn ouders verteld dat ik met vrienden van school naar de bioscoop zou gaan, maar in werkelijkheid verloor ik mijn maagdelijkheid aan Helen d'Arcy, die twintig minuten verderop aan Foxrock Park woonde.

Het was niet mijn bedoeling geweest om op onze eerste echte date meteen seks te hebben met Helen. Ik vond haar lichamelijk niet aantrekkelijk. Ze had erg mooi zijdezacht blond haar, maar haar bouw was zowel te breed als te smal. Haar gezicht, dat onnatuurlijk groot was, stond boven op een schriele hals. Vergeleken met die van haar was mijn eigen huid smetteloos, misschien wel omdat hij strak was getrokken.

Ik ging alleen naar Helens huis omdat ze me had uitgenodigd. Zo vaak werd ik niet uitgenodigd.

Toen ik een paar weken eerder van school naar huis slenterde, was ze naast me komen lopen. Zoals gewoonlijk regende het. Ik zat pas sinds januari op het St. Martin's Institute for Boys, vanwege die verrekte Paddy Carey. Ik deed heel hard mijn best mijn ouders niet te laten merken dat ik op mijn nieuwe school vreselijk werd gepest. Het ging om een groepje van vier of vijf jongens, een stel hersenloze spierbundels. Na de eerste maand deden ze me niet echt pijn meer, maar werden mijn boeken gejat of van vunzige slogans voorzien, en werd mijn lunch omgewisseld voor dingen die te smerig waren voor woorden.

Helens school was er eentje waarvoor haar ouders schoolgeld moesten betalen en stond iets dichter bij het centrum, maar ze woonde vlak bij mijn school. Ik had andere jongens in mijn klas over haar horen praten. Ik voelde een band met haar, omdat de pestkoppen in mijn klas net zoveel minachting voor haar leken te voelen als voor mij.

Ik hoorde haar eerder dan dat ik haar zag. 'Hoe heet je?' vroeg ze. Ik draaide me om. De rok van haar groene uniform, van een of andere harige stof, vertoonde hier en daar kale plekken en aan één kant zat de zoom los. Ik zag dat de binnenkant van de kraag bij de nek versleten was.

'Laurence Fitzsimons.'

'O. Ik heb weleens over jou gehoord. Waarom noemen ze je "het Nijlpaard"? Ik vind dat je er heel normaal uitziet.'

Ik mocht haar meteen. 'Ik ben ook normaal. Ze vinden me gewoon niet leuk.'

'Ach, verdomme. Wat kan het jou nou schelen wat ze leuk vinden? Woon je in Brennanstown Road? Ik heb je vaker gezien.'

Ik woonde in Avalon, een groot vrijstaand huis met een goed onderhouden tuin aan het eind van de straat, maar ik wist niet zeker of ik haar dat moest vertellen. Het leek haar niet te kunnen schelen of ik haar vragen beantwoordde of niet. We slenterden kameraadschappelijk verder. Toen we langs Trisha's Café kwamen, vroeg ze me om cola voor haar te kopen. Ik aarzelde.

'Oké, dan koop ik er wel een voor jou,' zei ze. Ze duwde de deur open en het zou onbeleefd zijn geweest om niet met haar mee naar binnen te gaan. Jammer genoeg zaten de pestkoppen er al, vlak bij de toonbank.

'Knor, knor!' riep een van hen in onze richting.

'Verdomde klootzakken,' zei Helen. 'Let maar niet op hen.'

In Avalon werd zelden gescholden of gevloekt, maar nu had ik binnen vijf minuten 'verdomme' en 'verdomde' gehoord. En nog wel uit de mond van een meisje. Ik gebruikte zelf soms ook grove taal, maar nooit hardop.

Helen wandelde kalm naar de toonbank en kwam terug met twee cola's.

Ik schoof twee muntjes van tien pence naar haar toe om ze te betalen.

'Dat hoeft niet. En je hoeft me ook niet mee uit te vragen, omdat ik heb betaald.'

Haar mee uit vragen?

'Ik wil ze graag betalen. Dat hoort zo.'

'Best,' zei ze. Er viel een stilte en we dronken door dunne

rietjes van onze cola. Opeens merkte ze op: 'Je zou best knap kunnen zijn als je niet zo dik was.'
Dat ik dik was, was geen nieuws. Mijn moeder beweerde dat het babyvet was en dat ik het binnenkort heus wel kwijt zou raken, maar ik was al zeventien. Mijn vader zei dat ik te veel at. De weegschaal gaf vijfennegentig kilo aan. Ik was niet altijd zo dik geweest, maar sinds de overstap naar een andere school waren mijn eetgewoonten het afgelopen jaar flink uit de hand gelopen. Hoe zenuwachtiger en ellendiger ik me voelde, hoe meer honger ik had. Ik ben gek op eten, en dan vooral op dikmakende dingen. Dit was pas de eerste keer dat iemand anders dan mijn ouders zei dat ik dik was zonder een uitdrukking van walging op het gezicht.
'Jij hebt mooi haar,' zei ik, om haar ook een complimentje te maken. Ze keek erg blij.
'Ik ben ook gek op eten. Ik eet waarschijnlijk meer dan jij,' zei ze. Helen had duidelijk geen flauw idee hoeveel eten ik kon verstouwen.
'Als je mij twintig kilo kon geven, zouden we allebei volmaakt zijn.'

In de daaropvolgende weken ontmoetten Helen en ik elkaar een paar keer. We kochten om beurten cola. Op een dag vroeg Helen: 'Heb je zin om morgenavond bij mij thuis te komen?'
'Waarom?'
'Nou gewoon, voor de lol. Om het begin van het weekend te vieren,' zei ze, alsof het de normaalste zaak van de wereld was om in het huis van een meisje te worden uitgenodigd. 'Mijn moeder heeft een lekkere taart gebakken die wordt weggegooid als niemand hem opeet.'
We kenden elkaar pas een paar weken, maar toch wist ze al precies hoe ze me moest bespelen. We spraken na school-

tijd af en ze schreef het adres op de binnenkant van mijn agenda.

Die avond deed ik mijn best om achteloos en luchtig te klinken. 'Ik eet morgen niet thuis, want ik ga met een paar jongens naar de bioscoop,' loog ik zo nonchalant mogelijk. Ik tuurde gespannen naar mijn schrift.

Papa fleurde helemaal op; hij vond het geweldig. 'Maar dat is fantastisch, echt fantastisch. Dus je gaat stappen met je vrienden. Welke film gaan jullie kijken? Draait er niet een nieuwe *Star Wars*?'

We waren met het hele gezin naar *Star Wars* geweest. Papa en ik hadden hem heel goed gevonden, maar mama had tijdens de explosies haar handen tegen haar oren gedrukt en was geschrokken van elke galmende tik van een lichtzwaard. Na afloop verklaarde ze dat ze nooit meer naar een bioscoop zou gaan.

'*Herbie Goes Bananas*,' antwoordde ik zelfverzekerd, terwijl ik mijn best deed de knalrode warmte die vanuit mijn kraag omhoogkroop te negeren.

'O,' zei mijn vader een beetje teleurgesteld en niet-begrijpend. 'Nou, maar het is toch fijn, hè, dat je wat leuks gaat doen met je vrienden?' Hij keek mijn moeder veelbetekenend aan, ongetwijfeld in zijn nopjes omdat ik eindelijk vrienden had, maar haar aandacht werd volledig in beslag genomen door de punt cheesecake die ze voor me afsneed. Ik gaf haar hand een zetje, in de hoop de punt iets groter te maken, en dat deed ze, ook al slaakte ze hoofdschuddend een zucht.

'Die neem ik wel,' zei papa. 'Geef die jongen een kleiner stuk.' Er ontging hem niets.

'Je moet om middernacht thuis zijn.'

'Middernacht? Maar we weten niet eens wie die mensen...'

'Zo is het wel genoeg, Lydia.' Papa sloot het onderwerp ferm af.

Middernacht. Jeetjemina. Ik had nog nooit eerder voor een bepaald tijdstip thuis hoeven zijn, omdat het nog nooit nodig was geweest. Middernacht klonk heel ruim. Bedankt, pap. Maar nu moest ik de date met Helen dus echt doorzetten. Ik wist vrij zeker dat het een echte date was. Over minder dan vierentwintig uur. Aan de ene kant keek ik ernaar uit en aan de andere was ik doodsbang.

De voorbereiding voor een eerste date was lastig. Dat had ik in de krantenkiosk gelezen op het omslag van het tijdschrift *Jackie*. Je moest kennelijk tien stappen doorlopen. Twee ervan kon ik raden: frisse adem en bloemen.

Na enig gepieker kwam ik tot de slotsom dat een meisje misschien tien stappen moest doorlopen, maar dat een jongen er hooguit twee te gaan had. Wat frisse adem betreft zat ik goed. Nadat we bij Trisha's waren geweest, had ik een nieuwe tandenborstel en Euthymol-tandpasta gekocht, waarmee ik de binnenkant van mijn mond bijna openhaalde. Als het zo pijnlijk was, moest het wel werken, dacht ik.

Dan de bloemen. Hoewel het november was, stonden er een paar mooie roze en witte anjers in bloei in mijn vaders tuinkas, die ik die avond plunderde terwijl mijn ouders naar het *Nine O'Clock News* zaten te kijken. Ik wikkelde de steeltjes in aluminiumfolie en legde ze voorzichtig boven op de schoolboeken in mijn tas.

Op die noodlottige vrijdag gaf mijn vader me na het ontbijt twee pond en zei dat hij hoopte dat ik veel plezier zou hebben. Geld speelde in die tijd een belangrijke rol bij ons thuis. Papa's accountant, die verrekte Paddy Carey (dat was het enige grove woord dat ik mijn vader ooit heb horen gebruiken) was er een jaar eerder met ons geld vandoor gegaan. Papa was woest. We mochten het aan niemand vertellen. De accountant was een goede vriend van hem geweest. Of dat dacht mijn vader tenminste. Carey had een aantal hooggeplaatste cliënten gigantisch opgelicht en het bericht had alle media gehaald. Tot dusver was mijn vaders naam niet in het openbaar genoemd. Hij was er ontzettend gestrest over; hij vond het verschrikkelijk gênant dat die verrekte Paddy Carey hem voor schut had gezet en dat hij mijn moeder niet langer het luxeleventje kon bieden dat ze gewend was. Een jaar lang was er in ons huis geschreeuwd, met deuren geslagen en eindeloos gesproken over het aanhalen van de broekriem. Dat ik nu twee pond van papa kreeg zonder het zelfs maar te vragen kwam dus totaal onverwacht. Ik bedacht dat ik nu misschien wel bloemen kon kopen, maar aangezien ik al bloemen had, zou dat zonde zijn. Ik wist niet goed waar ik het geld dan aan moest uitgeven.

    Toen de laatste bel ging, was ik bijna misselijk van de spanning. Alleen al het idee van een alternatief voor het vaste vrijdagavondritueel – huiswerk, avondeten, in mijn eentje naar *Bonanza* en *The Dukes of Hazzard* op de televisie kijken, gevolgd door het *Nine O'Clock News* en een praatprogramma met mama, iets lekkers en dan naar bed – was opwindend. Papa ging op vrijdag meestal iets eten en drinken met collega's. Mama hield niet van uitgaan en was altijd thuis. Maar deze ochtend had papa met veel ophef verkondigd dat hij vanavond thuis zou blijven bij mijn moeder, omdat ik weg zou zijn. De betekenis hiervan werd me pas veel later duidelijk, toen de politie voor de deur stond. Voor mij betekende het op dat moment dat ik niet meer onder mijn afspraak met Helen uit kon komen. Dan zou ik heel wat uit te leggen hebben, en ik kon het teleurgestelde gezicht van mijn vader niet verdragen.

Eindelijk arriveerde ik bij de deur van Helens huis. Het stond in een wijk met socialewoningbouw en er lag een gemeenschappelijk grasveld voor de huizen. Ik was benieuwd hoe het zou zijn om buren te hebben die je waarschijnlijk elke dag zag komen en gaan. Het houten tuinhekje bungelde lusteloos aan één scharnier en de witte verf bladderde af. Mijn vader zou nooit hebben toegestaan dat Avalon er haveloos bij kwam te staan. Alles wat kapot of beschadigd was, werd onmiddellijk gerepareerd of vervangen, ongeacht onze verslechterde financiële omstandigheden. Uiterlijke schijn was belangrijk voor hem. Helens familie was slonzig, stelde ik vast. Ze hadden geen lange oprit of veel grond, zoals wij, maar een kleine voortuin met een met grind bedekt gedeelte voor een auto. Er stond geen auto.

Ik was erg verrast toen ze de deur opendeed. We waren allebei net uit school, maar toch had Helen kans gezien om zich om te kleden, haar haren te krullen (haar steile, zijdezachte haar was het enige aan haar wat ik echt leuk vond) en make-up op te doen. De lippenstift was donkerpaars en had vlekken achtergelaten op haar tanden. Haar zwarte kunstleren spijkerbroek zat niet strak genoeg om haar knokige benen om het vermoedelijk gewenste effect te behalen (Sandy in *Grease*). Helen zag eruit als een volwassene. Ik was meteen in het nadeel. In mijn strakke schooljasje was ik helaas een schooljongen.

'S...sorry,' hakkelde ik. 'Ik heb geen tijd gehad om me om te kleden...'

Helen was echter blij me te zien. 'Kom binnen!' Haar welkom was ontzettend hartelijk. Was ze bang geweest dat ik niet zou komen?

Het rook in het huis naar sigarettenrook en overal waar ik keek zag ik bloemen. Op de vloerkleden, de gordijnen, de meubelbekleding, de placemats, de vloerbedekking, de kussens en het behang. Het was alsof ik me in een botanische tuin bevond. En overal stonden woorden op gekrabbeld, zelfs op muren en ramen, en lagen vellen papier en boeken in alle vormen en maten.

'O, dat. Ja, mijn moeder is dichteres,' zei Helen bij wijze van uitleg. 'Ze is er vanavond niet en mijn jongere broertjes logeren bij tante Gracie, dus we hebben het hele huis voor onszelf.'

Deze mededeling werd achteloos maar nadrukkelijk gedaan. Er was dus niemand die kon tegenhouden wat er zou gebeuren, wat dat ook mocht zijn. Afgaand op Helens gedrag zou er op zijn minst worden gezoend.

'Is je vader op zijn werk?' vroeg ik een beetje hoopvol.

'Mijn vader? Die heb ik in jaren niet gezien.'

Ik vroeg me af wanneer we zouden beginnen met zoenen.

'We kunnen eerst wat eten. Er zijn pizza's die ik in de oven kan gooien. Het zijn kleintjes. Hoeveel wil je er?' Ze haalde een zak met bevroren schijfjes uit de vriezer. Ik wilde er vier. Nee, vijf.

'Twee graag,' antwoordde ik. Ik was me ervan bewust dat mijn eetlust voor sommigen een enorme bron van vermaak vormde, en ik was de belofte van haar moeders taart niet vergeten, ook al maakte ik me wel een beetje zorgen omdat hij nergens te bekennen was.

'Neem er maar drie,' zei Helen. 'Ze zijn nogal klein.'

Ik begon haar steeds aardiger te vinden.

Ze scheurde het plastic met haar tanden open. 'Lust je gin?'

'Mag je dan drinken van je moeder?'

'Wat niet weet, wat niet deert.'

Helen schonk wat voor ons in. Ik dacht opeens aan de anjers in mijn tas, die ik bij de voordeur had laten staan. Ik had ze haar bij aankomst willen geven. Nu leek het me dat het juiste moment daarvoor al voorbij was. Als we gin gingen drinken, kwam het zoenen steeds dichterbij en waren de bloemen niet meer nodig.

Ik gooide de gin-tonic die ze voor me had ingeschonken in één teug naar binnen en vertrok mijn gezicht vanwege de bittere smaak. Opeens begreep ik waarom mijn ouders zulke kleine slokjes van hun drankjes namen. Desondanks dronk ik in rap tempo nog twee gin-tonics.

Het eten was best gezellig, ook al herinner ik me dat ik vier van de pizza's opat en er maar eentje voor Helen overliet. Ik weet ook nog dat ik naar haar moeders taart vroeg en mijn teleurstelling inslikte toen ik een bebloemd bordje kreeg aangereikt met daarop iets wat ik eerder zou omschrijven als een miezerig plakje sponscake. Helen schonk weer wat gin voor ons in. Toen het zoenen eindelijk begon, was ik zeer tevreden. We waren langzaam steeds dichter naar elkaar toe geschoven op de bank in de woonkamer. Haar hand streelde mijn bovenbeen. Ik weet niet goed wie er begon, maar er kwamen tanden en tongen aan te pas, en zuigende en smakkende geluiden.

Ik geef eerlijk toe dat ik al snel opgewonden raakte. Dat ontging Helen niet, en ze stelde voor om naar haar slaapkamer te gaan. Ik aarzelde. Ik had geen rekening gehouden met seks. Uiteraard was mijn onderbroek schoon (daar was mijn moeder heel streng in), maar ik wist zeker dat seks inhield dat ik naakt moest zijn en zelfs in aangeschoten toestand voelde ik er weinig voor om mijn vetrollen te tonen. Dat deed ik op school ook nooit. Ik vervalste regelmatig briefjes van mijn moeder voor de sportleraar vanwege mijn slechte knieën. Mijn knieën zouden niet zo slecht zijn geweest als ze niet zo'n zware last hoefden te torsen.

Na nog één snel drankje klommen we twee trappen op. Ik struikelde bijna en opeens leek het me een geweldig idee om de laatste paar treden met een grote sprong te nemen. We gierden van het lachen toen ik omviel en mijn linkervoet verdraaide. Het was een beetje pijnlijk en er zat een flinke snee in mijn enkel, maar ik deed er niet moeilijk over. Ik was benieuwd hoe ze het bloed op de trap aan haar moeder zou uitleggen, maar ze liet doorschemeren dat haar moeder het waarschijnlijk niet eens zou zien. Ik was best nieuwsgierig naar Helens moeder.

We gingen Helens kamer in. 'Ik heb de lakens vanochtend verschoond,' zei ze, terwijl ze haar bloes openknoopte. Ik ging met mijn rug naar haar toe staan om haar wat privacy te geven, maar ik besefte al snel dat dat dwaas was en draaide me naar haar terug. Ze stond voor me, gekleed in slechts een slipje met een tennisracketje op de heup. Ik wist niet dat ze tenniste. Beneden had ik het niet aangedurfd om aan haar borsten te voelen, en ik wist dat ze mager was en had voorbereid moeten zijn op de werkelijkheid, maar toch had ik wel íets van borsten verwacht. Aangekleed had ze beslist borsten gehad. Waar waren ze gebleven? Die van mij waren een heel stuk groter dan die van haar en ik voelde dat ik in elkaar kromp. Ik werd misselijk en kreeg het ontzettend warm.

'Kom nou in bed!' Ze lag onder het beddengoed, met haar armen gevouwen achter haar hoofd.

'Er is niet veel ruimte,' zei ik naar waarheid.

'Nou, jij komt toch bovenop te liggen, dus dat geeft niet.' Ze was erg bazig. 'Je moet wel je kleren uittrekken.' Een korte stilte. 'Ik vind het echt niet erg dat je dik bent, hoor.'

Ik zat er op dat moment zelf ook niet zo mee. Ik wilde het gewoon achter de rug hebben. Mijn schooluniform viel onderdeel na onderdeel op de vloer, maar ik volgde haar voorbeeld en hield mijn onderbroek aan tot ik in bed lag. Daarna volgde er onbetamelijk gegrom en gepiep van ons allebei

en overvloedig gezweet van mij tijdens onze pogingen om ons ondergoed uit te trekken en mijn poging om me in de juiste ingang te manoeuvreren. Helen handelde het af, om het zo maar te zeggen, en leidde me in de goede richting. De eerste drie minuten was alles fantastisch, maar daarna moest ik moeite doen om niet over te geven. Ik probeerde aan Farrah Fawcett te denken, maar dat hielp niet. Ik weiger gedetailleerder op de seks in te gaan. Het volstaat om te zeggen dat ik er niet van genoot. Het was ongemakkelijk en rommelig, en vernederend voor mij. Ik was dan ook blij toen Helen zei dat ze er genoeg van had. Zwangerschap was niet iets waar we ons druk over hoefden te maken.
 'Jij hebt dit nooit eerder gedaan, hè?'
 'Nee.'
 'Ik ook niet.'
 Daar keek ik van op. Ik putte troost uit haar bekentenis.

Ons afscheid was nogal ongemakkelijk.
 'Je vertelt het toch aan niemand, hè?' vroeg ze ongerust toen we na de seks in bed lagen. Ze verwoordde precies wat ik dacht.
 Ik tastte bij het voeteneind naar mijn onderbroek, waarbij ik Helen verdrukte en in het vlees om haar skelet kneep. Ze trok een pijnlijk gezicht.
 'Nooit,' zei ik iets te nadrukkelijk. Ik klom uit het bed en merkte dat mijn enkel vreselijk veel pijn deed.
 'Je kunt maar beter gaan. Mama kan elk moment thuiskomen.' Het was duidelijk dat we allebei een dikke streep onder de ontmoeting wilden zetten.
 'Mijn enkel is opgezwollen,' zei ik. Ik trok mijn broek met elastische taille aan en probeerde wanhopig mijn buik in te houden.
 'Hoe kun je dat zien?'

Dat vond ik best gemeen, komend uit de mond van een meisje dat mijn vriendin zou kunnen zijn.

Op weg naar huis gaf ik over in een heg. Toen ik de oprit naar Avalon op hobbelde, gaf mijn horloge aan dat het vijf over elf was, en ik wist zeker dat ik aan een kruisverhoor zou worden onderworpen. De leugens die ik had bedacht over *Herbie Goes Bananas* en mijn zogenaamde vrienden klonken zelfs mij zwak in de oren. Ik had niet verwacht dat ik zou moeten uitleggen hoe ik aan braaksporen op mijn broek en een pijnlijke enkel kwam.

Tot mijn verbazing stonden de garagedeuren wijd open en stond er geen auto op de oprit, wat betekende dat mijn vader dus toch weg was gegaan.

Toen ik door de voordeur naar binnen ging, was het huis in stilte en duisternis gehuld. Mama was kennelijk al naar bed. In de wasruimte trok ik opgelucht mijn kleren uit, die ik in de wasmachine propte, samen met de stapel die al in de wasmand lag. Daarna dronk ik in de keuken een glas water. Toen klom ik zo geruisloos mogelijk de trap op. Ik sloop langs de slaapkamerdeur van mijn ouders en kroop in mijn bed.

Ik lag nog even wakker, me afvragend of ik me zo hoorde te voelen nu ik seks had gehad. Ik had verwacht dat ik me sterk, imposant en mannelijk zou voelen. In werkelijkheid voelde ik me droevig, wrokkig en misselijk. Maar misschien kwam dat door de gin. Die had ik ook nooit eerder gehad.

Maar goed, dat was dus wat ík deed op vrijdag 14 november 1980, de avond dat mijn vader Annie Doyle vermoordde.

4

Lydia

De eerste elf dagen na de dood van de jonge vrouw waren de meest stressvolle, vanwege de angst dat onze koppen elk moment konden rollen. We kochten alle kranten en luisterden naar alle journaaluitzendingen, wachtend op een bericht over haar verdwijning, maar er gebeurde niets. Andrew ging naar zijn werk, en ik deed mijn oefeningen, winkelde, kookte maaltijden, verzorgde onze zoon en het huis, en sloot mezelf af en toe op in de slaapkamer om mijn moeders scharlakenrode lippenstift op te doen. De laatste keer dat ik die had gebruikt, was tientallen jaren geleden, en hoewel hij helemaal was uitgedroogd, was de kleur nog net zo levendig als vroeger. Ik smeerde hem met wat crème van Pond's op mijn mond en toen ik in de spiegel keek, zag ik mama naar me terugkijken.

Soms werd ik wakker en vroeg ik me af of Annies dood slechts één lange nachtmerrie was, maar één blik op Andrews steeds grauwer wordende gezicht wanneer hij aan het eind van elke dag thuiskwam van zijn werk maakte me duidelijk dat het geen droom was geweest en dat we er nooit uit zouden ontwaken. Door het keukenraam keek ik uit op het recent gegraven graf. Ik had Andrew gevraagd om wat planten te kopen, zodat het er niet zo kaal uit zou zien en nu, aan het eind van de koude novembermaand, bood het een obsceen kleurrijke aanblik.

Ik bleef goede hoop houden.

'Niemand is naar haar op zoek,' zei ik. 'Misschien is ze niet eens als vermist opgegeven. Als Laurence verdween, zouden we binnen een paar uur de politie bellen. Ja, toch?'

'Jij wel,' zei Andrew. 'Ik zou geneigd zijn hem wat ruimte te geven.'

'Maar… Die vrouw. Blijkbaar geeft niemand iets om haar.'

'Het is slechts een kwestie van tijd tot er alarm wordt geslagen. Je houdt jezelf voor de gek als je denkt dat het niet zover komt.'

Op dinsdag 25 november werd er tijdens het avondeten aangebeld. Andrew ging naar de voordeur om open te doen en ik nam het snijden van de ham van hem over. Ik ving het begin van het gesprek op en realiseerde me dat het een politieagent was. Ik zag dat Laurence aandachtig meeluisterde, dus ik deed de tussendeur dicht en zette de radio aan, mezelf dwingend om rustig te blijven.

Toen Andrew weer plaatsnam aan de tafel, zag ik dat zijn gezicht bleek was. Ik durfde hem in het bijzijn van Laurence niet te vragen wat er was gebeurd en begon in plaats daarvan over de boiler, die moest worden ingepakt voor de naderende winter. Hij knikte kort en trok zich terug achter *The Evening Herald*. Laurence staarde naar de handen van zijn vader. Grote handen, verweerder dan je misschien zou verwachten bij iemand van de rechterlijke macht. Andrew klapperde met de krant om de pagina's glad te krijgen en ik schrok van het geluid. Toen legde hij zijn krant neer. 'Hoe laat was je eigenlijk thuis op de avond dat je met je vrienden naar de bioscoop bent geweest?' vroeg hij aan Laurence.

'O, eh… in elk geval voor twaalf uur. Je had gezegd dat ik tot zo laat mocht wegblijven…' antwoordde Laurence.

Ik zag dat zijn wangen rood werden.

'Mooi zo, mooi zo. Ik heb je helemaal niet horen thuiskomen. We lagen heel diep te slapen. Hè, Lydia?'

Ik wist niet wat ik moest zeggen. Wat had de politieagent gezegd? Had iemand ons soms toch gezien op het strand? Andrew wilde Laurence duidelijk als alibi gebruiken. Het was een slimme zet, maar hij pakte het niet subtiel genoeg aan.

'Ik geloof het wel,' zei ik.

'We lagen echt heel diep te slapen,' herhaalde Andrew.

Laurence keek verbijsterd. Ik knipoogde geruststellend naar hem om hem ervan te verzekeren dat er niets aan de hand was.

Hij leek niet gerustgesteld.

'Waarom kwam die politieagent aan de deur?' vroeg hij.

'O, was het de politie?' zei ik zo luchtig mogelijk. 'Is er iets aan de hand, Andrew? Heeft het iets met je werk te maken?'

Als rechter bij de bijzondere strafrechtbank van het Special Criminal Court had Andrew twee jaar eerder een zaak tegen IRA-leden behandeld. Hij was toen het doelwit geweest van een paar vage doodsbedreigingen. Er werd zelfs over gesproken om aan het begin van onze oprit een wachthuisje te plaatsen voor een beveiliger, maar daar had Andrew niets van willen weten. 'Ik weiger in een fort te wonen,' had hij gezegd, en ik was het met hem eens. Hooggeplaatste politiemensen kwamen ons met enige regelmaat opzoeken om zijn veiligheid en bescherming te bespreken, maar werden meestal meegenomen naar de bibliotheek om de kwestie privé met mijn man door te nemen. Andrew besprak zijn werk zelden met ons.

Hij zweeg even voordat hij antwoord gaf. 'Het had niets met mijn werk te maken. Er wordt een jonge vrouw vermist. De politie is bezig met een standaard buurtonderzoek. Ik heb tegen hem gezegd dat ik twee weken geleden het hele weekend thuis was.'

Ik hield Laurence' gezicht in de gaten en zag er een lichte verwarring overheen trekken.

'O, wat akelig! Waar is ze voor het laatst gezien? Hier in de omgeving? Waarom houden ze hier een buurtonderzoek?' Ik veinsde bezorgdheid, maar ik móést het weten. Waarom waren ze bij ons aan de deur geweest?

Andrew pakte de krant weer op, verstopte zich erachter en zei: 'Ze zeggen dat er recent een auto als de mijne bij het huis van de vrouw is gezien.'

Zijn auto. Een vintage donkerblauwe Jaguar, die Andrews grootste trots was. Hij stond erop om alle kleine reparaties zelf uit te voeren. Het ding zoop benzine en het onderhoud kostte een fortuin. Nadat Paddy Carey ons in de ellende stortte, had Andrew geprobeerd de auto te verkopen, maar hij kon geen koper vinden. Waarom had hij hem niet discreet een eind bij haar voordeur vandaan geparkeerd?

'Nou, maar dat is toch ronduit belachelijk? Wat brutaal dat ze jou daarover komen ondervragen. Daar moet je echt iets van zeggen, Andrew. De brutaliteit.'

'Tja, het is nu eenmaal een opvallende auto, Lydia. Ze doen gewoon hun werk.' Zijn stem had een harde ondertoon.

Laurence keek ons om beurten aan. Andrew excuseerde zich en verliet de keuken.

'Mam... Was papa... Was hij op die vrijdagavond niet weg? Toen ik thuiskwam, stond zijn auto niet op de oprit.'

Ik keek ervan op dat Laurence zich een avond van bijna twee weken eerder nog zo helder herinnerde, maar hij had gelijk. Ik vond het vervelend dat ik hem moest tegenspreken. 'Nee, lieverd. De auto stond er wél.' Maar ik moest mezelf ook beschermen. 'Ik had die vrijdag migraine en ben

vroeg naar bed gegaan. Volgens mij is je vader naar boven gekomen voordat jij thuis was. Je hebt het hem net horen zeggen. Hij was thuis en de auto ook.'
'Maar was je dan wakker toen hij naar boven...'
'Laurence!' Ik lachte. 'Waar komen al die vragen opeens vandaan? Wil je nog een sneetje krentenbrood?' Ik wist hoe ik de aandacht van mijn zoon kon afleiden.

De telefoon in de garderobe ging. Ik was blij dat ik de keuken kon verlaten en wilde wanhopig graag met Andrew praten om te horen hoeveel de politie wist. Ik nam op en kreeg een meisje aan de lijn dat naar Laurence vroeg. Ik was verbaasd. Laurence was in geen maanden door iemand gebeld, en al helemaal niet door meisjes.

'Het is voor jou,' zei ik tegen hem. 'Een meisje dat Helen heet.' Hij bloosde tot aan zijn haargrens en stond op om het telefoontje aan te nemen.

Ik trof Andrew boven aan, waar hij in de slaapkamer liep te ijsberen. 'We worden gearresteerd. De politie weet het. Ze wéten het!'

'Wat weten ze dan? Wat heb je precies tegen hen gezegd? Vertel het me.'

'Haar familie heeft haar vrijdag als vermist opgegeven. De politie heeft de andere bewoners van het huis ondervraagd, en een van hen vertelde dat ze bezoek had gehad van een man met een auto als die van mij.'

'Wat voor type auto? Heeft ze dat gezegd? Waarom heb je de auto ook voor de deur geparkeerd? Sufferd!'

'Ze weten dat het een donkere vintage auto is. Hij zei dat ze dacht dat het een Jaguar of een Daimler was. O, jezus.'

'Heeft ze ook een beschrijving van jou gegeven? Heeft ze je gezien?'

'Nee, dat is onmogelijk. Ik dacht echt dat ik heel voor-

zichtig was geweest. Ik had altijd die oude gleufhoed van je vader op en een sjaal opgetrokken tot mijn kin. Niemand daar heeft ooit mijn gezicht gezien. Ik wilde immers niet herkend worden.'
'Waar is die hoed nu?'
'Wat?'
'Waar is die hoed nu?'
'In de garderobe. Och, lieve christus. Straks komen ze terug met een huiszoekingsbevel.' Hij begon te trillen.
'Hou daarmee op. Niet instorten, want dat kan ik er niet bij hebben. Hoeveel van die oude auto's rijden er rond in Dublin? Tien... vijftien misschien? De politie wil je gewoon kunnen afvinken. Niemand heeft je gezicht gezien. Ik ben jouw alibi. Je was hier thuis, bij mij.'
'Volgens mij weet Laurence het...'
'Hij weet helemaal niets. Daar kunnen we hem heus wel van overtuigen. Geef hem geen aanleiding om achterdochtig te worden. Gooi wat water in je gezicht, ga terug naar beneden en kom bij ons in de woonkamer zitten.'
Ik holde naar beneden, naar de garderobe, waar Laurence nog altijd aan de telefoon zat te kletsen, op een houten krukje recht onder de gleufhoed. Ik denk dat het ding daar al dertig jaar moest hebben gelegen. Ik wist nog dat mijn vader hem droeg. Ik had hem niet willen weggooien, maar nu moest het wel.
'Wat kom je doen, mam?'
'Niets, hoor. Laat maar.'
Ik zou de hoed later wel ophalen.

Laurence kwam bij ons in de woonkamer zitten. Ik deed mijn best om de sfeer luchtig te houden en zijn aandacht af te leiden van zijn vaders angstige gedrag. 'Zeg, wie is die Helen eigenlijk?' vroeg ik, maar Andrew zei dat ik stil moest zijn en zette het geluid van de televisie harder. Het journaal begon. Het was niet het openingsitem, maar het derde of vierde.

'*De bezorgdheid over de verblijfplaats van een tweeëntwintigjarige vrouw uit Dublin die al elf dagen wordt vermist, neemt toe. Annie Doyle werd op de avond van vrijdag 14 november voor het laatst gezien in haar woning in Hanbury Street, in het centrum van de stad.*'

Er werd een korrelige foto van de jonge vrouw getoond. Donker haar, mager en met een dikke laag make-up op. Ze was gekleed in een spijkerjack en grijnsde naar iemand achter de fotograaf, met een bierglas in haar hand. Ze had zo te zien niet in de gaten dat ze werd gefotografeerd en de misvormde bovenlip onthulde scheve voortanden. Ik gluurde even naar Andrew. Hij staarde gespannen naar de televisie.

'Dat is vast de vrouw waar ze jou net naar vroegen, pap.'

'Sst!' antwoordde Andrew woest.

Brigadier O'Toole, die de leiding had over het onderzoek, was aan het woord: '... *in de voorafgaande weken is een donkergekleurd luxevoertuig in de directe omgeving van de woning van de vrouw gesignaleerd. We denken dat de mannelijke bestuurder een vaste bezoeker was van het huis van juffrouw Doyle. We vragen iedereen die iets verdachts heeft gezien om onmiddellijk contact op te nemen met de* gardaí.'

Toen gingen ze verder met een item over het brandstoftekort. Laurence zat naar Andrew te kijken en vroeg zich ongetwijfeld af waarom hij zo gespannen was. Ik moest die spanning doorbreken. 'Ik hoop dat ze degene die erachter zit te pakken krijgen. Dat arme kind,' zei ik.

Laurence en Andrew zwegen allebei.

'Wie wil er een kop thee?'

Laurence schudde zijn hoofd, maar Andrew zat zwijgend

met zijn handen om de armleuningen van zijn stoel geklemd. Ik moest hem uit zijn verdoving zien te krijgen.

'Schat?' vroeg ik een tikje scherp.

'Wat? Nee,' snauwde hij. Hij was heel bleek. Opeens kreeg hij in de gaten dat Laurence hem gadesloeg. Hij vertrok even zijn gezicht en vroeg toen: 'Zeg, wie is die Helen?'

'Dat is mijn... vriendin.'

'Je vriendin?' juichte ik, blij met de kans om de gespannen sfeer in de kamer te doorbreken. 'Heb je haar op die avond in de bioscoop ontmoet? Toen je met je vrienden naar *Herbie* ging?'

Vanwege alles wat er was gebeurd had ik hem nooit echt uitgebreid naar die avond gevraagd, maar ik had het verdacht moeten vinden dat hij met 'vrienden' uitging. Hij was slecht in liegen, net als zijn vader, en de waarheid stroomde nu naar buiten.

'Ik ben niet met vrienden naar de bioscoop gegaan. Ik ben bij Helen thuis geweest. Ze had me uitgenodigd. We hebben pizza gegeten en naar *The Dukes of Hazzard* gekeken. Meer vertel ik je niet.' Hij keek naar Andrew om te zien hoe hij zou reageren. 'Pap?'

'Dat is geweldig, Laurence. Geweldig.'

Er was duidelijk meer voorgevallen tijdens Laurence' afspraakje dan hij ons wilde vertellen. Ik was van slag. Het schoot me te binnen dat de wasmachine die avond had gedraaid. Normaal gesproken hielden Laurence en ik niets voor elkaar achter. Tot nu dus. En omdat Andrew zonder iets te zeggen de kamer weer verliet, moest ik de situatie onder controle houden. Ik nam Laurence' handen in die van mij.

'Laurence, laat me even uitpraten. Ik weet niet wat je allemaal hebt gedaan met die Helen en ik wil het ook niet weten, maar je hebt tegen je vader en mij gelogen. Je bent met een verstuikte enkel thuisgekomen, je hebt een flauwekulverhaal tegen ons opgehangen over waar je naartoe ging, en ik weet niet wat je die avond precies uitspookte in de waskamer, maar ik ga er niet naar vragen ook. Je vader heeft je twee pond gegeven voor de bioscoop en die wil ik graag terug. In dit gezin zijn we eerlijk tegen elkaar, en we vertellen elkaar geen leugens. Is dat duidelijk?'

Hoewel niemand van ons het thuis nog over de dode vrouw had, was het in de twee dagen na het eerste journaalbericht onmogelijk de naam Annie Doyle te vermijden. De volgende dag stond haar foto op de tweede pagina van Andrews *The Irish Times*, dezelfde foto van de misvormde grijns met de scheve tanden. Ze was die vrijdagmiddag voor het laatst gezien toen ze haar woning binnenging. Er waren berichten dat ze die ochtend in het centrum van de stad was gesignaleerd, maar dat was niet bevestigd, en de politie verzocht iedereen die op die dag mogelijk contact met haar had gehad zich te melden.

De dag erna stonden er een foto en een interview met haar ouders in de kranten. Ik bekeek de foto aandachtig. Er stond een rechercheur achter de drie andere leden van het gezin. Je kon meteen zien dat ze arm waren. Het gezicht van Annies vader stond strak van verdriet en zijn ogen waren glazig van vermoeidheid. Hij zag er onbeschaafd, ongeschoren en gedrongen uit. Zijn vrouw was alledaags. Er stond nog een dochter bij hen op de foto, met gebogen hoofd en haar gezicht verborgen achter haar lange haren. Annies moeder zei dat ze echt een goed mens was, heel intelligent, en dat ze een vrolijk, populair kind was geweest. Ze vroegen de lezers om naar haar uit te kijken. Ze wilden alleen maar dat Annie naar huis kwam. Ik kon tijdens het lezen de wanhoop van de moeder niet voelen. Ik probeerde het wel, maar ik kon me er niets bij voorstellen. Ik vroeg me af wat Annies vader zou zeggen als hij wist wat zijn lieve dochter had uitgespookt. Misschien zou hij juist wel opgelucht zijn dat ze dood was. Toch leefde ik meer met hem mee dan met zijn vrouw. Het krantenartikel beschreef uitgebreid wat Annie aan had gehad toen ze voor het laatst werd gezien: een jas met visgraatmotief, paarse laarzen en een zilveren armbandje met een naamplaatje om de pols. Alledaagse, goedkope rommel die de helft van de jonge vrouwen in het land droeg. Er stond bij vermeld dat haar rode haar zwart was geverfd.

Daarna werd ik kalmer. Een week later schreven sensatiebeluste artikelen over Annie Doyles tragische verleden, met een opname in een tehuis en winkeldiefstal. Hoewel ze het niet met zoveel woorden zeiden, werd er gesuggereerd dat ze een prostituee was. Ik voelde een diepe afschuw. Andrew bezwoer dat hij het niet had geweten, maar gaf toe dat ze veel gretiger met het plan had ingestemd dan hij had verwacht.

'Ik had het kunnen weten, ik had het moeten vermoeden,' zei hij.

Gelukkig voor ons was het een jonge vrouw die van het ene probleem in het andere rolde en de laatste persoon die de politie in verband zou brengen met een gezin als het onze. Ze hadden niets om zich op te baseren, behalve een auto die vaag overeenkwam met de beschrijving. Ze kwamen niet terug met een huiszoekingsbevel. Zodra ik er de kans voor kreeg verbrandde ik mijn vaders gleufhoed in de open haard. Ze zouden niets vinden, tenzij ze letterlijk aan het graven sloegen, en daar gaven we hun geen enkele aanleiding toe.

In het begin bezorgde het nieuwe bloembed in de achtertuin me een onbehaaglijk gevoel. Het riep vanzelfsprekend herinneringen op aan mijn zus. Maar ik heb geleerd dat je uiteindelijk aan alles gewend raakt.

Vlak voor Kerstmis gingen Andrew en ik samen uit eten. Ik ging zelden een avondje uit, en na Paddy Carey was het zelfs bijna onbetaalbaar geworden, maar ik vond dat hij iets leuks had verdiend. We hadden zoveel meegemaakt. Bovendien wilde ik iets met hem bespreken op een openbare plek, zodat hij niet overtrokken kon reageren. Ik zorgde ervoor dat de maître d' ons een hoektafeltje gaf waar we niet konden worden afgeluisterd.

Ik wachtte tot het hoofdgerecht was geserveerd en sneed toen het bewuste onderwerp aan.

'Schat, je houdt toch van Laurence en mij, hè?'

'Wat? Waarom vraag je dat? Natuurlijk hou ik van jullie.'

'Het is namelijk zo... Als er iets gebeurt... als er iets wordt ontdekt...'

'Jezus christus, Lydia.' Hij legde zijn bestek neer.

'Nee, er is niets aan de hand. Ik weet zeker dat we veilig zijn. Alle rumoer is verstomd. Niemand is nog naar haar op zoek. Maar stel nou dát...'

'Wat?'

'Tja, dan hoop ik dat je aan Laurence denkt.'

'Waar heb je het over?'

'Als ze jou arresteren, als ze op een of andere manier bewijs vonden en jou konden oppakken, en je er met geen mogelijkheid onderuit kon komen... Nou ja, dan zou je altijd kunnen zeggen dat je het in je eentje hebt gedaan.'

Hij staarde me met open mond aan en ik was blij dat ik dit rustige restaurant had uitgekozen, want als we thuis waren geweest, zou hij beslist tegen me hebben geschreeuwd en met dingen hebben gegooid. Ik heb altijd geweten hoe ik de opvliegendheid van mijn man kon bedwingen.

'Zie je, schat, als Laurence ons allebei onder zulke afschuwelijke omstandigheden kwijtraakt, zou zijn leven verpest zijn. Maar als ze jou arresteren, zou je kunnen zeggen dat het een situatie was die verkeerd is afgelopen. Een ruzie tussen geliefden. Je zou kunnen zeggen dat ze je wilde afpersen, en dat zou nog echt waar zijn ook! En dan zou ik kunnen zeggen dat ik er helemaal niets van afwist. Dan zouden Laurence en ik na afloop samen verder kunnen gaan en een nieuw leven opbouwen. Dat gun je ons toch wel, schat?'

Zijn onderlip trilde, en toen hij eindelijk iets zei, klonk het ironisch genoeg verstikt, alsof hij werd gewurgd. 'Het was stom van me om met dat krankzinnige plan van jou in te stemmen. Ik heb het gedaan omdat ik van je hou. Ik zal alles doen wat je wilt. Jij krijgt weer eens je zin. Zoals altijd. Maar probeer me alsjeblieft niet wijs te maken dat je dit voor Laurence doet.'

Andrew heeft nooit begrepen hoe sterk moederliefde is.

5

Laurence

Ik vond het vreselijk dat ze het woord 'verdwenen' gebruikten, alsof Annie Doyle in rook was opgegaan, terwijl het overduidelijk was dat haar iets ergs was overkomen. De gedachte dat mijn vader betrokken was bij de 'verdwijning' van de vrouw zou tot aan die dag bespottelijk zijn geweest. Hij was een respectabel man, en als je tussen de regels van de *Sunday World* door las, was zij een junkie en een prostituee. Hij had zelfs nooit een affaire gehad. Bij mijn weten niet, in elk geval. Maar hij wist er wel iets over. Daarvan was ik overtuigd.

Om te beginnen loog hij tegen de politieagent dat hij die avond thuis was geweest, en vervolgens probeerde hij mij wijs te maken dat hij in bed had gelegen, terwijl ik wist dat hij weg was geweest, omdat zijn auto er niet had gestaan toen ik thuiskwam. Mama was vroeg naar bed gegaan vanwege een migraineaanval en kennelijk was hij daarna weggeslopen. Dat was op zich al verdacht, maar toen ik in een krantenartikel waarin dingen werden beschreven die Annie Doyle op het moment van haar verdwijning had gedragen over het verzilverde armbandje met naamplaatje las, schrok ik pas echt.

Twee dagen daarvoor had mijn moeder me gevraagd de zak van de stofzuiger te vervangen. Ze had een hekel aan vieze klusjes en dit was iets wat mijn vader of ik altijd deden. Toen ik de zak eruit haalde, stak er door een gaatje iets glinsterends naar buiten. Ik trok eraan en er kwam een smerige, met stof bedekte sliert uit. Toen ik het stof ervan af blies, zag ik een dun metaalachtig kettinkje met een smal plaatje eraan. In het plaatje stond de naam 'Marnie' gegraveerd. Het sluitinkje was donkerrood gekleurd. Aan de andere kant van het naamplaatje zaten geen schakels, en ik vermoedde dat het de helft van een armband was. Ik vroeg me heel even af wie Marnie was en stopte het armbandje in een keukenla, ervan uitgaande dat het van mijn moeder was. Ik dacht dat het misschien per ongeluk in de stofzuiger was beland, maar vergat het tegen haar te zeggen.

Maar nu ik de nieuwste informatie over Annie Doyle had gelezen, begreep ik de betekenis ervan. Het drong tot me door dat mijn moeder nooit zo'n armbandje zou dragen. Mijn moeder droeg alleen antieke gouden sieraden. Een verzilverd armbandje was veel te modern en ordinair voor haar. Toen ik papa alleen in de keuken aantrof, liet ik hem het armbandje zien dat ik had gevonden.

'Deze zat in de stofzuiger. Het is niet van mama, hè?'

'Geef hier.' Het was een bevel. 'Dat is gewoon rommel.'

Hij gooide het in de afvalemmer en liep zonder verdere uitleg de keuken uit. Ik viste het tussen de aardappelschillen en de stukken vet die van het vlees van de vorige avond waren gesneden vandaan. Nadat ik het onder de kraan had afgespoeld, wikkelde ik het in een papieren zakdoekje en stopte het in mijn zak. Ik wist niet wat ik ermee ging doen, maar ik wist wel dat het op een of andere manier bewijsmateriaal was. Ik wilde er liever niet aan denken waarvan het bewijsmateriaal was, maar het leek me belangrijk om het te bewaren.

Toen ik een paar dagen later uit school kwam, zag ik dat

er een politieauto stilhield voor ons hek. Ik begon bijna te hyperventileren. Waren ze hier om papa te arresteren of was het slechts een routinebezoek? Ik liep de oprit op en op dat moment stapte er een zwaargebouwde man uit. Ik herkende hem van het journaal. Het was de man die de leiding had over het onderzoek. Op de achterbank zat een tweede man en achter het stuur zat een agent in uniform.

'Hallo, knul. Ik ben brigadier Declan O'Toole en dat daar' – hij knikte naar de achterbank – 'is agent James Mooney. Woon jij hier?' Hij wees naar ons huis.

'Ja.'

Agent Mooney stapte ook uit de auto en ging achter O'Toole staan. 'Hoe heet je?'

'Laurence Fitzsimons.'

'Is je vader thuis?'

'Dat denk ik niet. Hij komt meestal pas na zessen thuis van zijn werk.'

Agent Mooney knikte en liep terug naar de auto, maar O'Toole zei dat hij even moest wachten. Hij had een sluwe grijns op zijn gezicht. Ik mocht hem niet.

'Dus jij bent de zoon van rechter Fitzsimons?'

'Ja.' Ik wilde het liefst over de oprit wegrennen, maar de agent legde een hand op mijn schouder om me daar te houden.

'Nou, je bent een flinke vent, hoor.' Hij deed alsof hij een vriend van me was. Ik zei niets. 'Vertel me eens, Laurence. Herinner jij je het weekend van 14 november nog? Dat is nu twee weken geleden.'

'Ja, hoezo?'

'Was je dat weekend zelf thuis?'

Ik vroeg me af of ik om een advocaat moest verzoeken, maar de politieagent gedroeg zich heel ontspannen. Hij schreef niets op. Toch was ik doodsbang.

'Op vrijdagavond was ik bij mijn vriendin thuis. Vraag het maar aan haar, als u wilt.'

'Ach, nou niet meteen in de verdediging schieten, jochie. Ik beschuldig je nergens van. Het is puur een routinekwestie, oké?' Hij was veel zelfverzekerder dan Mooney, die ik had gehoord toen hij mijn vader ondervroeg. Deze man was… jolig.

'Waarom vraagt u me naar dat weekend?'

Hij ging niet op mijn vraag in. 'Vertel me eens. Is het die avond laat geworden? Op die vrijdag, bedoel ik. Hoe laat lag je in je eigen bed? Of ben je daar helemaal niet aan toegekomen?' Hij gaf me knipogend een por met zijn elleboog, alsof we een komisch duo waren.

'Ik moest om twaalf uur thuis zijn. Maar ik was om iets na elven al terug.'

'Om twaalf uur, zeg je? En zaten papa en mama op je te wachten om alles te horen?' Hij knipoogde weer.

'Ja,' antwoordde ik.

'Weet je dat heel zeker? Allebei?'

'Ja.' Ik zorgde ervoor dat mijn stem zo rustig mogelijk klonk, maar kon niet voorkomen dat mijn wangen rood werden. Het liegen ging me zo gemakkelijk af dat ik er zelf van opkeek.

'En is je pa dat weekend nog weg geweest?'

'Nee. We zijn allemaal thuisgebleven.'

'Wat heb jij een goed geheugen, zeg.'

'Ik weet het nog omdat ik mijn enkel had verstuikt. Mijn vader en moeder zijn bij me gebleven om dingen voor me te halen en zo.'

'Mooi, dat is alles wat ik wilde weten, knul. Ik wil gewoon mensen afstrepen van mijn lijst. Het is een rotklus, maar ja, iemand moet het toch doen, hè?' Hij knipoogde nog een keer en liep naar de auto om in te stappen.

'Moet u niet naar het huis?' vroeg ik. Ik knikte naar Avalon.

'Niet nodig. Dat is helemaal niet nodig.'

Agent Mooney, die al die tijd zwijgend had staan luisteren, fluisterde nu dringend iets in O'Tooles oor. O'Toole wuifde hem geërgerd weg, maar zei: 'Nog één ding. Draagt je vader weleens een hoed? Een soort gleufhoed?' Hij haalde een foto van een hoed uit zijn zak. 'Zo eentje,' zei hij, wijzend op de foto. Ik slaakte een diepe zucht van opluchting.

'Nee. Nooit. Hij heeft niet eens een hoed.' O'Toole wierp Mooney een zelfvoldane grijns toe.

'Mooi zo, mooi zo. Dat was alles. Dan ga ik maar weer eens.'

'Waarom vraagt u dat eigenlijk, van dat weekend, en mijn vader en een hoed?'

Hij tikte tegen de zijkant van zijn neus. 'Lopend onderzoek, maar jij hoeft je nergens zorgen over te maken. Ga nou maar!' De agenten stapten in, toeterden en reden weg.

Ze waren op zoek naar een andere man, een man die een hoed droeg. Ik had helemaal niet hoeven liegen. Toch was mijn vader wel schuldig aan íets. Misschien was hij die avond om een andere reden weg geweest. Het was bijna een opluchting om te denken dat hij misschien een affaire had en dat de armband van zijn minnares was, die Marnie heette. In geen enkel krantenartikel of nieuwsitem was de naam op de armband genoemd, en je zou denken dat het de naam van de vrouw zelf was, Annie. Marnie moest dus wel mijn vaders snolletje zijn. Dat was beter dan wat de vermiste prostituee was overkomen, wat dat ook precies mocht zijn. De knoop in mijn maag loste op.

Toen ik binnenkwam, was mijn moeder bezig stof te knippen op de keukentafel.

'Mam,' zei ik vrolijk bij de voordeur, 'papa gaat vrijuit! Ze zoeken een man met een hoed!'

Ze keek niet op. 'Waar heb je het over, lieverd?'

'Er stonden net twee politieagenten buiten, en een van hen vroeg me naar die avond, de avond waarover papa eerder is ondervraagd. Ze zijn op zoek naar een man met een hoed.'

Ze glimlachte lief. 'Lieve hemel, een politieagent die jou vragen stelt. Wat heb je tegen hem gezegd?'

'Ik heb gezegd dat papa en jij hier waren toen ik thuiskwam van mijn stapavondje en dat papa niet eens een hoed heeft.'

Ze lachte. 'Wat belachelijk, een schooljongen ondervragen.'

'Ik hoop dat ze hem te pakken krijgen.'

'Wie?'

'De man met de hoed!' Ik zocht in de koelkast naar de kaas en sneed twee dikke sneden brood af.

'Hou wat ruimte over voor het avondeten,' zei mijn moeder. Alsof ik daar moeite mee zou hebben.

Ik was blij dat ik niet langer aan die vrouw hoefde te denken. Ik had alle weggegooide kranten uit de afvalemmer gevist en de artikelen over de vermiste vrouw uitgeknipt. Vreemd genoeg had papa de laatste tijd alle kranten gekocht, ook de kranten die hij altijd had veracht. Bij ons thuis werd de *Sunday World* normaal gesproken niet gelezen. In het begin stond er alleen praktische informatie in, zoals waar ze het laatst was gezien en een beschrijving van wat ze mogelijk aan had gehad, maar latere artikelen suggereerden dat ze een leven vol schande had geleid. Ik had ze avond na avond uitgeplozen en de grijns om haar misvormde mond met de scheve tanden bestudeerd, in een wanhopige poging mijn vaders betrokkenheid uit te sluiten. Ik had het bureau in zijn werkkamer onderzocht, op zoek naar bewijs dat hij een affaire had, maar in werkelijkheid zocht ik iets wat op een verband tussen Annie Doyle en hem wees. Ik weet niet wat ik had verwacht aan te zullen treffen. Een foto? Een dossiermap met haar naam erop? Het was belachelijk en dat wist ik. Prostituees gaven geen bonnetjes en deelden geen visitekaartjes uit.

Ik had nachtmerries gehad waarin ik seks had met Annie in Helens vervormde kamer, en andere waarin ik driftig op haar in stak met mijn vaders zilveren briefopener. Totdat ik opeens het gezicht van mijn moeder zag en wakker werd, kletsnat van het zweet en vol wroeging. Maar dat lag nu allemaal achter me.

Maar twee dagen later viel mijn oog op een lege plek op de plank waar mijn opa's oude gleufhoed al zo lang ik me kon herinneren had gelegen. Ik vroeg mama waar hij was gebleven. 'O, ik geloof dat je vader dat ding eindelijk heeft weggegooid,' antwoordde ze afwezig. Alle angst en ongerustheid slopen mijn hart weer in. Ik vroeg papa zenuwachtig of hij de hoed had weggegooid.

'Waarom wil je dat weten?' luidde zijn wedervraag. Vervolgens beweerde hij dat hij niet wist wat ermee was gebeurd, maar zijn stem trilde.

Toen wist ik het. Ik wist zeker dat hij loog.

Ik deed niets met deze kennis. Ik was bang voor wat het zou kunnen betekenen. Nu had ik tegen de politie gelogen en kon ik dus ook de gevangenis in gaan. Wat had hij met die vrouw gedaan? Ik wist dat we platzak waren, maar als hij dan toch iemand wilde ontvoeren, had hij dan niet beter een rijk iemand kunnen uitkiezen? Zo radeloos kon hij toch niet zijn? En waar bleven de verzoeken om losgeld? De IRA had een keer een man ontvoerd, maar iedereen wist dat de IRA erachter zat, en ze hadden een rijke kerel ontvoerd, een buitenlandse industrieel. Mijn vader was niet dom. Dat bracht me op het idee dat Annie Doyle misschien wel problemen had gehad met de IRA of een bende criminelen, en dat papa haar geld had gegeven om met een nieuwe identiteit in het buitenland te gaan wonen. Lag dat niet veel meer voor de hand? Maar als dat het geval was, waarom was de politie er dan niet bij betrokken? Misschien was het niet aan de politie doorgegeven omdat de zaak zo gevoelig was dat hij alleen aan een rechter kon worden toevertrouwd. Ik wilde deze versie van de gebeurtenissen graag geloven, hoe onwaarschijnlijk ze ook was, omdat de alternatieven erg akelig waren.

In de weken daarop deed ik mijn best om geen tijd met Helen door te hoeven brengen, maar ze belde regelmatig, zogenaamd om te checken of ik echt niemand over de seks had verteld.

'Ik wil niet dat ze denken dat ik een slet ben.'

Ik vertelde haar niet dat de jongens in mijn klas haar sowieso een slet noemden, zelfs al voordat wij geslachtsgemeenschap hadden gehad.

Ze vervolgde: 'Het was gewoon iets wat ik achter de rug wilde hebben, snap je? Om te kijken waarom er zoveel drukte over wordt gemaakt.'

Ik kon haar teleurstelling voelen. Als ze echt van haar maagdelijkheid af had gewild, zou ik vermoedelijk niet haar eerste keus zijn geweest. Hoewel dit nieuwe besef kwetsend was, vroeg ik me toch af of ze misschien eerst door andere jongens was afgewezen voordat ze bij mij was uitgekomen. En vervolgens vroeg ik me af hoe groot de kans was dat een jongen uit mijn klas seks met een meisje zou hebben geweigerd, welk meisje dan ook. Dan had ze me dus tóch uitgekozen. Arme Helen.

'Sorry,' zei ik toen we elkaar na die avond voor het eerst aan de telefoon spraken.
'Lieve god, nee. Het spijt míj. Ik had niet... Het was gewoon... Laten we het er maar nooit meer over hebben.'
'Tuurlijk.'
Er viel een stilte. Toen vroeg ik, omdat ik het per se wilde weten: 'Ben je nou mijn vriendin of zoiets?'
'Wil je dat?' Ze klonk een beetje ongelovig.
Wat moest ik daar nou in vredesnaam op antwoorden? 'Ik denk het wel, ja...'
'Geweldig. Dat is echt geweldig.' Haar stem klonk meteen veel vrolijker.
Ik wist niet goed wat ik moest zeggen.
'Hallo... ben je daar nog?'
'Ja.'
'Dus dat is dan oké? Dat ik jou mijn vriendje noem? En we hoeven dus niet meer... je weet wel...?'
'Wat? Nooit?'
'Nou ja... misschien ooit wel, maar niet binnenkort al... Oké?'
'Oké. Nou, een fijne avond nog.'
'Zie ik je morgen?'
'Ja, waarschijnlijk wel.'
'Jij ook een fijne avond.'
Ik had opgetogen moeten zijn vanwege het feit dat ik nu een vriendin had, ook al was het Helen maar, maar ik zag ertegen op om haar in vertrouwen te nemen. Als ik mijn angsten hardop uitsprak, zouden ze legitiem en reëel worden.
Helen begon zich steeds meer zorgen te maken en gedroeg zich overdreven aanhankelijk. Ze was paranoïde en beweerde dat ik haar duidelijk alleen had gebruikt voor seks. Ze dreigde dat ze iedereen zou vertellen dat ik een

kleine penis had als ik aan iemand vertelde dat we het hadden gedaan, en dat hij door mijn dikke buik sowieso niet te zien was, zelfs als hij enorm was geweest. Ik had echt ontzettend veel geluk met mijn eerste vriendin.

Helen kwam langs in Avalon, vaak onuitgenodigd. 'Verdomme, zeg! Wat een kast van een huis!' zei ze tijdens haar eerste bezoek. Ik snoerde haar de mond en vroeg haar beleefd te zijn tegen mijn ouders. Het lukte haar maar net om haar taalgebruik in te tomen, maar ik kon merken dat het haar totaal niet kon schelen wat anderen van haar dachten. Ik wist dat papa en mama niet met haar waren ingenomen. Mama gedroeg zich altijd kil en stug in haar aanwezigheid, voerde stijfjes een beleefdheidsgesprekje en verliet zo snel mogelijk de kamer. Papa betrapte haar toen ze op een keer wodka uit een fles in het drankkastje overgoot in een limonadeflesje. Ik nam de schuld op me en zei dat het mijn idee was. Normaal gesproken zou hij ziedend zijn geweest om zoiets, maar nu schuifelde hij onverstaanbaar mompelend weg. Ik weet zeker dat hij Helen een vervelende tiener vond, maar misschien was hij blij dat ik een vriendin had. Bij mijn weten heeft hij mijn moeder niet over de wodka verteld. Helen liet het volkomen koud.

Op 19 december begon eindelijk de kerstvakantie. Dat ik vrij had van school riep gemengde gevoelens bij me op. Aan de ene kant hoefde ik de pestkoppen een tijdje niet te zien, maar aan de andere kant waren de gerechtsgebouwen gesloten en was mijn vader veel meer thuis. Ik was zenuwachtig in zijn nabijheid. Verder was er nog de kwestie van mijn schoolrapport. Sinds de avond dat de politieagent voor de deur had gestaan, had ik mijn huiswerk en studie laten verslonzen. Ik kon me niet meer op mijn schoolwerk concentreren, omdat mijn aandacht volledig in beslag werd genomen door het feit dat ik waarschijnlijk met een leugenaar en moordenaar in één huis woonde.

Ik overwoog om mijn rapport te vervalsen. Ik was een aardig goede vervalser. Op mijn oude school had ik het voor mijn vrienden gedaan, maar op het St. Martin had ik deze vaardigheid al snel ingezet om niet in elkaar te worden geslagen. Ik vervalste briefjes van ouders over hun zieke kind, schoolrapporten en treinkaartjes. Eén keer wilden ze me biljetten van tien pond laten namaken, maar toen dat geen succes bleek, iets waarvoor ik hen van tevoren al had gewaarschuwd, kreeg ik een flink pak rammel. Ik besloot eerlijk te zijn over mijn rapport, ook al was ik bang voor mijn vaders reactie.

Ik was al een teleurstelling voor hem, omdat ik geen atleet was en niet van rugby en golf hield. Hij had me één keer gedwongen achttien holes met hem te lopen. Ik wist gewoon nooit waar ik met hem over moest praten en ik kreeg de bal hooguit drie meter weg. Bij die gelegenheid zette ik hem voor schut in het bijzijn van een vriend van hem. Het was een vader-en-zoonuitje, ongetwijfeld voorgesteld door de vriend, die lid was van een veel chiquere golfclub dan papa. De andere zoon was een heel stuk jonger dan ik, maar ik maakte mezelf belachelijk door bij de vierde hole flauw te vallen. Ik moest door een golfbuggy worden opgehaald en werd naar het clubhuis teruggebracht. Nadat die verrekte Paddy Carey zijn schoftenstreek had uitgehaald, moest papa zijn lidmaatschap opzeggen, maar hij beweerde dat hij er gewoon geen tijd voor had. Achter de wolken...

Het was me tot dan toe altijd gelukt om goede cijfers te halen. Er was niet veel voor nodig om hem over de rooie te laten gaan. En ik wist niet zeker of ik me zou kunnen inhouden als hij dat deed. Mama zou het beslist bagatelliseren en opmerken dat zevens en achten ook heel goed waren.

Ik gaf papa de blauwe envelop op de eerste dag van de vakantie, dan had ik dat maar vast gehad. Ik wachtte zenuwachtig terwijl hij hem afwezig openmaakte en het rapport vluchtig doornam, maar hij reageerde helemaal niet boos. 'Waar zijn je negens? Je hebt er met de pet naar gegooid,' zei hij.

Mama nam het rapport van hem over. 'Lieve help, Laurence!' zei ze nadat ze het helemaal had gelezen. 'Het is geen ramp, lieverd, maar wat is er gebeurd?' Maar voordat ik kon antwoorden, zei ze: 'Het komt natuurlijk door dat meisje. Ze leidt je af. Als zij hier is, doe je helemaal niets voor school.'

'Ze heet Helen,' mompelde ik.

'Niet zo brutaal tegen je moeder,' snauwde de vermoedelijke moordenaar/ontvoerder, die vervolgens de kamer uit liep en het er nooit meer over had.

Mama stak een preek tegen me af. Ze zou me beter in de gaten houden, zei ze, en ik kon de verloren negens tijdens de kerstvakantie goedmaken. 'Het is allemaal mijn schuld. Ik wist vanaf het moment dat ik over haar hoorde dat dat meisje voor problemen ging zorgen. Ik had meteen moeten ingrijpen.'

Het lukte me om Helen te bellen en ik probeerde haar duidelijk te maken dat we het iets rustiger aan moesten doen.

'Goddomme, zeg,' zei ze. 'Ben jij nou een vent?'

Daar ging ik niet op in.

Mama maakte zich zorgen, omdat papa er oud en ziek uit begon te zien. Ik probeerde er niet aan te denken, maar het bleef door mijn hoofd spoken. Mama zei dat we in zijn bijzijn rustig moesten zijn en niets van hem moesten vragen. Ze vertrouwde me toe dat er ernstige geldproblemen waren die hij weigerde met haar te bespreken. Ik speelde het spel mee en beweerde dat mijn te kleine schooljasje nog prima was en dat het geen zin had om voor de laatste vijf maanden van school een nieuwe te kopen. Ze gaf toe dat we het ons niet konden veroorloven om alles te kopen wat we nodig hadden.

Ik had nog niet eerder meegemaakt dat papa ten onder ging aan stress. Stress en depressie waren mijn moeders zwakke kanten. Toen hij steeds zwakker werd, besefte ik dat ik wellicht de enige was die de ware reden van zijn aftakeling kende.

Op eerste kerstdag werd ik achttien. Helen was de vorige avond bij Avalon langsgekomen en we hadden onze cadeautjes al uitgewisseld. Helen zei dat ik een goedkoop vriendje was, omdat ze maar één gecombineerd verjaardags- en kerstcadeau voor me hoefde te kopen. Het was een T-shirt van *Star Wars* (we hadden *The Empire Strikes Back* inmiddels gezien), maar ik durfde het niet te passen waar ze bij was. Ik zei tegen haar dat het fantastisch zou zijn voor de zomer. Het was te klein, zoals ik al vreesde. Ik had oorbellen van stukjes gekleurd glas voor haar. Ze zei dat ze ze prachtig vond en dat ze sowieso al van plan was om gaatjes in haar oren te nemen.

Ik hoopte Helen zover te krijgen om weer seks te proberen, maar ze beweerde dat ik haar had afgeschrikt. Mijn hand werd zo vaak weggeslagen dat hij rood zag. Dat is mij het meest bijgebleven van die kerstavond: mijn gebedel en haar afwerende tikken.

De grote dag begon volgens de gebruikelijke familietraditie. We aten in de eetkamer in plaats van de keuken. De tafel was gedekt met linnen en kristal, en voor het eerst sinds, nou ja, sinds die ene avond, deed mijn vader zijn best om mee te doen. Hij deed geforceerd vrolijk en feestelijk, en las dezelfde flauwe grapjes uit de *Christmas crackers* voor die we elk jaar moesten aanhoren. Hij was vol lof over het eten, en hoewel ik aan hem kon zien dat hij zich ergerde, zei hij niets over de hoeveelheid die ik op mijn bord schepte. Ik besloot gebruik te maken van de toegeeflijkheid die me vanwege mijn verjaardag en Kerstmis werd gegund, en at een hele doos Quality Street leeg. Ze lieten het allebei toe.

We pakten onze cadeautjes uit. Ik kreeg onder andere de *Greatest Hits*-elpee van Rod Stewart die ik heel graag wilde hebben. Ik had voor mijn moeder een bedeltje gekocht voor haar armband. Het was een piepkleine ballerina. Toen mama jong was, deed ze aan ballet. Ze had als tiener zelfs een balletopleiding kunnen volgen in Londen, maar dat had ze geweigerd, omdat ze bang was dat ze heimwee zou krijgen. Mama ging nooit op vakantie. Ze kon het niet verdragen om langer dan een dag van Avalon weg te zijn. Als twaalfjarige was ze geschilderd terwijl ze oefeningen aan de barre deed, in de stijl van Degas, en het enorme, in palissanderhout ingelijste portret hing boven de schoorsteenmantel. Ze vond het nieuwe bedeltje prachtig, precies zoals ik had verwacht. Papa gaf ik een *Rumpole of the Bailey*-boek. Hij vond de televisieserie leuk. Hij klaagde er graag over dat die onrealistisch was, maar miste nooit een aflevering.

'Dank je, jongen. Dat is heel attent.' Hij leek oprecht ontroerd. Ik begon zowaar iets van genegenheid voor hem te voelen en vroeg me af of alles toch nog goed zou komen. Maar toen dacht ik aan Kerstmis bij Annie Doyle thuis, en aan haar vader, moeder en zus, die naar de lege plek aan de kerstdis staarden. En ik wist dat zij geen fijne dag hadden.

Papa wilde per se stilstaan bij het feit dat ik achttien was en hield een mooie speech waarin hij zei dat ik nu een man was en dat ik binnenkort de wereld in zou trekken, dat ik nu verantwoordelijk was voor mijn eigen keuzes en dat hij zeker wist dat ik ervoor zou zorgen dat ze trots op me konden zijn. Mama klakte afkeurend met haar tong bij de opmerking dat ik de wereld in zou trekken, maar schonk wel een glaasje wijn voor me in, mijn eerste officiële glas alcohol. Daarna overhandigde ze me een extra cadeau, iets wat speciaal van haar was, zei ze. Het zag eruit als een juwelenkistje, maar toen ik het openklapte, bleek er een scheermes van puur goud in te liggen, in een fluwelen holletje genesteld. Het was een familie-erfstuk en was van haar vader geweest.

Ik wist dat dit een belangrijk moment voor haar was en dat ze wilde dat het dat voor mij ook was, maar mijn vader kon het niet laten.

'God nog aan toe, Lydia. Dat is bespottelijk! Laurence scheert zich nog niet eens,' zei hij laatdunkend. 'Hij is er een beetje laat bij, hè, jongen?'

Het klopte dat ik nog geen scheermes nodig had, maar voor de rest was ik wel volledig ontwikkeld, en ik kwam enorm in de verleiding om hem te vertellen dat ik al seks had gehad. Mama probeerde haastig de gemoederen te bedaren. Haar bemiddelingsgave was ongeëvenaard. 'Nu misschien nog niet, maar dat komt binnenkort heus wel!' zei ze opgewekt, met een dwingende hand op de arm van mijn vader.

Mijn vader kromp even in elkaar en zei toen geërgerd: 'Ja. Ja, natuurlijk.' Hij gaf me speels een mannelijke klap op mijn schouder. Ik deed mijn best om mijn gezicht niet te vertrekken, niet van de pijn maar omdat het volkomen onoprecht was.

'Proost! Van harte gefeliciteerd met je verjaardag!' zei mama. Ze hief haar glas en we proostten met elkaar.

Ik ving mijn vaders blik op en zag dat hij een fractie van een seconde met oprechte belangstelling naar me keek, alsof hij me probeerde te doorgronden. Ik hield zijn blik vast. Heel even was er iets van wederzijds begrip voelbaar, een moment waarin ik een zeker fatsoen bij hem bespeurde en hij onder de lagen vet echt zijn zoon zag. Toen ging de telefoon en was het moment voorbij. Mama liep weg om op te nemen.

'Het is dat meisje!' riep ze vanuit de gang. Ik hoorde de diepe zucht in haar stem.

Papa sloeg geïrriteerd zijn ogen op naar het plafond. 'Het is Kérstmis!' Alsof er een wet bestond die zei dat je op eerste kerstdag de telefoon niet mocht gebruiken.

'Ik ben jarig, hoor,' hielp ik hem herinneren. Hij beheerste zich en glimlachte toegeeflijk naar me. Ik voelde de knoop van angst weer in mijn buik. Hij zag er ontzettend vriendelijk uit, maar ik kende de waarheid.

Het telefoongesprek met Helen was kort.

'Gefeliciteerd met je verjaardag! En vrolijk kerstfeest! Wat heb je gekregen?'

Ik somde de cadeaus op die ik had ontvangen.

'Is dat alles? Ik dacht dat je veel meer zou krijgen.' Helen dacht dat een groot huis gelijkstond aan rijkdom en extravagantie. Dat is zelden het geval.

Op de achtergrond hoorde ik het gegil van haar broertjes en luide popmuziek.

'Mijn moeder is helemaal gek geworden en heeft Jay en Stevo een drumstel gegeven. Godsamme, dat mens spoort echt niet.' Jay en Stevo waren respectievelijk zes en acht jaar oud. Vervolgens hoorde ik alleen nog het oorverdovende gegalm van het bekken en de stemmen van Helen en twee anderen die brulden: 'Hou daarmee op!'

Mijn moeder stak haar hoofd om de deur van de garderobe en schonk me een blik die zei: 'Ophangen.' Aan Helens kant van de verbinding was een gesprek voeren sowieso min of meer onmogelijk vanwege de herrie, dus ik nam haastig afscheid. Op weg naar de keuken hoorde ik hen daar opruimen. Pa zei: 'Welke idioot belt er nu op eerste kerstdag?'

'Andrew, ik mag haar net zomin als jij, maar kun je in hemelsnaam proberen één dag aardig tegen hem te zijn? Hij is jarig!'

'Wat ziet ze eigenlijk in hem? Dat enorme lijf van hem. Zelf is ze ook geen schoonheid, maar...'

'Hij is je zoon! Kun je alsjeblieft...'

Ik kuchte om hen te laten weten dat ik hen had gehoord. Ze schoven allebei onbehaaglijk heen en weer op hun stoel, en mijn vader keek zowaar gegeneerd. Ik had hem nooit eerder zo openhartig zijn mening over mij horen verkondigen. Ik voelde me warm en rusteloos. Ik was me nadrukkelijk bewust van de smalende, verbitterde, superieure gedaante die bij het aanrecht stond, door het raam naar buiten keek en deed alsof Annie Doyle niet bestond, en wenste dat ik dat ook kon. Ik haatte hem. Ik wilde dat hij dood was.

6

Karen

Nadat pa Annie bij de politie als vermist had opgegeven, dachten we binnen een dag of twee nieuws te krijgen, maar dat gebeurde niet. Op vrijdagavond 21 november gingen we naar het politiebureau. Agent Mooney leek onze bezorgdheid serieus te nemen. We beschreven de kleding die uit haar kledingkast verdwenen was.

'Opvallende uiterlijke kenmerken?' vroeg hij.

Ik wees haar mond aan op de foto. 'En ze draagt een naamarmbandje dat ze nooit afdoet.'

'Met haar eigen naam erop?'

'Nee, "Marnie".'

'Is Marnie een vriendin van haar?'

Pa keek me kwaad aan. 'Dat doet er niet toe. Marnie is iemand die ze van vroeger kent. De naam is niet belangrijk.'

Ik weet dat ze de dag erna de meisjes hebben ondervraagd die in hetzelfde huis woonden als Annie. Ik ging naar Clark, de winkel voor kunstbenodigdheden, om te vragen of mijn zus daar de vorige zaterdag een tekendoos had gekocht. Ik liet het meisje achter de balie een foto van onze Annie zien. Annie was aardig dronken op die foto, maar het was de beste die we hadden. Hij was een jaar eerder genomen op de verjaardag van mijn oom, die toen vijftig werd. Op alle andere foto's had ze een hand voor haar mond die haar opvallendste uiterlijke kenmerk aan het oog onttrok. De politie had ze allemaal afgekeurd, maar ik wist dat Annie woest zou zijn dat we de foto gebruikten die zij juist had willen verscheuren. 'Ik lijk wel een gedrocht!' had ze gezegd.

Het meisje in de winkel herinnerde zich dat Annie daar weken eerder was geweest om de tekendoos te bekijken en had gezegd dat ze zou terugkomen om hem te kopen. Ze vertelde dat ze had voorgesteld om een aanbetaling te doen, maar Annie had geantwoord dat ze met het volledige bedrag zou terugkomen. Het kwam niet als een verrassing dat Annie nooit was teruggekeerd. Ik was kwaad op mezelf omdat ik stiekem had gehoopt dat ze dat wel had gedaan.

Ik vroeg me af of ze soms naar Londen was gegaan voor een abortus. Als ze zwanger was, zou ze absoluut niet het risico willen lopen om naar het St. Joseph teruggestuurd te worden. Maar als ze was weggegaan om een abortus te ondergaan, had ze wel een tas ingepakt. En dan zou ze nu beslist weer thuis zijn geweest. Uit pure wanhoop zat ik een hele ochtend aan de telefoon om alle ziekenhuizen in Dublin te bellen. Ze hadden geen van alle een patiënt van die naam of iemand die aan de beschrijving voldeed. Agent Mooney vertelde me dat hij hetzelfde had gedaan, met precies hetzelfde resultaat.

Ma bracht al haar tijd door in de kerk om voor Annies terugkeer te bidden. Dessie en ik namen vrij van ons werk om naar haar te zoeken. We spraken met de stamgasten van The Viking. Ik dacht dat ze tegen mij spraakzamer zouden zijn dan tegen ma. We kenden sommigen van hen van gezicht. Iedereen kende Annie en sprak glimlachend over haar. 'Een glas Jameson slaat ze nooit af,' zei de barman, die haar geld ongetwijfeld nooit had afgeslagen. Ze hadden zich al afgevraagd waar ze uithing. Ik vroeg of ze weleens een vriendje had meegebracht. Een van haar 'vriendinnen' reageerde een beetje behoedzaam. 'Een paar,' antwoordde ze. Dessie keek beschaamd en verliet de pub.

We gingen ook praten met de baas van het schoonmaakbedrijf. Toen wij daar aankwamen, had de politie hem al gehoord. Hij weigerde ons te woord te staan en zei dat hij de politie alles had verteld wat hij wist. 'Ze was een lastpost,' zei hij slechts. 'Ik was toch al van plan haar te ontslaan.'

Drie dagen nadat we Annie als vermist hadden opgegeven, nam de politie contact op met de huisbaas, die op het punt stond haar flat leeg te ruimen. Hij was kennelijk razend en tierde over de niet betaalde huur. Ze onderzochten de woning van onder tot boven en volgens mij kregen ze toen een ander soort belangstelling voor Annie.

Op woensdag 26 november belde brigadier O'Toole om te vragen of pa, ma en ik naar het politiebureau konden komen. We maakten onszelf wijs dat ze haar hadden gevonden en slaakten allemaal een zucht van verlichting.

Op het bureau bracht agent Mooney ons naar een kamertje zonder ramen. Er stonden maar twee stoelen, en iemand ging nog drie stoelen halen, zodat pa en ik ook konden zitten. Ze wilden per se dat we eerst gingen zitten voordat er iets werd gezegd.

Ma werd zenuwachtig en klemde haar vingers krampachtig om haar rozenkrans. 'Waarom doen jullie zo moeilijk? Kunnen jullie ons niet gewoon vertellen waar ze is?'

Brigadier O'Toole was degene met wie we de afgelopen dagen telefonisch contact hadden gehad, maar we hadden hem geen van allen in het echt ontmoet. Hij was halverwege de dertig en zwaargebouwd, met een snee van het scheren op zijn kin en nog eentje vlak onder zijn linkeroor. Ik focuste me op dit soort onbelangrijke dingen om mezelf af te leiden van het slechte nieuws dat we ongetwijfeld te horen zouden krijgen. Ik had bedacht dat we het wel via de telefoon zouden hebben vernomen als er goed nieuws over Annie was geweest. Mooney zat naast brigadier O'Toole aan de ene kant van de tafel en wij met ons drieën aan de andere. De tafel was oud, zat vol beschadigingen en had de omvang van een lerarentafel. Het leek wel alsof er met een zakmes stukken uit waren gehakt, er stonden tekeningetjes op van topless vrouwen en er was met pennen en stiften in hanenpoten 'klotesmerissen' en dergelijke op gekrast.

De politieagent had een opengeslagen dossiermap voor zich liggen. Ik kon niet lezen wat erin stond, maar zag wel de foto van Annie. Die hadden we werkelijk overal opgehangen: op lantarenpalen, in winkels en pubs, bij kerken.

Brigadier O'Toole stelde zichzelf voor als Declan en vroeg naar onze voornamen. Hij nam me net iets te lang op, met een blik waaronder ik me niet op mijn gemak voelde.

'Hebben jullie me gisteren op de televisie gezien? We nemen dit echt heel serieus.'

Ma had een interview met hem gezien en behandelde hem als een beroemdheid. Pa en ik hadden het gemist, omdat we op zoek waren geweest naar Annie.

'Tja, eerlijk gezegd had ik verwacht dat we meer reacties zouden krijgen. En ik zal maar meteen melden dat we Annie niet hebben gevonden.'

Er ontsnapte een snik uit ma's keel. We werden allemaal gek van de spanning.

Hij schonk geen aandacht aan haar verdriet en ging verder: 'Maar we hebben wel een paar dingen ontdekt waar jullie vermoedelijk niet van op de hoogte zijn.' Hij keek me aan en vroeg: 'Wist je dat je zus heroïne gebruikt?'

'Dat is niet waar. Ze lust wel een borrel, maar drugs raakt ze nooit aan.'

'Och, jezus,' zei pa.

'Toen we haar flat onderzochten, hebben we onder haar matras enkele voorwerpen gevonden die erop wijzen dat ze regelmatig gebruikt.'

'Wat voor voorwerpen?' vroeg ma.

'Injectienaalden, wikkels van aluminiumfolie, een stuk rubber om haar arm mee af te binden.'

Ik was diep geschokt. Ik was bekend met heroïnegebruikers. Je kwam ze bij ons in de wijk weleens tegen. Allemaal hopeloze gevallen die op straat leefden en om hun volgende shot bedelden. Ik had ze met eigen ogen gezien. Zo was Annie niet.

Ma zei niets en huilde stilletjes.

'Dat doet onze Annie niet,' zei pa. 'Ze kan vreselijk lastig zijn, maar ze is veel te slim om drugs te gebruiken.'

'Gerry,' zei O'Toole, zonder zich om mijn bedroefde moeder te bekommeren en op een neerbuigende toon die me niet aanstond, 'wist jij dat Annie in het afgelopen jaar drie keer is opgepakt voor winkeldiefstal? Ze heeft zelfs terechtgestaan. De laatste keer zei de rechter dat hij haar zou opsluiten als hij haar ooit weer voor zich kreeg. Ze leeft geen goed leven.'

Pa bleef roerloos zitten, maar ik was geschokt en woedend. 'Waarom zegt u dat? Annie is geen dief. En ze heeft helemaal geen geld voor drugs. Het is niet waar, en zelfs als het wél waar zou zijn, waar is ze dan? Hebben jullie eigenlijk íets gedaan om haar te vinden?'

Mooney tuurde naar het plafond, volgens mij van schaamte, maar O'Toole ging verder.

'Ze verdiende geld door de spullen die ze had gestolen door te verkopen... en...' – hij kuchte – '... ook op andere manieren.'

Hij strekte zijn armen, legde zijn handen plat op de tafel en richtte het woord tot ma. 'Pauline, laten we vooral rustig blijven. Ik geef toe dat we niet weten waar ze is, maar het lijkt erop dat ze de afgelopen maanden regelmatig mannen... klanten... ontving, die mogelijk ook voor haar drugsgebruik hebben betaald.'

Het duurde even voor de betekenis van zijn woorden tot ons doordrong. Ma was nog steeds verbijsterd, maar pa sprong zo fel op dat zijn stoel krassend achteruitschoof.

'Wou u nou beweren dat mijn Annie een prostituee is? Bedoelt u dat? Want als dat zo is, kunt u een knal op uw smoel van me krijgen.'

Ik trok aan mijn vaders mouw, maar O'Toole was al opgesprongen van zijn stoel en duwde Mooney naar voren. Mooney ging achter pa staan, legde troostend een arm om zijn schouders en zei sussend: 'Meneer, het zijn allemaal feiten die ons moeten helpen om uw dochter te vinden.'

Pa ademde hijgend, balde zijn handen tot vuisten en trok aan zijn haar.

'Pa, hou daar alsjeblieft mee op! Ga zitten.'

Hij liet zich terugzakken op zijn stoel.

O'Toole knikte naar Mooney, die voor alle zekerheid naast pa bleef staan. De brigadier boog zich naar voren en ging met zachte stem verder. 'Ik snap dat het niet fijn voor jullie is om te horen, maar we hebben Annies verleden nagetrokken. We weten dat ze twee jaar in het St. Joseph heeft gezeten. Jij hebt haar daar zelf naartoe gestuurd, Gerry.'

Pa sloeg zijn handen voor zijn gezicht.

'Luister, ik ga jullie iets vragen en ik wil dat jullie goed nadenken voordat jullie antwoord geven. Denken jullie dat de kans bestaat dat Annie zichzelf van het leven heeft beroofd?'

Daar hoefde ik helemaal niet over na te denken. 'Nee, absoluut niet.' De gedachte was al eerder bij me opgekomen, maar toen ik Annie die donderdag voor het laatst zag, was ze juist optimistisch. Ze was opgewekt en hoopte op een of andere manier aan geld te komen. Ze had geen afscheidsbriefje achtergelaten. Haar lichaam was niet gevonden. Dat zou Annie ons nooit hebben aangedaan. Ondanks het voortdurende geruzie met pa hadden ze altijd een speciale band met elkaar gehad. Zelfs hem zou ze dat niet hebben aangedaan. Pa en ma waren het roerend met me eens.

'Niet onze Annie,' zei ma.

'Tja, we kunnen het niet uitsluiten en ik vind het prima om door te gaan met het onderzoek. Zoals jullie echter wel zullen hebben geraden, heeft de aandacht in kranten en op televisie tot dusver weinig resultaat opgeleverd. Maar ik ken een paar mensen bij de kranten die wellicht interesse hebben voor de menselijke invalshoek. Zouden jullie vanmiddag met hen willen praten, als ik ze hier op het politiebureau kan krijgen?' Ik kon aan alles merken dat O'Toole opgewonden was bij het vooruitzicht.

'Wij allemaal?' vroeg pa.

'Inderdaad.' Hij knikte in mijn richting. 'Het kan nooit kwaad om een mooi smoeltje in beeld te brengen.' Hij knipoogde naar me. Ik kon wel kokhalzen.

'En moet ik dan zeggen dat mijn Annie een drugsverslaafde en een prostituee is?'

'Nou, het is natuurlijk niet nodig om die... nare details te onthullen. Ik heb het over een eenvoudig verzoek aan jullie dochter om naar huis te komen. We hebben geen bewijs dat haar iets akeligs is overkomen, maar misschien verkeert ze wel in het gezelschap van... onsmakelijke types, zullen we maar zeggen. Het wordt gewoon een gesprek tussen jullie drie en een paar journalisten. Dat is alles. Er wordt geen... extra informatie aan hen doorgegeven.'

Agent Mooney keek pa ernstig aan. 'Ik denk dat het jullie beste kans is om haar te vinden, Gerry.'

We bespraken het even. Ma wilde het doen, maar pa stribbelde tegen. Ze kregen een heftige ruzie in het bijzijn van O'Toole, en ik zat er precies tussenin.

'Jij hebt je altijd voor haar geschaamd,' zei ma tegen pa.

'Dat kun je me moeilijk kwalijk nemen, Pauline. Ik kan natuurlijk moeilijk opscheppen over mijn dochter, die een junkie en een hoer is, hè?'

'Dus jij zou het prima vinden als ze ergens dood in een steegje ligt? Als je haar nooit meer ziet?'

'Nee! Dat zeg ik helemaal niet. Ik maak me alleen maar zorgen over wat er gebeurt als ze de volgende keer op een drugs- en zuiptocht gaat. Ik ben gewoon misselijk van bezorgdheid, als je het echt wilt weten.'

'Ze is je vlees en bloed. We moeten haar vinden.'

'Ik ben het met ma eens. Stel nou dat ze in slechte omstandigheden verkeert? Ze is echt niet op een drugs- en zuiptocht. Als de mensen bij wie ze is horen dat de politie naar haar op zoek is, sturen ze haar misschien wel naar huis.'

'We weten niet eens of ze er niet gewoon tussenuit is geknepen...'

'Dat weten we wél, pa. Al haar spullen lagen er nog. Ze zou er nooit zomaar vandoor gaan en al haar spullen achterlaten.'

Die middag keerden we terug naar het politiebureau. Dessie ging met ons mee, maar bleef achter in de ruimte zitten. Ik had hem verteld over de drugs en prostitutie. Hij was ontzettend geschrokken. 'Jezus,' had hij gezegd. 'Ik heb nooit geweten dat ze er zo slecht aan toe was.' Hij schudde mijn vader stevig de hand, alsof het een begrafenis was. 'Ik vind het heel erg voor jullie.'

Pa staarde hem kwaad aan. Hij voelde nog steeds niets voor een ontmoeting met journalisten, en ma was verschrikkelijk nerveus.

O'Toole zei: 'Het is niet erg als jullie instorten en moeten huilen wanneer jullie het over Annie hebben.'

Ik vond het vreemd dat hij dat zei, want het leek net alsof hij ons aanspoorde om juist wel te huilen.

Agent Mooney zei tegen ons: 'Wees gewoon eerlijk en vertel Annie dat jullie willen dat ze naar huis komt.'

'Ik wil ook echt dat ze naar huis komt,' zei pa, alsof de politieagent het tegendeel had gesuggereerd.

'Dat weten we, pa,' zei ik.

We werden naar een grote kamer met een enorme vergadertafel gebracht en gingen aan de ene kant zitten, samen met O'Toole. Ik kon hem niet met 'Declan' aanspreken. Ik zag dat hij die ochtend zijn haar had laten knippen. Ik vermoedde dat hij geen moer om Annie gaf en alleen maar in de krant wilde komen. Hij was vreselijk zelfingenomen toen hij op televisie was geweest. Toen een fotograaf een foto van ons wilde maken, sprong O'Toole op en ging met uitgestrekte armen tussen ons in staan, als Jezus op een afbeelding van het Laatste Avondmaal. Een paar mannen schreven iets in hun notitieblokjes en klikten met hun camera's terwijl pa en ma over Annie praatten. O'Toole keek nadrukkelijk naar mij, om me aan te sporen om ook iets te zeggen, maar ik bleef met gebogen hoofd zitten en zei niets. Ik wilde niet huilen in het bijzijn van onbekenden.

Ik had ook informatie die ik niet met mijn ouders had gedeeld. Het zou hun te veel verdriet hebben gedaan. Voorafgaand aan de persconferentie had O'Toole me apart genomen. Hij had zijn arm om me heen geslagen in een gebaar dat zogenaamd troostend moest zijn, maar ik moest bijna kokhalzen van de overweldigende geur van zijn aftershave.

'Karen,' zei hij. 'Als ik ook maar iets kan doen, hè? Ik vind het vreselijk om je zo verdrietig te zien.'

'Hebben jullie helemaal geen aanwijzingen waar ze naartoe is gegaan? Enig idee wat haar kan zijn overkomen?'
'Ik ben bang van niet, maar we hebben wel haar pooier opgespoord. Hij denkt dat ze de afgelopen maanden buiten hem om met mannen heeft afgesproken. Ze liep niet op straat, zoals ze eerder wel deed, maar ze leek wel geld te hebben voor heroïne. Weet je, soms is een meisje beter af met een pooier, want die biedt haar tenminste wat bescherming.'
'Hebt u hem gearresteerd?'
O'Toole keek verbaasd. 'Waarvoor?'
'Omdat hij een pooier is! Is dat niet verboden?'
Hij lachte me vierkant uit. 'Nou niet overstuur raken, daar ben je veel te mooi voor. Pooiers komen ons in andere opzichten goed van pas.'
Ik was woest. 'Dat geloof ik best.'
Hij liet me los. 'Ik sta aan jullie kant, hoor. Als ik jou was, zou ik maar iets vriendelijker zijn tegen degenen die je helpen.'
Hij kwam zo dreigend over dat ik ervan schrok. Ik moest het spel met hem meespelen, anders zou hij ons niet helpen.
'Het spijt me, ik… ik maak me gewoon ontzettend veel zorgen… Annie en ik zijn heel hecht.'
'Het zal wel pijn doen dat ze geheimen voor je had.' Hij zocht even op zijn bureau en haalde een schoolschrift tevoorschijn. 'Dit lag bij de injectienaalden onder de matras. Wij hebben er niets aan, maar misschien wil jij het wel hebben.'
Ik stak een hand uit om het van hem aan te nemen, maar hij hield het buiten mijn bereik. 'Wat zeggen we dan?'
'Dank u wel, brigadier.' Ik glimlachte liefjes.
'Declan.'
'Declan.'

'Ze was niet bepaald een schrijfster, hè? Is ze eigenlijk wel naar school geweest?'
Ik deed mijn best om hem niet boos aan te kijken.
'Er staan een paar hoge geldbedragen in genoteerd. We weten niet wat ze betekenen. Als jij er duidelijkheid over kunt verschaffen, laat het ons dan weten, oké? Prostituees verdienen nooit zulke bedragen. Rechttoe rechtaan seks levert tegenwoordig gemiddeld tien pond per keer op,' zei hij. Hij suggereerde dat ze vast 'heel bijzondere diensten' had verleend voor de bedragen in het schrift.
Het duurde even voordat ik in de gaten kreeg wat hij bedoelde. Ik dacht aan mijn zus, met wie ik in mijn jeugd altijd een kamer had gedeeld. Ik moest nog steeds verwerken dat ze misschien een prostituee was. Hij vertelde me dat de adressen en telefoonnummers allemaal waren gecontroleerd en niets hadden opgeleverd.
Hij schreef zijn eigen telefoonnummer op een briefje. 'Je mag me altijd bellen als je wilt praten. Wanneer dan ook.'
'Over Annie?'
'Over alles.'

Ik herkende Annies gekrabbel meteen. Het was een soort dagboek. Haar handschrift en spelling waren verschrikkelijk, maar het was typisch Annie, en toen ik de inhoud las, werd ik misselijk. Misselijk omdat ik allemaal persoonlijke dingen over haar las, maar ook intens bedroefd om wat ze had geschreven. Het begon met een brief die was gedateerd kort nadat ze vier jaar eerder was thuisgekomen uit het St. Joseph.

Leive Marnie,
Ik durf te wedde dat ze je een nieuwe naam hebbe gegefe, maar voor mij blijft je altijt Marnie, van die film. ze was

pragtig in die film en ik denk dat jij net zo pragtig zalt zijn als je groot ben. Je ben ut meest fantastieze wat ik ooit hep gezien. Ik hop dat je nieuwe famielje je goet behandelt. Ze wouwe me niet vertelle waar je naartoe gingt en ik wou je niet achterlate, maar ze zeide dat ik voor altijt zou worre opgeslote als ik de papiere niet tekende ik wou maar dat ik hat kenne blijve en je mee naar huis hat kenne neme, maar mijn pa wou ut niet. Hij zei dat ut een sgande was voor de famielje. Ik wil geen sgande zijn voor jou. Ik kom je gouw opzoeke. Ik wou dat ik wist waar je wast want ik wil je graag vasthouwe en knuffele. Mijn zus vroegt naar je, maar ik ken niks zegge, omdat ik de gemenerik ben die jou hep achtergelate en nou wou ik maar dat ik was gebleve en dat ze jou niet hadde weggestuurt. Het spijt me egt veschrikkeluk en ik beloof dat ik je zal vinde.

Op de bladzijde was met plakband een lok zacht, gelig donshaar geplakt.

Behalve handgeschreven teksten zaten er ook dingen in geplakt als bioscoopkaartjes, als een soort plakboek. Verder stonden er losse telefoonnummers in, lijsten met geldbedragen en fout gespelde hoteladressen. Bij sommige recente bedragen stond aan de ene kant 'R' geschreven en aan de andere kant '£300'. Ik snapte er net zomin iets van als O'Toole.

Zodra de kranten ons interview hadden afgedrukt, stroomde de informatie binnen. Annie was in vijf verschillende pubs en twee restaurants in Dublin gezien, ze werkte in een café in Galway, een hotel in Greystones en een kantoor in Belfast. Talloze mensen dachten haar te hebben gezien. Agent Mooney hield ons op de hoogte, maar gaf toe dat ze niet voldoende mankracht en middelen hadden om elk telefoontje na te trekken. Niet goed genoeg, in elk geval. Dessie en ik handelden de meeste ervan zelf af. We namen de bus en gingen met haar foto langs bij hotels, pubs en winkels, maar het was om gek van te worden. Het leek wel alsof sommige van de mensen die Annie 'hadden gezien' alleen maar deel wilden uitmaken van de opwinding die altijd ontstaat rondom een onderzoek naar een vermist persoon. Hun verhaal hield geen stand of werd tegengesproken door hun vrienden. Vaak waren het mensen die zelf problemen hadden en wat aandacht wilden. We reageerden opgetogen op elke nieuwe aanwijzing, maar niet een ervan leverde iets op.

Een week na ons krantinterview kwamen de eerste sensatiebeluste roddels bovendrijven. Er verschenen nieuwe koppen: VERMISTE ANNIE VERSLAAFD AAN HEROÏNE en ANNIE DOYLES GEHEIME TIENERZWANGERSCHAP. Er waren vage verwijzingen naar 'herenbezoek' en iedereen met ook maar een beetje verstand snapte wat daarmee werd bedoeld.

Pa en ma waren radeloos. Pa en ik stapten meteen naar O'Toole. 'Hoe weten ze dat? U zei dat u ze geen privédingen zou vertellen.'

O'Toole hield zich van de domme. 'We stellen een grootscheeps onderzoek in om uit te pluizen hoe die informatie is uitgelekt, Gerry. Ik kan je verzekeren dat dit voor ons net zo'n grote schok is als voor jullie.'

Ik kon aan agent Mooney zien dat hij woedend was. Hij staarde kwaad naar O'Toole. Ik wist dat O'Toole degene was die naar de pers had gelekt. Ik had hem na de persconferentie met een paar verslaggevers zien praten en lachen. Hij had met hen voor foto's geposeerd. Ik was ervan overtuigd dat hij zonder enige aarzeling alle sappige details zou oplepelen waar ze om vroegen. Misschien had hij hun opgedragen er een weekje mee te wachten, zodat er geen verband kon worden aangetoond tussen de artikelen en hem.

In mijn beleving leek de toon van deze artikelen te suggereren dat Annie haar verdiende loon had gekregen, en dat ze, als ze ergens dood in een greppel lag, de schuld daarvoor bij zichzelf moest zoeken en bij niemand anders. Zelfs Dessie raakte overstuur door de verslaggeving. 'Het lijkt wel alsof ze er niet toe doet,' zei hij.

Binnen drie weken hield alles op. Geen aanwijzingen, geen onderzoek. De naam 'Annie Doyle' verdween langzaam maar zeker uit de krantenkoppen. Ik denk dat niemand bereid was de verdwijning van iemand als Annie grondig te onderzoeken. Als ze een aantrekkelijk, rijk meisje was geweest zonder een 'getroebleerd' verleden zouden ze het heus niet zo snel hebben opgegeven.

Ik moest steeds denken aan de brief in Annies schrift. Die was vier jaar geleden geschreven en er sprak een intens verdriet uit. Stel nu eens dat ze naar het St. Joseph in Cork was gereisd om uit te zoeken waar haar baby naartoe was gebracht? Stel nu eens dat haar in Cork iets was overkomen?

Ik belde O'Toole.

'Hebben jullie het aan het St. Joseph gevraagd?'

'Wat?' Hij leek geen flauw idee te hebben waar ik het over had.

'Het St. Joseph in Cork, waar Annie haar baby moest afstaan.'

'O, dat. Ja, dat heb ik gedaan.'

'Wat zeiden ze daar?'

'Ze hadden geen informatie die ons verder kon helpen.'

'Maar zeiden ze dat ze daar was geweest? Is ze ernaartoe gegaan om te vragen waar haar baby was?'

'Karen, al die zorgen zijn niet goed voor zo'n mooi meisje

als jij. Laat het onderzoek nou maar aan ons over. We doen echt alles wat we kunnen.'

'Wat dan?'

'Sorry?'

'Neem nou vandaag. Wat doen jullie er vandaag aan?'

Er viel een korte stilte. Toen zei hij: 'Weet je, Karen, geduld is een schone zaak.'

'Ik wil gewoon heel graag weten wat jullie doen om mijn zus te vinden.'

'Zullen we het bespreken bij een drankje?'

Ik hing op.

Daarna belde ik het St. Joseph in Cork. Ik wist niet naar wie ik moest vragen. Het tehuis werd gerund door nonnen. De vrouw die de telefoon opnam, noemde zichzelf zuster Margaret.

'Ik probeer erachter te komen of mijn zus in de afgelopen vijf weken bij jullie langs is geweest. Ze heet Annie Doyle.'

'Waarom zou ze hier langskomen?'

'Ze... ze heeft daar in 1975 een baby gekregen. De baby heette Marnie. Ik weet haar geboortedatum, als dat helpt. Ze is daar gebleven tot december 1976, toen ze de baby opgaf.'

Er klonk papiergeritsel.

'Hm. Weet je hoe haar naam in het St. Joseph luidde?'

'Nee... Ik... Wat bedoelt u daarmee?'

'Alle meisjes die hier komen, krijgen een nieuwe naam.'

'Haar naam is Annie Doyle. Ze wordt vermist. Mij is verteld dat de politie contact met jullie heeft opgenomen.'

'Niet dat ik me herinner. Als je me haar huisnaam niet kunt geven, kan ik je niet helpen.'

'Wacht. Houden jullie geen gegevens bij? Waar hebben jullie haar baby naartoe gestuurd? Misschien is ze wel naar haar op zoek gegaan.'

Het bleef heel lang stil.

'Ik weet niet waar je het over hebt. Misschien is ze wel weggegaan omdat ze zich schaamde.'

Omdat ze zich schaamde? Ik moest me inhouden om niet uit te varen.

'Veel meisjes in die situatie gaan weg.'

'Weg? Waarnaartoe?'

'Nou gewoon... weg.'

'Zou ik bij u langs mogen komen? Ik kan een foto meenemen. Hij heeft in alle kranten gestaan. De politie zoekt haar.' Het lukte me niet de wanhoop uit mijn stem te houden.

'We praten nooit met de kranten. Niemand die hier weggaat, komt ooit vrijwillig terug.'

Wat een vreselijk kreng.

'Mag ik dan in elk geval weten waar haar baby is? Het is mogelijk dat ze haar is gaan zoeken.'

'Als je zus hier twee jaar is gebleven en zonder haar baby is vertrokken, betekent dat dat ze er even voor nodig heeft gehad om een beslissing te nemen, maar dat ze uiteindelijk de adoptiepapieren moet hebben getekend. De verblijfplaats van het kind is vertrouwelijke informatie en zal nooit worden prijsgegeven. De baby is bij een goed, katholiek gezin geplaatst. Ik kan je niet helpen. Goedendag.'

Ik vertelde aan mijn ouders wat ik te weten was gekomen. Ma huilde. Pa stortte ook in, wat niets voor hem was. 'Ik had haar daar nooit naartoe moeten sturen. We hadden haar best hier kunnen houden. Ze zou echt niet de eerste in de straat zijn geweest met een bastaard.'

Ma reageerde furieus. 'Bastaard? Dat was mijn kleinkind, en ook dat van jou. Als we haar thuis hadden gehouden, was er nu misschien niets met haar aan de hand geweest, maar jij bent altijd veel te trots geweest. Ik heb niets gedaan toen je haar sloeg, en ik heb niets gedaan toen je haar wegstuurde, en nu denk ik... nu denk ik dat ze...' Ma maakte haar zin niet af, maar we wisten allemaal wat ze dacht.

Ik verliet het huis en ging terug naar mijn eigen flat. Ik kon het niet geloven. Annie, mijn grote zus... Annie was een bijzonder mens, zei iedereen altijd. Ze kon onmogelijk dood zijn.

Pa en ma waren altijd een team geweest. Dit was voor het eerst dat ik hoorde dat ma Annie en de baby thuis had willen houden. Opeens werden er barsten zichtbaar in hun relatie. Tijdens een volgend bezoek ontdekte ik dat ma in mijn oude kamer sliep.

Mijn band met Dessie werd sterker. Hij was ontzettend lief geweest en had me geholpen om posters op te hangen in winkels en pubs in de wijk waar Annie woonde, en in gebouwen waar ze had schoongemaakt. O'Toole scheepte ons telkens met een smoesje af en belde mijn vader nooit terug. Ik probeerde mezelf voor te houden dat geen nieuws goed nieuws was.

Tegen Kerstmis was Annie zes weken weg. Ik belde O'Toole zelf. Op kerstavond sprak ik met O'Toole – Declan – af om iets te gaan drinken bij O'Neill's in Suffolk Street. Ik had op het bureau met hem willen afspreken, maar dat weigerde hij. Hij wilde per se iets gaan drinken. 'Minder officieel, snap je wel?' Ik wist wat hij aan het doen was, maar kreeg hem op een andere manier niet te spreken. Toen ik arriveerde, was hij al dronken. Ik vertelde hem dat de non van het St. Joseph zich niet kon herinneren dat iemand van de politie had gebeld om naar mijn zus te vragen.

Hij vond het zo onbelangrijk dat hij het niet eens ontkende. Hij haalde slechts zijn schouders op en glimlachte onbehaaglijk. 'Vergeet haar toch. Van al die zorgen krijg je rimpels en je bent zo'n mooie meid.'

'Wat? Ik ga haar heus niet zomaar vergeten.'

'Laten we naar mijn flat gaan en daar een fles wodka openmaken. Dan help ik je wel om haar te vergeten.' Hij legde een hand op mijn bovenbeen.

Ik wist wel dat hij een smeerlap was, maar had niet verwacht dat hij het zo openlijk zou doen.

'Nee, bedankt,' zei ik. Ik verwijderde zijn hand, niet in staat de walging uit mijn stem te weren. 'Volgens mij heb je mijn vriend, Dessie, weleens ontmoet.'

'Wees niet zo'n verdomd ijskonijn. Je bent veel knapper dan die zus van je. Je zou veel meer kunnen vragen.'

Ik smeet mijn glas Guinness in zijn gezicht en hij sprong op. Ik rende de kroeg uit en hij brulde me achterna: 'Godvergeten stomme trut! Ze is dood. Dat weet iedereen, alleen jij niet.'

7

Lydia

Ik vermoed dat de druk Andrew uiteindelijk te veel werd. Mijn relatie met hem was gespannen, en dat was nog zacht uitgedrukt. Ik was gewend dat ik degene was voor wie werd gezorgd, maar nu trof ik hem huilend aan onder de douche en zweeg hij dagenlang. Hij trok zich volledig terug uit het sociale leven, nam ziekteverlof op van zijn werk en bleef in bed liggen. Ik spoorde hem aan om naar de dokter te gaan, maar hij zei dat hij bang was voor wat hij dan zou zeggen. Hij wilde niet bij me in de buurt komen. Op een avond vond ik hem in een bed in een van de logeerkamers.

'Wat doe je hier?'

'Ik wil niet meer met jou in één bed liggen.'

'Maar lieve schat, waarom niet? Wat heb ik dan gedaan?'

Hij zag er volkomen uitgeput uit. 'Niets. Je hebt alles bijzonder goed geregeld. Ik vind het alleen verschrikkelijk dat je daartoe in staat bent.'

Ik negeerde de diepere betekenis van wat hij zei. 'Kom terug naar onze slaapkamer. Laurence zou vreselijk overstuur zijn als hij dacht dat we ruzie hadden. En we hebben helemaal geen ruzie. Of wel soms, schat?'

Hij liet zich mee terugvoeren naar ons bed. Ik bood hem een van mijn kalmerende middelen aan, maar die sloeg hij af. 'Jij ook altijd met die pillen van je,' zei hij. Ik kuste hem teder op zijn mond, maar hij draaide zijn hoofd opzij, niet in staat het gebaar te beantwoorden. Ik hoopte dat hij deze stemming snel van zich af zou schudden. Afgezien van al het andere was het ook nog eens erg vermoeiend.

Ik had het veel serieuzer moeten nemen. Mijn arme echtgenoot was in een maand tijd lichamelijk tien jaar ouder geworden, zijn bewegingen waren traag en hij schuifelde rond als een bejaarde man. Ik had moeten beseffen dat de last van ons geheim, boven op de financiële problemen, hem te veel zou worden, maar als ik er nu op terugkijk, vind ik het vooral verschrikkelijk jammer dat Laurence' verjaardagen en kerstfeesten voorgoed verpest waren. 25 december zal voor ons nooit meer een fijne dag zijn.

De dag begon best aardig. Ik verzocht Andrew dringend om op te staan en vrolijk te zijn omdat het eerste kerstdag en Laurence' verjaardag was. We gaven hem zijn verjaarscadeaus en wisselden daarna kerstcadeaus uit. Het was bijna zoals vroeger. Andrews moeder Eleanor zou na het kerstdiner bij Andrews broer naar ons toe komen.

Na het eten waren Andrew en ik in de keuken om alles op te ruimen. Hij klaagde over Laurence' gewicht en zijn onbeschofte vriendinnetje. Hij deed erg gemeen over het feit dat ze een stel waren. Ik moest ook niets van haar hebben, maar mijn intuïtie zei me dat het van voorbijgaande aard was. Helens moeder was Angela d'Arcy, een bekende dichter, dus wat status betreft kon ze er net mee door, maar Andrew, die tegenwoordig om het minste of geringste kwaad kon worden, zei: 'Wat ziet ze in vredesnaam in hem?' Toen kreeg ik Laurence in het oog. Hij stond bij de keukendeur en had Andrews hele tirade gehoord. We hadden Laurence bij het eten wat wijn laten drinken om te vieren dat hij achttien was geworden, maar volgens mij kon hij niet tegen drank, want hij keek met een verschrikkelijk agressief, vijandig gezicht naar Andrew, alsof hij hem verachtte.

'Er zijn ergere dingen dan dik zijn,' zei hij brutaal.

'Och, liefje, geen ruzie maken, alsjeblieft,' zei ik, in de hoop op gewapende vrede, maar Andrew schonk geen aandacht aan me.

'Wat wil je daarmee zeggen?'

'Niets,' zei Laurence nors.

'Het spijt me dat je dat allemaal hebt gehoord. Ik weet dat ik de laatste tijd niet erg... nou ja, je weet wel...'

Laurence verliet abrupt de keuken en smeet de deur achter zich dicht, zodat zijn vader geen kans kreeg zijn verontschuldigingen aan te bieden.

Andrew keek me aan. 'Hij wéét het.'

'Doe niet zo mal, schat. Hij weet helemaal niets.'

'De manier waarop hij naar me kijkt... Hij wil niet eens alleen met me in dezelfde ruimte zijn...'

Ik liet hem niet uitpraten. Ik was vastbesloten Kerstmis niet te laten verpesten door die dode jonge vrouw. 'Daar gaan we het niet over hebben. Je moet met Laurence praten. Laat hem weten dat je om hem geeft.'

'Lieve god, Lydia, natuurlijk geef ik om hem, maar ik ben niet van plan hem te verstikken, zoals jij. Hij is achttien. Aan het eind van de zomer gaat hij vast het huis uit.'

'Dat moet je niet zeggen. Hij mag hier blijven wonen zo lang hij wil.'

'Nou, als ik hem was, zou ik er als een speer vandoor gaan. Je vertroetelt hem alsof hij een klein kind is. Je moet hem loslaten.'

'Ik had hem heus wel kunnen loslaten als jij ons plan niet had verpest door die vrouw te vermoorden,' fluisterde ik.

'O, dus nu mogen we er wél over praten? Als het jou uitkomt? Ze heette Annie.' Andrews opvliegendheid kreeg de overhand.

Ik wist dat ik kalm moest blijven. Als hij zo'n bui had, duldde hij geen tegenspraak.

Hij fluisterde ziedend: 'Jij doet alsof er niets is gebeurd, maar ik leef in een nachtmerrie, bang dat er elk moment op de deur kan worden geklopt. Jij hebt je zaakjes goed voor elkaar. Als er iets gebeurt, ga ík naar de gevangenis, en ga jij met Laurence weg om een fijn leven te hebben zonder mij. Heb je enig idee hoe een rechter in de gevangenis wordt behandeld?'

Ik schoof het glas en de karaf buiten zijn bereik, want hij was erg kwaad, kwaad genoeg om iets kapot te gooien, maar hij merkte het niet eens.

'Heb je ooit net zoveel van mij gehouden als ik van jou? Echt van me gehouden? Ik vond Annie aardig. Je hebt haar zelf uitgekozen, weet je nog wel? Ik vond het niet erg dat ze er alledaags uitzag, want daardoor voelde het minder als verraad jegens jou. Ze was natuurlijk heel anders dan jij, maar ze was lief en grappig...'

Ik drukte mijn handen tegen mijn oren, maar kon hem nog steeds horen.

'... maar jij bent altijd de enige voor me geweest, en nu moet ik elke dag door het keukenraam tegen dat verdomde graf aan kijken! Ik heb alles voor jou gedaan...'

Ik wilde iets zeggen over zijn grove taalgebruik, maar hij hief waarschuwend een hand op.

'En nee, natuurlijk heb je me niet gevraagd om haar te doden, maar je bleef maar op me inpraten. "Zorg dat ze ons niet voor schut zet," "Zorg dat je ons geld van haar terugkrijgt," "Je had haar nooit moeten vertrouwen," "Waarom geloofde je haar?" Je ging maar door, tot de druk ondraaglijk werd. En toen Annie dreigde me te chanteren, knapte er iets in me. Maar ze was wel een levend mens. Snap je dan niet dat ik eraan onderdoor ga, Lydia?'

Hij greep naar zijn borst en ik vond dat hij wel erg theatraal deed, maar toen hapte hij naar adem. Terwijl ik geschokt toekeek, zocht hij steun bij de tafel. Ik stak een hand uit om hem tegen te houden voordat hij kon vallen en hij greep me vast.

'Wat is er? Wat is er aan de hand?' vroeg ik sullig, want iedere gek kon zien dat hij een of andere toeval had. Hij zakte in elkaar en ik deed mijn best om hem op te vangen. Zijn ogen waren open, smekend en vol wanhoop. Hij kon niet meer praten, maar ik zag dat hij me smeekte om hem te helpen. Ik rukte aan de kraag van zijn overhemd, maar na de mis had hij zijn pak uitgetrokken. Het overhemd stond bij de hals al open en hij had geen stropdas om. Ik probeerde hem overeind te houden, maar hij was te zwaar. Hij gleed uit mijn armen en viel naast me op de tafel. Het geraamte van de kalkoen werd van het serveerbord geduwd en Andrew landde met zijn gezicht op de tafel, met zijn haar in het kalkoenvet.

Ik staarde naar de kalkoen, die van de tafel rolde, over de licht hellende vloer glibberde en tegen de plint naast de deur tot stilstand kwam. Ik had een flinke kalkoen besteld, ook al waren we maar met z'n drieën. Mijn vader zei altijd dat een kleine kalkoen gierig oogde, en we konden van de restjes altijd sandwiches en stoofschotels maken. De gedachte aan de kalkoen en alle manieren waarop we het vlees konden gebruiken schoten door mijn hoofd, terwijl mijn man naast me stierf. Tien seconden lang keek ik roerloos en in shock toe, terwijl hij worstelde om adem te halen, totdat hij bewegingloos bleef liggen. Ik keek van hem naar de kalkoen op de vloer, maar kon niet geloven wat ik zag. Toen probeerde ik hem door elkaar te schudden. Ik draaide hem om en blies lucht in zijn mond, maar niets hielp. Ik krijste Laurence' naam. Hij kwam onmiddellijk en nam het tafereel in één blik op. Mijn arme, dappere zoon. Zonder ook maar iets te zeggen raapte Laurence de kalkoen op. Hij gooide hem in de afvalemmer, zodat de sandwiches en stoofschotels er niet meer in zaten. Toen liep hij naar de garderobe om een ambulance te bellen. Hij kwam terug met een vol glas cognac voor mij. Hij maakte de vloer schoon, vlijde Andrew er voorzichtig op neer en schoof een van de keukenkussens onder zijn hoofd. Met een droogdoek veegde hij het kalkoenvet van de zijkant van Andrews gezicht en uit zijn haar. Ik wilde zijn ogen dichtdoen, maar er lag een soort zielloze onschuld in en ik wilde dat Laurence dat zou zien. Hij belde Andrews broer, Finn, die het nieuws aan hun moeder, Eleanor, zou vertellen.

Het duurde een uur voordat de ambulance er was, waarschijnlijk omdat het Kerstmis was, of misschien omdat Laurence hun had gezegd dat Andrew al dood was en daardoor geen spoedgeval. In de tussentijd waren Eleanor, Finn en zijn vrouw Rosie gearriveerd. Finn was geschokt, maar stoïcijns over het overlijden van zijn broer. Ze hadden geen hechte band gehad.

Rosie ging meteen aan de slag. Ze belde mensen en schonk glazen vol, terwijl Eleanor zachtjes huilend op Andrews leren leunstoel zat. Ik vond het vervelend dat ze daar zat. Andrew was haar lievelingetje. Eleanor en ik tolereerden elkaar meestal, maar ze nam nooit een blad voor de mond. Haar positie als matriarch van de familie gaf haar het recht om te zeggen wat ze wilde, en meestal was dat kritisch. Ze kon het nooit laten iets over Laurence' gewicht te zeggen. Andrew ging meestal in zijn eentje bij zijn moeder op bezoek, en als ze bij ons kwam, moest ik op mijn handen zitten en op mijn tong bijten.

Volgens mij ben ik toen in shock geraakt. Finn en Laurence zochten mijn pillen en gaven ze aan me. Ik werd in bed gestopt en werd uren later wakker, roepend om Andrew. Laurence kwam bij me zitten. Hij wreef over mijn arm, en verzekerde me dat alles goed zou komen en dat hij nu voor me zou zorgen. Ik vond het nogal dwaas, een kleine jongen die beweerde dat hij de leiding had. Het verdriet om dit verlies was vele malen erger dan alle miskramen bij elkaar.

In de dagen voor de begrafenis bleef ik in bed. Alles wat geregeld moest worden liet ik over aan Finn, Rosie en mijn zoon. Ik leefde in een roes van kalmeringsmiddelen. Er was wat gedoe over de kleding waarin Andrew zou worden afgelegd. Laurence had Andrews lievelingsbroek van mosterdgele corduroy en zijn wijnrode vest uitgekozen, ook al vond Eleanor het afschuwelijk dat hij niet zijn beste pak zou dragen. Mij kon het allemaal niet schelen.

De begrafenis vond plaats zonder enige bemoeienis van mij. Het was alsof ik me in een zwembad onder water bevond en dat alles zich boven mijn hoofd afspeelde, boven het wateroppervlak. Ik keek toe en nam alles in me op zonder er zelf deel aan te nemen. Ik stond in de condoleancerij en schudde de hand van honderden mensen: politici, televisiepresentatoren, lijkschouwers en juristen. Mijn emoties kregen de overhand bij de aanblik van Laurence die de kist droeg waarin het lijk van zijn vader lag. Ik begon te gillen. Iedereen deinsde geschrokken een stukje bij me vandaan, totdat Rosie en een van haar zonen me de kerk uit begeleidden, naar de zwarte Mercedes die al klaarstond. In mijn tas vond ze een paar pillen, die ik maar al te graag innam. Eleanor stapte in de auto en droeg me op me waardig te gedragen. Ik had haar het liefst een klap verkocht, maar de pillen begonnen hun werk te doen, dus tuurde ik tijdens de rit naar de begraafplaats door het raam naar buiten. Ik zag mensen die met boodschappentassen liepen, bij bushaltes stonden te wachten en over de heg met elkaar kletsten alsof er niets was gebeurd. Toen de kist later in een gat in de grond zakte, hield Laurence mijn arm stevig vast.

Terug in Avalon deelde Rosie met haar nageslacht sandwiches uit aan de veertig of vijftig mensen die door de kamers op de begane grond dwaalden. Ik herkende twee of drie vrouwen van bedrijfsuitjes waaraan ik in een grijs verleden had deelgenomen en vroeg me af wie hen allemaal had uitgenodigd. De echtgenotes van Andrews voormalige collega's stapelden onze vriezer vol met dwaze, zinloze stoofschotels en hartige taarten, allemaal keurig van een etiket voorzien. Ze verwonderden zich over de omvang van ons huis. Er kwamen een paar jongens van Laurence' oude school, en dat meisje was er ook. Helen. Als ze er de kans voor kreeg, klampte ze zich aan Laurence vast, maar Laurence zorgde voor mij. Een verschrompelde geestelijke wilde dat ik met hem bad, maar ik wilde hem niet bij me in de buurt hebben. Laurence bracht hem naar Eleanor, die wél openstond voor zijn troostende boodschap.

In de nasleep van Andrews dood lukte het me niet uit die nevel te komen. Ik bracht de meeste dagen in bed door. Als ik al naar beneden ging, staarde ik naar de televisie en deed ik mijn best de lege leunstoel naast me niet te zien. Ik huilde aan één stuk door. Laurence bracht me eten en voerde me alsof ik een baby was, en ik at op de automatische piloot, zonder iets te proeven.

Als mijn schoonmoeder, Finn of Andrews vrienden belden om te vragen hoe het met me ging, nam ik niet op. In plaats daarvan vroeg ik Laurence om een boodschap aan te nemen. Ik liet de condoleancekaarten opstapelen zonder ze open te maken. Ik slikte kalmerende middelen om de pijn te onderdrukken, maar eigenlijk verzachtten ze alleen de scherpe randjes en onderdrukten ze de toenemende paniek die me dreigde te overweldigen. Ik was achtenveertig. Laurence was nu alles wat ik nog had en mijn zoon groeide veel te snel op. Ik was doodsbang dat hij niet veel langer mijn jochie zou willen zijn.

Na Laurence' geboorte had ik negen miskramen gehad. Ik was er kapot van, elke keer opnieuw. Van het verdriet, het verlies en uiteindelijk ook de angst. De enige keer dat ik de vier maanden haalde, dachten we echt dat we veilig waren. Daarvóór had ik het nooit langer dan tien weken volgehouden. We vierden het met een etentje in ons lievelingsrestaurant. Andrew, Laurence en ik. Nadat de borden van het hoofdgerecht waren weggehaald, voelde ik de bekende afgrijselijke, scheurende steek in mijn buik, en ik klapte dubbel van de pijn. Binnen een paar seconden droop het bloed door de met fluweel beklede zitting onder me. Andrew realiseerde zich al snel wat er aan de hand was en droeg me naar de auto. We lieten een spoor van druppels uit mijn inwendige achter op hun dikke vloerbedekking. Laurence, die veertien was, zag krijtwit en huilde, want zelfs hij wist het. 'Is er iets met de baby, mama? Is dat het?'

Meestal duurde het na een miskraam een week of twee voordat ik terugkeerde van de doodse plek waar ik me met mijn verloren foetussen ophield, maar die keer nam het veel langer in beslag.

De artsen konden me niet helpen. Drie verschillende adoptiebureaus wezen ons af. Ik was ervan uitgegaan dat een gulle donatie voldoende zou zijn, maar er werden allerlei gesprekken gevoerd waarin Andrew en ik eerst afzonderlijk en later samen werden uitgehoord. De vragen waren ontzettend persoonlijk. Ik zei tegen Andrew dat hij zijn positie moest gebruiken en hij wendde al zijn invloed aan, maar het leek niet te helpen. De eerste twee bureaus waren niet bereid ons de redenen om ons een kind te ontzeggen te geven, maar het derde overhandigde ons een geschreven verslag. Daarin stond dat ze bang waren dat ik de trauma's uit mijn jeugd niet goed had verwerkt en dat ik mogelijk niet in staat zou zijn om de behoeften van een nieuwe baby te vervullen. Ze vonden het vreemd dat ik geen hechte vriendschappen had en dat ik onze woning zelden verliet. Nadat ik het verslag via de post had ontvangen, ging ik regelrecht naar het adoptiebureau, waar ik als een dolle tekeerging tegen de vrouw achter de receptie, totdat ze de beveiliging belde. Andrew kwam om me naar huis te brengen en vertelde me ferm dat we ons niet bij andere bureaus konden inschrijven.

We hadden onze pogingen om zelf een baby te krijgen nooit opgegeven, zelfs niet toen we hadden bedacht dat Andrew die jonge vrouw zwanger zou maken en haar voor het kind zou betalen. Het was de bedoeling dat hij een jonge, gezonde vrouw zou zoeken die arm genoeg was om met het plan in te stemmen. Het plan hield in dat hij de vrouw, zodra ze in verwachting was, eenmaal per maand zou bezoeken en haar gedurende de zwangerschap tweehonderd pond per maand zou betalen, met nog eens vijfhonderd pond extra zodra de baby er was. Dat is veel geld voor een arme vrouw. En ook voor ons. Hoewel het plan eenvoudig was, kostte het me veel moeite Andrew over te halen om het uit te voeren. Ik had hem zelfs gesmeekt.

'Verdient Laurence geen broertje of zusje? We zeggen gewoon tegen hem dat we eindelijk zijn goedgekeurd door een adoptiebureau.'

'Als het ooit uitkomt, gaat onze reputatie eraan,' zei hij.

Ik stelde hem gerust: wie zou ooit geloven dat wij zoiets zouden doen?

Hij bleef weigeren. 'We kunnen het ons niet veroorloven,' zei hij.

Ik verkocht het schilderij van Mainie Jellett, waarvan mijn vader had gezworen dat het op een dag veel waard zou zijn. Ik had het altijd spuuglelijk gevonden, maar mijn vader had gelijk gekregen.

Andrew bleef echter met bezwaren komen. 'Hoe weet ik dat ik een vrouw die zoiets zou doen kan vertrouwen?' vroeg hij.

Had ik maar beter over die vraag nagedacht. Andrew kon moeilijk met haar een dokterspraktijk binnenlopen voor een zwangerschapstest. Daar was hij te bekend voor. Hij stelde voor dat ik het contact met haar zou onderhouden zodra ze in verwachting was, maar daar kon geen sprake van zijn. Ik had geen flauw idee hoe ik met dat soort mensen moest praten. Hij was degene die hen elke dag tegenkwam in de rechtbank. 'Het uitschot van de samenleving' noemde hij hen. Uiteindelijk stemde hij er pas mee in nadat ik een week lang niets had gegeten. Het plan bleef echter hypothetisch, tot we de juiste vrouw hadden gevonden. Dat was een langdurig proces. Het was niet iets wat hij nonchalant met collega's kon overleggen. We konden niemand om een aanbeveling vragen. Andrew benaderde een paar vrouwen, maar vertelde dat ze vol afschuw hadden gereageerd toen hij hen uitnodigde voor een etentje, of ze hadden juist een affaire met hem willen beginnen. Bovendien waren ze niet het juiste type. Uit de middenklasse of te oud.

Op een avond vertelde hij me volkomen onverwacht over een jonge vrouw die hij tijdens het kopen van een krant bij een krantenkiosk had betrapt toen ze zijn portemonnee probeerde te stelen. Ze had hem gesmeekt haar te laten gaan en beloofd dat ze alles zou doen wat hij wilde. Ze huilde, ze smeekte. Ze beweerde dat ze het geld nodig had om medicijnen te kopen voor haar zieke zusje. Hij kreeg medelijden met haar, gaf haar vijf pond en bracht haar met zijn auto naar huis.

'Geloof je haar?' vroeg ik hem.

'Niet echt, maar ze kwam wanhopig over.'

Bij het woord 'wanhopig' viel voor mij alles op zijn plek.

'Hoe oud was ze? Zag ze er gezond uit?'

Andrew begreep onmiddellijk waar mijn vragen vandaan kwamen en schudde zijn hoofd. 'Alsjeblieft, Lydia. Ik weet waar je naartoe wilt en het bevalt me niet.'

'Schud je nou je hoofd omdat ze er niet gezond uitzag?'

'Nee, ze is jong en gezond, maar...'

'Weet ze wie jij bent?' vroeg ik.

'Nee.'

'Denk je dat de plek waar je haar hebt afgezet haar echte huis was?'

'Ik betwijfel het, tenzij ze boven een pub woont die The Viking heet.'

'Je moet haar gaan zoeken. Ze lijkt me een uitstekende kandidaat.'

Hij sputterde tegen. Hij zei dat hij niet wilde dat de moeder van zijn kind een dievegge was.

'Ik zal de moeder van het kind zijn. Zorg dat je haar vindt.'

Binnen een paar weken had hij haar opgespoord. Ze kwam uit The Viking naar buiten. Hij vroeg haar om in zijn auto te stappen en dat deed ze.

Het was een volmaakt plan, maar helaas bleek Annie Doyle een drugsverslaafde en prostituee met een hazenlip te zijn die vier keer met mijn man naar bed ging en toen beweerde dat ze in verwachting was. En ze eiste meer geld dan hij haar had aangeboden. Ze wilde driehonderd pond per maand en zeshonderd pond zodra de baby was geboren. Vijf maanden en vijftienhonderd pond later bekende hij dat er geen spoor te bekennen was van een zwangerschapsbuikje. De vrouw wilde of kon geen document laten zien dat bevestigde dat ze een baby verwachtte. Daarom dwong ik hem haar er die avond mee te confronteren. Uiteraard gaf dat domme wicht toe dat ze helemaal niet zwanger was, en ze dreigde dat ze naar de kranten zou stappen met haar verhaal over een hooggeplaatste rechter die haar had betaald voor seks en haar baby wilde kopen. Ze was bijzonder schaamteloos. Ik kon niet geloven dat ze zo oneerlijk en wreed was, maar toen wist ik nog niet dat ze een heroïnejunk en prostituee was. Daar kwam ik na haar dood pas achter. Later las ik ergens dat bijna alle prostituees verslaafd zijn aan heroïne en dat verslaafden tot alles in staat zijn.

Ik heb de baby die ik zo graag wilde hebben nooit gekregen en de stress van de hele situatie leidde tot de dood van Andrew. Daar houd ik Annie Doyle volledig verantwoordelijk voor.

8

Laurence

Toen mijn vader een paar minuten nadat ik had gewenst dat hij dood was daadwerkelijk overleed, bezorgde dat me een apart gevoel. Machtig en schuldig tegelijk. Alsof ik het had afgedwongen.

Ik was nog nooit naar een begrafenis geweest. Iedereen zei tegen me dat ik 'sterk moest zijn' en dat ik me 'er wel doorheen zou slaan', maar ik voelde me prima. Ik nam de condoleances in ontvangst namens mijn versufte moeder, zorgde ervoor dat oma Fitz genoeg papieren zakdoekjes had en droeg de kist met oom Finn en de betaalde dragers over het gangpad. De kist was veel zwaarder dan ik had verwacht. Mijn schouder deed nog dagen daarna pijn. Het ergste was dat ik mama bij het graf moest bedwingen, en oma Fitz en haar uit elkaar moest houden.

Na afloop gingen papa's vrienden en een paar buren met ons mee naar huis. Helen was er ook. Ik was blij haar te zien, en toen de priester afscheid kwam nemen, hield ze in de keuken mijn hand vast. Ze merkte op dat we nog meer met elkaar gemeen hadden, omdat we nu allebei vaderloos waren. Ik vroeg wat ze met dat 'nog meer' bedoelde.

'Ach, nou ja, je weet wel, dat we allebei een buitenbeentje zijn,' zei ze. 'Een vaderloos buitenbeentje.'

Dat klonk inderdaad wel toepasselijk.

'Jij weet tenminste dat je vader dood is. Ik weet niet eens zeker wie de mijne is!'

Ze zei dat ik me erg groot hield en dat ze het niet onmannelijk vond om op de begrafenis van je vader te huilen. Ik kreeg de indruk dat ze juist wilde dat ik huilde, zodat ze me opzichtig kon troosten als mijn vriendin. Ik liet haar omhelzingen en knuffels dankbaar over me heen komen, maar ik had geen behoefte aan troost.

Er kwamen twee jongens uit mijn klas. Ik kon me niet herinneren dat ik ooit met hen had gesproken, maar ze vielen me op school ook niet echt lastig. Ze stopten een miskaartje in mijn hand, maar bleven niet lang, want ze waren op weg naar pretpark Funderland, om meisjes te ontmoeten. Er waren ook een paar jongens van mijn oude school, Carmichael Abbey, en we maakten vage plannen om over een niet nader genoemd aantal weken wat af te spreken.

Nadat iedereen was vertrokken, deden Helen en ik de afwas. We borgen alle tafelkleden en het zilver op, en Helen hielp me om mijn moeder naar bed te brengen.

Daarna gingen we terug naar beneden en maakten we een fles whiskey open.

'Je mag best huilen, hoor,' zei Helen weer. 'Je vader is net overleden, maar jij doet alsof er niets is gebeurd.'

'Ik voel me prima.'

'Ja, dat denk je, maar de klap komt nog wel.' Ze omhelsde me troostend, maar ik had liever seks en stelde voor om naar boven te gaan. Mama was toch onder zeil door haar slaappillen.

Helen weigerde. 'Je bent echt heel raar, weet je dat wel?' zei ze.

Later probeerde ik me mijn vader te herinneren zoals hij was geweest vóór de geldproblemen, mijn gewichtstoename en Annie Doyle. Hij was niet altijd een slechte vader voor me geweest en het was duidelijk dat hij mijn moeder aanbad. Hoewel hij soms ook ongeduldig tegen haar kon zijn, vond hij volgens mij dat hij haar niet had verdiend. Ik zag hem vaak naar haar kijken alsof ze een waardevol schilderij was. Hij deed werkelijk alles wat hij kon om haar gelukkig te maken. Na die verrekte Paddy Carey annuleerde hij zelfs haar vasteklantenrekening bij Switzers niet, ook al bezwoer ze dat ze die gemakkelijk kon opgeven. Ik denk dat hij jaloers was op mijn moeders liefde voor mij. Hij haatte de hechte band die zij en ik met elkaar hadden. Ze hield ook van hem, maar volgens mij minder dan ze van mij hield. Een bizarre driehoeksverhouding.

Zijn dood viel mijn moeder heel zwaar. Het was net als eerder, toen ze na haar miskramen dagenlang kalmerende middelen moest slikken. Haar onvermogen om na mijn geboorte nóg een gezond kind op de wereld te zetten brak haar hart, en ze werd depressief van de voortdurende zwangerschappen en acht kinderen van tante Rosie. Na de begrafenis vernieuwde ik wekenlang de recepten voor kalmerende middelen en al snel verkeerde mijn moeder permanent in een rustige, versufte roes. Net als in het verleden was ze niet langer een moeder, weduwe of schoondochter, en zelfs geen vrouw, maar slechts een schim. Maar deze keer vertoonde ze geen tekenen van herstel.

Ik wist me redelijk te redden. Ik liet mama cheques ondertekenen die ik bij de bank inwisselde, en voor zover ik kon zien, waren we nog niet berooid. Op school was het nieuwe semester begonnen, en hoewel ik af en toe een paar dagen miste, lukte het me mijn uniform schoon te houden en mijn eigen lunches klaar te maken. Ik kon friet en worst uit de oven maken (mijn favoriete eten) en verder zat de vriezer vol met hartige taarten en ovenschotels met rundvlees van de begrafenisgasten. Ik gaf hun gerechten een cijfer tussen de een en tien, op basis van smaak, textuur en presentatie. Daarnaast deed ik ook de boodschappen.

Na drie weken stopte mama helemaal met communiceren en sliep ze bijna de hele tijd. Uiteindelijk belde ik een oude vriend van papa, die arts was. Hij was op de begrafenis geweest en had tegen me gezegd dat ik hem kon bellen als ik ergens mee zat. Het zou fijn zijn als mensen dat niet zeiden als ze het niet echt meenden. Ik moest hem zelfs om hulp sméken. Hij stemde er onwillig mee in om bij ons thuis langs te komen. Het was een stevige, lange man met een akelig klinkende doodsreutel die al zijn zinnen onderbrak en de ernst van wat hij zei extra onderstreepte. Hij onderzocht haar in haar slaapkamer. Daarna kwam hij naar beneden, waar hij me vroeg hoe het met mij ging, *kuchrochel*, en wat ik at, *rochelhoestgorgel*, alsof ík de patiënt was. Hij zei dat mijn moeder naar een psychiatrische inrichting moest, dat ze ergens naartoe moest 'om uit te rusten'. Dat leek me een vergissing en dat zei ik ook. Ik opperde dat ze hooguit sterkere medicijnen en rust nodig had. Dokter Doodsreutel hield echter vol dat ze professionele medische verzorging nodig had. Ondanks de door medicijnen opgewekte verdoving waarin mijn moeder verkeerde, schreeuwde ze moord en brand bij het vooruitzicht naar een inrichting te moeten.

Dokter Doodsreutel brak de eed van Hippocrates en vertelde mijn oom dat mijn moeder er mentaal verschrikkelijk slecht aan toe was en dat ik het in mijn eentje moest zien te rooien. Ik had er enorme spijt van dat ik er een 'vriend' van de familie bij had gehaald. Er ontstond een enorme ophef, en hoewel ik volhield dat ik best voor mezelf kon zorgen, dat ik achttien was en dus volwassen, besloot oma Fitz dat ze op Avalon zou komen wonen om 'voor de jongen te zorgen' zolang mijn moeder in het Saint John of God verbleef. Ik had niets in te brengen. De arts stelde mijn school op de hoogte, waar men meteen deed alsof men zich zorgen maakte om mijn welzijn. Het schoolhoofd uitte zijn diepe bezorgdheid over mijn regelmatige onverklaarde afwezigheid, mijn verwaarloosde huiswerk en mijn in vrije val verkerende cijfers.

'Dat zou je vader zo hebben gewild,' zei oma Fitz, die met een flinke koffer arriveerde, alsof daarmee alles was gezegd. Tante Rosie, oom Finn, de dokter en het schoolhoofd waren het ermee eens. Mijn moeder werd op een dag naar het Saint John of God gebracht, terwijl ik op school was. Toen ik thuiskwam, stond oma glasscherven op te vegen, dus ik vermoedde dat mama niet zonder slag of stoot was vertrokken.

Oma Fitz was zevenenzeventig, lichamelijk fit en bijzonder scherp van geest. Toen ik klein was, adoreerde ze me. Ik was haar eerste kleinkind en ze wilde zo veel mogelijk tijd met me doorbrengen. Ze prees al mijn prestaties en schepte over me op tegen haar vriendinnen. Mama en zij vochten om me alsof ik een pup was. Maar in tegenstelling tot mama, die al mijn grillen en nukken accepteerde, was oma streng. Ze vond het verschrikkelijk dat ik het afgelopen jaar zoveel was aangekomen en had mijn moeder de les gelezen omdat ze me zo nonchalant had gevoed. Nu mama uit de weg was, runde oma het huishouden als een legerkamp. Ik vond het afschuwelijk. Ik vond het afgrijselijk dat ze er was en me als een kind behandelde. Ik was verschrikkelijk bang dat mijn moeder nooit voldoende zou genezen om terug naar huis te komen. Ik vluchtte zo vaak ik kon naar het huis van Helen, deels vanwege het gezelschap, het kussen en de kans op meer, maar toch vooral omdat ik daar een fatsoenlijke maaltijd en een paar leuke televisieprogramma's kon verwachten. Er stond altijd wel een minipizza of een kant-en-klare curry voor me klaar. Ik maakte kennis met haar moeder, de bloemrijke, beroemde dichter. Ze leek op Helen en was niet eens veel ouder dan zij. Ze was een hippie en een kettingroker me een zware stem. Ze dronk bier uit een flesje. Als ze niet aan het schrijven was, werkte ze als redacteur voor een literair tijdschrift, en ze ging om met langharige, in denim geklede mannen die af en toe bij hen thuis bleven slapen. Inmiddels kende ik Helens jongere broertjes ook. Ze waren luidruchtig en grofgebekt, net als Helen, maar ook hartelijk en vriendelijk. 'Jezus christus, wat ben jij dik!' zei de oudste van de twee tijdens onze eerste ontmoeting. De jongste lachte spottend achter zijn handen. Het was het waard zolang ik maar een minipizza of snee toast bij de verplichte kop thee kreeg.

Oma Fitz moest niets van Helen hebben. Ze vond haar 'onbehouwen' en 'gewoontjes'. Ik geef toe dat ze waarschijnlijk inderdaad onbehouwen was, maar gewoon was ze beslist niet. Er waren niet zo heel veel meisjes als Helen. We spraken af en toe af in een pub, maar oma rook de alcohol op mijn adem en wilde me huisarrest geven. Ze bagatelliseerde mijn boosheid en mijn opmerking dat ik volwassen was en dus mocht drinken, en daagde me uit daar dan zelf het geld voor te verdienen. Ze was niet op de hoogte van de cheques die mijn moeder had ondertekend. Oma eiste dat ik mijn huiswerk deed en dat ik Helen 'in de wacht' zette tot na mijn examen. Ik beloofde dat ik haar alleen in het weekend zou zien, maar loog vervolgens doordeweeks dat ik naar de bibliotheek ging, terwijl ik in werkelijkheid naar Helen ging.

Tijdens het regime van mijn oma ging het eten vier maanden lang op rantsoen, werd mijn zakgeld beperkt en was ik gedwongen slavenarbeid te verrichten. Na een week of zes waren we min of meer aan elkaar gewend geraakt. We leefden in een sfeer van wederzijdse onverdraagzaamheid, maar na verloop van tijd behandelden we elkaar bijna vriendelijk. Ik weet het aan het stockholmsyndroom. De hongerstakingen van de IRA waren in het nieuws. Ik vroeg me af of mijn oma een politiek statement wilde maken met onze piepkleine maaltijden. Mijn oma ergerde zich groen en geel als ze me zag zitten, met name voor de televisie. Ik mocht alleen naar *Het kleine huis op de prairie*, *The Waltons* en *The Angelus* kijken. De rest was verboden. De enige andere momenten dat ik mocht zitten waren tijdens het leren.

Ik weet niet waarom het leren niet langer lukte, maar ik was alle belangstelling verloren. Het leek niet langer zin te hebben. Ik maakte me zorgen om mijn moeder, en Annie Doyle spookte nog steeds rond in mijn dromen. Als ik naar boven werd gestuurd om te leren, schreef ik vooral krankzinnige fantasieverhalen waarin ik Annie Doyle redde, met Annie Doyle uit eten ging of seks had met Annie Doyle. Het Marnie-armbandje bewaarde ik onder mijn kussen. Als mijn oma dát geweten had... Ze bedacht steeds nieuwe klusjes om me in beweging te houden. Tijdens de vorstperiode in februari liet ze me heggen uitgraven, afval van de zolder naar de schuur achter in de tuin zeulen en daarna weer naar boven klimmen. Ze bood zelfs mijn diensten als hondenuitlater aan een getikte oude buurvrouw aan.

Oma Fitz maakte er geen geheim van dat ze mijn moeder slap en egoïstisch vond. Oma was een zoon kwijtgeraakt, haar eigen 'vlees en bloed', maar 'je ziet mij niet lui rondhangen in een inrichting, mijn arme kind aan zijn lot overlatend'. Nu moet ik wel zeggen dat ze handelde in wat zij als mijn bestwil beschouwde. Ze moet aan mijn chagrijnige stemming en nijdige gezicht hebben afgelezen dat ik haar verafschuwde, maar ze schonk geen aandacht aan mijn wangedrag en installeerde een slot op de koelkast. Eén of twee keer hoorde ik haar jammeren of huilen, maar als ik dan de kamer binnenkwam, depte ze snel haar ogen droog en snauwde ze me een opdracht toe. Ik besefte dat ze om haar zoon rouwde.

Ik ging elke week bij mama op bezoek en klaagde steen en been over mijn oma, maar mijn moeder was niet in staat om op een zinvolle manier te reageren. Dat bleef heel lang zo. Ik probeerde haar te herinneren aan gelukkige momenten en wees naar de bedeltjes aan haar armband om haar te laten terugdenken aan de betekenis ervan, maar er viel nooit enige verbetering te bespeuren. Ik begon te vrezen dat ze nooit beter zou worden. Ze zat naast me, streelde mijn gezicht en glimlachte naar me zoals een blinde dat zou doen. De medicijnen deden kennelijk hun werk en gaven haar geest de kans om te genezen.

Uiteindelijk begon ze een beetje belangstelling voor de buitenwereld te vertonen. Ze praatte over de berichten in de kranten en de televisieprogramma's die ze had gezien. Ze werd akelig mager en klaagde dat ze niet kon slapen vanwege haar nieuwe medicijnen. Langzaam maar zeker kreeg ze ook weer interesse voor mij. Ze wilde beter worden. Ze was doodsbenauwd dat ze de rest van haar leven opgesloten zou blijven.

Op een dag zei ze tegen me: 'Er komen in elk geval geen miskramen meer, nu je vader weg is.' Er welden tranen op in haar ogen.

'Ik zal voor je zorgen, mam,' beloofde ik.

Haar ogen klaarden op en de warmte keerde terug in haar gezicht. Ik begon voorzichtig hoop te koesteren dat ze binnenkort zichzelf weer zou zijn.

Toen ik op een dag thuiskwam uit school bleek mijn oma een stapel vrijetijdskleding voor me te hebben gekocht. Haar keuzes waren verrassend modieus: echte spijkerbroeken, jacks, T-shirts, sweatshirts, truien. Ik was gewend aan broeken met elastiek in de band en ruimvallende truien.

'Kijk je nooit in de spiegel?' vroeg ze.

Het antwoord was 'nee'. Ik vermeed de spiegel meestal of bekeek alleen losse onderdelen: het terugkerende puistje op mijn kin, de blauwe plek op mijn knie van de keer dat ik op school tegen een muur was geduwd, het plukje haar achter mijn linkeroor dat weigerde zich door gel of een kam plat te laten drukken.

'Ga ze maar passen,' zei ze. 'Ik kan alles wat niet past terugbrengen.'

Ik ging naar mijn moeders kamer, omdat daar een grote spiegel hing. Toen ik erlangs liep om de kleren op het bankje te leggen, werd ik flink verrast. De persoon die naar me terugkeek, kwam me niet bekend voor. Ik zal niet overdrijven. Ik was nog steeds dik, maar ik was wel een paar onderkinnen en wat vetrollen om mijn middel kwijt. Mijn gezicht had opeens een vorm en ik kon de ronding van mijn jukbeenderen zien. Door de toename in lichamelijke beweging en de kleinere porties had ik kunnen verwachten dat ik zou afvallen. Het was me wel opgevallen dat mijn kragen wat losser zaten, maar de elastieken broekbanden hadden zich overduidelijk zelf aangepast. Helen had wel gezegd dat ze blij was dat ik zoveel moeite deed voor haar, maar ik begreep nu pas wat ze daarmee bedoelde. De meeste nieuwe kleren pasten goed. Voor het eerst in ruim twee jaar tijd zag ik er mollig uit, in plaats van zwaarlijvig. Misschien paste mijn *Star Wars*-shirt me nu ook wel.

Ik deed een stap naar achteren en maakte een pirouette. Toen ik mijn gezicht weer naar de spiegel draaide, bleek

oma Fitz in de deuropening te staan. Ze bekeek me trots.
'Je bent er bijna. Zó hoor je eruit te zien. Ik weet dat ik je hard heb aangepakt, maar je moest weten hoe je er ook uit kunt zien, zonder dat je er onzeker van werd.'
Ik kon niets uitbrengen. Als het een film was geweest, zou ik naar haar toe zijn gerend om haar om de nek te vliegen. Maar het was geen film en mijn oma was geen knuffelig type. We hadden elkaar zelfs nog nooit omhelsd of een zoen gegeven. We keken elkaar met een ongemakkelijk glimlachje aan.
'Je moeder komt dinsdag thuis. Ze is er beter aan toe dan net na Andrews dood,' zei ze snuivend. 'Ik wil best geloven dat ze om je geeft, maar je mag jezelf nooit meer zo verwaarlozen. Je zou een erg knappe jongeman kunnen zijn. Kijk maar!' Ze wees naar de spiegel.
Ik tuurde ingespannen en zag niet de jongen, maar de man. Maar de jongen in me was opgetogen. Mama was beter! Ik kon bijna niet wachten tot alles weer normaal was, wat dat nieuwe 'normaal' zonder mijn vader ook zou inhouden. Ik keek mijn oma stralend aan en heel even was er een wapenstilstand. Toen verpestte ze alles door me met mijn gezicht naar de spiegel te draaien en te zeggen: 'Kijk, je lijkt sprekend op je vader.'

Op de zaterdag voordat mijn moeder zou thuiskomen, zaten we 's ochtends in de keuken. Oma wees naar het bloembed onder het raam. 'Dat is nog steeds een rommeltje. Zou jij het willen aanpakken? Wanneer is het eigenlijk aangelegd?'
Ik kon het me niet precies herinneren, maar wist dat het kort voor mijn vaders dood moest zijn geweest. Ik mopperde en probeerde het voor me uit te schuiven, maar oma was vastbesloten. 'Niet te geloven dat Andrew het zo heeft gela-

ten. Het is een willekeurige verzameling planten die zo in de aarde is gedumpt. Ga naar buiten en graaf dat hele bed op. In de schuur liggen dahliabollen. Het hele bed moet opnieuw worden beplant. Doe het nu, dan is het een leuke verrassing voor je moeder. Dat red je gemakkelijk tussen het leren door.'

Het was inmiddels april, bijna Pasen, en het was buiten nog steeds ijzig koud, maar het had die week gelukkig niet gevroren. Ik pakte me goed in met een wollen muts en vest en stapte in mijn vaders regenlaarzen, en haalde de schep en hark uit de schuur. Toen ik bij de rand van het verhoogde bed begon te graven, stuitte ik een centimeter of vijftien onder het oppervlak op een granieten rand. Ik herinnerde me zwart-witfoto's van een siervijver op deze plek, met in het midden een vogelbadje, en ik bedacht dat het mama misschien zou opvrolijken als ik de vijver weer in ere herstelde.

Ik overlegde het met mijn oma, die het een goed plan vond. Omdat ik geen flauw idee had hoe ik dat moest aanpakken, ging ik eerst naar de bibliotheek om een boek over het aanleggen van tuinvijvers te lenen. Oma en ik bestudeerden ijverig wat de juiste aanpak was, en ik moest de stad weer in om vijverfolie te halen om de bodem mee te bedekken.

Nadat ik op zondag de hele ochtend had gedaan alsof ik zat te leren, begon ik met het echte graafwerk. Ik was opgetogen bij het vooruitzicht van mama's verheugde reactie. Het zou wel een paar weken duren voordat de vijver volledig in ere was hersteld, maar hopelijk zou het project haar interesse opwekken. Ze zou vast trots zijn op mijn harde werk en inzien dat ze papa niet nodig had voor klusjes in en om het huis. Mijn moeder wilde Avalon altijd graag houden zoals het was, precies zoals in haar jeugd. Door de jaren heen waren er moderne elektrische apparaten gekomen, zoals een vaatwasser en een wasmachine, maar daar had mama niets mee te maken willen hebben, totdat de schoonmakers moesten worden ontslagen nadat die verrekte Paddy Carey zijn slag had geslagen. Ik dacht dat de terugkeer van de vijver haar blij zou maken. Het stenen vogelbadje had al voor mijn geboorte in jute gewikkeld in de hoek van de schuur gelegen. Ik wilde niet te ambitieus worden, maar hoopte dat ik ook dat, met wat hulp van een expert, in de zomer op de oude plek kon terugzetten.

De instructies in het vijverhandboek zeiden dat ik vrij diep moest graven, zo'n anderhalve meter. Er moest namelijk een laag bakstenen worden aangebracht onder de vijverfolie, om te voorkomen dat de aarde verschoof en om de ondergrond stabiel te houden. Opeens stuitte mijn schep op iets vreemds. Ik zag een soort stof onder een deels gescheurd stuk zwart plastic door de aarde heen schemeren. Ik veegde de aarde weg met de laars van mijn vader, nieuwsgierig en tegelijkertijd geïrriteerd. Het visgraatmotief zei me niet meteen iets. Ik bukte me om het op te rapen. Toen drong de stank tot me door.

Ik schreeuwde het uit van afschuw en walging, maar ik was niet in staat mijn blik af te wenden en duwde het plastic met de punt van mijn laars omhoog. Boven het visgraatmotief werd een pluk onnatuurlijk zwart haar zichtbaar, en door de holte achter een deel van een blootliggend onderkaakbeen kropen en glibberden wezens met veel of helemaal geen poten. De scheefstaande tand was onmiskenbaar, ook al was het vlees eromheen zwart en opgezwollen. Ik schepte alle aarde haastig terug op Annie Doyle, verblind door tranen.

Oma tikte op het keukenraam en riep door het glas heen dat het donker werd, dat het eten zo klaar zou zijn en dat ik naar binnen moest komen om te douchen en me om te kleden. Ik bracht het tuingereedschap terug naar de schuur en ging het huis in. In de eetkamer bleef ik even staan om een teug cognac te nemen, zo uit de karaf. Daarna liep ik naar boven om te douchen. In het medicijnkastje in de badkamer stond het potje valium van mijn moeder. Ik had er nog nooit een genomen, maar ik wist dat de pillen haar paniek onderdrukten, dus ik hield mijn mond bij de kraan en slikte een tablet in. Van het gesprek tijdens het avondeten kan ik me niet veel herinneren, alleen dat ik moeite moest doen om wakker te blijven en dat oma opmerkte dat ik erg stil was. Ze kletste aan één stuk door over van alles en nog wat, en toen ik er niet langer in slaagde mijn ogen open te houden, zei ze dat het uitgraven van de vijver misschien te zwaar voor me was geweest en dat ze de volgende dag zelf een beetje zou graven. Ik deed mijn best om helder te worden, beweerde dat ik het best in mijn eentje kon en dat ik er doordeweeks na schooltijd mee zou verdergaan.

'Goed, als je het zeker weet...'

Ik ging meteen naar bed en sliep die nacht beter dan ik in maanden had gedaan, zonder te dromen, tot mijn wekker de volgende ochtend ging. De afschuw maakte zich weer van me meester.

Tijdens het ontbijt tuurde oma door het keukenraam naar buiten. 'Ik dacht dat je bezig was de vijver uit te graven, maar het lijkt wel alsof je alle aarde terug hebt geschept.'

Ik hing een flauwekulverhaal op over de vijverfolie die naar beneden moest worden gedrukt om zich te hechten, voordat ik de aarde definitief kon weghalen. Ze keek weifelend, maar besloot kennelijk maar aan te nemen dat ik wist wat ik deed.

Ik was een kleine kiezel die door een reusachtige, stormachtige golf de zee in werd gesleurd en kon aan niemand hulp vragen. Die schooldag verliep... Ik zou het eigenlijk niet weten. Na schooltijd stond Helen bij de bushalte op me te wachten.

'Mag ik bij jou thuis komen eten?' vroeg ik. Ik probeerde uit alle macht de wanhoop uit mijn stem te houden.

'En je oma dan?'

'Oma kan oprotten.'

'O, jeetje. Wat heeft ze nou weer gedaan?' Helen was eraan gewend dat ik afgaf op mijn oma.

'Niets. Ik wil liever met jou mee naar huis.'

Helen vatte het als een compliment op, maar eigenlijk had het niets met haar te maken. Ik wilde omringd worden door haar, haar luidruchtige broertjes en haar moeder met de zware stem. Ik wilde omringd worden door geklets, gebekvecht, muziek en televisie, herrie en afleiding. Ik wilde niet naar huis en door het keukenraam naar buiten kijken.

Die avond bij Helen was een van de leukste van mijn leven, misschien wel juist vanwege het contrast. Haar moeder was blij me te zien, op haar opmerkzame manier: 'Jeetje, kijk jou nou toch eens. Je ziet er fantastisch uit, maar wel een beetje bleek.' Ze vond het niet erg dat Helen en ik aan de eettafel een blikje bier opentrokken. Ik kwam erachter dat mijn gulzige eetlust was teruggekeerd en propte steeds meer eten naar binnen.

'Volgens mij heb je wel genoeg gehad,' zei Helen toen ik de laatste kruimels appeltaart met mijn vork van het bord schraapte. Helen en ik gingen naar boven om 'te leren'. We frummelden een beetje onhandig aan elkaar en ik kwam verder dan ooit sinds de keer dat we echt geslachtsgemeenschap hadden gehad, maar helaas net niet ver genoeg.

'Jezus, je weet vanavond echt niet van ophouden,' zei ze, 'maar nu moet je maar eens naar huis. Het is bijna elf uur en straks stuurt je oma de politie om je te zoeken.'

Toen ik thuiskwam, was oma razend. 'Ik had een speciale maaltijd voor je gekookt, omdat het mijn laatste avond hier is, en jij kon het niet eens opbrengen om te bellen en het me fatsoenlijk te laten weten. Dat getuigt van een enorm gebrek aan inlevingsvermogen. Wat moet ik daar nu van denken? Ik neem aan dat je bij dat meisje thuis was?'

Ik zei dat het me speet. Ik had haar inderdaad moeten bellen, maar ik wist dat ze het me zou hebben verboden om op een doordeweekse avond naar Helen te gaan. Morgen kwam mijn moeder thuis. Hoe moest ik haar uitleggen wat ik had gevonden? Ze had al zoveel meegemaakt. Maar uiteindelijk zou ik het haar toch moeten vertellen. Ik vervloekte mijn vader om wat hij had gedaan. Niet alleen om wat hij Annie Doyle had aangedaan, maar ook om wat hij óns had aangedaan. Wat zou er nu met ons gebeuren? Ik was bang dat mijn moeder dit niet aan zou kunnen.

DEEL 2
1985

9

Karen

In het begin was het geweldig om met Dessie getrouwd te zijn. De bruiloft was in de zomer na Annies vermissing. Het was een rustige, kleine ceremonie, deels vanwege het geld en deels omdat het niet goed voelde om het uitbundig te vieren zonder Annie. In de eerste paar jaren was Dessie echt lief en attent, maar ik wilde nog geen kinderen en hij had juist verschrikkelijk veel haast. Hij zei altijd dat het leeftijdsverschil nooit een probleem mocht worden, maar ik begon te vrezen dat het toch zou gebeuren. Ik was vierentwintig. Ik dacht dat ik zeeën van tijd had en was altijd erg voorzichtig. Hij zei dat hij een zoon wilde voordat hij te oud werd om een balletje met hem te trappen.

'En als het nou een dochter is?' vroeg ik.

'Nou, dan gaan we net zo lang door tot we er eentje van beide hebben.' Hij lachte, maar het was geen grap, en ik besefte dat ik vroeg of laat serieus met hem moest praten.

Ik had hem nog niet verteld over Miss La Touche en haar aanbod. Ze kwam vaak bij de stomerij en als de anderen lunchpauze hadden, hielp ik weleens aan de balie. Ik schatte haar halverwege de veertig en ze was altijd keurig verzorgd, met onberispelijk haar en gelakte nagels. Ze was lang en slank, liep op een speciale manier, met haar heupen vooruit en haar hoofd recht, en ze zag er altijd netjes uit.

Wat haar kleren betreft was ze erg veeleisend, en ze moest wel steenrijk zijn, want ze liet vrijwel al haar kleren stomen. Bont, fluweel, zijde, satijn en stoffen in de kleuren van edelstenen, met labeltjes in vreemde talen. Ik herkende een paar namen van modeontwerpers. Je kon onmogelijk bij een stomerij werken zonder belangstelling te hebben voor kleding, en als meneer Marlowe weg was, pasten de meisjes en ik af en toe wat kledingstukken, ook al was ik toen al assistent-bedrijfsleider. Als we waren betrapt, zou er beslist gedonder van zijn gekomen, maar we waren heel voorzichtig. De andere meisjes zeiden altijd dat alles me stond, en ik moet eerlijk toegeven dat ik dol was op de weelderige jurken van Miss La Touche.

Op een dag kwam Miss La Touche een zijden jas van Yves Saint Laurent ophalen die een speciale behandeling had ondergaan, en toen ik hem in de plastic hoes aan haar overhandigde, kon ik het niet laten om tegen haar te zeggen: 'Dat is het allermooiste kledingstuk dat we hier ooit binnen hebben gekregen.'

Ze tuurde me over de rand van haar bril aan en nam me van top tot teen op. Toen vroeg ze: 'Hoe lang ben je?'

'Wat? Eh, een meter achtenzestig, geloof ik.'

Ze gluurde over de balie naar mijn platte schoenen.

'Jammer.'

'Sorry?'

'Heb je weleens modellenwerk gedaan?'

Ik lachte en wees naar mijn haar. 'Hiermee? Nee, dus.'

Ze stak een hand uit, pakte mijn kin voorzichtig vast en draaide mijn gezicht naar het licht toe. Haar accent klonk bijna Brits. 'Je haar is juist je grootste pluspunt, liefje. Dat moet je niet onderschatten. Mooi gevormde botten ook. Je bent te klein voor de catwalk, maar productfotografie behoort zeker tot de mogelijkheden. Je zou dat zeldzame Ierse meisje kunnen worden dat internationaal doorbreekt. De Italianen zijn gek op mensen met rood haar.' Ze haalde een kaartje uit haar tas. 'Bel me maar als je interesse hebt.' Toen zweefde ze de zaak uit, even sierlijk als ze naar binnen was gekomen.

Ik had pas een of twee keer eerder een visitekaartje gezien, maar dit was een kunstwerk op zich. Tegen een achtergrond van heel lichtroze rozen stond in krullerige goudkleurige reliëfletters haar naam:

YVONNE LA TOUCHE
THE GRACE AGENCY
IERLAND
TELEFOONNUMMER: 01693437

Ik liet het kaartje een paar weken in mijn tas zitten. Ik weet eigenlijk niet waarom ik het niet aan Dessie vertelde, maar ik denk dat ik bang was dat hij me ervan zou beschuldigen dat ik kapsones had. Hij kamde de actrices en modellen in de tijdschriften die ik las vaak af. 'Moet je die nou zien, half in d'r blootje. D'r vader zal wel trots op d'r zijn.'

Het deed me verdriet als hij dat soort dingen zei, want het deed me denken aan Annie en mijn vader, en bovendien deden de vrouwen in de bladen niets van de dingen die Annie volgens de politie had gedaan.

We praatten nooit meer over haar. Na mijn ontmoeting met O'Toole bijna vijf jaar geleden had mijn familie helemaal niets meer van de politie gehoord. Ik had zijn leidinggevenden geschreven om me te beklagen over zijn gedrag, maar nooit iets teruggehoord.

Dessie kon best kritisch zijn over wat ik droeg en hoe ik me kleedde, maar als hij dingen voor me kocht die iets hoger sloten dan wat ik zelf zou hebben gekozen, wist ik dat hij dat deed om me te beschermen. Na de publiciteit rond de verdwijning van mijn zus was ik een beetje bekend geworden. Ik had een van de chauffeurs naar me horen verwijzen als 'die rooie met de zus die hoer is'. Ik was overstuur geweest en Dessie werd laaiend namens mij. Ik moest hem tegenhouden om te voorkomen dat hij de man een dreun verkocht. Ik kon het hem niet kwalijk nemen. Hij zei dat het ook op hem afstraalde.

Pa en ma waren uit elkaar gegaan. Ma vond dat het pa's schuld was omdat hij Annie had weggejaagd, en pa nam het zichzelf kwalijk en zocht troost bij de fles. Na een tijdje verhuisde ma naar het huis van haar zus in Mayo, aan de andere kant van het land. Ze smeekte me haar te vergeven dat ze vertrok, maar ik wist dat ze daar uiteindelijk beter af was. Pa bleef in het huis in Pearse Street. Op zijn werk ging het slecht met hem. Er werden mensen ontslagen en hij vermoedde dat hij ook snel aan de beurt zou zijn.

Hoewel we het nooit hardop zeiden, speurden we rond Kerstmis en vooral onze verjaardagen alle kaarten nauwlettend af, op zoek naar een berichtje van Annie. Dat was er nooit, maar we wilden het geen van allen hardop zeggen. 'Volgend jaar misschien?' zei ma dan, maar de hoop was uit haar ogen verdwenen. Toch zag ik Annie, of dacht ik Annie te zien, in pubs, op straathoeken en in supermarkten. Dan rende ik achter haar aan en wilde ik haar uitfoeteren omdat ze ons in de steek had gelaten, totdat ik de volmaakte lippen zag die haar in iemand anders veranderden.

Het was gemeen van Dessie om die dingen te zeggen over die vrouwen in de bladen. Het leek me dat je gemakkelijk geld kon verdienen met het laten maken van een foto, en als je geen bikini aan wilde, konden ze je vast niet dwingen.

Twee maanden nadat Miss La Touche me haar kaartje had gegeven, belde ik haar op. 'Zeg maar Yvonne,' zei ze. Ik sprak met haar af in een gebouw in Drury Street. Ik had me netjes aangekleed in een groene A-lijnjurk die ik voor Kerstmis bij Mirror Mirror had gekocht. Mijn haar was gewassen en geföhnd en zat in een strakke paardenstaart naar achteren gebonden. Mijn schoenen hadden hoge hakken en waren van plastic dat eruitzag als lakleer.

Ik was nooit eerder in een kamer als deze geweest. Hij was diep en breed, maar verrassend warm. Miss La Touche was de enige aanwezige. Overal waren staande spiegels en rekken met kleding te zien en de vloer was bezaaid met schoenen. Tegen de muur achter haar bureau stonden propvolle dossierkasten. Aan een andere lange muur hingen foto's van beeldschone meisjes met goudblond haar en lange benen. Ik voelde me meteen een poseur. Yvonne was blij me te zien. Maar ik schrok wel toen ze me vroeg me tot op mijn ondergoed uit te kleden.

'Ik... ik had niet verwacht...'

'Maak je geen zorgen, liefje. Je zult nooit lingeriemodel worden, want daar zijn je borsten te klein voor. Maar ik moet wel je maten weten.' Ze lachte, maar niet onvriendelijk, en mat zakelijk mijn heupen, middel en borstomvang op. Toen liet ze me op een weegschaal stappen.

'Gaat afvallen en aankomen je gemakkelijk af?'

'Dat... dat weet ik niet. Ik weeg mezelf eigenlijk nooit.'

'Dan ben je een geluksvogel. Hm, je zou ongeveer drie pond kwijt moeten zien te raken en dan op gewicht zien te blijven.'

Ik wist niet of dat een extreem dieet betekende.

'Niets drastisch,' zei ze na een blik op mijn gezicht. 'Als je brood en aardappels laat staan, zit je daar in een mum van tijd op.'

Ze zette een erg felle lamp voor een wit laken achter in de loft en maakte vanuit alle hoeken polaroidfoto's van mijn gezicht. Ze haalde kledingstukken uit een rek en schoenen van een plank, en stuurde me ermee naar een pashokje om ze aan te trekken. Ze liet me mijn haren kammen, in een dot boven op mijn hoofd vastzetten en in dikke staarten aan weerszijden van mijn gezicht binden. En al die tijd hoorde ik het geklik en gezoem van de camera, die de ene foto na de andere uitspuugde van mij in verschillende poses: met een hand op een heup, met mijn armen achter mijn hoofd, met gesloten ogen, languit liggend op een bank en in de lucht springend. Na afloop liet ze me plaatsnemen op de stoel tegenover haar.

'Ik denk dat je de moeite waard bent om in te investeren. Wil je dat ik je vertegenwoordig?'

Ik had geen flauw idee wat ze bedoelde.

Yvonne legde het geduldig uit. 'Liefje, je bent een beeldschoon meisje met een natuurlijke glimlach. Je bent net een jonge Shirley MacLaine. Je hebt een prachtige huid en botstructuur. Ik snap niet waarom je zo lang hebt gewacht voordat je me belde. Ieder ander meisje van jouw leeftijd zou meteen achter me aan zijn gerend.'

Ik wist niet wat ik moest zeggen.

Ze zuchtte. 'Waarom hebben roodharige vrouwen toch zo weinig zelfvertrouwen? Luister, wat in jouw jeugd wellicht knaloranje werd genoemd, heet tegenwoordig warm kastanjebruin. Weet je hoeveel mensen bereid zijn te betalen om hun haar in die kleur te laten verven?'

Ik schudde mijn hoofd en streek bedeesd met een hand door mijn haar.

'Mijn cliënten betalen je om hun kleding of haar- en huidverzorgingsproducten aan te prijzen, maar het kunnen ook levensmiddelen en wasmachines zijn. Wie zal het zeggen? Ik ben van plan je in de markt te zetten voor luxetijdschriften. Ik krijg twintig procent van wat je verdient, maar ik regel alle opdrachten voor je. In de tussentijd zal ik je op mijn kosten lessen laten volgen in lichaamshouding, etiquette, make-up en mode. Je moet leren hoe je je als een model beweegt en kleedt. En je mag nooit meer polyester dragen. Heb je me goed begrepen?'

Ik was diep gekrenkt. Mijn beste jurk was niet goed genoeg.

'Van nu af aan draag je alleen katoen en wol, tot je je iets beters kunt veroorloven. Dat zou niet lang moeten duren!' Ze keek me lachend aan. 'Wanneer kun je beginnen?'

Ik was stomverbaasd en natuurlijk ook gevleid, maar het was wel heel veel informatie om in één keer te verwerken. 'Ik... ik moet het eerst met mijn man bespreken.'

'Je man? Lieve god, hoe oud ben je?'

'Vierentwintig.'

'Serieus? Mijn god. Nou, nu niet meer. Als iemand ernaar vraagt, ben je negentien. En je bent níét getrouwd. Een vriendje is geen enkel probleem, maar een echtgenoot? Nu al? Je had tot je dertigste moeten wachten. Is Fenlon de achternaam van je man? Wat is je meisjesnaam?'

'Doyle.'

'Dat is nog erger. We houden het op Karen Fenlon. Dat bezit een zekere charme.' Opeens schoot haar iets te binnen. 'O, god, zeg me alsjeblieft dat je geen kinderen hebt.'

'Nee.' Die vraag kon ik tenminste ferm beantwoorden.

'Gelukkig. En dat accent van je...'

'Ja?'

'Het is het beste om alleen iets te zeggen als je iets wordt gevraagd. De meeste van mijn meisjes hebben een... hoogopgeleide achtergrond.'

Ik dook diep weg in mijn stoel.

'Mijn cliënten betalen je natuurlijk voor hoe je eruitziet, niet voor hoe je klinkt, maar we willen hen niet onnodig afschrikken.' Ze zweeg even. 'Ik kom zelf trouwens uit The Liberties. La Touche is niet mijn echte achternaam.'

Ik was verbijsterd. Mensen uit die wijk klonken eerder zoals ik dan zoals zij.

'Spraaklessen, liefje. Niemand in de modewereld zou me serieus nemen als ik klonk zoals... jij.'

'Ik kan... ik kan de manier waarop ik praat niet veranderen.'

Ze lachte. 'Met jouw uiterlijk is dat waarschijnlijk ook niet nodig. Goed, laten we het even hebben over je levensstijl. Drink je? Gebruik je drugs? Ben je een wild feestbeest?'

'Sorry?'

'Als je zo succesvol wordt als ik hoop, zullen journalisten meer over jou en je achtergrond willen weten. Is er iets waar we ons zorgen over moeten maken?'

'Nee, niets. Ik ben heel gewoon.' Dat was niet eens gelogen.

Die middag bespraken we mijn toekomst. Ze verzekerde me dat de kans klein was dat ik zou worden gevraagd voor lingeriefoto's, tenzij ik internationaal doorbrak, en dan alleen als ik dat zelf wilde. Daar moest ik om lachen. Alleen al het idee dat ik internationaal zou doorbreken.

Maar er waren wel obstakels. Hoewel Yvonne mijn lessen zou bekostigen, waren er ook dingen die ik zelf moest betalen. Ik moest een portfolio laten maken door een professionele fotograaf. Ik had een verzameling make-up, haaraccessoires, hoeden, sjaals, panty's in alle mogelijk kleuren en schoenen in alle hakhoogten nodig. Ze vertelde me dat ik heel veel in tweedehandswinkels kon vinden, maar dat de fotograaf me een weeksalaris zou kosten. Dessie en ik waren aan het sparen voor een eigen huis. Ik had het prima naar mijn zin in de flat boven het uitvaartcentrum in

Thomas Street, maar Dessie had gezegd dat we een tuin moesten hebben voor de kinderen.

Toen ik thuiskwam, raapte ik al mijn moed bij elkaar om het aan Dessie te vertellen. Hij dacht dat ik bij mijn pa langs was geweest en ik had dat niet echt tegengesproken. Dessie en ik waren een team en het kwam niet vaak voor dat ik in mijn eentje een beslissing nam. Maar ik had me geen zorgen hoeven maken, want toen ik hem alles vertelde, ook dat ik wel vijftig pond per dag kon krijgen, was hij enorm in zijn sas.

'Om kleren te dragen? Wat lopen er toch rare lui rond in deze stad.' Hij sloeg zijn armen om me heen en zei dat hij trots en dankbaar was dat hij met zo'n mooie vrouw was getrouwd. 'En je hoeft niet in je onderbroek te staan of zo?'

Twee maanden later was mijn portfolio klaar en had ik cursussen gevolgd over make-up, haar en meer van dat soort zaken. Ik had mijn gewoonte om kauwgom te kauwen afgezworen en mijn baan bij de stomerij opgezegd. Ik rookte zo nu en dan en was vijf pond afgevallen. Mijn eerste modellenklus was gepland. Mijn pa vond het prima, maar ma was er minder gelukkig mee.

'Je moet nooit vergeten waar je vandaan komt. Daarmee is Annie de mist ingegaan. Ze was veel te nieuwsgierig. Ze wilde altijd meer dan wij in de gaten hadden.' Haar stem, aan de andere kant van de telefoonverbinding in Mayo, klonk berouwvol.

'Misschien heeft ze dat nu wel door, ma,' zei ik. Ik praatte bewust in de tegenwoordige tijd over Annie.

Ik ging naar mijn vader, die op zijn vaste barkruk in Scanlon's pub zat. Toen ma nog bij hem woonde, ging hij misschien een of twee keer per week naar Scanlon's voor een biertje, voordat hij naar huis kwam om te eten, maar nu hij daar geen gezelschap meer had, was de kans dat ik hem in de pub zou vinden groter dan bij hem thuis. Hij vond mijn nieuws geweldig. 'Denk je dat je in bladen komt? Ik ben vreselijk trots op je, meissie.'

Ik vertrok naar de fotoshoot. Het was voor de nieuwe brochure voor een ontzettend chic hotel in de stad, zo'n plek waar ik anders niet eens naar binnen durfde te gaan. Ik moest allerlei verschillende outfits aantrekken en werd samen met andere meisjes gefotografeerd op luxebanken in de theesalon. Daarna op een barkruk aan de bar, met mijn hoofd in mijn nek, lachend naar een mannelijk model alsof hij iets heel grappigs had gezegd. En uiteindelijk in bed in een van de luxekamers, met mijn hoofd op een kussen en mijn haren eromheen gedrapeerd, onder zachte dekens die waren opgetrokken tot net onder mijn schouders. De andere modellen waren ontzettend aardig, ook al waren ze allemaal wel een beetje hooghartig. De fotograaf was een nogal chagrijnige man en we moesten heel veel wachten, dus er was genoeg tijd om met de andere meiden te kletsen. Iedereen rookte. Volgens de meisjes onderdrukten sigaretten je eetlust, zodat je dun bleef. Het enige mannelijke model was homoseksueel, zeiden ze, wat jammer was, want de blondine, Julie, was smoorverliefd op hem. De fotograaf bleek zijn vriend te zijn.

Die dag kwam ik met zeventig pond in contanten thuis, wat iets meer was dan ik bij de stomerij in een week verdiende. Dessie was dolblij en zei dat hij het geld de volgende dag op de rekening zou storten. Ik vertelde hem over de dag, de andere meisjes en het homoseksuele mannelijke model. 'Een homo?' Hij lachte. 'Nou, da's een hele opluchting. Ik heb liever niet dat je met knappe normale mannen rondhangt!'

Drie weken later verdiende ik met drie verschillende

klussen honderdnegentig pond. Yvonne vertelde me dat haar cliënten dol waren op mijn uiterlijk en dat ik me moest voorbereiden op grootse dingen. Ze zei dat ik erg gewild was en dat ze cliënten afwees omdat hun merk 'niet voldoende kwaliteit bezat'. Ik dacht dat ze gek was. Maar in de loop van een maand stroomden er steeds meer opdrachten binnen en werden de bedragen hoger. De vooruitzichten waren fantastisch. Dessie en ik zouden al snel een aanbetaling kunnen doen op een huis.

Toen verscheen de hotelbrochure. Ik was helemaal in de wolken. Het leek net zo'n glossy tijdschrift dat je bij de kapper ziet. Voor het eerst vond ik dat ik er mooi uitzag, ook al wist ik best dat het me zonder visagisten, kappers en stylisten nooit was gelukt. Ik kon bijna niet wachten tot ik hem aan Dessie kon laten zien. Ik legde de brochure op de tafel bij de deur waar de rekeningen en brieven zich meestal opstapelden. Het leek me een mooie verrassing voor hem wanneer hij thuiskwam van zijn werk. Ik ging in de keuken zitten, in afwachting van zijn reactie. Ik hoorde dat de deur dichtviel en dat hij bij de tafel bleef staan. Toen riep hij: 'Karen?'

'Ja?'

Hij kwam de keuken binnen. Zijn gezicht was rood van woede. Ik was verbijsterd en dacht dat hij ruzie had gehad op zijn werk. Maar in plaats daarvan hief hij de brochure op en smeet hem keihard op mijn schoot. 'Je had me niet verteld dat ze je in bed hadden gefotografeerd.'

'Wat? Volgens mij heb ik je dat wel...'

'Nee dus. Denk je nou heus dat ik wil dat mensen naar een foto van mijn vrouw in bed kijken?'

'Ik snap niet... Wat bedoel je daarmee? Ik ben helemaal bedekt met de quilt.'

Hij gedroeg zich echt bespottelijk. Ik was op de foto tot

aan mijn oksels bedekt met beddengoed. Mijn ogen waren dicht en mijn haar was in een volmaakte cirkel om mijn hoofd heen over het kussen uitgespreid. Ik had één arm gebogen boven mijn hoofd uitgestrekt, met de handpalm omhoog. Mijn schouders gingen schuil onder wit linnen en een kanten nachtjapon. Twee stukjes huid van hooguit vijf centimeter onder mijn hals en mijn ene onderarm waren bloot. Er was totaal niets sexy aan.

'In jezusnaam, Karen. Waar zat je met je gedachten? Je ligt daar in bed, in een hotelkamer.'

Ik had echt geen idee waar hij het over had.

'Als een prostituee.'

Ik was diep geschokt. 'Ik geloof niet...'

'Hoe denk je dat het al die tijd voor mij is geweest, met al die lui die de hele tijd over Annie fluisteren en me lopen te stangen?'

'Welke mensen?'

'Tegen jou zullen ze het misschien niet zeggen. Jij hoeft hun smerige grapjes niet aan te horen!' Hij schreeuwde inmiddels.

Dat had ik nooit beseft. In de afgelopen jaren had niemand het meer over Annie gehad, dus ik nam aan dat het nieuws in de vergetelheid was geraakt. Ik had er nooit bij stilgestaan dat Annies reputatie invloed zou hebben op Dessie. 'Wat zeggen ze dan?'

'Dat ga ik hier niet herhalen. Smerige dingen. Over jou. Ik heb één vent zelfs het ziekenhuis in geslagen. Dat geintje heeft me bijna mijn baan gekost.'

'O, mijn god.'

'Zie je, dat is dus wat ik bedoel. Luister, je kunt dit soort dingen gewoon niet doen.' Hij tikte zo vinnig op de brochure dat het papier scheurde. Ik begon te huilen en het drong tot hem door dat hij me overstuur had gemaakt. Hij nam me in zijn armen en wreef over mijn rug. 'Ik probeer je alleen maar te beschermen, lieverd.'

Dat was de eerste keer dat ik iets van rancune voelde voor Annie. Wat er ook met haar was gebeurd, haar gedrag had een rimpeleffect dat bijna vijf jaar later nog steeds ellende en verdriet veroorzaakte. Ik hield natuurlijk nog steeds van haar, maar ik had haar graag hier in de keuken gehad, zodat ik haar kon uitfoeteren.

De week erop vertelde ik Yvonne dat ze selectiever moest zijn met het kiezen van mijn opdrachten.

'Liefje, waar heb je het over? Die fotoshoot was ontzettend tam, zelfs ingetogen. Je begint net, verpest het nou niet uit preutsheid.'

'Ik ben niet preuts.'

Ze was keihard. 'Als je deze carrière wilt voortzetten, zul je je flexibel moeten opstellen. Ik heb al in je geïnvesteerd. Laat me nu niet barsten.'

'Je snapt het niet.'

'Leg het me dan uit.'

Mijn stem haperde en ik deed mijn best de tranen terug te dringen.

'Wat is er?'

'Je wordt vast woest op me. Het spijt me echt verschrikkelijk.'

'Wat heb je gedaan?' Yvonne klonk geschrokken.

'Weet je nog dat je me naar mijn levensstijl vroeg?' Ik vertelde haar alles. Over Annie, haar drugsgebruik, haar 'klanten' en haar verdwijning. Over Dessie. Over de relatie van mijn ouders die daardoor was verpest.

Yvonne liet zich in haar leunstoel zakken. 'Lieve god, die zaak herinner ik me nog wel. Mijn zoon werkte eraan mee.' Haar ogen waren op het bureau gericht.

'Jouw zoon?'

'Ja, hij werkte bij de recherche. Agent James Mooney. Je hebt hem vast weleens ontmoet.' Ze haalde een foto uit haar portemonnee. Ik had hem alleen in uniform gezien, maar ik herinnerde me Mooney nog goed. Hij was het hulpje van O'Toole. Hij leek zich altijd een beetje voor O'Toole te schamen.

'Ja.'

'Ze hebben haar lichaam nooit gevonden, hè?'

'Nou, er is geen bewijs dat ze echt dood is.'

'Ik dacht dat ze een verdachte op het oog hadden.'

'Wat?'

Ze reageerde onthutst. 'Och, let maar niet op mij. Waarschijnlijk was dat in een andere zaak waaraan hij meewerkte.'

'Denk jij dat ze een verdachte op het oog hadden voor de moord op Annie?'

'Nou ja, een heel enkele keer vertelde hij weleens wat over politieonderzoeken, maar eerlijk gezegd lopen ze in mijn hoofd een beetje door elkaar en haal ik waarschijnlijk dingen door elkaar.'

Yvonne was niet het type dat dingen door elkaar haalde. Ze was ongelooflijk pienter. Haar zoon had haar iets verteld over het politieonderzoek naar Annies verdwijning, iets wat niet aan ons, Annies familie, was verteld.

'Alsjeblieft, Yvonne. Als je iets weet, moet je het me vertellen. Weet James iets?'

'Dat... Dat kan ik niet.'

Ik was inmiddels over mijn toeren en bijna hysterisch. 'Jij denkt dat ze dood is! Je moet het me vertellen. Het móét. Ze is mijn zus. Anders ga ik naar het politiebureau om het aan James zelf te vragen.'

'Dat kan niet. Hij is twee jaar geleden bij een verkeersongeluk om het leven gekomen.' Ze pakte een dossiermap en hield deze voor haar gezicht, maar ik zag dat haar handen zachtjes beefden. Ze had alle wind uit mijn zeilen genomen en ik ging beschaamd weer zitten.

'O, Yvonne. Nee. Het spijt me verschrikkelijk. Wat vreselijk! Ik vond hem een goed mens. Fatsoenlijk. Hij behandelde ons met respect.'

Ze liet de map zakken en depte haar ogen met een papieren zakdoekje. 'Dank je, dat is fijn om te horen. Hij was mijn enige kind. Ik mis hem elke dag.'

'Ik had het gevoel dat hij de enige was die zich iets aantrok van Annies lot. De rest hielp niet. Ze zochten niet eens echt naar haar. Ze hadden haar al afgeschreven.'

'James niet.'

Ze stond op en ging even met haar rug naar me toe staan. Ik dacht dat ze zou gaan zeggen dat ik moest vertrekken, maar ze pakte haar tas en jas. 'Kom mee, dan gaan we iets drinken.'

We gingen naar een hotel aan Grafton Street. 'Ik ga nooit naar pubs,' zei ze. Onderweg kletste ze over de nieuwe kledingcollecties, haar bedenkingen over schoudervullingen – 'te mannelijk' – en haar overtuiging dat kaasdoek 'uit de mode' was. Ik zei niets. We namen plaats in leunstoelen in de grote lobby van het hotel en ze bestelde gin-tonics voor ons. Ik leunde vol verwachting naar voren, maar ze dronk eerst haar glas in één keer halfleeg en zette een asbak tussen ons in. Daarna bood ze me een sigaret aan, die ik aannam.

'Ik heb geen naam voor je, maar ik kan je wel vertellen wat James mij heeft verteld.'

'Ik wil alles horen wat je weet.'

'Er was inderdaad een verdachte, een bekend en gerespecteerd persoon.'

'Wie?'

'Dat zei ik net al: ik weet het niet. Dat heeft James me nooit verteld.'

'Werd diegene verdacht van… van haar moord?'

'Nou… James dacht van wel, maar zijn baas weigerde hem serieus te nemen. Hoe heette die hansworst toch ook alweer?'

'O'Toole?'

'Ja. O'Toole geloofde niet dat James gelijk had, maar James vond het serieus de moeite waard om de man na te trekken. Misschien was hij wel een hooggeplaatste politieagent, of een politicus of zoiets. Hij had een bijzondere auto, een vintage Jaguar, dat weet ik nog. Die was bij de flat van je zus gesignaleerd. Aan het begin van het onderzoek heeft James hem gesproken, maar de man was erg defensief en gebruikte zijn status om James het werk onmogelijk te maken. James is nog een keer samen met O'Toole naar hem teruggegaan, maar ze kregen alleen zijn zoon te spreken, een jonge jongen die hem een alibi gaf, maar James geloofde hem niet. Ik kan het me niet zo goed meer herinneren… Er was iets met een hoed, een gleufhoed. Sorry, de precieze details weet ik niet meer. Ik weet wel dat het onderzoek na een paar weken al werd stopgezet. Waarom dat was, weet ik niet. James ging verder met een andere zaak en had het er nooit meer over. Dat was vreemd, want normaal gesproken kon hij erg vasthoudend zijn. O'Toole was lui. James was niet het type dat snel opgaf.'

Ik pijnigde mijn hersens om terug te halen wat er tijdens het onderzoek allemaal was gezegd. Er was inderdaad over een auto gesproken, maar niemand had het ooit over een verdachte gehad. Niet tegen mij. 'Weet je of de verdachte iemand was die… of hij prostituees bezocht?'

'Volgens mij was dat waar James vastliep. Hij had met een paar tippelaarsters gesproken die in dezelfde wijk werkten als jouw zus, maar ze kenden hem niet en ze had in de maanden voor haar verdwijning niet op straat gewerkt. Ik weet niet waarom James er zo van overtuigd was dat die man de dader was. Hij moest zich erbij neerleggen dat ze geen enkel bewijs hadden.'

'Herinner je je verder nog iets over hem? Waar hij woonde of werkte?'

'Het spijt me, Karen. James heeft me alleen wat dingen verteld omdat hij zo gefrustreerd was door die O'Toole. Hij zou nooit bewust indiscreet zijn geweest. Karen...' – ze pakte mijn hand vast en kneep erin – '... hij was er wél van overtuigd dat Annie dood was.'

Ik had heel lang in ontkenning geleefd, maar ik wist dat ze gelijk had.

'Ik vind het heel erg voor je.'

'Ik vind het erg voor jou van James.'

Ze blies een lange rookpluim uit. 'We mogen ons er niet door deze tragedies van laten weerhouden om te leven. We zullen onze dierbaren nooit vergeten, maar ze zouden willen dat we gelukkig zijn, liefje. Je staat aan het begin van je carrière. Laten we dit voor onszelf houden. Zeg tegen Dessie dat hij zich als een man moet gedragen. Je moet verder kunnen groeien. Met of zonder hem.'

Haar woorden raakten me diep. Dit was allemaal niet Dessies schuld. Degene die al dat verdriet en die angst had veroorzaakt, was die man, de verdachte die James had opgespoord. En ik zou hem vinden, met of zonder hulp van de politie.

10

Lydia

Toen ik na Andrews dood onder dwang werd afgevoerd naar een psychiatrische inrichting was dat niet de eerste keer dat ik tegen mijn wil uit huis werd weggehaald. Direct na mijn negende verjaardag had ik bijna een jaar in het huis van een tante gewoond. Dat was omdat papa me na het ongeluk niet in Avalon wilde hebben.

Dat was twee jaar nadat mama een schandaal had veroorzaakt door er met een loodgieter vandoor te gaan. Ze wilde ons meenemen, maar dat verbood papa haar. Hij zei dat hij nooit beneden zijn stand had moeten trouwen en dat hij de vernedering waaraan Michelle, mijn moeder, hem had onderworpen nooit te boven zou komen.

Na verloop van tijd raakten we er allemaal aan gewend dat ze er niet meer was. In het eerste jaar huilde ik mezelf elke avond in slaap, wensend en hopend dat ze terug naar huis zou komen. Diana noemde me een klein kind en beweerde dat mama niet van ons hield, maar dat was niet waar. Mama had echt van me gehouden. Ik weet nog precies hoe dat voelde.

Mama was heel mooi. Ik herinner me haar nog heel goed, ook al zijn alle foto's vernietigd. Als ik nu in de spiegel kijk, zie ik nog steeds sporen van haar, ook al ben ik veel ouder dan zij was toen ik haar voor het laatst zag. Ze is in de jaren zestig overleden, vermoedelijk alleen en in het buitenland. Op mijn trouwdag kreeg ik een kaart van haar, maar die mocht ik niet houden. Papa gooide hem in de open haard. Mijn tweelingzus, Diana, zag er heel anders uit dan mama en ik. Ik was blond en zij donker; mijn ogen waren blauw en die van haar bruin. Ik had een hoog voorhoofd, zij een zwakke kin. Ze was niet mooi; ze mocht dan niet mama's uiterlijk hebben geërfd, maar wel papa's aristocratische inslag. Ze was beschaafder dan ik. Ik weet nog dat papa ooit zei dat het onmogelijk was om mij goede manieren te leren.

Na mama's vertrek klemde ik me aan Diana vast, en ik aanbad haar met heel mijn hart. We hoorden bij elkaar, alleen hechtte ik veel meer waarde aan ons tweelingschap dan zij. Eerlijk gezegd was het vreselijk irritant dat ze steeds probeerde in haar eentje dingen te doen en dat ze andere kleren aan wilde dan ik. Ze hield natuurlijk wel van me – van een zus moet je nu eenmaal houden, zeker als ze je tweelingzus is – maar toen we ouder werden, waren er momenten dat ik dacht dat ze me niet mocht. Soms keek ze met een blik vol walging naar me als ik vergat met mijn mond dicht te kauwen of per ongeluk mijn mes aflikte. Ze had kritiek op mijn lievelingsboeken en zei dat zij de voorkeur gaf aan klassiekers. Als ik iets had gedaan wat ze vervelend vond, praatte ze soms dagenlang niet met me. Ze zei dat ze niet kon wachten tot we volwassen waren, zodat ze haar eigen huis zou krijgen. Ik vond het niet leuk me een huis voor te stellen zonder haar erin en huilde bij het vooruitzicht. Maar ik vergaf haar altijd heel snel.

Ik vraag me af of we nu bevriend zouden zijn geweest als ze nog had geleefd.

Na mama's vertrek trok papa zich een tijdlang terug in zichzelf en sloot zich heel vaak op in de bibliotheek om cognac te drinken. Als hij weer tevoorschijn kwam, was hij dronken. Hij negeerde mij meestal, omdat ik hem aan zijn vrouw deed denken. Maar Diana nam hij op zijn knie. Hij vertelde haar verhalen, gaf haar snoep en kietelde haar. Alle aandacht die vroeger gelijk tussen ons drieën werd verdeeld, ging nu naar haar. Ik werd overgelaten aan de zorgen van onze kinderjuf en de huishoudster, Hannah, die naar mottenballen en snuiftabak rook. Na verloop van tijd leerde hij langzaam maar zeker weer van me te houden, ook al voelde ik zijn achterdochtige vrees dat ik hem op een of andere manier zou verraden, en dat heb ik eigenlijk ook gedaan, al heb ik de rest van mijn leven geprobeerd het goed te maken.

Het was 1941, en Diana en ik mochten een feestje geven voor onze negende verjaardag, het eerste feestje sinds mama weg was. We waren ontzettend opgetogen. In de tussenliggende jaren waren we naar geen enkel feestje geweest. Ik nam aan dat papa dat had verboden. Alle vijftien meisjes uit onze klas waren uitgenodigd, en papa had nieuwe jurken voor ons besteld, en linten voor in ons haar. Hij had zijn invloed aangewend om extra bonnen te krijgen. Het was mei en opmerkelijk warm, en buiten in de tuin waren schraagtafels neergezet. Ze stonden vol met kleine sandwiches, geleipuddingen en trifles, allemaal bedekt met gaas om de bijen op afstand te houden. Op het uiteinde stonden emmers ijs met flesjes koude gingerale erin. Tussen de appelbomen hingen slingers met vlaggetjes. Papa had besloten dat de rouwperiode voor mijn moeder voorbij was, en dit was het eerste zichtbare teken dat hij bereid was de wereld weer toe te laten. Hij had zijn zus uitgenodigd, onze tante Hilary, en ook een paar vrienden, een echtpaar dat lachte om alles wat hij zei en dezelfde hemdjes droeg. De vrouw gaf ons ieder een shilling en liet zich vervolgens een uur lang voorstaan op haar vrijgevigheid. Toen het tijdstip aanbrak waarop de gasten zouden arriveren, zaten Diana en ik op onze knieën op de chaise longue in de woonkamer, met ons gezicht tegen het raam gedrukt om te zien wie er als eerste zou komen. Het was Amy Malone en in ons enthousiasme liepen we haar bijna omver. We namen haar mee naar de tuin om haar de vijver, de lunchtafel en de slingers met vlaggetjes te laten zien, en het grote hobbelpaard dat papa ons die ochtend had gegeven. We zaten er om beurten op en speelden zo een tijdje, tot het tot ons doordrong dat er verder niemand op de deur had geklopt. Waar bleven ze allemaal? Papa en het bevriende echtpaar stonden achter in de tuin te praten, terwijl wij het huis in en uit renden om er zeker van te zijn dat Hannah wel goed luisterde of er werd aangeklopt.

Na een halfuur was er nog niemand anders gearriveerd, en onze vriendin Amy begon er gegeneerd en ongemakkelijk uit te zien. We gingen op de rand van de vijver zitten en lieten onze blote voeten in het water hangen.

'Waar is iedereen? Waarom zijn ze niet gekomen? Hadden ze er geen zin in?' vroeg Diana.

Amy schudde haar hoofd en beet op haar lip. Ze zag eruit alsof ze elk moment kon gaan huilen. Het was duidelijk dat ze iets wist. Diana greep haar arm vast en draaide hem op haar rug. 'Wat is er aan de hand? Waarom zijn ze er niet? Is het vanwege mama?' fluisterde ze dreigend vlak bij Amy's gezicht.

Ik snapte niet wat Diana bedoelde.

'Het is… het is omdat jullie moeder een… een zedeloze vrouw is,' antwoordde Amy.

'Daar kunnen wij niets aan doen,' zei Diana.

'Wat bedoel je daarmee?' We hadden het al heel lang niet over mama gehad.

Amy zei dat de andere ouders bang waren dat we een

slechte invloed zouden hebben, maar dat haar vader, dokter Malone, had gezegd dat het wreed zou zijn om ons te straffen voor iets wat onze moeder had gedaan.

Ik besefte nu dat papa ons niet had verboden om naar andere kinderfeestjes te gaan. We waren niet uitgenodigd. Ik herinnerde me dat onze klasgenoten vaak afstandelijk tegen ons waren, maar Diana en ik waren zo vaak op elkaar aangewezen dat het me minder was opgevallen dan het zou hebben gedaan als we geen tweeling waren geweest. Ik was diep geschokt.

Diana keek me aan alsof ik gek was. 'Hou op met huilen, dom kind. Jij doet waarschijnlijk precies hetzelfde als we groot zijn. Iedereen zegt dat je op haar lijkt. Je bent niet zoals papa en ik. Je bent ordinair. Jíj bent degene voor wie ze bang zijn, niet ik!'

'Ik ben niet ordinair.'

'Jawel, dat ben je wel. Papa kan niet eens naar je kijken. Je bent net zoals zij.'

Het leek me volkomen logisch om Diana in de vijver te duwen. Ik sloeg niet door. Ik was heel kalm. Ik wilde gewoon niet dat ze die dingen zei. Ze gedroeg zich oneerlijk. Toen ze onder water met haar hoofd tegen iets aan sloeg, hoorde ik het kraken. Ze worstelde om boven water te komen, maar ik ging op haar borst zitten om haar tegen te houden. Op dat moment wilde ik dat Diana verdronk. Ik wilde dat Diana verdronk, want als ze dood was, kon ze die dingen nooit meer zeggen. Amy's zenuwachtige lachje sloeg om in gejammer.

'Laat haar alsjeblieft uit het water komen, Lydia. Alsjeblíéft. Straks verdrinkt ze nog!'

Het liet me koud. Amy werd hysterisch en rende weg om mijn vader te halen, die met zijn gasten in de tuinkas was, ongetwijfeld om hun zijn groei-experiment met meloenen te laten zien. Ik was kletsnat, want Diana spartelde onder me uit alle macht in het water, maar daar hield ze al snel mee op en toen bewoog ze zich niet meer. Ze had haar lesje geleerd.

'Dat is beter,' zei ik. Ik klom uit de vijver en trok haar aan haar arm mee, maar toen ik haar losliet, viel Diana met een luide plons terug in het water. Ik snapte er niets van. Ik had op dat ene moment echt heel hard gewenst dat Diana dood was, maar ik meende het niet echt. Ze zou vast kwaad op me zijn, en ik zou beslist problemen krijgen omdat ik het feestje had verknald. Papa zou razend zijn vanwege de verpeste jurken, die nu overdekt waren met kikkerdril en mos.

Ik trok haar nog een keer omhoog, ditmaal bij haar schouders, maar ze hief haar hoofd niet op. Opeens zag ik bloed langs haar nek druppelen. Papa, zijn vrienden en Amy kwamen over het gras naar ons toe rennen, en ze schreeuwden allemaal tegen me. Tante Hilary holde naar binnen om Hannah een ambulance te laten bellen. Papa tilde Diana uit het water en legde haar op het gras, maar ze verroerde zich nog steeds niet. Hij maakte haar mond open, maar die zat vol met vijverplanten. Hij trok ze er in een lange sliert van viezigheid en speeksel uit. Hij pakte haar met één hand bij haar voeten vast en hield haar ondersteboven. Haar jurk gleed omlaag en iedereen kon haar onderbroek zien. Ik was geschokt. Papa sloeg haar met zijn vrije hand op haar rug. Hij huilde, net als Amy en papa's vrienden, de Percys.

Ik dacht de hele tijd: *waar maakt iedereen zich toch druk om? Ze mankeert heus niets.* Ik stond te wachten tot Diana tegen me zou gaan schreeuwen en tegen papa zou klagen dat ik een naar kind was. Ik wist dat het deze keer heel lang zou duren voordat ze me vergaf. Maar ze bewoog zich nog altijd niet. Was ik te ver gegaan?

Daarna werd alles anders. De verandering was veel groter dan na mama's vertrek. Ik keerde nooit meer terug naar school. Terwijl iedereen die avond in het ziekenhuis was, pakte Hannah een koffer voor me in. Tante Hilary vertelde me dat papa haar had opgedragen me mee te nemen naar haar huis in Wicklow. Ik wilde wachten tot papa en Diana thuiskwamen, maar tante Hilary duldde geen tegenspraak. Ik wilde niet weg, maar zelfs Hannah weigerde me aan te kijken toen tante Hilary me trappend en krijsend naar de auto droeg. Ik zei een week lang helemaal niets. Ik miste Diana en papa vreselijk, en begreep niet waarom ik niet terug mocht naar huis.

Tante Hilary woonde samen met een vriendin, een magere vrouw met knokige vingers en lang, loshangend grijs haar. Juffrouw Eliot was een gepensioneerde schooljuffrouw, die ermee had ingestemd me dagelijks les te geven. Aan het begin van de eerste week besloot ik hun gesprekken af te luisteren. Ik lag op de overloop, met mijn nachthemd over mijn voeten getrokken en met mijn oor tegen de vloer gedrukt. Uit wat ze zeiden maakte ik op dat juffrouw Eliot in elk geval bereid was me een kans te geven, in tegenstelling tot tante Hilary.

'Ze is nog een kind,' zei mijn lerares. 'Ze heeft geen flauw idee wat ze heeft gedaan. Ze is te jong om het te beseffen.'

'Ze straalt iets uit wat me niet zint. Hoe kon ze dat doen? Ik kan niet wachten tot Robert haar terugneemt. Ik wil haar hier niet voorgoed hebben.'

'Hij heeft tijd nodig, Hilary. Eerst Michelle die de meisjes en hem in de steek laat, en nu dit. Hij moet haar uit de buurt houden om een volgend schandaal in de kiem te smoren. Niemand weet dat de meisjes op dat moment ruzie hadden. Zolang iedereen denkt dat Diana is gestruikeld en in het water is gevallen, zal het worden afgedaan als een vreselijk ongeluk.'

'In een vijver van nog geen meter diep? En dat meisje van Malone, die Amy, zei dat Lydia in het water op haar zat. Dat klinkt als opzet. Het is niet iets wat mag worden genegeerd.'

'Kinderen roepen altijd allerlei fantasierijke dingen. En er verdrinken wel vaker mensen in ondiep water. Hoe dan ook, volgens Robert is Amy's vader een goed mens. Alle andere ouders hadden het feestje geboycot vanwege Michelle. Hij was de enige die zijn kind er wel naartoe had gestuurd.'

'Ik durf te wedden dat hij daar nu spijt van heeft. Lieve hemel,' zei tante Hilary, 'het is echt afschuwelijk.'

'Dat weet ik, maar we moeten doen wat we kunnen. Dat kind is voor het leven getekend. We moeten haar laten inzien dat het niet haar schuld is.'

Tante Hilary maakte een snuivend geluid, maar juffrouw Eliot zei: 'Je neemt het haar toch niet echt kwalijk? Ze is een kind!'

Op dat moment drong het tot me door dat ik mijn beste vriendin, mijn grootste vijand, mijn tweelingzus had vermoord.

Aan het eind van de eerste week vertelde juffrouw Eliot me dat mijn zus was gestorven, maar ze verzekerde me dat het een ongeluk was geweest, dat het niemands schuld was en dat het een onvermijdelijke tragedie was. Ik vroeg haar met droge ogen hoe het was gebeurd. Ze staarde me onderzoekend met een schuin hoofd aan.

'Weet je dat niet meer? Diana en jij waren in de vijver aan het... spelen.'

'Ja.'

'En toen viel Diana met haar hoofd ergens tegenaan. Weet je dat nog?'

'Ja.'

Ik schreef papa heel veel brieven om te zeggen dat ik ontzettend verdrietig was, en dat ik hem en Diana miste. Ik smeekte hem me te komen opzoeken of me naar huis te laten terugkeren. Hij antwoordde nooit. Juffrouw Eliot zei dat hij het heel erg druk had en dat er een brandstoftekort was vanwege de noodtoestand, en dat niemand met de auto mocht rijden. Ik opperde dat hij altijd kon fietsen, maar juffrouw Eliot zei dat ik niet zo dwaas moest doen.

Tante Hilary zag ik tijdens de maaltijden. Ze hield me achterdochtig in de gaten en verbeterde mijn tafelmanieren. Wanneer het bedtijd was, kwam ze naar mijn kamer om ervoor te zorgen dat ik had gebeden en om Gods vergeving had gevraagd. Ik bad fervent, ook al kon ik niet langer echt geloven in een God die toestond dat mijn moeder wegliep of dat ik mijn eigen zus doodde. Tante Hilary bleef zich afstandelijk tegen me gedragen, maar ik was vastbesloten haar geen enkele aanleiding te geven tot klagen. Zelfs hartje zomer was het kil in het kleine huis. Toen de herfst plaatsmaakte voor de winter, werd het er ijzig koud. Het stond op een idyllische plek, maar het lag wel in de schaduw van een berg. We zaten zo veel mogelijk in de keuken, waar het fornuis stond. Voedsel was op rantsoen en er verschenen verschrikkelijke, smerige dingen op onze borden, maar ik at alles tot op de laatste kruimel op, zonder een spier te vertrekken. Ik dacht aan mijn manieren en verhief nooit mijn stem, stampte nooit met mijn voet. Ik probeerde me altijd als een dame te gedragen. Net als Diana.

Kerstmis kwam en ging zonder een bezoekje of berichtje van mijn vader. Tante Hilary en juffrouw Eliot deden hun best om zich opgewekt te gedragen, maar de geforceerdheid droop ervan af.

Toen ik na tien maanden terugkeerde naar Dublin, bruiste ik van blijdschap. Ik was helemaal vergeten dat het nooit meer hetzelfde zou zijn. Ik reisde met paard-en-wagen, samen met juffrouw Eliot, die me met mijn koffer voor de deur afzette. 'Wat een prachtig huis,' zei ze. 'Dat wist ik niet.' Dat zei iedereen die Avalon voor het eerst zag. We namen afscheid en ik beloofde haar te zullen schrijven. 'Alles komt goed, kleine meid. Je bent geen slecht kind.'

Er stond nu maar één bed in onze slaapkamer en er hing kleding voor slechts één persoon in de kast. De meeste kledingstukken waren te klein voor me geworden. Hannah was vervangen door Joan, die een flink stuk jonger was en heel zwijgzaam. Diana was weg. Bij tante Hilary had ik haar al vreselijk gemist, met een onverklaarbare droefheid, maar hier voelde het als een amputatie aan. Ik rende door het hele huis, de trap op en af, op zoek naar een teken van leven. Ik keek in het gat in de muur achter het bureau onder ons slaapkamerraam en haalde er de scharlakenrode lippenstift uit die ik daar na mijn moeders vertrek had verstopt. Diana had me uitgelachen omdat ik dat ding bewaarde, maar ik had het onder de plint in papa's kamer gevonden en in het eerste jaar nadat ze was vertrokken geurde het nog steeds vaag naar haar parfum. Ik rook eraan, maar de geur was nu verdwenen.

Beneden bleef ik voor het keukenraam staan, en ik zag dat de vijver met aarde was gevuld. De stilte knaagde aan me. Ik liep naar de piano en speelde een hele tijd, tot ik papa's voetstappen in de gang hoorde.

Ik rende heel snel naar hem toe, greep hem vast om zijn middel en duwde mijn hoofd tegen de bovenkant van zijn buik, om bij zijn hart te komen. In het begin hield hij zijn handen bij me vandaan, omdat hij me niet wilde aanraken, maar ik weigerde hem los te laten. Uiteindelijk voelde ik de warmte van zijn ene grote hand op mijn hoofd, en sloot zijn andere hand zich langzaam om mijn schouder. Hij tilde mijn gezicht op en keek me recht aan. 'Jij en ik zullen opnieuw moeten beginnen. We hebben alleen elkaar nog.'

Daarna was het gemakkelijk om niet over Diana te praten, ook al glimlachte ze ons toe vanaf de ingelijste foto's op de schoorsteenmantel.

Er werd een nieuwe lerares aangesteld om me thuisonderwijs te geven en papa bepaalde welke vakken ik zou volgen: Latijn, muziek, kunst, literatuur, naaien en dergelijke. Ik werkte erg hard en blonk in alles uit. Papa vond dat mijn lichaamshouding moest verbeteren en er kwam een balletjuffrouw bij ons thuis, een klein Frans vrouwtje. Omdat we meer dan genoeg ruimte hadden, werd er boven een barre geïnstalleerd. En daar, in de nieuwe danskamer, deed ik jetés en pliés, en liep ik op spitzen tot mijn tenen bloedden. Ik was dol op Madame Guillem. Ze behandelde me als haar eigen kind, ook al zei ze nooit of ze zelf kinderen had. Ze nam me onder haar hoede en toen mijn lichaam begon te veranderen, legde ze me alles uit. Ze zei dat ik met meisjes van mijn eigen leeftijd hoorde om te gaan, maar dat wilde ik niet. Madame Guillem vertelde aan papa dat ik de beste leerlinge was aan wie ze ooit had lesgegeven. Toen ik zestien was, vond ze dat ik me moest inschrijven bij de Sadler's Wells Ballet School in Londen. De gedachte dat ik weer zou worden weggestuurd, vervulde me met afschuw en angst. Papa vond het een goed idee, maar het was me inmiddels opgevallen hoe hij soms naar Madame Guillem keek en dat beviel me helemaal niet. Op een dag zag ik hem haar in haar jas helpen, en hij hield haar arm vast zoals hij dat bij mama ook altijd had gedaan. Ze keek glimlachend naar hem op. Was het haar bedoeling om mij uit de weg te werken? Ik ben erachter gekomen dat je niemand kunt vertrouwen. Ik stopte met eten tot het plan van de balletschool werd opgegeven en Madame Guillem werd ontslagen. Ik bleef wel oefenen, om mijn spieren te trainen en lenig te blijven. Achter de barre was een spiegelwand, en ik beeldde me graag in dat het meisje in de spiegel Diana was, en dat we een identieke tweeling waren die een duet danste.

Jaren later ontmoette ik Andrew, die naar het meisje vroeg dat op de oude foto's naast me zat. Papa vertelde hem dat mijn zus Diana als kind op tragische wijze was verdronken en veranderde abrupt van onderwerp. Toen de band tussen Andrew en mij hechter werd, vroeg hij me naar het voorval. Ik loog en zei dat het ergens op een strand was gebeurd. Hij omhelsde me stevig om me te troosten met mijn verlies.

Ruim drie jaar na onze bruiloft raakte ik in verwachting van Laurence. Andrew en ik waren ontzettend blij dat ik eindelijk zwanger was. Toen ik het papa vertelde, trok hij een fles goede wijn open om het nieuws te vieren.

'Dat werd wel tijd,' zei hij.

Ik wist niet goed wat ik kon verwachten en had geen zus of moeder om me advies te geven. Mijn schoonzus, Rosie, een ware vruchtbaarheidskoningin, overstelpte me met goede raad, brochures, zalfjes en crèmes, maar ik wilde alles liever zelf uitzoeken. De zwangerschap was ongemakkelijk en uitputtend, en het baren was een verschrikkelijk pijnlijke aangelegenheid, maar toen de vroedvrouw mijn pasgeboren baby op mijn borst legde, voelde ik me voor het eerst sinds Diana's dood weer compleet. Laurence' geboorte op eerste kerstdag was ingegeven door het lot. Mijn diepst gekoesterde wens. Ik aanbad mijn kleine jongen. Hij was van mij. Andrew liet ons met rust, in elk geval de eerste maanden. Ik huilde tranen met tuiten toen Andrew er tien maanden later op stond hem te verhuizen naar het ledikantje in de slaapkamer naast de onze, die als kinderkamer was ingericht. 'We hebben onze eigen kamer zelf nodig.' Papa was het met Andrew eens en aan het besluit kon niet meer worden getornd.

In de zomer zette ik Laurence' wandelwagen vaak buiten neer. Toen zijn tandjes doorkwamen, kalmeerde de buitenlucht hem en hield hij op met huilen. Ik lag op een kleed op het gazon naast de wandelwagen, luisterend naar zijn zachte gegorgel, en vond dat ik zoveel geluk niet had verdiend.

Toen Laurence bijna één jaar was, overleed papa, op dezelfde dag als John F. Kennedy. Hij leed al maanden aan kanker. Toch schokte papa's dood me net zo diep als die van de Amerikaanse president. Andrew leefde natuurlijk met me mee, maar ik was mama, Diana en papa verloren, dus ik klampte me nu aan Laurence vast, de enige bloedverwant die ik nog had.

Ik wilde Laurence thuis lesgeven, maar daar stak Andrew een stokje voor. Hij vond dat onze zoon moest leren met andere kinderen om te gaan. Ik hield hem zo lang mogelijk thuis, dus toen Laurence eindelijk naar school ging, was hij een van de oudste jongens in zijn klas. In de eerste week bleef ik elke dag buiten bij de school wachten en probeerde ik door het raam van het klaslokaal een glimp van hem op te vangen. Zodra de bel was gegaan, probeerden andere moeders een praatje met me aan te knopen, maar ik wilde met niemand praten, alleen met mijn engeltje. Ik tilde hem hoog op in mijn armen en droeg hem helemaal naar huis.

Langzaam maar zeker begon Laurence dingen te vertellen over de andere kinderen en zijn docenten, en ik voelde een steek van jaloezie. Hij veranderde in een onafhankelijk jochie en dat vond ik niet erg, maar de innige band die we vroeger hadden vervaagde. Kort na zijn zevende verjaardag weigerde Laurence nog langer bij me op schoot te zitten, iets wat Andrew aanmoedigde. 'Je bent veel te veel aan dat kind gehecht. Geef hem de ruimte.' We probeerden al tijden een tweede kind te krijgen. Ik had Andrew verteld dat ik vijf kinderen wilde. Hij vond vijf te veel, maar dacht dat één of twee broertjes of zusjes goed zouden zijn voor Laurence. We probeerden het wel, maar het mislukte telkens opnieuw. Laurence zou mijn enige kind blijven.

Veertig jaar na Diana's dood herhaalde ik de woorden van mijn vader tegen mijn zoon. 'Jij en ik zullen opnieuw moeten beginnen. We hebben alleen elkaar nog.' De arme jongen heeft heel veel meegemaakt, en hij heeft alles met enorme toewijding en discretie afgehandeld. En dat heeft hij allemaal voor mij gedaan.

De periode na mijn opname, die volgde op Andrews dood, was een vreemde tijd. Ik liet alles aan Laurence over. Het duurde heel lang voordat het tot me doordrong dat we geen geld hadden. Laurence voerde gesprekken met de bankmanager en advocaten. Ik was er niet toe in staat. De vooruitzichten waren grimmig. Andrew had op een gegeven moment een hypotheek genomen op Avalon en het geld via Paddy Carey geïnvesteerd. Hoewel Andrews dood gelukkig betekende dat de hypotheek kwam te vervallen, bleef er bitter weinig over. Carey had Andrew wijsgemaakt dat hij zijn geld had geïnvesteerd in goudgerande effecten, maar kennelijk had hij het in plaats daarvan weggesluisd naar zijn eigen projecten, in de vergeefse hoop op een succes dat zijn verliezen zou dekken. Omdat Andrew maar drie jaar rechter was geweest, was zijn overheidspensioen klein, en het deel waar ik als zijn weduwe aanspraak op kon maken was zelfs nog kleiner. De bedragen die Andrew ruim twintig jaar lang in een privépensioenplan en een levensverzekering had gestort, waren door Paddy Carey vergokt. De afhandeling van Andrews nalatenschap liep vertraging op, omdat Andrew voor zijn dood in een proceszaak tegen Carey verwikkeld was geweest. De advocaat had Laurence verteld dat het zinloos was om Carey te vervolgen. Hij had geprobeerd Andrew over te halen om ervan af te zien. Carey had het gestolen geld vergokt en het gerucht ging dat hij nu als een armoedzaaier ergens aan de westkust van Afrika woonde.

Ik kon al die informatie indertijd niet verwerken. De dosis medicijnen die ik slikte, was vrij hoog. Ik zei tegen Laurence dat hij Andrews moeder, Eleanor, om geld moest vragen. Zij zou ons moeten onderhouden. Maar toen hij haar benaderde, raakte ze bijna in shock, want blijkbaar had Andrew in recente jaren háár juist onderhouden. Hij had haar overgehaald om haar drie verdiepingen en vier slaapkamers tellende victoriaanse bakstenen huis aan Merrion Road te verkopen en een cottage in Killiney te kopen. Andrew had haar beloofd dat hij haar geld goed voor haar zou investeren. Ze had geen flauw idee dat hij alles was verloren. In die tijd had hij mij verteld dat zijn moeder te oud werd om zo'n groot huis te onderhouden, en ik had stiekem gedacht dat onze geldzorgen na Eleanors dood verleden tijd zouden zijn, omdat ze ongetwijfeld een flink fortuin moest hebben. Aan het begin van onze financiële problemen had ik Andrew aangespoord om naar Eleanor te gaan en geld van haar te lenen. Toen hij weigerde, dacht ik dat hij er te trots voor was. In werkelijkheid wist hij natuurlijk dat ze alleen haar cottage nog had, omdat hij alles had verspeeld. Het enige wat Eleanor nu nog bezat, was haar pensioen. Finn en Rosie stuurden ons een paar cheques, maar herinnerden ons er tamelijk overbodig aan dat ze acht monden te voeden hadden en dat we een manier moesten bedenken om onszelf te onderhouden. Ze bespraken met Eleanor of ze bereid was haar cottage te verkopen en bij ons in te trekken. Wij hadden zes slaapkamers en konden dus moeilijk tegenwerpen dat we geen ruimte hadden, maar ik maakte hun duidelijk dat ik niet achter dat plan stond. Eleanor was diep beledigd. Finn raadde Laurence aan om Avalon meteen te verkopen en zo aan geld te komen, maar dat kon niet: ten eerste omdat dit het enige thuis was dat ik ooit had gekend, en ten tweede omdat we niet het risico konden nemen dat de nieuwe eigenaren ontdekten wat er onder het keukenraam begraven lag.

Toen Laurence me uiteindelijk vertelde wat hij had gevonden, verbaasde het me dat hij in gedachten één en één bij elkaar had opgeteld en tot een aantal goede antwoorden was gekomen. Hij wist dat de stoffelijke resten van Annie Doyle waren. Hij liet me zelfs het vlekkerige armbandje zien dat hij uit de stofzuigerzak had gehaald en alle krantenberichten die hij had bewaard. De arme jongen had zich er vreselijke zorgen over gemaakt. Laurence hield zijn vader verantwoordelijk voor alles en stond erop om naar de politie te gaan, zodat de familie van de vrouw eindelijk rust zou krijgen. Hij had totaal geen vermoeden dat ik er iets van afwist. Hij zag er als een berg tegenop om het me te vertellen, omdat hij bang was dat het nieuws me weer in de psychiatrische inrichting zou doen belanden. Maar ik was er inmiddels een jaar weg en mijn gezond verstand was grotendeels terug. Ik veinsde diepe schrik, afschuw en ongeloof. Ik krijste, ik huilde, ik gedroeg me hysterisch. Gelukkig kwam Laurence tot de conclusie dat ik een schandaal en de daaropvolgende media-aandacht niet aankon. Ik stelde voor dat hij het lijk zou weghalen en ergens zou achterlaten waar het kon worden gevonden, maar hij maakte me duidelijk dat die taak te gruwelijk voor hem was en het risico dat hij zou worden betrapt te groot. Eigenlijk vond ik het inmiddels wel fijn dat de vrouw in de vijver lag. Diana was op Deansgrange Cemetery begraven, maar nu kon ik me inbeelden dat ze nog steeds in de oude vijver lag waar ik haar had achtergelaten.

Uiteindelijk betegelde Laurence het bloembed en plaatste hij het oude vogelbad erbovenop. Om de rand van de verhoging plantte hij een paar struiken. Het zag er nog steeds vreemd uit, net een offertafel. Laurence hield zijn ogen altijd afgewend van het keukenraam. Na verloop van tijd hing hij een rolgordijn op, dat altijd omlaag bleef. Daardoor was de keuken altijd in schemerduister gehuld. We zaten nu vaker in de eetkamer, die vroeger altijd alleen werd gebruikt voor speciale gelegenheden. Laurence wilde per se dat we Andrews auto verkochten. We kregen er een belachelijk laag bedrag voor en kochten er een koekblik op wielen voor. Ik leerde Laurence autorijden. Hij pikte het heel snel op.

Voor Andrews dood was het altijd de bedoeling geweest dat Laurence aan Trinity College rechten zou gaan studeren en daarna stage ging lopen bij Hyland & Goldblatt, het advocatenkantoor dat papa in 1928 samen met Sam Goldblatt had opgericht. Andrew had er gewerkt tot hij de positie van rechter kreeg, maar inmiddels waren de meeste vrienden van papa en Andrew allang dood of vertrokken om hun eigen kantoor te beginnen. En als we al een studiebeurs voor Laurence konden krijgen, zouden we verder nog steeds geen inkomen hebben.

Na het Leaving Certificate deed Laurence een toelatingsexamen voor de ambtenarij. Ik hoopte dat hij zou worden gerekruteerd voor het diplomatencorps, maar dat bleek onmogelijk zonder een universitaire opleiding. Hij kon kiezen tussen de afdeling Motorrijtuigenbelasting en de afdeling Werkloosheidsuitkeringen. Ik had het idee dat de vooruitzichten bij de Motorrijtuigenbelasting beter waren, omdat ze hem daar misschien wel zouden opleiden tot belastingaccountant, maar na wat speurwerk kwam hij erachter dat dit niet het geval was. Ik vond het een afschuwelijke gedachte dat hij moest omgaan met werklozen, waarop hij opmerkte dat wij ook allebei werkloos waren.

'Vrouwen werken tegenwoordig ook, hoor, mam.'

Het idee dat ik werk zou zoeken was natuurlijk bespottelijk. Ik was nergens voor opgeleid en ik had nooit contact met de buitenwereld. Voor mij was het te laat.

We leefden van mijn weduwepensioen en Laurence' schamele salaris, maar omdat hij een van de weinige mannen op de afdeling was, maakte hij snel en gestaag promotie. Binnen vier jaar had hij een managementfunctie en gaf hij leiding aan een groep van vier of vijf medewerkers. Hij maakte snel vrienden en ging op vrijdag na het werk altijd iets drinken. Ik verwonderde me over het gemak waarmee hij met anderen omging. Ik had dat nooit gekund, in elk geval niet na het ongeluk, maar misschien kwam dat wel doordat ik daarna thuis les had gekregen. Ik wist dat Laurence weinig plezier had beleefd aan zijn laatste schooldagen, maar dat had allemaal te maken gehad met de onverwachte overstap naar een nieuwe school, zijn vaders dood, de examendruk en de vondst van het lijk van die jonge vrouw. Daarna trok hij zich echter in zichzelf terug. Gelukkig betekende dat ook meteen het einde van zijn relatie met dat vreselijke meisje, Helen. Ik wist dat Laurence zich nooit aan zo iemand kon binden, dus toen ze uit elkaar gingen was ik opgelucht. Wel vond ik het verontrustend om te horen dat zij het met hem had uitgemaakt, nadat ze hem had bedrogen met een andere jongen. Het bizarre was dat ze daarna contact hielden en dat ze van tijd tot tijd nog steeds langskwam. Ze volgde een opleiding tot verpleegkundige. Ik vond het verbijsterend dat een meisje zoals zij een verzorgend beroep had uitgekozen. Ze pochte dat ze het huis uitging en ergerde me door te suggereren dat Laurence ook een eigen flat moest zoeken. Laurence wilde helemaal het huis niet uit en kon bovendien niet twee huishoudens onderhouden, dus daar was gelukkig geen sprake van.

Laurence kreeg verkering met een meisje op zijn werk, een stille, zenuwachtige grijze muis die Bridget heette. Ik had meteen door dat zij hem leuker vond dan hij haar, en dat de relatie erg eenzijdig was. Ze belde hem vaker dan hij haar, en als ik opnam, fluisterde ze en zei ze veel vaker 'alstublieft' en 'dank u wel' dan noodzakelijk was. Maar hij ging weer sporten en viel ook af, en ik was benieuwd of hij dat echt deed om indruk te maken op de grijze muis. Hij heeft me eens een foto van haar laten zien. Ze zag er heel gewoontjes uit, met een dikke pony voor haar ogen. Daarna kon ik me een beetje ontspannen. Hij zou me niet verlaten voor haar. Toch hielp ik hem met zijn dieet.

Een nieuwe baby verwerven of baren zat er niet meer in. Ik wist dat die mogelijkheid was verkeken. Ik was de vijftig gepasseerd. Laurence was inmiddels volwassen, dat leed geen enkele twijfel, maar ik was er gerust op dat hij me niet zou verlaten. Laurence wist dat ik het in mijn eentje nooit zou redden. Hij zou bij me blijven, hier in Avalon.

11

Laurence

Ik bracht nooit meer tijd in de keuken door dan strikt noodzakelijk was, wat best lastig was gezien mijn voorliefde voor eten, maar ik deelde de kastjes opnieuw in en verhuisde een groot deel van de inhoud naar de bijkeuken, net als de koelkast. Het liefst zou ik het raam hebben dichtgemetseld, zodat ik die... graftombe niet langer hoefde te zien, maar dat stond mama niet toe. Het compromis was een rolgordijn dat altijd omlaag bleef. Het liet een beetje licht door. We konden geen tuinman in dienst nemen, niet eens alleen omdat we ons dat niet konden veroorloven, dus verzorgde ik met de nodige tegenzin de tuin en het graf.

Het was echt verschrikkelijk om te moeten leven met de wetenschap dat er een moord was gepleegd, met het bewijs zo pal voor mijn neus, maar het was te laat om er nog iets aan te doen. Er waren vijf jaren verstreken sinds mijn ontdekking. Aangezien kon worden aangetoond dat ik degene was die het bloembed had betegeld en het vogelbad erbovenop had geplaatst, was ik medeplichtig aan het geheimhouden van een misdrijf.

Nadat ik Annie Doyle had gevonden, werd ik overal bang voor. Als ik mijn eigen vader niet kon vertrouwen, wie dan wel? Helen in elk geval niet. Die dumpte me op de dag nadat we de uitslag van onze Leaving Cert hadden binnengekregen. De omstandigheden waren ronduit vunzig. Ze had seks gehad met de jongen uit mijn klas die me het ergst had gepest. Hij zorgde er wel voor dat ik het te weten kwam. Tegen die tijd kon het me niet meer schelen. Eigenlijk kon niets me nog schelen. Ik voelde me vernederd, maar ze was nooit mijn grote liefde. Ik geloofde niet dat ik ooit een liefdesleven zou hebben.

Ik hield me niet aan het door oma voorgeschreven dieet en de lichaamsbeweging. Ik werd weer moddervet, weerzinwekkend en walgelijk. Soms ving ik een glimp van mezelf op in een etalageruit en dan draaide ik mijn hoofd om, misselijk van de aanblik.

Aan de universiteit studeren was niet langer een optie, maar misschien was dat juist een zegen. Ik vond het werk op de afdeling Werkloosheidsuitkeringen leuk. Apollo House stond midden in de stad, omgeven door winkels, kantoren en pubs. In het begin liep ik met anderen mee, die me lieten zien hoe ik de verschillende aanvraagformulieren moest doornemen met de aanvragers en hoe de aanvragen vervolgens werden verwerkt. Er kwam een hele hoop papierwerk bij kijken. De eerste maanden mocht ik zelf nog geen aanvragen verwerken. Ik hield me vooral bezig met het maken van kopieën met carbonpapier, dossiermappen van het ene deel van de afdeling naar het andere brengen, en thee en koffie halen. Aan het eind van het proces gaf het kantoor een cheque mee die in het postkantoor aan de overkant van de straat kon worden ingewisseld voor contant geld. Dit werd allemaal strak gecontroleerd en afgehandeld. Elk team van zeven of acht medewerkers behandelde zo'n vijfhonderd aanvragen. Een team bestond uit twee assistenten en minstens vijf beambten, van wie eentje de leiding had. Onze leidinggevende was Brian, een weduwnaar van middelbare leeftijd met drie volwassen kinderen. Hij kwam niet al te slim over, maar was erg aardig tegen ons.

In het begin was ik bang voor de werklozen. Ik had over hen gehoord van mijn vader, die hen omschreef als lanterfanters en klaplopers. Ik had de indruk dat het allemaal criminelen waren. Hoewel een paar van de mensen met wie we te maken kregen inderdaad net uit de gevangenis kwamen, waren de meesten doodnormale mensen die hun baan waren kwijtgeraakt of werk zochten. De werkloosheidscijfers waren torenhoog en er meldden zich allerlei soorten mensen bij ons om een uitkering aan te vragen. Huisvrouwen van middelbare leeftijd die door hun man waren verlaten, gesjeesde studenten, alcoholisten en junkies. Maar ook de vader van een vroegere klasgenoot en onze oude slager, die zijn winkel na de komst van een nieuwe supermarkt had moeten opdoeken, sloten zich aan bij de rij mensen die nog nooit werk had gehad. In de wachtrij voor een cheque van de overheid was iedereen gelijk, maar ze gingen na afloop niet samen iets drinken om hun dag te bespreken. Werkloosheid was iets wat ze in hun eentje beleefden, op lange, eenzame dagen thuis, of rondhangend in het park, waar ze theedronken in goedkope cafeetjes en zo lang mogelijk met een kopje deden.

De aanvragers waren meestal vriendelijk tegen me. Ik vermoed dat ze dachten dat ik zelf kon bepalen of ik ze geld zou geven of niet. We hadden inderdaad een beetje macht, en ik ontdekte dat er voor degene die daartoe geneigd was manieren waren om een aanvraag te vertragen of het papierwerk 'kwijt te raken' als een aanvrager erg agressief was.

In een paar maanden leerde ik veel meer over de wereld dan ik in al mijn jaren op school had gedaan. En in mijn vrije tijd ging ik met veel meer mensen om dan vroeger. Mama begreep dat niet. Pas toen ik deel uitmaakte van de buitenwereld besefte ik dat ze in dat opzicht heel bijzonder was.

Werken was goed voor me. Mijn baan was niet moeilijk en mijn collega's waren erg vriendelijk. Ik durfde bijna niet te geloven dat ik zoveel geluk had. Ik mocht elke dag doorbrengen met een groep mensen die me niet pestte of kleineerde, deed werk dat niet te veel van me vroeg en kreeg er aan het eind van elke week nog geld voor ook. Niet heel veel geld, maar ik hoefde geen huur of hypotheek te betalen, dus het was bijna genoeg voor onze huishoudelijke rekeningen, af en toe een bezoekje aan de bioscoop en op de meeste vrijdagen een paar drankjes na het werk voordat ik de laatste bus naar huis nam. Het team waarin ik werkte, bestond uit allerlei soorten mensen van allerlei verschillende leeftijden.

Dominic was een kauwgom kauwende dj bij de disco van zijn voetbalvereniging, die geen zin kon zeggen zonder er 'snap je wel?' aan vast te plakken. Ik denk dat hij het niet fijn vond om dertig te zijn. Hij wilde liever net zo oud zijn als ik. Chinese Sally was iets ouder dan ik. Ze kwam uit Tralee en was eigenlijk half-Koreaans, half-Iers. Maar iedereen noemde haar 'Chinese Sally' en ze had het opgegeven hen te verbeteren. Evelyn was de oudste van ons, een verbitterde, kettingrokende alcoholiste met een schat aan vieze grappen en waardeloze ex-vriendjes. Ze was in het centrum opgegroeid. De mooie Jane was van mijn leeftijd. Ze was de eerste lesbienne die ik ooit had ontmoet en was helemaal niet wat ik had verwacht. Ze had lang haar en droeg rokken. Arnold was een vierentwintigjarige vader van drie kinderen die niet van kinderen hield. 'Ik hou van mijn zoons, hoor, maar ik kan ze niet uitstaan.' Hij was altijd platzak en ongelukkig. Hij stond één treetje hoger op de ladder dan ik, maar verdiende duidelijk niet genoeg om een gezin met drie kinderen te kunnen onderhouden.

We waren een allegaartje, maar toch konden we allemaal met elkaar opschieten. Niemand zei ooit iets over mijn gewicht. Ieders eigenaardigheden werden geaccepteerd, ook al noemden ze me wel 'deftige meneer', vanwege mijn Zuid-Dublinse accent, maar het was niet gemeen bedoeld. Volgens mij had niemand van ons er in zijn jeugd van gedroomd om op een kantoor te werken waar werkloosheidsuitkeringen werden toegewezen. We waren hier allemaal via verschillende levenspaden terechtgekomen en zouden hier waarschijnlijk tot aan ons pensioen blijven.

Hoewel ik er pas zeven maanden werkte, kreeg ik in juni 1982 promotie, van assistent naar beambte (nu mocht ik in mijn eentje gesprekken voeren met uitkeringsaanvragers!). Er hoorde een kleine salarisverhoging bij. Sally was woest. 'Puur omdat je een man bent!' zei ze. Ze werkte er al bijna twee jaar en had nog nooit promotie gemaakt, maar ik kon niets aan mijn geslacht doen. Mama en ik hielden maar net ons hoofd boven water.

Er werkten meisjes op kantoor die heel aardig waren en er niet onaantrekkelijk uitzagen, en hoewel ze niet gillend wegrenden als ik iets tegen hen zei, moedigden ze me ook niet bepaald aan. Ik voelde me in romantisch opzicht totaal niet tot hen aangetrokken. Ik had nog steeds contact met Helen, die het ene vriendje na het andere versleet en nooit om gezelschap verlegen zat. Helen en ik hadden een vreemd soort vriendschap. Ze was vreselijk onaangenaam, maar om een of andere reden beviel haar eerlijkheid me wel, haar vermogen om zonder angst te zeggen wat ze dacht. Als zij had ontdekt dat haar pa iemand had vermoord, zou ze hem waarschijnlijk in elkaar hebben geslagen en vervolgens de politie hebben gebeld. Ze had ook een bezitterige belangstelling voor mijn seksleven.

'Waarom vraag je niet eens een dik meisje mee uit?' opperde ze. Dat was haar manier van een pragmatische aanpak. 'Die voelen zich waarschijnlijk net zo slecht op hun gemak als jij. Je moet echt beginnen met afspraakjes, want anders zit je de rest van je leven vast aan die gestoorde moeder van je.'

Ik vond het niet prettig dat Helen mijn moeder altijd uitmaakte voor labiel of gek. Het was niet eerlijk.

'Ik zal je eens zeggen wat niet eerlijk is,' zei Helen ferm. 'Het is niet eerlijk dat je moeder je nooit heeft voorgesteld om op jezelf te gaan wonen. Kennelijk verwacht ze dat je de rest van haar leven voor haar blijft zorgen. Als ze dat verdomde landhuis verkoopt, zouden jullie allebei een flat kunnen kopen en ieder je eigen leven kunnen leiden. De situatie zoals die nu is, is gewoon belachelijk. Alsof ze je vrouw is in plaats van je moeder!'

Dat was een gevoelig punt voor me. Zelfs de mensen op mijn werk hadden er wat van gezegd. Ze snapten het gewoon niet. Maar ik vond het fijn om thuis te wonen. Avalon was erg groot. Mijn moeder en ik konden uitstekend met elkaar overweg, en ik was niet zo harteloos dat ik haar in haar eentje kon achterlaten. Mama was anders dan andere vrouwen. Ze zou een appartement verschrikkelijk hebben gevonden. Ik had geen enkele reden om mijn woonomstandigheden te veranderen. Bovendien wilde ik niet dat ze alleen achterbleef met het lijk onder het keukenraam. Gek genoeg leek ik daar veel meer mee te zitten dan zij. Misschien zou ik het in de toekomst wel overwegen, als ik verliefd was en wilde trouwen, maar dat was zeer onwaarschijnlijk.

Aan het eind van de zomer van 1984 gebeurden er twee belangrijke dingen.

Er kwam een nieuw meisje bij ons op kantoor, Bridget Gough. Ze viel me pas op toen Jane me vertelde dat er iemand verliefd op me was. Kennelijk had ik een keer de deur voor haar opengehouden en was ik ook een keertje opgestaan in de kantine om haar mijn stoel te geven. Bridget was achttien en werkte als secretaresse voor een van de managers, meneer Monroe. Ze had indirect naar me geïnformeerd, zei Jane. Waar ik woonde en of ik een relatie had. Ik was stomverbaasd. Iemand verliefd op mij? Jane wees me het meisje aan. Ze zag er heel gewoon uit, met schouderlang bruin haar. Ze keek wel scheel en was misschien iets te zwaar, maar ze was geen papzak, zoals ik.

Jane en Sally wilden ons per se koppelen en betrokken alle anderen bij hun kinderachtige plannetje. Het was vreselijk gênant. Ze vroegen Bridget op een vrijdag om iets met ons te gaan drinken bij Mulligan's en stonden erop dat ze naast me ging zitten. Na het eerste rondje liep Arnold naar de bar. Hij kwam terug met drankjes voor Bridget en mij. Alle anderen kwamen opeens met een smoes dat ze weg moesten, dat ze nog iets moeten doen. Ik wist zeker dat ze gewoon naar de dichtstbijzijnde pub zouden gaan. Bridget en ik zaten zwijgend naast elkaar. Ik deed mijn best om beleefd te zijn.

'En, vind je het werk tot nu toe leuk?'

'Ja!' Ze keek me stralend aan.

Stilte.

'Is meneer Monroe aardig tegen je?'

'Ja!'

Stilte.

'Heb je hobby's?' Ik herinnerde me dat ik op mijn tiende een soortgelijke vraag had gesteld aan een Duitse penvriend.

'Ja! Fotografie,' antwoordde ze. Ze keek me mallotig grijnzend met haar goede oog aan. Haar slechte oog tuurde naar het met nicotinevlekken bezaaide plafond.

Ik denk dat het toen tot haar doordrong dat ze actiever moest deelnemen aan het gesprek. Ze begon heel snel te praten, bijna zonder adem te halen.

'Ik maak graag foto's van heel gewone dingen. Blaadjes, regendruppels op glas, een stoel in een kamer of een vuilniscontainer aan het eind van de straat. Toen ik veertien was, heb ik tijdens een verloting op school een fototoestel gewonnen. Het was best een goede en sindsdien maak ik foto's.'

'Dat is mooi.'

'Jij was de eerste op kantoor die iets tegen me zei. Ik werkte er al twee weken, maar al die tijd had niemand iets tegen me gezegd, behalve dan meneer Monroe en Geraldine, en zij hadden het alleen over het werk gehad. Maar op 5 juni – ik weet het nog heel goed, want het was mijn verjaardag – kwamen we tegelijk uit het toilet, jij uit het herentoilet en ik uit het damestoilet, en je botste tegen me aan en zei: "Neem me niet kwalijk." Dat was heel aardig van je. Ik vond het echt heel fijn.'

Bridget had in haar leven kennelijk nooit veel aandacht gekregen.

'En toen bood je me op een dag in de kantine een stoel aan naast Sally, en begon zij tegen me te praten. Echt, als jij er niet was geweest, zou niemand ooit iets tegen me hebben gezegd!'

Ik wist hoe het voelde om genegeerd te worden, maar ik wist niet zeker hoe het voelde om niet opgemerkt te worden. Ik vermoedde dat het twee verschillende ervaringen zijn.

'Fijn zo. Nou, ik ben blij dat je je thuis begint te voelen. Woon je hier in de buurt?'

'Niet al te ver hier vandaan. Ik woon in een flat in Rathmines. Eigenlijk is het een eenkamerwoning. Ik kom uit Athlone.'

'Mag ik je telefoonnummer hebben?' Dat was wel het minste wat ik kon doen.

Bridget dook in haar tas, haalde er een pen uit en krabbelde haar naam en telefoonnummer op een bierviltje. In plaats van een punt had ze boven de i een hartje getekend. 'Ontzettend bedankt,' zei ze.

Was wanhoop maar aantrekkelijk. Ik stopte het viltje met veel vertoon in mijn borstzak. Ze boog zich naar me toe voor een zoen op de wang, maar ik deed opzettelijk alsof ik haar verkeerd begreep en trok haar sjaal omhoog die van haar schouder was gegleden. Ik zei dat ik haar zou bellen en stond op om te vertrekken. Ze pakte haar spullen en liep achter me aan naar de deur. Ze keek me verwachtingsvol aan en ik wist dat ik hoorde te zeggen wanneer ik haar zou bellen, maar ik was laf en zwaaide gedag.

Eerder die dag had het andere opvallende incident plaatsgehad. Ik zat aan het bureau voor nieuwe aanmeldingen en nam de formulieren met nieuwe klanten door. Toen kwam er een man op de stoel voor me zitten. Ik keek niet op, want ik had net iets opgemerkt op het formulier van de vorige nieuwe klant en vroeg hem om even te wachten. Hij reikte me zonder iets te zeggen zijn aanvraagformulier over het bureau heen aan. Toen ik de vorige aanvraag had afgehandeld en opgeborgen, keek ik naar de nieuwe aanvrager. Het was een gezette man en ik herkende hem niet meteen. Zelfs toen ik zijn naam bovenaan het formulier zag staan, viel het kwartje niet meteen, maar zodra ik hem recht aankeek, wist ik wie hij was. Gerry Doyle ('Gerald' op zijn aanvraagformulier en andere papieren), de vader van Annie. Hoe vaak had ik niet over de krantenknipsels over de persconferentie gebogen gezeten? In de tussenliggende jaren was zijn haar dunner geworden, en wat er nog over was, was zilvergrijs. Zijn gezicht was roder en pafferiger dan ik me herinnerde. Ik kuchte en verschoof een stukje op mijn stoel. Toen excuseerde ik me en liep door de achterdeur van het kantoor naar buiten om even diep adem te halen. Het liefst zou ik hebben overgeven, maar ik dwong mezelf rustig te blijven en naar mijn bureau terug te keren. Ik noteerde al zijn gegevens op het formulier. Ik beeldde me in dat ik zijn droefheid kon zien, zijn verdriet om Annie. Hij was van tafel en bed gescheiden van zijn vrouw, Pauline.

'Heb je kinderen voor wie je financieel verantwoordelijk bent?'

Hij ademde diep in en antwoordde: 'Nee. Ik heb twee volwassen dochters, Annie en Karen.'

Tijdens ons gesprek besefte ik dat hij zich schaamde, omdat hij voor het eerst in zijn leven werkloos was. Ik deed mijn best om hem op zijn gemak te stellen. 'Je kunt er niets aan doen,' zei ik met gespeelde overtuiging. 'Het is nu even niet anders, maar de economie zal binnenkort vast weer aantrekken.'

Hij glimlachte naar me. Ik noteerde de belastinggegevens van zijn vorige baan, zijn geboorteakte, zijn adres, zijn burgerservicenummer en zijn werkverleden. Hij bekende dat hij niet goed kon lezen en schrijven, en dat hij altijd handenarbeid had verricht. Gerry was in 1966 als bakker in de leer gegaan bij Fallon en had daar al die tijd gewerkt. Daarvoor was hij wegwerker geweest bij de Dublin Corporation. De bakkerij van de oude meneer Fallon draaide al een hele tijd met verlies en vanwege zijn kwakkelende gezondheid kon hij er zelf niet langer werken. De zaak kon niet als gezond bedrijf worden verkocht, want er waren geen kopers.

Meneer Fallon had de huur van het pand opgezegd en de tent gesloten. Gerry's vrouw was bij hem weggegaan en woonde bij haar zus, maar Gerry was in de socialehuurwoning in Pearse Street gebleven, niet al te ver bij ons kantoor vandaan. Hij had geen spaargeld. Hij had nooit veel verdiend en al zijn geld was opgegaan aan zijn huis en gezin. Sinds haar vertrek had hij Pauline altijd precies de helft van zijn inkomen gegeven. Ze had in een krantenkiosk gewerkt totdat haar stemmingen haar dwongen om vervroegd met pensioen te gaan.

'Haar stemmingen?' vroeg ik.

'Ja, ze raakt heel snel overstuur.'

'Wat vervelend.' Dat meende ik echt, en ik wist maar al te goed wat de oorzaak van Pauline Doyles depressie was. Ik wilde graag iets tegen hem zeggen om hem te laten weten dat ik zijn verdriet een beetje begreep, maar dat deed ik niet.

Toen alles was afgehandeld, stond hij op. We gaven elkaar een hand. 'Bedankt dat je het me zo gemakkelijk hebt gemaakt,' zei hij. 'Ik heb maandenlang als een berg tegen deze dag opgezien.'

'Dat begrijp ik. Niemand komt hier graag.'

Toen ik die avond uit de pub vertrok, liep ik niet naar de friettent, maar slenterde ik in plaats daarvan naar Pearse Street, waar ik een halfuur voor Gerry's huis bleef staan. Ik had het adres op het aanvraagformulier in mijn hoofd geprent. Het was een socialehuurwoning van rode baksteen uit de jaren zestig. Twee slaapkamers. Omdat hij nu in zijn eentje in een gezinswoning zat, had hij eigenlijk een andere woning toegewezen moeten krijgen, maar ik voelde een zekere verantwoordelijkheid voor hem en had daarom op het formulier het vakje bij 'eenkamerwoning' aangevinkt. Gerry's leven stond al genoeg op zijn kop.

De ramen waren groezelig. De wind had afval in de hoek bij de deur gejaagd. Er kwamen of gingen geen mensen. Ik wist niet eens of hij thuis was, maar kreeg een onbehaaglijk gevoel terwijl ik naar zijn huis stond staren. In gedachten zag ik hem binnen zitten, turend naar zijn televisie, in een poging om niet aan zijn verdwenen dochter te denken.

Ik ging op weg naar de bushalte, maar realiseerde me dat ik echt niet naar huis wilde. Nog niet. Ik kwam langs een telefooncel. Nadat ik wat kleingeld uit mijn zak had gevist, haalde ik het bierviltje uit mijn zak en draaide het nummer. De telefoon ging negen keer over voordat er werd opgenomen. Ik drukte snel op de knop en de munten gleden rinkelend in het apparaat.

'Hallo?' vroeg een lichaamloze stem. Een oudere vrouw, niet Bridget.

'Zou ik Bridget alstublieft mogen spreken?'

Een diepe zucht. 'Ze woont in flat nummer vier, helemaal boven in het huis. Je zult even moeten wachten.' De hoorn werd ratelend op een harde ondergrond neergegooid en ik hoorde voetstappen langzaam een trap op sjokken. Ik stopte nog eens vijf pence in de gleuf en wachtte.

'Hallo? Papa?' Ze klonk bezorgd.

'Hoi, Bridget. Ik ben het, Laurence.'

Stilte. Ik kon me geen stiltes veroorloven. Nog een muntje in de gleuf.

'Ik was benieuwd of je het leuk zou vinden als ik langskwam.'

'Hier? Nu?' Ik hoorde een licht hysterische klank in haar stem.

Ik keek op mijn horloge. Het was halfelf 's avonds. 'Als het te laat is...'

'Nee, natuurlijk niet. Dat is goed, hoor, kom maar langs!'

'Weet je het zeker?' Ik vroeg me af of ik het adres uit haar

kon krijgen voordat ik er weer een muntje in moest stoppen.
Ik moest erom vragen.
Twintig minuten later stond ik voor haar deur en kon ik maar aan één ding denken. Toen ze opendeed, kuste ik haar op de mond en duwde ik haar achterwaarts de gang in. Ik weet niet precies wat ik zou hebben gedaan als ze had tegengestribbeld, maar ze leek net zo gretig als ik. We klommen de vier trappen op naar een piepklein flatje. Aan de muren hingen foto's. Vreemde foto's van een zwerver die op straat bedelde, een kinderhand, een wegwijzer, de velg van een auto. Daardoor deed de ruimte extra claustrofobisch aan. In één hoek stond een eenpersoonsbed, in een andere een koelkast en fornuis. Ik voelde me een reus. Net zo sterk als een reus. Zeven minuten later kwam ik in haar klaar. Ik had mijn ogen stijf dichtgeknepen en deed mijn best om niet aan Annie Doyle te denken. En daar haatte ik mezelf om.
'Hartstikke bedankt!' zei ze.
Ik deed mijn ogen open en zag de naakte Bridget. Ze had een kleurtje gekregen van de inspanning. Haar lichaam voelde glad aan, haar borsten vol en stevig, en haar lange benen zaten om mijn lillende flanken geslagen. Ze had zich net zo enthousiast gegeven als ik en leek dankbaar voor de ervaring. Ze bedekte zichzelf snel met een deken. Ik verstopte me onder het laken.
'Het spijt me dat het zo snel ging.'
'Dat beschouw ik als een compliment,' zei ze. 'Zie je, ik wist het niet zeker, in de pub. Zelfs niet toen je mijn telefoonnummer wilde hebben. Maar nu weet ik dat je ook aan mij moest denken.'
Ik probeerde me schuldig te voelen, maar wat kon het nou voor kwaad? We hadden allebei gekregen wat we wil-

den. Ze zat een beetje opzijgedraaid, zodat ik alleen haar profiel zag, met het goede oog. In het schijnsel van het 30-wattpeertje hadden haar vitaliteit, haar onschuld en vooral haar plotselinge zelfvertrouwen iets aantrekkelijks. Ze pakte haar fototoestel en maakte een foto van mijn schoen.

Ik ontwaakte uit mijn roesachtige toestand. Ik moest naar huis. Ik raapte mijn kleren op die ik in mijn haast om me heen had neergegooid en kleedde me met mijn rug naar haar toe aan. De schaamte over mijn omvang die ik jaren eerder in Helens slaapkamer had ervaren, was terug. Bridget kwam achter me staan en kuste mijn schouder. Toen pakte ze haar ochtendjas.

'Moet je echt weg?' vroeg ze teleurgesteld.

'Ja. Mijn moeder... Ze vindt het niet prettig...'

Bridget lachte. 'Wat ben je toch grappig!' zei ze. 'En lief!'

Ik wist echter dat ik geen van beide was.

Toen ik de deur wilde openmaken, vroeg ze: 'Wanneer zie ik je...', maar ze maakte de zin niet af.

'Maandag,' zei ik. 'We zien elkaar maandag weer.'

Ik keek niet achterom, maar terwijl ik de trap afliep en door de voordeur in de oranje gloed van een straatlamp stapte, kon ik haar onzekerheid voelen. Ik had geen flauw idee wat er zojuist was gebeurd. Was ik niet goed bij mijn hoofd? Wat speelde er tussen Bridget en mij? Wellust had me naar haar huis gevoerd. Afgezien daarvan durfde ik niets met zekerheid te zeggen.

De volgende ochtend deelde ik mijn moeder mee dat ik op dieet ging en regelmatig aan lichaamsbeweging wilde gaan doen. Ik verzocht haar brood, chips, snoep en aardappels van het boodschappenlijstje te schrappen.

'O, Laurie. Wat een geweldig idee,' zei ze enthousiast. 'We

kunnen vandaag een paar dieetboeken lenen uit de bibliotheek en een plan opstellen.' Ze zweeg even. 'Probeer je soms indruk te maken op een meisje?'

'Misschien,' zei ik.

Ik was me ervan bewust dat mama ertegen opzag dat ik met meisjes uitging, maar ik kon niet zeggen of dat was omdat ze bang was dat ik gekwetst zou worden of omdat ze dan alleen zou zijn.

'Is het iemand van je werk?' vroeg ze.

'Ja.'

Ik stofte de weegschaal af die op het kastje in de badkamer stond en ging er zo voorzichtig als voor een man van bijna honderd kilo mogelijk is op staan. Werk aan de winkel.

Dat weekend wandelde ik acht kilometer, terwijl ik sinds oma's vertrek drie jaar eerder amper een stap had gezet. Ik probeerde zelfs push-ups te doen, maar verrekte al snel een spier in mijn schouder.

Nadat we de volgende vrijdag wat hadden gedronken in Mulligan's, hadden we weer seks in Bridgets schemerige, opgeruimde eenkamerflat. Hoewel het minder heftig was, minder dringend, hield ik mijn ogen weer stijf dichtgeknepen, omdat ik niet wilde zien dat Bridget glimlachend naar me opkeek. Ik gebruikte een condoom dat Arnold me had gegeven. Hierna zou ik er zelf aan moeten zien te komen, waarschijnlijk via mijn vunzige kapper. In de weken daarop zat ik in de pauzes bij Bridget, lunchte ik soms met haar en gingen we er in het weekend op uit. Ik hield me niet echt aan mijn belofte om het rustig aan te doen, maar kennelijk wilde Bridget dat ook niet.

Ook volgde ik Gerry Doyle. Ik stond voor zijn huis, zocht uit wat zijn vaste pub was en waar hij zijn dagelijkse boodschappen deed. De pub die hij bezocht, Scanlon's, stond vlak bij ons kantoor. In de loop van enkele weken lukte het me ons vaste kroeguitje op vrijdagavond naar Scanlon's te verplaatsen. Het was een traditionele Dublinse pub, bevolkt door allerlei types buurtbewoners op leeftijd die Guinness dronken en Major-sigaretten uit pakjes van tien rookten. Er werden tosti's met verschillende soorten beleg geserveerd, die nieuwste hype, en dat trok heel wat klanten aan. Alcoholiste Evelyn was het lastigst om over te halen. Ze was een gewoontedier en eten zou nooit dezelfde aantrekkingskracht voor haar hebben als een pub waarvan ze de eigenaar, diens vader en zelfs grootvader kende, en waarvan ze wist wanneer het behang voor het laatst was vervangen. Ze verzette zich tegen elke verandering en omdat ze de hoofddrinker van het groepje was, kostte het de nodige moeite, maar zodra ze eindelijk in de gaten kreeg dat ze binnenkort in haar eentje zou moeten drinken als ze niet met ons meeging, draaide ze bij. Af en toe zag ik Gerry, en dan knikten we naar elkaar. Maar ik wilde meer over hem weten, ik wilde nauwer contact met hem. Mijn knikjes maakten plaats voor begroetingen, die hij vriendelijk beantwoordde, en op de dagen dat hij zijn uitkeringscheque kwam halen, bood ik altijd uit mezelf aan dat bureau te bemannen, zodat we even met elkaar konden praten. Altijd beleefd, altijd vriendelijk. Ik vond echter dat ik meer voor hem moest doen, dus paste ik zijn aanvraag zo aan dat het leek alsof hij twee minderjarige kinderen had voor wie hij zorgde en stuurde ik die naar de afdeling Kinderbijslag. Met behulp van mijn vervalsingtalent leek mijn handschrift precies op dat van Dominic.

Toen Gerry me drie weken later in Scanlon's in het oog kreeg, vroeg hij of hij me even onder vier ogen kon spreken. 'Iemand heeft mijn uitkering verhoogd,' zei hij.

Ik deed alsof ik niet wist waar hij het over had.

'Vorige week heb ik dertig pond extra gekregen.'
'Serieus? Tja, ons personeel maakt aan de lopende band fouten. Als ik jou was, zou ik het lekker voor me houden.'
'Echt? Krijg ik daar dan geen problemen mee?'
'Welnee, niet als het onze fout is. Ik zal er sowieso geen werk van maken.' Ik knipoogde veelbetekenend naar hem. Hij bood aan om een biertje voor me te kopen, maar ik bedankte en voegde me weer bij Bridget en de anderen. Ik had een kleine daad verricht om hem blij te maken. Toen hij vanaf de hoek van de bar zijn glas naar me ophief, voelde ik me super.

Ik hield me aan mijn voornemen om af te vallen en langzaam maar zeker verdwenen de onderkinnen en kon ik mijn voeten weer zien. In het begin wandelde ik overal naartoe. Hardlopen was geen optie, omdat ik dat niet kon en omdat iedereen me dan zou uitlachen. Ik deed oefeningen in mijn slaapkamer en mama gaf me met Kerstmis *Jane Fonda's Workout Book*, wat in veel opzichten erg prettig was. Na een tijdje was mijn eetlust bijna volledig verdwenen, wat erg bizar was en zonder al te veel inspanningen van mijn kant gebeurde. Opeens was ik een vat vol vitaliteit met veel te veel energie om te slapen, dus ik stond vroeger op en ging later naar bed. Ik kan niet verklaren wat er aan de hand was. Het leek wel alsof er in mijn hersens een knop was omgedraaid. Ik at maar een kwart van wat ik vroeger had gegeten, wat waarschijnlijk de hoeveelheid was die een normaal mens hoorde te eten.

'Verbeeld ik het me nou of ben je nu slanker dan toen we net iets hadden?' vroeg Bridget op een zaterdagochtend nadat we geslachtsgemeenschap hadden gehad. Ik had niemand verteld over mijn plan om af te vallen, maar mijn kleinere lunchporties waren wel opgemerkt. In het halve jaar dat we een relatie hadden, had ze nooit iets over mijn gewicht gezegd. Dat waardeerde ik. Het was alsof het haar nooit was opgevallen. Ik was haar daar dankbaar voor.

Haar vraag maakte me blij. 'Ja, volgens mij wel,' antwoordde ik. 'Ik doe in elk geval mijn best om gezonder te leven.'

'Nou, ik vind je toch wel knap, hoeveel je ook weegt.'

We waren niet het type stel dat romantisch tegen elkaar deed of elkaar zulke complimenten gaf, dus het overviel me een beetje. Toen drong het tot me door dat ik ook iets positiefs over haar moest zeggen. 'Jij bent ook best mooi.'

Ze straalde.

Ik had een soort plichtsgevoel jegens haar ontwikkeld en ze was soms best leuk gezelschap, maar ik voelde geen liefde voor haar, hooguit warme genegenheid. Ik hoopte dat het uiteindelijk in iets reëlers zou omslaan.

Uiteraard kwamen we op een avond bij het verlaten van de bioscoop Helen tegen. Ze kwam net met een groep vrienden uit de pub en was flink aangeschoten.

'Godsamme, kijk eens wie we daar hebben! Waar is de rest van je gebleven?' brulde ze.

Ik stelde Bridget voor als mijn vriendin.

'Vriendin?' vroeg Helen met een overdreven ongelovige stem.

'Ja,' bevestigde Bridget zelfverzekerd.

'Tuurlijk,' zei ze, met een knipoog naar mij. 'Dus jullie gaan met elkaar van bil? Nou, kom maar mee naar mijn flat. Ik geef een feestje, want ik ben net afgestudeerd. Ik ben verdomme verpleegkundige! Da's toch niet te geloven?'

Ik sloeg de uitnodiging beleefd af, maar ze wilde me per se haar adres en telefoonnummer geven, voor het geval we van gedachten zouden veranderen. Daarna ging ze er als een speer vandoor, luid gillend achter haar vrienden aan.

'Wie was die vreselijke vrouw?' vroeg Bridget.
'Een oud buurmeisje van me. Ze is inderdaad vreselijk, hè?'

We lachten en ik kuste Bridget op haar mond, blij dat ze geen Helen was. Het ging goed tussen ons. We waren een hecht stel.

Tot ik in augustus 1985 Karen ontmoette.

12

Karen

Nadat Yvonne me had verteld wat James had gezegd over een moordverdachte, wachtte ik een paar weken. Ik denk dat ik even nodig had om de waarheid te accepteren. Het kwam niet helemaal als een verrassing, maar tussen iets denken en iets weten ligt een wereld van verschil. Annie was dood. O'Toole deed nog steeds hetzelfde werk. Mijn klachtbrief van jaren geleden was genegeerd, of misschien namen ze een klacht van de zus van een aan drugs verslaafde prostituee niet serieus. Maar hij was wél op de hoogte van de brief. Toen ik met hem ging praten, grijnsde hij breeduit naar me.

'Ach, kijk jou nou toch eens. Je wordt steeds mooier.'

Ik glimlachte liefjes terug. Na een paar maanden modellenwerk te hebben gedaan had ik meer zelfvertrouwen gekregen, en ik was bereid daar gebruik van te maken.

'Declan' – ik gebruikte bewust zijn voornaam – 'ik kom vragen of er nog nieuwe ontwikkelingen zijn in het onderzoek naar mijn zus.'

'O? Als ik het me goed herinner, was je een tijdje terug anders niet zo blij met ons. Volgens mij heb je zelfs geklaagd over de manier waarop ik het onderzoek aanpakte.'

'Ik weet het en het spijt me. Het was een moeilijke tijd. Ik was erg gespannen.'

'Dat kun je wel zeggen, ja.'

'Ik vind het heel erg om te horen dat agent Mooney is overleden.'

Dat leek een gevoelige snaar bij hem te raken, want hij streek met een hand over zijn ogen. 'Een trieste kwestie. De jonge James was een goeie knul.'

'Dat was hij zeker. Ik heb begrepen dat hij een verdachte op het oog had voor de moord op mijn zus.'

O'Toole leunde achterover in zijn stoel. 'Daar weet ik niets van.'

'Jawel. Het was iemand die jullie samen hadden ondervraagd.'

'Wie heeft jou dat verteld?'

Ik schudde mijn hoofd, niet bereid om mijn bron prijs te geven.

'Dat zat allemaal tussen Mooneys oren. Hij had een enorme fantasie.'

'Toch wil ik graag weten wie die verdachte was. Ik heb gehoord dat hij een hoge positie bekleedde.'

'Ach, Karen, Karen, Karen. Je moet hier echt mee ophouden. Hoe lang is het nou geleden? Vijf jaar? Er is nooit een verdachte geweest, alleen een paar vermoedens.'

'En de auto?'

'Welke auto?'

'De Jaguar die bij Annies flat is gezien.'

'Wat is daarmee?'

'Hebben jullie die ooit gevonden?'

'Nee.'

'Kun je me zeggen wat voor type Jaguar het was? Welke kleur?'

Hij hief zijn handen op in een gebaar dat zei dat hij me niet zou helpen. 'Je moet nooit ruziemaken met iemand van wie je afhankelijk bent. Je hebt een drankje in mijn gezicht gegooid.'

Mijn geforceerde glimlach verstarde. Hij deed alsof het een spelletje was. 'Rot toch op.'

Hij lachte. 'Daar is het felle rooie zwerfkatje dat verstopt zit achter de mooie make-up en het fraaie kapsel. Je ziet er minder ordinair uit dan vroeger, maar ik weet zeker dat ik je voor nog geen twintig pond kan krijgen. Chique hoeren zijn ook hoeren.'

Zijn lach achtervolgde me toen ik wegliep.

'Hij is trouwens allang dood!' riep hij me na.

Ik draaide me terug. 'Wie?'

'Die vent die het volgens Mooney had gedaan. Hij is zes weken later gestorven. Jullie staan dus quitte.'

'Wie was het?'

Hij leunde opnieuw achterover in zijn stoel, met zijn handen gevouwen achter zijn hoofd, en knikte naar zijn kruis. 'Die informatie zul je moeten verdienen.'

Deze keer liep ik door tot ik thuis was en de woede en haat van me had afgeschud die ik voelde voor ons zogenaamde rechtssysteem.

Ik wilde de naam van de moordenaar weten, ook al was hij dood. Thuis spitte ik de stapel krantenknipsels door die ik had bewaard uit de tijd rond Annies verdwijning. Sommige artikelen hadden het over de vintage auto. Daar kon ik iets mee. Ik belde de man die de bestelbusjes van de stomerij onderhield en vroeg hem wat hij wist over dure vintage auto's, zonder hem te vertellen waarom ik dat wilde weten. Hij bleek er zelf niets over te weten, maar had wel een vriend die ze restaureerde. Hij zei dat hij hem zou bellen om te kijken wat hij te weten kon komen.

Dessie kwam thuis en vroeg me waarom ik zijn monteur had gebeld. Blijkbaar verspreidde het nieuws zich als een lopend vuurtje. Ik vertelde hem wat er was gebeurd, maar bagatelliseerde O'Tooles beledigingen en insinuaties. Ik verwachtte dat Dessie ook kwaad zou zijn als hij hoorde dat er een verdachte was, of was geweest, maar hij reageerde eerder geïrriteerd op het nieuws.

'Dat is vast allemaal giswerk, een gok. Waarom kun je het niet laten rusten? Je bent Nancy Drew niet. Als de politie hem niet kon vinden, waarom denk je dan dat het jou wel lukt?'

'Omdat ik wil weten waaróm het is gebeurd. Dat maakt heel veel uit.'

'Misschien is de reden wel vreselijk. Misschien is het beter om het níét te weten.'

'Ik hoef alleen maar te weten wie hij was.'

'En wat ga je dan doen? Hem opgraven soms?'

Ik kon bijna niet geloven dat Dessie zo gemeen deed. Waarom begreep hij het niet?

'Ik... Ik kan Annie niet zomaar vergeten. Er was een verdachte, een mogelijke moordenaar, die het misschien al eens eerder had gedaan, die misschien al eerder iemands familie had verwoest!'

'Hij is allang dood!'

'Dat weten we niet zeker. Ik vertrouw O'Toole niet. Het is een klootzak.'

'Hoor je wel wat je zegt? Je wilt een dode moordenaar opsporen. Heb je niet in de gaten hoe stom dat klinkt?'

Het was de ergste ruzie die we ooit hadden gehad. Ik graaide mijn jas en tas mee, verliet het huis en gooide de deur met een luide knal achter me dicht. Ik moest het pa en ma vertellen. Ze hoorden het te weten. Ik belde ma in Mayo, maar haar zus zei dat ze naar de kerk was. Dat was niet ongebruikelijk. Sinds Annie ons was ontnomen, bezocht ma geobsedeerd de kerk, wel twee of drie keer per dag, en als ze daar niet zat, bad ze met een schuldig gevoel thuis om Annies terugkeer. Ik nam de bus naar het huis van pa.

Pa was de vorige zomer ontslagen en dronk tegenwoordig elke avond het geld van zijn uitkering op. Ik geloofde niet dat hij echt een alcoholist was; hij ging naar de pub om niet alleen te hoeven zijn. Hij voelde zich eenzaam zonder zijn collega's en gezin. Vroeger nam hij altijd de *Evening Press* mee en deed hij alsof hij zat te lezen. Hij schaamde zich omdat hij niet goed kon lezen. Volgens mij was hij daarom zo streng voor Annie toen ze op school zat. Hij wilde niet dat ze op dezelfde manier zou mislukken als hij.

Toen er niet werd opengedaan, was er niet veel voor nodig om te bedenken dat hij waarschijnlijk in Scanlon's zat. Hij was ontzettend blij om me te zien, of in elk geval zo blij als drie grote glazen Guinness op een vrijdagmiddag dat toestonden.

'Mijn mooie dochter,' zei hij, terwijl hij een arm om me heen sloeg. 'Is ze geen plaatje?' zei hij tegen de barman, die gegeneerd naar me knikte.

Misschien had ik beter kunnen wachten tot hij nuchter was voordat ik hem vertelde wat er was gebeurd. Ik had mijn ouders geen van beiden op de hoogte gehouden van de ontwikkelingen sinds Yvonnes nieuws over haar zoon, maar nu nam ik pa mee naar een hoektafeltje in de pub en vertelde ik hem wat ik die dag over Annie te weten was gekomen. Daarbij liet ik O'Tooles ranzige insinuaties over mij weg.

Pa hoorde alles aan en zweeg even. Toen begonnen zijn schouders te schokken en werden zijn ogen vochtig. 'Het is allemaal mijn schuld. Ik had haar de baby moeten laten houden, ik had ze veilig thuis moeten houden.'

We werden onderbroken door een jongeman in een corduroy jasje, die met een paar anderen aan een tafeltje vlak bij ons had gezeten.

'Is er iets?' vroeg hij vriendelijk. Ik schaamde me een beetje, maar pa haalde diep adem om zijn gesnik de baas te worden.

'Bedankt,' zei ik. 'Niets aan de hand, gewoon een familiekwestie.'

Pa stak een hand uit. 'Sorry, het gaat wel weer. Het is iets persoonlijks. Karen, deze meneer werkt op het bureau verderop aan de weg waar ik mijn uitkering altijd ophaal. Hoe heet je, jongeman?'

'Laurence,' antwoordde de man. 'Het spijt me dat ik jullie heb gestoord. Ik zag dat je het te kwaad had.'

Ik ergerde me er een beetje aan dat hij zich zo had opgedrongen, maar toen hij zijn hand uitstak en ik hem aankeek, zag ik oprechte bezorgdheid op zijn gezicht.

'Laurence is heel aardig voor me geweest, Karen. Karen is mijn dochter.'

'Hoi.'

'Hoi. Nou, dan zal ik jullie niet langer ophouden. Het spijt me.' Hij liep weg en nam weer plaats aan het tafeltje met wat vermoedelijk zijn collega's waren.

'Sorry, liefje. Het kwam door de schok. Zelfs na al die tijd hoopte ik stiekem nog steeds dat ze hier op een dag binnen zou komen met dat brutale smoelwerk van haar om me geld af te troggelen. Maar ik denk dat ik het eigenlijk wel wist, diep vanbinnen. Dus O'Toole zei dat de man dood is? Nou ja, dat is in elk geval iets, zullen we maar zeggen.'

Toen pa dit zei, besefte ik dat O'Toole de waarheid moest hebben gesproken en dat de verdachte inderdaad dood was. Van Yvonne had ik gehoord dat James Mooney er zelf wel werk van zou hebben gemaakt als hij een goede reden had gehad om achterdocht te koesteren. Mooney was pas twee jaar geleden overleden. Volgens O'Toole was de verdachte al vijf jaar dood. Hoe was hij gestorven? Waar was

hij begraven, en belangrijker nog: als hij Annie had vermoord, waar was haar lichaam dan?
'Ik denk niet dat je moeder dit aankan. Misschien moet je het haar maar niet vertellen.'
Pa had gelijk. Ma had haar geloof dat haar beschermde, hoe misleidend het ook mocht zijn. Er was geen enkele reden om het haar te vertellen. Het zou toch niets veranderen.

Ik bracht pa naar zijn huis en zette koffie voor hem. Daarna vroeg ik hem of ik die nacht in mijn oude slaapkamer mocht blijven slapen. Onze oude slaapkamer. Die van Annie en mij. Hij trok zijn wenkbrauwen op.
'Is alles goed met Dessie?'
'Ik wil het er niet over hebben.'
'Heeft hij je pijn gedaan? Want als hij je ook maar met één vinger heeft...'
'Nee, dat is het niet. Morgen ga ik naar huis. Ik heb nu even rust nodig.'
Ik pakte een oud nachthemd van ma en liep de slaapkamer in. Daar zette ik de radio aan, zodat ik niet hoefde te denken aan Annie die de kamer met haar persoonlijkheid had gevuld. Ze draaiden dat ene nummer weer. 'Feed the World'. Een paar weken eerder was er in Londen een enorm concert geweest om geld in te zamelen voor de slachtoffers van de hongersnood in Ethiopië. De hongersnood kwam in elk televisiejournaal langs. Er werden beelden getoond van jonge kinderen met stakerige armpjes en beentjes en opgezwollen buiken vol lucht. We hadden een liefdadigheidsmodeshow gehouden om geld in te zamelen. Sommige van de andere modellen waren naar het Live Aid-concert in Londen geweest. Ik had het er met Dessie over gehad of we konden kijken of we aan kaartjes konden komen en er een

weekend naartoe konden gaan, maar hij begon meteen over het geld dat we moesten sparen om een huis te kopen en een gezin te stichten.

Ik was te jong getrouwd. Yvonne had gelijk. En het leeftijdsverschil was niet eens het grootste probleem tussen ons. Dessie verstikte me. Hij was niet de juiste man voor me. Dat wist ik al een hele tijd, alleen had ik het niet willen toegeven. Naast de situatie met Annie wilde hij ook per se weten waar al mijn modellenklussen waren, op wat voor locaties, en wat voor kleding ik aan moest. Hij wilde meteen na afloop van de fotoshoot de polaroids zien en hij wilde kennismaken met Yvonne. Tot nu toe had ik hem kunnen afpoeieren. Ik had het gevoel dat het te laat was om nog iets aan mijn huwelijk te doen. Zou ik een manier kunnen vinden om weer verliefd te worden op mijn man?

Ik overwoog hem te bellen om hem te laten weten waar ik was, maar dat hield in dat ik moest opstaan en naar beneden moest gaan, naar de telefoon in de gang, en dan zou ik pa storen. Toen ik de gordijnen dichtdeed, wierp ik een blik op de straat onder me en heel even meende ik de man van pa's uitkeringsbureau te zien, die opkeek naar ons huis, maar hij liep alweer verder door de straat.

De volgende dag ging ik terug naar huis. Dessie was laaiend. 'Je had me moeten bellen! Ik maakte me vreselijk veel zorgen. Jij zou toch moeten weten hoe het is als iemand verdwijnt!'

Ik was bereid geweest om te zeggen dat het me speet, maar nu werd ik kwaad. 'Ik was helemaal niet "verdwenen". En als jij je echt zoveel zorgen maakte, had je mijn pa wel gebeld. En Annie is ook niet "verdwenen". Ze is vermoord. De politie weet dat al jaren. Ze vonden het alleen niet belangrijk genoeg om het aan ons te vertellen.'

Dessie pakte me vast bij mijn schouders om me te omhelzen en ik liet hem begaan, omdat er niets anders was wat ik kon doen.

'Het spijt me, lieverd.'

'Het is al goed. Laten we alles maar gauw vergeten,' zei ik, ook al zou ik dat nooit doen.

Hoewel ik het in de weken daarop druk had met een aantal opdrachten, spoorde ik wel een van de meisjes op die de Jaguar zelf had gezien, om met haar te praten. Ze had in hetzelfde pand gewoond als Annie. Ik herinnerde me dat ze bij H. Williams in Baggot Street werkte en trof haar daar inderdaad aan. Ze behandelde me koeltjes en zei dat ze nooit in dat huis zou zijn gebleven als ze had geweten wat zich daar allemaal afspeelde. Ik neem aan dat ze op de prostitutie doelde. Ze had de politie alles verteld wat ze wist, deelde ze me mee. Ik had een paar oude autobrochures weten los te krijgen van een vrijpostige oude handelaar in luxeauto's en vroeg haar er een blik op te werpen. We kwamen uiteindelijk uit bij het type Jaguar sedan dat tussen 1950 en 1960 was geproduceerd. Ze zei dat ze de bestuurder maar twee keer had gezien, maar dat hij er 'welvarend' had uitgezien, een krijtstreeppak aan had gehad en een gleufhoed had gedragen die diep over zijn ogen was getrokken. Verder kon ze zich niets bijzonders over hem herinneren: hij had een gemiddelde lengte gehad en geen baard of snor, voor zover zij zich kon herinneren. Ze kon niet zeggen hoe oud hij was, want ze had zijn gezicht niet gezien. Ze vertelde dat ze de auto in een periode van ongeveer een halfjaar vaker om de hoek van het huis had zien staan dan dat ze de bestuurder had gezien. Eén keer had ze hem zien uitstappen, en een andere keer had ze hem bij de deur afscheid zien nemen van Annie. Sinds Annies verdwijning had ze de auto en de man geen van beide meer gezien, ook al was ze daarna nog een jaar in het huis blijven wonen. Ik vroeg haar of ze weleens andere mannen had zien komen en gaan bij Annies flat. Ze antwoordde dat dit niet het geval was en dat ze had aangenomen dat Annie haar 'werk' ergens anders verrichtte.

Ik informeerde bij Dessies monteur naar diens vriend die vintage auto's restaureerde, maar hij vertelde me dat Dessie hem had gezegd dat het niet meer nodig was. Dessie nam dus weer beslissingen voor me. Zonder met Dessie te overleggen vroeg ik hem om het telefoonnummer van de man, die Frankie heette en een garage had in Santry. Ik belde hem om te vragen of ik naar hem toe kon komen om een paar dingen te vragen en beweerde dat ik een bepaald type auto zocht voor een fotoshoot. Hij was minder behulpzaam dan ik had gehoopt. Hij had het te druk met flirten. Hij vermoedde dat er ongeveer twintig auto's in Dublin waren die aan mijn beschrijving voldeden. Zelf had hij slechts twee van zulke voertuigen onder handen gehad, een voor een automuseum en een voor een tachtigjarige die in het graafschap Offaly woonde. Hij gaf me een lijstje met namen en telefoonnummers van andere monteurs die gespecialiseerd waren in oude auto's.

Met hen had ik al evenmin geluk. Een van hen hield me een hele tijd aan het lijntje en ze beschikten geen van allen over nuttige informatie. Ik kwam geen stap verder. Dessie begon achterdocht te koesteren en wilde weten waar ik naartoe ging en wat ik deed, en ik vond het vervelend dat ik tegen hem moest liegen.

Toen Dessie me op een zaterdag in september vroeg in de ochtend in bed vastpakte, drong het tot me door dat ik niet langer bij hem kon blijven. De avond ervoor had hij me uitgehoord over gebelde telefoonnummers op onze gespecificeerde telefoonrekening. Ik wist niet eens dat we zo'n rekening kregen en het zou nooit bij me zijn opgekomen om haar te controleren. Ik had stuntelig gelogen en hij confronteerde me met het nieuws dat hij alle nummers had gebeld en wist dat ze van monteurs en autohandelaren waren. We kregen slaande ruzie, en hij zei weer dat ik me dom, geobsedeerd en belachelijk gedroeg. Omwille van de lieve vrede had ik gezegd dat het me speet en was ik teruggekrabbeld, waarna we ons hadden verzoend. Maar toen ik de volgende ochtend wakker werd, was ik woest. Met name op mezelf, omdat ik geen voet bij stuk had gehouden. Ik weigerde me door hem te laten aanhalen.

'Het werkt niet, Dessie. Wij, bedoel ik.'

'Ah, Karen, doe dat nou niet. Ik ben alles alweer vergeten.'

'Ja, tot de volgende keer. Ik ben het spuugzat dat je me de hele tijd controleert en onverwacht opduikt om me na een opdracht op te halen.'

Hij ging rechtop zitten en leunde op één arm. 'Schaam je je soms voor het bestelbusje?'

'Jezus, Dessie. Daar gaat het helemaal niet om. Je hebt zelf niet eens in de gaten dat je me verstikt. Je controleert zelfs mijn telefoongesprekken. Godallemachtig.'

'Als je eerlijk tegen me was, zou dat niet nodig zijn.'

Mijn frustratie nam toe en ik ging met luide stem verder: 'Ik kán niet eerlijk tegen je zijn, omdat je dan meteen ontploft. Je hebt me zelfs min of meer opgedragen om mijn zus te vergeten.'

'Krijgen we dat gezeik weer. Jezus.' Hij stapte uit bed en ging naar de badkamer.

Ik wachtte, luisterend naar de lange stroom pis, dankbaar dat ik even de tijd had om mezelf te herpakken. Toen hij terugkwam, had ik mijn kalmte hervonden, klaar voor de storm die me te wachten stond. 'Ik wil niet meer met je getrouwd zijn.'

Het gebeurde zo snel dat ik het niet zag aankomen. Een korte uithaal van zijn hand naar mijn gezicht. Ik voelde de lucht langs mijn wang suizen. Op het allerlaatste moment liet hij zijn arm zakken, zodat hij me niet raakte. Dessie was erg bedreven met zijn vuisten. Als hij me pijn had willen doen, zou hij dat wel hebben gedaan. Maar Dessie wilde me geen pijn doen. Eerder het tegenovergestelde.

Hij huilde, hij smeekte, hij zei dat het hem speet. Hij zei dat hij me aanbad en niet zonder mij kon leven. Hij was doodsbang dat ik dezelfde kant op zou gaan als Annie. Toen ik bij de stomerij werkte, wist hij precies waar ik elke dag van negen tot vijf was en met wie ik omging, maar hij was onzeker over mijn modellenwerk, waarbij ik me voor vreemden kleedde. Hij wist niet met wat voor soort mensen ik te maken had. In *The Sun* stonden regelmatig artikelen over modellen en drugsverslaving, maar hij snapte niet dat het wereldje in Dublin niet dat in Londen was. Ik had ook de nodige verhalen gehoord over supermodellen in Londen die hele bergen cocaïne en sloten champagne naar binnen werkten, maar Dublin had zich net zo goed op een andere planeet kunnen bevinden, of op zijn minst in een vroeger decennium. De meeste meisjes hier kwamen uit de middenklasse, rechtstreeks van school, en wilden alleen trouwen of geld verdienen om hun studie te kunnen betalen. Ze waren jonger dan ik en hielden voor hun ouders verborgen dat ze rookten. Niemand had me ooit drugs aangeboden. Ook geen champagne trouwens. Dat had ik Dessie allemaal verteld, maar kennelijk was hij net zo geobsedeerd door Annie als ik, alleen op een heel andere manier. Hij was bang dat zijn vrouw een junkie, een prostituee en een moordslachtoffer zou worden. Hij schreeuwde dat scheiden bij wet verboden was, maar ik krijste terug dat ik geen papiertje nodig had om bij hem weg te gaan.

Die avond pakte ik een tas in en trok weer bij pa in. Mijn vader was van streek, maar nadat ik hem ervan had overtuigd dat de breuk míjn besluit was, vond hij het volgens mij stiekem heerlijk om me weer thuis te hebben.

'Ik ga niet terug, pa.'

'Waarom zou je, terwijl er hier een prachtige slaapkamer leegstaat?'

In de jaren na Annies verdwijning was mijn vader een vriendelijker mens geworden, zij het wel een vriendelijker mens met een mogelijk drankprobleem.

Dessie belde regelmatig en kwam bij het huis langs om het uit te praten, maar afgezien van mijn schuldgevoel en angst voor de toekomst overheerste vooral opluchting. Ik hoefde geen rekenschap meer af te leggen over waar ik naartoe ging of wat ik deed. Ik hoefde geen smoezen meer te bedenken over waarom het geen goed moment was om zwanger te worden. Ik hoefde mijn salaris niet meer af te staan voor het 'huisfonds'. Wat ik al had bijgedragen, mocht Dessie houden. Ik wilde niets van hem hebben. Ik wilde alleen dat onze relatie voorbij was. Ma was ontzettend overstuur toen ik het haar aan de telefoon vertelde.

'Je had een prima vent te pakken. Is onze familienaam niet al genoeg door het slijk gehaald?' Ze vond dat ik het hoog in de bol had gekregen van het modellenwerk en wat ik ook zei om het haar uit het hoofd te praten, het hielp allemaal niet. 'Hij is vreselijk goed voor je geweest en nu behandel je hem zo. Toen ik hoorde over dat modellenwerk wist ik al dat het niets dan ellende met zich zou meebrengen.'

Ik ging met de trein naar Mayo om haar op te zoeken, maar ze zat het grootste deel van het weekend in de kerk in

Westport, ongetwijfeld om voor mijn onsterfelijke ziel te bidden. Toen ze eindelijk met me wilde praten, verweet ze het zichzelf dat ze een slecht voorbeeld had gegeven door pa te verlaten.

'Het heeft helemaal niets met jou te maken, ma. Echt niet!'

Ze rammelde met haar rozenkrans.

Dat ik nu weer thuis woonde, kwam pa goed uit, want nu kon ik financieel bijdragen aan het huishouden en een deel van het schoonmaakwerk doen waarvan mannen nooit in de gaten hebben dat het moet worden gedaan. Hij vertelde het aan zijn vriend van het uitkeringsbureau, maar blijkbaar was Laurence heel begripvol, want hij zei dat het geen invloed zou hebben op pa's uitkering. Ik verdiende goed en kon pa af en toe een extraatje toeschuiven, ook al wist ik dat hij het geld waarschijnlijk in Scanlon's zou uitgeven. Ik maakte pa duidelijk dat mijn verblijf bij hem maar tijdelijk was. Zodra de rust was weergekeerd zou ik op zoek gaan naar een huurhuis voor mezelf. Maar voorlopig wilde ik alleen maar genieten, over mijn toekomst nadenken en uitvogelen hoe ik Annies moordenaar kon vinden, ook al was hij dood. Pa had het niet graag over haar. Uit schuldgevoel, vermoed ik.

Af en toe ging ik met pa mee naar Scanlon's en de man van het uitkeringsbureau, Laurence, was daar ook vaak met zijn vriendin. Hij was heel aardig tegen pa, heel beleefd. De rest van zijn groep bemoeide zich niet echt met ons en bleef aan het andere uiteinde van de bar zitten, maar Laurence kwam ons altijd even begroeten.

Op een avond stelde hij me voor aan zijn vriendin. Ik mocht Bridget meteen graag. Ze was ongelooflijk verlegen en nerveus, en ik voelde altijd met zulke mensen mee, omdat ik niet zo lang geleden zelf ook zo was. Ze keek enorm scheel met haar ene oog, dus ze hield haar gezicht altijd een stukje van ons afgewend. Ik herinnerde me nog goed dat ik als kind mijn rode haar altijd probeerde te verbergen. Laurence vertelde dat ze amateurfotograaf was en we raakten in gesprek over modefotografie. Ik zei dat ik best een keer voor haar wilde poseren als ze een portfolio wilde aanleggen, maar ze antwoordde lachend dat het maar een hobby was. Laurence moedigde haar echter aan en zei dat ze mijn aanbod moest aannemen. Ze herhaalde steeds dat ze dat niet kon, maar ik vroeg haar om haar telefoonnummer en zei dat ik haar in het weekend zou bellen. Ik vond het fijn dat hij Bridget steunde en haar aanmoedigde om van de hobby waar ze zo gepassioneerd over praatte haar beroep te maken. Ze leken een heel prettige, ontspannen relatie te hebben, precies wat ik zelf wilde.

Op een zonnige zondagmiddag in april sprak ik met Bridget af in Stephen's Green, waar ze drie rolletjes volschoot. Ik vond haar aanpak geweldig. Ze beschikte niet over de apparatuur van een professionele fotograaf en ze had natuurlijk ook geen fotostudio, maar ze wist wel heel goed hoe ze het natuurlijke lentelicht moest gebruiken dat tussen de bomen door stroomde en hoe ze de zwaan die het beeld in gleed moest fotograferen. Achter de camera had ze veel meer zelfvertrouwen. Ze had me gevraagd zo min mogelijk make-up op te doen en witte kleding aan te trekken. Zelf had ze een lang stuk wit gaas meegebracht, dat ze om mijn schouders drapeerde of als een sluier gebruikte. Ze wist precies wat ze wilde en ik was verschrikkelijk benieuwd hoe de foto's zouden worden. Laurence was er ook bij. Hij had een picknick meegenomen en hielp Bridget met al haar spullen. Hij nam haar zo nu en dan zelfs op zijn schouders om een betere invalshoek te krijgen.

Nadat de foto's waren gemaakt, spreidden we het kleed

uit. Terwijl we appels en broodjes ham aten, en een thermosfles met thee deelden, keken we naar de mensen die voorbijkwamen, genietend van de zonnige avond. Het was een heerlijke dag geweest, maar helaas werd alles verpest.

Ik zag hem aankomen, maar herkende hem niet meteen in zijn spijkerbroek en t-shirt. Tijdens onze vorige ontmoetingen had hij altijd een pak gedragen. Hij negeerde Bridget en Laurence, en zei met luide stem: 'Kijk eens aan, als dat onze rooie zeurkous niet is.'

'O'Toole.'

'Declan. Doe je ook triootjes?'

'Ik zit hier rustig te picknicken met mijn vrienden. Zijn er geen ernstige misdaden die jij moet negeren?' Ik weet niet waar ik het lef vandaan haalde om zo sarcastisch tegen hem te doen. Misschien wel omdat ik het gevoel had dat ik steun had.

Laurence ving mijn vijandige toon op en kwam overeind. 'Kunnen we u ergens mee helpen?'

O'Toole keek hem aan. 'Ken ik jou ergens van?' Hij zei het op een heel intimiderende manier en Laurence liet zich snel weer op het gras zakken.

'Wat wil je van me?' vroeg ik.

'Ik wil alleen even een praatje maken met een toekomstige gevangene. Het verbaast me dat je op een avond als deze niet bij het kanaal rondloopt. Daar valt veel meer te verdienen.'

'Lazer toch op!' schreeuwde ik.

Hij slenterde fluitend weg, ontzettend ingenomen met zichzelf.

'Wie was dat?' vroeg Bridget.

Ik schaamde me diep. Ik had niet moeten proberen hem op zijn nummer te zetten. Het huilen stond me nader dan het lachen. Ik zag dat Laurence me zwijgend gadesloeg.

Bridget sloeg een arm om me heen. Toen kwamen de waterlanders, en de frustratie van de afgelopen jaren gutste in dat openbare park uit me, in het bijzijn van mensen die ik nauwelijks kende, om nog maar niet te spreken van alle onbekenden die om zich heen gluurden om te zien wie er zo hevig zat te snikken. Bridget vouwde het kleed op en zei tegen Laurence: 'Neem haar mee naar Neary's. Ik kom ook zodra ik alles heb ingepakt.'

Ik liep blindelings achter Laurence aan, het park uit en Grafton Street in. Hij nam me bij mijn arm en leidde me rustig naar de pub. Hij stelde geen vragen en ik deed mijn best me te beheersen. Hij gaf me een brandschone zakdoek. In de pub liet Laurence me in een hoekje plaatsnemen. Zelf liep hij naar de bar. Tegen de tijd dat hij terugkwam, was Bridget ook gearriveerd.

'Wie was dat?' vroeg Bridget.

'Als Karen ons niets wil vertellen, hoeft dat ook niet.'

'Hij... Hij is de rechercheur die de verdwijning van mijn zus hoorde te onderzoeken, maar ze kon hem helemaal niets schelen...'

Tijdens mijn huwelijk met Dessie leefden we in een soort bubbel. We gingen bijna niet met andere mensen om. We gingen af en toe iets drinken met het stel dat naast ons woonde, maar vonden het prima om verder met ons tweetjes te zijn. Dessie had er een hekel aan als ik 's avonds met vriendinnen de stad in ging, omdat hij dat niet veilig vond. De zeldzame keren dat ik het toch deed, kwam hij me om tien uur ophalen, als de avond pas net begon. Na een tijdje vroegen mijn vriendinnen me niet meer mee. Toen ik bij hem weg was, realiseerde ik me dat ik geen vriendinnen meer had. De meiden bij de stomerij met wie ik had opgetrokken, werkten nog steeds met Dessie, en ik had niet echt contact met hen gehouden nadat ik voor Yvonne was gaan werken. Dat was mijn schuld. Ik had dus eigenlijk niemand om mee te praten. Maar nu zaten er twee mensen van mijn eigen leeftijd bij me in de pub, die fatsoenlijk waren en leuk in de omgang. Laurence kwam iets chiquer over dan Bridget, maar daar zat hij duidelijk niet mee. Ze was een doodnormaal meisje, net als ik. Ze had een kantoorbaan, maar hoopte iets met haar hobby te bereiken. Ik had het gevoel dat ik hen kon vertrouwen en vertelde hun dus alles.

Tijdens mijn relaas over Annie hield ik hun gezichten aandachtig in de gaten. Ik vertelde hun over haar leerproblemen, haar zwangerschap, baby Marnie die haar door het St. Joseph was afgenomen, haar drugsverslaving en de prostitutie, haar verdwijning en mogelijke moord, O'Toole en zijn misselijkmakende gedrag, mijn zoektocht naar de oude auto en Mooneys vermoeden dat de moordenaar een hooggeplaatste man was die daarna zelf was overleden.

Bridget reageerde ontzet, met open mond en grote ogen, maar Laurence' reactie verraste me. Aan het begin van mijn trieste verhaal had hij zwijgend in zijn bierglas getuurd, maar na een tijdje begonnen zijn schouders te schokken, en toen hij later opkeek, waren zijn ogen nat van de tranen.

'O, mijn god, wat verschrikkelijk!' zei Bridget. Ze omhelsde me. 'Ik heb nog nooit zoiets akeligs gehoord. Ik snap niet hoe je het al die jaren hebt volgehouden. O, mijn god!'

Laurence zei slechts: 'Ik vind het echt heel erg voor je. Het is... afschuwelijk. Ik vind het echt ontzettend erg.'

'Alsjeblieft,' zei ik, 'jullie kunnen er niets aan doen. Het is tragisch, maar ik kan het niet loslaten. De politie wil me niet helpen, daarom doe ik het zelf.'

'O, god. Wij helpen je wel. Ja toch, Laurence?' zei Bridget. 'We kunnen tijdens onze lunchpauze met de telefoon op kantoor wel alle andere garages bellen. En Laurence, jij

bent heel vaak in de bibliotheek. Kun jij niet uitzoeken hoe je krantenarchieven kunt inkijken, om te zien welke belangrijke mensen er in de weken na Annies verdwijning zijn overleden?'
 Daar had ik nog niet eens aan gedacht. Laurence knikte en stond op om naar de bar te lopen.
 'Let maar niet op hem. Hij is heel gevoelig. Maar we zullen je helpen, dat beloof ik. Niet te geloven dat die rechercheur zo tegen je praatte, alsof je een...'
 'Alsof ik een prostituee ben?'
 'Wat een schoft. Je zou een klacht over hem moeten indienen, of de kranten schrijven. In elk geval íéts.'
 'Dat heb ik toen ook gedaan. Hij kreeg promotie. En nu denkt mijn agent dat het slecht voor mijn carrière zal zijn als ik hiermee de publiciteit opzoek, maar als jullie me echt willen helpen, zou dat fantastisch zijn!'
 'Ja, natuurlijk helpen we je.'
 Laurence kwam terug met nieuwe drankjes. Ik toostte op Annie en ze deden met me mee. Voor het eerst in lange tijd had ik het gevoel dat ik vrienden had. Bondgenoten.

13

Lydia

'Hij kan je onmogelijk hebben herkend. Je was toen vijfentwintig kilo zwaarder en vijf jaar jonger.'

'Hij kon mijn gezicht niet plaatsen, maar hij kende me wel. Dat weet ik zeker!'

Laurence had dingen voor me achtergehouden. Dat was bijzonder verontrustend. Op een avond was hij rillend en met een bleek gezicht thuisgekomen van een uitje met Bridget. Hij bekende dat hij vriendschap had gesloten met de vader van de dode hoer en, erger nog, met haar zus, die de verdwijning van Annie Doyle volgens hem zelf onderzocht. Laurence was doodsbang dat ze de waarheid zou achterhalen.

'Ze komt er geheid achter dat het papa was. Ze weet al ontzettend veel.'

Hij had Bridget en de vrouw in de pub achtergelaten. Ik probeerde vast te stellen wat ze precies wist. Laurence was net de rechercheur tegengekomen die hem jaren geleden bij de toegangspoort van Avalon had uitgehoord. O'Toole. Kennelijk had zijn hulpje, Mooney, Andrew verdacht, maar hadden ze de hele kwestie laten rusten toen Andrew stierf.

'Waar heb je die zus dan ontmoet? Of haar vader? En waarom ben je niet bij hen uit de buurt gebleven? Dat is niet het soort mensen met wie je wilt omgaan.'

Laurence keek verbluft en ik besefte dat ik op mijn woorden moest letten.

'Maar mam, snap je het dan niet? We moeten doen wat we kunnen om Annie Doyles familie te helpen. Papa heeft haar vermoord, ze ligt bij onze keukenmuur begraven en ik heb een betonnen plaat en een verrekt vogelbadje op haar graf geplaatst. Ik doe mijn best om alles te vergeten, en meestal gaat het goed, maar ruim een jaar geleden kwam Annies vader bij me op kantoor een uitkering aanvragen. Ik herkende hem en heb hem inmiddels een beetje leren kennen. Hij is een fatsoenlijk mens, mam.'

Ik overhandigde Laurence een glas whiskey.

'Lieverd, je moet echt niet met zulke mensen omgaan. Het zijn drugsverslaafden en prostituees, lieden van laag allooi. Heb je dat begrepen?'

'En moordenaars? Zijn we daar soms ook te goed voor?'

Ik had dolgraag aan Laurence uitgelegd dat zijn vader geen ordinaire moordenaar was, dat hij onder grote druk een domme fout had gemaakt en dat die vrouw niet belangrijk was. Als ze was blijven leven, zou ze niets aan de wereld hebben bijgedragen. Gezien het feit dat haar vader een werkloosheidsuitkering had, telde haar familie duidelijk meer lanterfanters. Ik beweer uiteraard niet dat ze het niet verdiende om te leven, helemaal niet, maar wie miste haar nou echt?

'Laurence, je mag nooit vergeten dat je vader een goed mens was, wat er ook is gebeurd. Ik ben ervan overtuigd dat haar dood een ongeluk was. Ik betwijfel ten zeerste of je vader zich ooit zou hebben ingelaten met een prostituee. Hij was er helemaal het type niet voor en bovendien hield hij van mij. Dat weet jij ook. Je moet hem niet als moordenaar zien. Wie weet in wat voor problemen die jonge vrouw verwikkeld was? Was ze niet verslaafd aan heroïne? Heroïne is een heel akelige drug. Het is heel goed mogelijk dat je vader haar juist probeerde te helpen. Hij hielp heel vaak mensen, maar gaf geen ruchtbaarheid aan zijn liefdadigheidswerk. Ik weet zeker dat hij haar alleen maar wilde helpen toen ze stierf, misschien wel aan een overdosis, en dat hij haar hier heeft begraven om een schandaal te voorkomen.'

Laurence staarde me aan. Ik wist dat hij dacht dat ik in de ontkenningsfase verkeerde, ik wist dat hij geen woord geloofde van wat ik zei, maar ik wist ook dat hij het spel omwille van mij zou meespelen.

'Maar Annies zus, die Karen, zal het niet opgeven, mam. Ze komt er vast achter. En ze is ontzettend...'

'Je moet iets bedenken om haar tegen te houden.'

'Bridget heeft beloofd dat we haar juist zullen hélpen.'

'O, maar dan bevind je je in een uitstekende positie om haar met valse informatie een andere kant op te sturen.'

'Mam!'

Ik verhief boos mijn stem. Dat is iets wat ik maar zelden doe. 'Laurence! Ik probeer jou te beschermen. Als dit uitkomt, ga je de gevangenis in.'

Hij moet hebben beseft dat ik gelijk had, want hij hield onmiddellijk zijn mond. Ik ging op vriendelijke toon verder: 'Lieverd, laten we even goed nadenken. Annie Doyle wordt nu toch bijna zes jaar vermist, hè?'

'Vijfenhalf. Ja.'

'En er is totaal geen bewijs dat ze dood is?'

'Niet dat ik weet, maar een van de politieagenten dacht dat papa...'

'Dat doet er nu niet toe. Weet je of ze een betaalrekening of een spaarrekening had?'

'Geen flauw idee. Hoezo?'

'Omdat we haar weer tot leven kunnen wekken. We kunnen haar moeder een brief van haar sturen.'

'Wat?'

Terwijl ik dat zei, begon zich in mijn hoofd een plan te vormen. Annie was niet dood. Misschien had ze wel besloten haar leven te beteren, af te kicken van de drugs en ergens naartoe te gaan waar niemand haar kende, om met een schone lei te beginnen. Ze leefde een heel normaal leven ergens op het platteland, maar wilde met niemand contact en wilde niet aan haar oude leven worden herinnerd. Het was schrikbarend eenvoudig. Toen Laurence voldoende was gekalmeerd, zag ook hij in hoe slim dit idee was, ook al zei hij dat het wreed was. Tja, niet zo wreed als wat Annie Doyle ons had aangedaan.

'Maar Laurie, het is toch veel fijner voor hen om te denken dat ze nog leeft? Het zal een enorme opluchting voor hen zijn. We geven hun dochter aan hen terug. Het is een goede daad. Ze zal hun schrijven.'

Ik veranderde van gedachten over Laurence' vriendschap met de Doyles. Houd je vijanden dicht bij je, zodat je hen in de gaten kunt houden. Zeggen ze dat niet zo? Ik moedigde hem aan om met hen om te gaan, hun vertrouwen te winnen en zo veel mogelijk over Annie te weten te komen voordat we ons plannetje zouden uitvoeren. Dan kon hij hun tegelijkertijd valse informatie verstrekken. Hij had er al mee ingestemd om de overlijdensberichten in *The Irish Times* in de weken na 14 november 1980 na te gaan. Zo kon hij Andrew gemakkelijk weglaten van de lijst met namen die hij tegenkwam. Hij moest de leiding over Karens onderzoek overnemen en zich meelevend gedragen, maar niet té enthousiast. Misschien kon hij wel doen alsof hij persoonlijke belangstelling voor Karen begon te koesteren.

Bij die suggestie leek hij zich echter niet op zijn gemak te voelen.

'Dat kan ik niet doen. Ze is Bridgets vriendin. En Bridget

vraagt me steeds wanneer ze nou eens kennis mag maken met jou, en wanneer ik met haar meega naar Athlone, om haar ouders te ontmoeten.'

'Athlone? God bewaar ons.' Toen schoot me iets te binnen. 'Eigenlijk vind ik dat je moet gaan. Dan kun je Annies brief daar op de post doen! Athlone is perfect. Een brief die daar is gepost, kan overal vandaan komen. Het ligt precies in het midden van het land.'

Hij trok een pijnlijk gezicht, maar ik was juist opgetogen. Dit was een project waar Laurence en ik samen aan konden werken. Het zou ons alleen maar dichter bij elkaar brengen.

In de daaropvolgende weken kwamen Laurence, Bridget en Karen regelmatig bij elkaar om alle informatie door te nemen die Karen over Annie had. Ik spoorde Laurence aan om alles wat hij te pakken kon krijgen mee naar huis te nemen, zodat we samen konden bedenken hoe we het zouden gebruiken. Zoals ik al vermoedde, had Annie geen spaarrekening met geld gehad dat na haar dood onaangeroerd was gebleven. Er was geen enkel bewijs dat ze niet de benen had genomen om ergens anders een nieuw leven te beginnen. We moesten het doen voorkomen alsof ze met grote haast was vertrokken. Een van de belangrijkste voorwerpen waarmee Laurence thuiskwam, was een oud dagboek in dat afgrijselijk kinderlijke, bijna ongeletterde handschrift van haar. Ik zag dat Annie Andrews betalingen had bijgehouden onder het kopje 'R', vermoedelijk van 'Rechter'. Het kreng had waarschijnlijk al vanaf het begin geweten wie hij was. Karen had het dagboek aan Laurence meegegeven, zodat hij de adressen en telefoonnummers kon natrekken. Er stond een brief in aan een kind dat ze ter adoptie had afgestaan, en toen ik die las, verdween al het medeleven dat ik mogelijk voor haar had gehad. Ze was al eens eerder zwanger geweest, per ongeluk nota bene. Ze wist dat

Andrew en ik wanhopig waren, en bereid om voor een baby te betalen, en ze had er al eens eerder eentje weggegeven. Wat een betreurenswaardig wezen was ze toch.

Het dagboek bevatte alles wat we nodig hadden om een nieuwe Annie Doyle in het leven te roepen. Ik begon met het schrijven van Annies brief, inclusief haar spel- en grammaticafouten, maar kwam er al snel achter dat mijn bewoordingen niet overtuigend waren. Met een diepe zucht nam Laurence de pen van me over. Laurence bleek een uitstekende vervalser te zijn. Hij zei dat Karen haar moeder aansprak als 'ma' en ging ervan uit dat Annie dat ook had gedaan. Ik dicteerde hem de brief.

Leive ma,
Ut spijt me veschrikkeluk als jij je de laatste jare zorruge om me heb gemaakt, maar ik hat probleme met een woekeraar en drugs en zo, en ik moes make dat ik wegkwam, naar een rustuge plek waar ik een nieuw leve kon beginne. Ik weet dat de polisie naar me op zoek was, maar ik hat ook probleme met hun. Ik heb me nou een paar jaar gedeist gehouwe, maar nou gaat ut weer goet met me ma. ik lijd een goet leve en als je me zag zou je trots op me zijn. Ik was errug verdrietug na de baby, en ik wou haar egt vergete, maar je weet hoe ut was met pa. Hij schamde zig. Ik hop dat alles goet met hem is. Zeg maar dat ie zig geen zorruge meer over me hoef te make en dat ut me spijt van alle ellende. Zeg tegen Karen dat ik van dr hou. ik hou van jullie allemal, maar mijn leve is hier betur. Kom me niet zoeke, want dat heb geen sin. Ik kom niet terug ma maar ik ben heel gelukkug hier.
Leifs van Annie
Ik heb nou een andere naam.

Laurence verzette zich tegen sommige dingen. Hij was vierkant tegen de verwijzing naar haar vaders schaamte, maar het moest realistisch zijn. De verwijzing naar de woekeraar was mijn idee. Het zou de suggestie wekken dat de grote geldbedragen in het dagboek schulden waren in plaats van betalingen van Andrew aan haar. Blijkbaar had de politie schunnige opmerkingen gemaakt over de perverse redenen dat een klant haar zulke grote sommen geld zou hebben betaald. Laurence wilde de brief aan Karen adresseren, maar dat vond ik volkomen onlogisch. Ieder kind heeft een hechtere band met de moeder dan met wie ook. Daarnaast wilde hij meer in de brief hebben over Karen, maar ik wees hem erop dat Annie praktisch een analfabeet was en dat schrijven een enorme inspanning voor haar moest zijn. Ze zou geen woord méér schrijven dan strikt noodzakelijk. De liefdesverklaring zou genoeg moeten zijn om de zus tevreden te stellen.

Ik kon merken dat Laurence ontzettend gestrest was door dit alles. Ik stelde hem gerust, zei dat we een goede daad verrichtten en dat hij een goed mens was. Hij was veranderd in de knapste jongeman die ik ooit had gezien, net een jongere versie van zijn vader. Alles zou goed komen, zei ik tegen hem. Het was slechts een van de drempels die het leven opwierp en waar we samen overheen moesten zien te komen.

14

Laurence

Ik was verliefd. Voor het eerst in mijn leven was ik stapelverliefd. Ik zal nooit weten of het kwam door haar connectie met Annie, maar ik mag graag denken dat ik sowieso van Karen zou hebben gehouden. De allereerste keer dat ik haar met haar vader in Scanlon's zag, voelde ik een enorme zwieper in mijn borst, alsof mijn hart van zijn plek was gezwaaid. Ze leek totaal niet op het meisje dat ik kende uit de krantenartikelen, verborgen achter een sluier van onverzorgd haar.

Ze bleek slecht nieuws over Annie te hebben voor haar vader. Het viel me op dat ze heel teder tegen hem praatte, hem met bezorgde ogen aankeek. Ik zat naast Bridget in de hoek van de pub en staarde naar deze geweldige vrouw, benieuwd wie ze was.

Toen Gerry haar voorstelde als zijn dochter, maakten mijn ingewanden weer een zwieper. Hoe zwaar was het lijden dat mijn vader haar had bezorgd? Ze keek op en glimlachte naar me, en ik zou niet meer weten wat we tegen elkaar zeiden. Die avond volgde ik hen naar Gerry's huis, waar ik bijna door Karen werd betrapt toen ik door een raam naar haar stond te staren.

Karen en Bridget werden al snel goede vriendinnen, waardoor de situatie nog lastiger werd. Ik kreeg voortdurend berichtjes van Karen, waarin ze vertelde waar ze naartoe ging en wat ze aan het doen was. Bridget was ongelooflijk gevleid dat Karen belangstelling voor haar toonde en ik was jaloers. Op Bridget. Ik kon het niet laten de twee vrouwen met elkaar te vergelijken, en hoewel ik bij Bridget bleef, was de echte reden daarvoor dat ik zonder haar Karen niet te zien zou krijgen. Ik was kortaf en ongeduldig tegen Bridget, maar nooit in het bijzijn van Karen. Als Karen er was, gedroeg ik me als een echte heer. Ik hing als een schoothondje om hen heen en wist precies wat de trieste uitdrukking veroorzaakte die af en toe over Karens gezicht vloog. Ik begreep haar verborgen verdriet, ik herkende het gevoel van verlies.

Van Bridget hoorde ik dat Karen haar modellencarrière eigenlijk een beetje belachelijk vond. Ze was blij met het inkomen, maar ze voelde zich helemaal niet mooi. Dat vond ik vreemd. Ze was adembenemend mooi. Als Karen en Bridget naast elkaar zaten, moest ik altijd aan Belle en het Beest denken. Karen deed nooit gewichtig en was ongekunsteld. Ze was net bij haar man, Dessie, weggegaan, maar gebruikte wel nog steeds zijn naam. Ik keek ervan op dat een vrouw van mijn leeftijd al een ex-man kon hebben. Volgens Bridget vond Karen dat ze te jong was getrouwd. Ze nam haar ex-man niets kwalijk, maar zou het fijn vinden als hij niet meer belde en zijn pogingen staakte om hun relatie nieuw leven in te blazen.

Op een dag hielden we een picknick in het park, na Bridgets fotoshoot. Brigadier O'Toole liep langs en beledigde haar waar wij bij waren, en toen vertelde ze ons Annies verhaal, meer dan ik ooit had geweten. Nu wist ik waarom er 'Marnie' in de armband stond gegraveerd. Karen zat gevaarlijk dicht bij de waarheid, en toen Bridget beloofde dat wij haar zouden helpen, moest ik bijna overgeven. Ik raakte in paniek. Ik moest het aan mijn moeder vertellen.

Mijn moeder had een oplossing voor al deze problemen. Ze verkeerde duidelijk nog in de ontkenningsfase over wat papa had gedaan, maar mama's belangrijkste doel was om mij te beschermen. Haar plan om Karen en haar familie te laten denken dat Annie nog leefde, vervulde me met afschuw. Het leek me ontzettend oneerlijk en wreed, maar dat was mama niet, dus ik hoopte maar dat ze er troost uit zouden putten. En dat het mij uit de gevangenis zou houden.

Mijn vroegere vervalserstalent kwam hierbij goed van pas. Ik kon mama niet vertellen dat ik verliefd was op Karen. Rangen en standen waren heel belangrijk voor mijn moeder. Ik had Bridget zelfs nog nooit meegenomen om haar voor te stellen.

Het idee om de brief van Annie in Athlone op de post te doen, was best logisch. Als haar familieleden na ontvangst naar Annie op zoek gingen, zouden ze een uitgestrekt buitengebied moeten afzoeken.

Bridget had het opgegeven me over te halen om kennis te komen maken met haar familie, dus toen ik het zelf voorstelde, reageerde ze verheugd. De voorbereidingen begonnen weken van tevoren. De datum voor het bezoek viel toevallig samen met Annies verjaardag in juli. Bridget en haar moeder wisselden dagelijks brieven met elkaar uit over alle zaken die moesten worden 'geregeld'. Bridget had twee jongere zussen die nog thuis woonden in het drie slaapkamers tellende ouderlijk huis. Tijdens mijn driedaagse bezoek zouden zij samen een kamer delen. Bridget zou beneden op de bank slapen en ik zou Bridgets vroegere slaapkamer krijgen. Bridget zei dat we moesten doen alsof we maagd waren. Kennelijk was haar moeder één bundel zenuwen. Lustte ik vis? Want op vrijdag aten ze altijd vis. Ze hingen nieuwe gordijnen op om het tochtprobleem in de slaapkamer te verhelpen. Zou ik op zondagochtend met de familie meegaan naar de kerk? Zou ik met Bridget haar opa willen bezoeken, die in een plaatselijk verzorgingstehuis woonde? Er waren allerlei protocollen die in werking moesten worden gezet. Ik werd behandeld als koninklijk bezoek. Ik weet niet wat Bridget hun had verteld, maar het was overduidelijk dat mijn ophanden zijnde bezoek een hoop drukte veroorzaakte. Ik heb een hekel aan drukte. Ik moest mijn best doen om me niet aan Bridgets opwinding te ergeren.

Mijn moeder vond het overdreven dat ik twee nachten weg zou blijven.

'Twee? In Athlone? Wat ga je daar dan doen?'

'Dat weet ik niet, mam, maar het zou onbeleefd zijn om op vrijdagavond aan te komen en op zaterdag alweer te vertrekken.'

'Ik ben nog nooit in Athlone geweest.'

'Je bent bijna nergens geweest.'

Ze snoof beledigd. 'Je hoeft alleen die brief maar op de post te doen. Neem je op zondag de vroege bus terug?'

'Ik zal het proberen.'

'Neem een extra trui mee. Het is altijd fris op het platteland.' Het was juli. Dan was ze zeker toch eens in haar leven buiten Dublin geweest.

Op vrijdag na het werk namen we de bus naar Athlone, samen met alle andere plattelandsforenzen, afkomstig uit plaatsen langs de route door de Midland-regio of Galway verder in het westen, die hun wekelijkse tocht naar huis maakten met tassen vol wasgoed op hun schouders. De brief zat in mijn binnenzak, klaar om te worden gepost zodra de gelegenheid zich voordeed. Bridget had sandwiches gemaakt en snoep meegebracht voor de twee uur durende reis, en er werd een plaspauze ingelast in Kinnegad. Toen we de stad uit reden, klikte haar fototoestel aan één stuk door en ze kletste honderduit.

'Weet je dat buiten Dublin het avondeten "tea" wordt genoemd en de lunch "dinner"? En dat je bij elke maaltijd, tussen de maaltijden door en voordat je naar bed gaat altijd theedrinkt? Josephine is veertien en heel nieuwsgierig, maar je hoeft geen antwoord te geven op haar vragen. Maureen is bezig met haar Leaving Cert, dus die zit het hele weekend met haar neus in de boeken. Pa zegt weinig, maar ma is heel gelovig en zal willen weten wie jullie pastoor is en zo.'

Mama en ik waren na de dood van papa niet meer naar de kerk geweest. We hadden het sowieso nooit leuk gevonden om te gaan. Onze pastoor was op bezoek gekomen om te vragen of we wilden terugkomen, en we hadden beloofd dat we dat zouden doen, maar op een of andere manier was het er nooit van gekomen.

'O, vertel dat maar niet aan mijn moeder! Dan krijgt ze een hartverzakking.'

Toen we in Athlone uitstapten, dook er uit de menigte in het station een gedaante op. Ze had een hoofddoek om en droeg een regenjas die tot helemaal bovenaan was dichtgeknoopt. In de kromming van haar arm bungelde een plastic handtas. Ze greep Bridget stevig vast bij haar schouders en omhelsde haar. Toen keek ze naar mij.

'Jij moet Laurence zijn. We vinden het geweldig om je te ontmoeten. Echt geweldig! Ik zei vanochtend nog tegen Bridgets vader: is het niet heerlijk dat we eindelijk kennis mogen maken met Bridgets jongeman, zei ik. Jullie zijn tenslotte al een hele tijd bij elkaar. Een hele tijd, zei ik tegen Bridgets vader.'

Ze was erg zenuwachtig. Ik vermoedde dat een jongeman in mijn positie onder normale omstandigheden een pittige keuring had moeten ondergaan, maar in mijn geval had ze duidelijk het gevoel dat zij degene was die werd gekeurd. Mijn nervositeit verdween op slag.

'Fijn om u te ontmoeten. Ik heb heel veel over u gehoord.' Dat was waarschijnlijk waar, ook al herinnerde ik me alleen wat Bridget me tijdens de busrit had verteld.

Mevrouw Gough zei verontschuldigend dat het tien minuten lopen was naar hun huis en juichte bewonderend toen ik aanbood om behalve mijn eigen tas ook die van Bridget te dragen. 'Een echte heer, dat ben je. Een echte heer, hoor.'

Hun huis was een grauwe tussenwoning in een grauwe huizenrij in een smalle straat. Naast de houten voordeur zat één raam, en vanaf de eerste verdieping keken twee andere ramen op ons neer. Achter alle ramen hing vitrage, ook al was er niets aan het huis wat uitnodigde om een blik naar binnen te werpen.

Mijn eerste indruk werd er niet beter op bij de aanblik van de binnenkant van Bridgets ouderlijk huis. Saai, gewoontjes, kleurloos en krap. Ik had altijd geweten dat ik in een groot huis woonde, maar ik had niet verwacht dat kleine huizen zo... tja, zo kléín aanvoelden. Vanaf de voordeur kon ik de achtergevel van het huis zien. Aan de voorkant bevond zich de woonkamer, aan de achterkant was de keuken en rechts van me zag ik een smalle trap naar boven. Bridgets foto's hingen werkelijk overal: ingelijst in de woonkamer, met plakband aan de deur van de koelkast in de keuken, in de lijst van de spiegel aan de muur gestoken. We zetten onze tassen aan de voet van de trap neer en werden naar de keuken gedirigeerd, waar de overweldigende geur van gekookte kool de sandwich met ei bedreigde die na de lunch in mijn slokdarm was blijven hangen.

'Kom gauw binnen uit de kou. Het water heeft net gekookt, dus jullie krijgen zo een kop thee.' Het klonk eerder als een vaststelling dan een aanbod. Ik moest en zou plaatsnemen op de vlekkerige leunstoel met een rechte rug die naast een oud fornuis stond. Het was overduidelijk 'vaders stoel'.

Twee alledaagse meisjes, Bridgets zusjes, zaten aan de keukentafel hun huiswerk te maken. Meneer Gough was in Slaney's, zijn vaste pub, maar zou voor de tea van halfacht thuis zijn. De tea werd vanwege onze komst later opgediend.

Het jongste zusje wierp een blik op me en zei beschuldigend tegen Bridget: 'Hij is best knap om te zien. Je zei dat hij heel dik was!'

Dat leverde haar een schop tegen haar enkel op van Maureen. 'Josie! Doe niet zo onbeleefd!'

'Ik was vroeger ook heel dik,' merkte ik op om de paniek te onderdrukken die de kop dreigde op te steken.

'Ja, je bent wel een beetje dik, maar niet heel erg. Ik dacht dat je gigantisch zou zijn,' zei Josie.

'Josie!' riepen Bridget, Maureen en mevrouw Gough in koor.

'Ik zeg alleen maar wat Bridget ons heeft verteld. Ze zei dat hij heel dik en heel chic was.'

Bridget keek gegeneerd.

'Maken jullie je huiswerk maar boven af, meisjes,' zei hun moeder.

Ze sjokten weg, klagend dat het boven te koud was om te leren.

'Dan trekken jullie maar een trui aan!' riep mevrouw Gough hen na.

Bridget en ik zaten in een sauna van kooldampen, terwijl mevrouw Gough het gesprek gaande hield. 'Laurence, Bridget heeft me verteld dat je heel goed bent in je werk.'

Ik beantwoordde haar vragen beleefd, maar inwendig begon ik te koken. Hoewel Bridget er nooit iets tegen mij over had gezegd, had zij me blijkbaar ook gedefinieerd aan de hand van mijn gewicht. Ze beweerde nota bene dat ze om me gaf. Ze gedroeg zich alsof ze verliefd op me was. Ja, toen we elkaar voor het eerst ontmoetten, was ik inderdaad veel te dik geweest, maar dat was kennelijk het belangrijkste wat haar familie over me wist. Ik schaamde me, maar voelde ook wraakzucht. Bridget was zelf ook bepaald geen schoonheid. Ze was geen Karen.

Toen meneer Gough stipt om halfacht thuiskwam, werd het eten opgediend. Het was een traditioneel huishouden. Meneer Gough nam me van top tot teen op en gaf me een stevige hand. Daarna tuurde hij naar de grond en zei hij bijna niets meer. De keukentafel was inmiddels gedekt met een wit tafellaken.

'Anders hebben we alleen een tafellaken met Kerstmis!' riep Josie uit, gevolgd door een 'Au!' omdat ze onder de tafel een schop kreeg.

Voor het eerst in maanden verging ik van de honger. Ik verslond alles wat me werd voorgezet. Toen ik een tweede portie kreeg aangeboden, at ik die ook op, evenals een derde en vierde. Meneer Gough keek aandachtig toe toen de laatste lepel aardappelpuree op mijn bord werd geschept en mevrouw Gough opstond om een extra kabeljauwfilet voor me te bakken. Het toetje was een cakerol met chocolade, waarvan ik in mijn eentje de helft opat, terwijl de gezinsleden de andere helft deelden. Toen de tafel was afgeruimd en er weer thee werd aangeboden, vroeg ik of er ook koekjes waren. Maureen werd naar de winkel gestuurd om ze te kopen. Zelfs Josie was sprakeloos van verbijstering. Zo, nu mocht Bridget het over haar dikke vriend hebben.

Er werd oeverloos gekletst. Welke televisieprogramma's

vond ik leuk, welke krant las ik, welke sport volgde of beoefende ik? Mijn antwoorden stonden steeds lijnrecht tegenover die van de familie. Het bezoek verliep niet voorspoedig. De televisie werd aangezet voor het *Nine O'Clock News* zodat het pijnlijke gesprek niet hoefde te worden voortgezet. Bepaalde delen van Ulster wezen het Anglo-Iers Verdrag nog steeds af. In Engeland was prins Andrew met een dik meisje getrouwd en Chris de Burghs 'Lady in Red' had een aantal records verbroken. 'En een paar platenspelers,' zei ik lachend, maar ze keken verbluft en snapten de grap niet. Na het nieuws gaf mevrouw Gough aan dat het tijd was voor de rozenkrans. Het hele gezin ging op de knieën zitten, met een rozenkrans in de hand. Omdat ze niet wilde dat ik me buitengesloten zou voelen, gaf mevrouw Gough me een reserverozenkrans van donker hout. Ik prevelde de gebeden met de rest van de familie mee, maar liet duidelijk merken dat ik dit ritueel niet gewend was. Zelfs toen mijn vader nog leefde, was er bij ons thuis geen religiositeit te bekennen geweest, afgezien van de zondagse mis. Het was wel ironisch dat ik me niet kon herinneren dat ik mijn vader ooit te biecht had zien gaan. Hij was tenslotte degene die het meest had op te biechten.

Door deze gedachte aan mijn vader vergeleek ik mijn moordzuchtige, leugenachtige familie met die van Bridget. In plaats van me superieur te voelen besefte ik dat het vriendelijke, naïeve mensen waren, dit gezin dat samen op hun knieën bad en een vreemdeling in hun huis had verwelkomd. Ik schaamde me omdat ik me zo onbeleefd had gedragen en helemaal niet mijn best had gedaan. Bridget ving mijn blik op en ik schonk haar een gemeende glimlach.

Toen iedereen naar bed ging, waren we heel even met ons tweetjes. 'Niet te lang, hoor!' riep mevrouw Gough vanaf de trap, duidelijk bevreesd voor wat we zonder toezicht allemaal zouden kunnen uitspoken.

Bridget gooide een nieuw stuk turf in de haard. 'Laurence, waarom... waarom deed je zo tegen hen? Waarom deed je niet gewoon mee? Wil je dan niet dat ze je aardig vinden?'

'Bridget...'

'Nee, laat me uitpraten. Waarom heb je zo zitten schrokken? Zoveel heb ik je nog nooit zien eten. Waarom deed je dat? Zag je dan niet dat er niet genoeg eten overbleef voor mijn vader? Ik snap het niet.' Het huilen stond haar nader dan het lachen.

Hoe kon ik haar die gemeenheid binnen in me uitleggen? Hoe moest ik uitleggen dat ik wraak op haar had genomen omdat ze had gezegd dat ik dik was, omdat ze uit een normaal gezin kwam, omdat ze niet Karen was. Waarom had ik zo hatelijk gedaan tegen deze vrouw, die me helemaal niets had aangedaan en me altijd vriendelijk had bejegend?

Ik schudde mijn hoofd. 'Sorry.'

'Ik... Ik hou van je. Ik wilde dat zij ook van je zouden houden.'

Arme Bridget. Ze hield van me. Haar goede oog staarde me vragend aan. Ik stak een hand uit, streek haar haren glad en kuste haar op haar mond. 'Morgen zal ik beter mijn best doen. Dat beloof ik.'

Ik sliep die nacht niet goed in Bridgets kinderslaapkamer. Ik piekerde over de vraag wanneer ik in mijn eentje kon wegglippen om de brief op de post te doen. Mijn buik deed pijn en het dekbed was hier en daar hobbelig. Na Bridget had Maureen de kamer gekregen, en aan alles was te merken dat dit gezin nooit welvaart of rijkdom had gekend. De meubels waren goedkoop en de nieuwe gordijnen dun. Alles in de kamer was praktisch, er was geen ruimte voor siervoorwerpen, afgezien van de sneeuwbol die eenzaam op een boekenplank stond, wellicht een kerstcadeau uit voorbije tijden, en een paar traditionele heiligenprenten. Er waren geen radiatoren in deze kamer, maar omdat hij recht boven de woonkamer lag, verdreef het laatste restje warmte van de open haard beneden de ergste kou uit de lucht. Bovendien had mevrouw Gough attent een kruik verzorgd. Ze hadden alles gedaan om mijn verblijf zo aangenaam mogelijk te maken. Ik nam me voor de volgende dag een betere vriend te zijn.

De zaterdag begon goed. Mevrouw Gough schepte mijn ontbijtbord vol met bacon en worst, maar ik onderdrukte mijn eetlust met twee grote glazen water en propte mezelf niet zo vol als ik de vorige avond had gedaan. Bridget vertelde honderduit over haar nieuwe vriendin Karen en liet haar moeder wat van de foto's zien die ze van haar had gemaakt.

'Och, maar dat is een mooi meisje, zeg. Die kan zo in een tijdschrift. Of niet dan, Maureen?'

Dat was inderdaad zo. Het was niet eens een van de geposeerde foto's, maar het was wel de fraaiste van allemaal. Het was een close-up van Karen die de dop van de thermosfles draaide, zittend op een deken in Stephen's Green. Ze lachte om iets wat ik had gezegd. Haar prachtige haar contrasteerde met het lentegroen van de bomen achter haar, en ze zag er volkomen puur en ongekunsteld uit. Dat was vlak voordat de rechercheur ons kwam storen. Bridget dacht dat ze een van de afdrukken een week of twee geleden was kwijtgeraakt, maar hij zat in het gat in de muur achter mijn bureau in Avalon.

Meneer Gough informeerde beleefd naar onze plannen voor die dag. Bridget vertelde dat we naar een *camogie*-wedstrijd van Josie gingen kijken en daarna zouden langsgaan bij haar opa, die in een verzorgingstehuis aan de rand van de stad woonde. Ik glimlachte opgewekt, alsof er niets was wat ik liever zou doen. Ik kon merken dat ze me allemaal iets aardiger begonnen te vinden. Er was niet veel voor nodig. Ze waren vrijgevig en vergevingsgezind van aard. Ik kreeg echter wel in de gaten dat het niet gemakkelijk zou worden om in mijn eentje naar een brievenbus te sluipen.

Het kostte me in de motregen moeite om warm te blijven aan de zijlijn van het camogieveld. Het spel was in mijn ogen niets bijzonders, net als alle andere sporten. Bezwete, agressieve tieners met rode gezichten die met houten sticks zwaaiden en in de modder rondrenden. Na afloop namen we Josie mee naar een cafeetje.

'Jij was de beste. Ja toch, Laurence?'

'Absoluut,' beaamde ik.

'Ga je vanavond weer zoveel eten? Want in dat geval moet mama boodschappen doen.'

'Josie!'

'Ik mag het toch wel vragen?'

'Nee. Ik weet niet wat er gisteravond met me aan de hand was. Ik denk dat er iets mis is met mijn metabolisme.'

'Meta... wat?'

'Josie, laat Laurence alsjeblieft met rust.'

Ik verzon een of ander raar verhaal over mijn lijf dat geen grote hoeveelheden kon verwerken, wat betekende dat ik soms verging van de honger, maar ik verzekerde haar dat het niet vaak voorkwam.

'God, wat zul je het erg vinden dat het precies op je eerste avond hier is gebeurd. Maak je maar geen zorgen, ik leg het later wel aan mama uit. Ze was bang dat er niet genoeg huishoudgeld zou overblijven voor de rest van de week.'

'Dat vind ik heel vervelend om te horen.'

Bridget keek me dankbaar aan.

Later wandelden zij en ik een halfuur naar Roscommon Road om bij haar opa op bezoek te gaan. Onderweg kwamen we langs twee brievenbussen, maar ik durfde niet te blijven staan. Het door de staat gerunde verzorgingstehuis was in een somber gebouw gevestigd. Bridgets opa zat in een leunstoel met een hoge rugleuning tussen allemaal andere lege hulzen van wat vroeger mensen waren geweest. Bridget maakte foto's van de levervlekken op zijn hand en van een theewagentje dat naast hem stond. Opa wist niet wie Bridget was, maar Bridget praatte rustig tegen hem en beantwoordde geduldig zijn eindeloos herhaalde vragen: 'Ben jij Peter? Waar is papa? Gaan we nou naar huis? Waar is Peter?'

Bridget stelde me aan hem voor. 'Opa, dit is Laurence, mijn vriend.'

Maar opa draaide zijn hoofd pas naar me toe toen we al op het punt stonden te vertrekken. Hij staarde me een paar tellen aan en keek weer naar Bridget. 'Ik moet dat jong niet. Ik vertrouw hem niet.' Een korte stilte. 'Waar is Peter? Gaan we nou naar huis?'

Bridget lachte zijn woorden weg. 'Hij weet niet waar hij het over heeft.' Haar opa had echter volkomen gelijk.

Na afloop stelde ik voor om een stukje door de stad te lopen, maar Bridget zei dat haar vader me de volgende ochtend een rondleiding zou geven. Ze stak haar arm door die van mij, dus wegglippen was er niet bij.

Die avond praatte ik gezellig mee tijdens de tea, of eigenlijk het avondeten, en ik lette goed op hoeveel ik at. Iedereen deed zijn best niet te laten merken hoe opgelucht ze waren. Ze waren inmiddels zo ontspannen dat ze persoonlijke vragen durfden te stellen.

'Hoe lang gaan jullie al met elkaar?' vroeg Maureen.

'In september twee jaar.'
Ik keek ervan op toen Bridget dat zei. Was het echt al zo lang? Josie neuriede 'Daar komt de bruid'. Ditmaal schonk niemand aandacht aan haar. Meneer Gough vertrok naar zijn stamkroeg voor zijn twee vaste zaterdagavondbiertjes en een potje darten, en de rest nestelde zich met thee en koekjes voor de televisie. Ook nu hield ik me in.

De volgende ochtend werden we vroeg gewekt om naar de kerk te gaan. Dit bleek een belangrijke gebeurtenis te zijn. De meisjes waren extra vroeg opgestaan om hun haar te doen, en mevrouw Gough had alle schoenen gepoetst, ook die van mij. Ze probeerde haar teleurstelling te verbergen over het feit dat ik mijn nette pak niet had meegebracht, maar ik stemde haar tevreden door een van de nylon stropdassen van meneer Gough om te doen. Volgens de traditie was het niet toegestaan om voor de mis iets te eten. Toen we om halfelf bij de kerk aankwamen, ging ik bijna dood van de honger. De tocht naar en van de kerk werd met de hele groep afgelegd. Mijn humeur kreeg een flinke knauw.

Op de terugweg gingen de vrouwen uit het gezin haastig vooruit, zodat ik alleen achterbleef met de zwijgzame meneer Gough, die aanbood me een rondleiding te geven door de stad. Ik kon moeilijk weigeren, maar had het gevoel dat ik in een hinderlaag was gelokt. We wandelden door de grauwe straten en staken de Shannon over. Tussen de lange stiltes door wees hij dingen aan. 'Dat is de bibliotheek... Dat is het kasteel.' Meneer Gough was geen geboren prater.

Nadat hij zijn favoriete pub op de oever van de rivier had aangewezen, vroeg hij: 'Is er misschien iets wat je me wilt vragen?'

'Sorry?'

Hij zuchtte diep. 'Is er misschien iets wat je me wilt vragen over Bridget?'

Ik realiseerde me vol afschuw dat hij verwachtte dat ik hem om Bridgets hand zou vragen. Dat ze dat allemáál verwachtten. Ik deed alsof ik hem niet begreep. 'Wanneer waren de barakken ook alweer gebouwd?'

Hij negeerde mijn geveinsde onwetendheid. 'Toen mevrouw Gough en ik zo oud waren als jullie waren we al getrouwd.'

Ik heb nooit geweten wat hun voornamen waren. Ze verwezen naar elkaar als papa en mama, of het formele meneer en mevrouw.

'Maar ik ben pas drieëntwintig.'

'Dan nog. Als je het juiste meisje hebt gevonden, is het nergens voor nodig om te wachten.'

Omdat ik niet goed wist wat ik hierop moest antwoorden, zei ik maar helemaal niets. We stonden bij de sluizen van de stuwdam en hij schopte zonder enige aanleiding met beide schoenen tegen de grond, zodat de neuzen kaal werden. Ik weet nog dat ik dacht dat de inspanningen van mevrouw Gough om de schoenen te poetsen voor niets waren geweest.

'Bridget mag er dan een beetje anders uitzien en de slimste is ze misschien ook niet, maar ze heeft een goed hart en een lief karakter. En ze is mijn dochter. Als je niet met haar wilt trouwen, moet je haar laten gaan, zodat ze iemand kan zoeken die dat wél wil.'

Hij was verrassend welsprekend. Ik voelde zijn gêne, die zich onzichtbaar uitstrekte tussen zijn rood aangelopen en mijn knalrode gezicht.

'Ik wil haar geen verdriet doen, meneer Gough...' maar hij liep al verder. Hij had gezegd wat hij te zeggen had, en ons 'gesprek' en de rondleiding door het stadje waren voorbij. Dat zou dé kans zijn geweest om ertussenuit te knijpen en de brief te posten, maar ik was zo overrompeld door wat er zojuist was voorgevallen dat ik haastig achter hem aan holde.

Tijdens het eten hing er een afgrijselijke sfeer. Het was duidelijk dat de vrouwen hadden verwacht dat er bij onze thuiskomst iets te vieren zou zijn. Bridget beweerde met een krijtwit gezicht dat ze hoofdpijn had en liep naar boven om te gaan liggen. Ze at niet met ons mee. Meneer Gough zei helemaal niets. Ik had verschrikkelijk veel honger en at alles wat voor me werd neergezet. Toen mevrouw Gough me meer aanbood, nam ik het aan, totdat er niets meer over was. Als er niemand had gekeken, zou ik alle borden hebben schoongelikt.

'Er is iets mis met zijn metasisme,' merkte Josie behulpzaam op.

Mevrouw Gough hield het gesprek luchtig. 'Hebben jullie Una Crawley in de kerk gezien? Zat d'r haar niet prachtig? Ik vind het alleen niet netjes dat ze altijd op de voorste kerkbank gaat zitten. Alsof ze heel wat is, terwijl ze pas een halfjaar geleden in die familie is getrouwd. Ze hebben altijd al gedacht dat ze beter zijn dan ze echt zijn. Ze zal binnenkort wel aan baby's willen beginnen. De Farrells willen natuurlijk een zoon die de familienaam voortzet in de stad...'

Maureen onderbrak haar zo nu en dan om te zeggen dat haar moeders ideeën vreselijk ouderwets waren. Josie staarde naar mijn bord en stootte haar zus steeds aan als ik weer wat opschepte.

Het was bijna tijd om naar het busstation te gaan. Mevrouw Gough liep naar boven om te kijken hoe het met Bridget ging en ik ging naar de slaapkamer om mijn spullen te halen. Door de dunne muur heen hoorde ik Bridget snikken en haar moeder streng tegen haar praten.

Ik wachtte in de keuken tot mevrouw Gough terugkwam. Ze zei dat Bridget zich niet lekker voelde en voorlopig thuis zou blijven. Ze verontschuldigde zich voor het feit dat ze me niet naar de bus kon brengen, maar ze moest bij een paar mensen langs. Ze gaf me een hand, maar keek me niet aan toen ik haar bedankte voor haar gastvrijheid. Maureen zwaaide bovenaan de trap naar me. Meneer Gough gaf me een slap handje en mompelde: 'Tot ziens en veel succes dan maar.' Volgens mij was hij opgelucht dat zijn rol in het drama erop zat.

Josie volgde me naar buiten. 'Je bent toch niet goed genoeg voor haar!' riep ze. Toen barstte ze in huilen uit en rende ze terug naar binnen.

Ik stopte de brief in de brievenbus bij de bushalte en stapte in, blij dat de beproeving voorbij was.

Toen ik die middag thuis arriveerde, stond er een auto op de oprit die ik niet kende. Ik ging naar binnen en zag mama met een lange man van eind vijftig in de gang staan.

'Hallo, jij bent vast Laurence.' De man, die goed gekleed was in een sportieve jachtclubstijl, kwam joviaal en zelfverzekerd over.

Mama stelde ons aan elkaar voor. Ze leek van slag. 'Laurence, dit is Malcolm.'

Hij kwam me vaag bekend voor, maar ik kon hem niet plaatsen. Ik was hoffelijk en beleefd tegen hem, maar voelde me niet echt op mijn gemak. Nadat we een paar minuten over het weer en het Anglo-Ierse Verdrag hadden staan praten, vertrok hij.

'Hoe was jouw weekend?'

'Hoe was dat van jou?'

'Fijn. Heel gezellig. Malcolm en ik zijn ergens wezen lunchen.'

'Buiten de deur?'
'Ja. Het was hier erg eenzaam zonder jou.'
'Waar ken je Malcolm van?'
'Hij is... een vriend van me. Ik heb hem leren kennen in het Saint John of God.'
'Wat?'
'Hij is psychiater. Maar hij was hier op persoonlijke titel, als een goede vriend.'

Daarom kwam hij me zo bekend voor. Ik had hem een paar keer ontmoet tijdens mama's verblijf in de psychiatrische inrichting. Dat stelde me gerust. Ze schonk me een van haar beste nepglimlachjes. Ze vond het duidelijk niet prettig om over hem te praten en ging snel over iets anders verder.

'Heb je de brief op de post gedaan?'
'Ja.'
'Heeft iemand je gezien?'
'Nee, maak je geen zorgen.'

Ik liep naar de keuken om water op te zetten voor thee en ontdekte dat het rolgordijn was weggehaald.

'We kunnen niet eeuwig in het donker blijven zitten, lieverd. We moeten verder met ons leven,' zei mijn moeder, die achter me opdook. Ze woelde liefkozend door mijn haar, zoals ze ook had gedaan toen ik klein was.

'Je oma komt vanavond bij ons eten. Ga je maar even opfrissen, lieverd. Je ruikt naar turfvuur. Wat primitief!'

Om een uur of zes ging de telefoon. Het was Bridget.

'Ik ben nog in Athlone. Ik schaam me te erg om jou onder ogen te durven komen.'

'Bridget, het spijt me echt ontzettend. Ik had geen idee dat je dacht dat ik...'

'Niet zeggen, alsjeblieft. Ik voel me al ellendig genoeg.'

'Maar we zijn nog zo jong. Trouwen is zelfs nooit bij me opgekomen...'
'Waarom wilde je dan mijn familie ontmoeten? Je moet toch hebben geweten wat dat voor me betekende.'
'Ik was...'
'Wat?'
'Ik hou niet van je.'
In gedachten zag ik haar schele oog in haar hoofd wegrollen.
'Wat bedoel je daarmee?' Haar stem klonk schel.
'Het spijt me.'
'Wat? Maak je het nu uit met me? Ik weet dat het de laatste tijd een beetje raar is geweest tussen ons, omdat je het zo druk had met je speurwerk voor Karen.'
'Dat is het niet.'
'Ik denk dat je er een beetje, je weet wel, emotioneel bij betrokken bent geraakt, maar ik wil best tegen haar zeggen dat je een pauze nodig hebt. Je hoeft echt niet... We hoeven heus niet meteen te trouwen, maar er is geen enkele reden om...'
'Bridget, ik kan het niet...'
'Alsjeblieft, dump me niet.'
'Het spijt me, Bridget. Dat meen ik echt. Je verdient iemand die beter is dan ik.'
Ik hing rustig op en haalde een borrel voor mezelf. Toen ging ik terug naar mama in de keuken. Het was een heldere avond. Het vogelbad zat vol met zwaluwen.
'Ik heb het net uitgemaakt met Bridget.'
'Och hemeltje, is ze erg overstuur?'
'Ja.'
'Arme Bridget.'
Inderdaad. Ik voelde me opgelucht, maar was ook een beetje bang dat het erg ongemakkelijk zou worden om nog

met Karen af te spreken. Bridget en zij vertrouwden elkaar alles toe. Ik wachtte af wat er zou gebeuren wanneer de brief in Pearse Street werd bezorgd.

15

Karen

Ik was woest op Annie. Ik kon niet geloven dat ze zo wreed was. Bijna zes jaar lang hadden pa, ma en ik ons vreselijk druk lopen maken over wat er met haar kon zijn gebeurd. En terwijl wij gekweld werden door onze grootste angsten had zij al die tijd op haar luie kont ergens op het platteland gezeten en een geheim nieuw leven geleid, zonder ook maar iets om ons te geven. Ze had ons gewoon laten verrotten. Zij was de reden dat het huwelijk van onze ouders was gestrand, maar dat wist ze niet eens.

Ik herkende het handschrift op de envelop meteen, en hoewel hij aan ma was geadresseerd, krijste ik naar pa dat hij beneden moest komen. Hij viel bijna flauw toen ik vertelde dat de brief van Annie was. Pa kon niet goed lezen. 'Maak open,' zei hij daarom.

Wat een verraadster. Geen adres, geen contactgegevens, en kennelijk leefde ze onder een andere naam, zodat we haar niet konden vinden. Ik wist dat Annie wild en destructief kon zijn, maar ik had nooit gedacht dat ze ook zo egoïstisch was.

Pa huilde en belde ma. Ze kwam met de eerste trein naar ons toe, betraand en verheugd tegelijk. 'Het gaat in elk geval goed met haar!' herhaalde ze steeds, maar ik vond het onmogelijk om daar troost uit te putten. In gedachten nam ik alles telkens opnieuw door, en ik denk dat ik inderdaad liever zou hebben gehad dat ze dood was geweest. Misschien ben ik nu wel een vreselijk mens, maar ik hield van haar en zij had gewoon schijt aan ons allemaal. Ik was nog nooit eerder afgewezen, maar nu wilde mijn eigen zus me niet meer kennen.

We bekeken de envelop en het schrijfpapier. Er was niets bijzonders aan te zien. De brief was op zondag 20 juli in Athlone gepost. We namen de hele brief nauwgezet door, regel voor fout gespelde regel. Dat was in elk geval niet veranderd. Pa en ik waren er kapot van, maar ma voelde zich in het gelijk gesteld. Ze zei dat het bewees dat het pa's schuld was en niet die van haar. Mij kon het niet schelen wiens schuld het was. Ik was gekwetst door het feit dat er in de hele brief maar acht woorden aan mij waren besteed. Alsof ik bijzaak was. Ze was me vergeten. We overlegden of we met de brief naar de politie moesten gaan, maar ma zei van niet, want als ze voor haar vertrek problemen met de politie had gehad, kon ze misschien nog steeds worden opgepakt.

'Wat zullen we doen?' vroeg ma.

'Niets. Haar met rust laten. Ze wil geen contact met ons.' Pa trok zijn jas aan en we hoefden niet te vragen waar hij naartoe ging.

Ma bleef. Ik was benieuwd of pa en zij nu weer bij elkaar zouden komen. Ik overwoog om Dessie te bellen, omdat ik wilde dat iemand me troostte, maar ik wist dat hij zelfingenomen zou reageren en me zou inpeperen dat mijn zoektocht een zinloze onderneming was geweest. Ma sliep die nacht in mijn kamer, in Annies bed. We hoorden pa in de vroege uurtjes struikelend de trap op komen. De volgende dag annuleerde ik mijn werk voor de komende dagen. Yvonne wilde weten waarom, maar ik had geen zin om het haar uit te leggen. De waarheid was vernederend en maakte haar zoon belachelijk. James had ernaast gezeten met zijn moordverdachte. Ik zei tegen haar dat ik ziek was.

Ik belde Bridget op haar werk, maar ze was er niet. Toen probeerde ik Laurence. Ik vertelde hem wat er was gebeurd. Het bleef een tijdje doodstil. Ik vermoed dat hij geïrriteerd was. Bridget en hij hadden maandenlang overlijdensadvertenties en oude auto's nagetrokken. Ik had hun tijd verspild.

'Zullen we straks ergens afspreken?' vroeg hij.

'Misschien. Waar is Bridget? Ik hoorde dat ze vandaag niet op haar werk was.'

'Nee, ze is in... Athlone, bij haar ouders. Is Kehoe oké? Om een uur of halfzes? Dan kun je me daar alles vertellen.'

Ik was vergeten dat Bridget uit Athlone kwam. Bij het horen van de plaatsnaam werd ik weer kwaad. *Hoe kon je dat nou doen, Annie?* Ik belde het busbedrijf om naar de vertrektijden te informeren. Ik pakte een kleine tas in, zei tegen ma dat ik met een vriend in Kehoe had afgesproken en dat ik daarvandaan een bus naar Athlone zou nemen om Annie te zoeken.

'Karen, ik weet niet... Ze klonk heel stellig... Ze wil niet worden gevonden.'

'Hoe zit het dan met wat wíj willen? Wil je haar dan niet zien?'

'Jawel. Natuurlijk wel. Maar... misschien heb je wel gelijk. Zou het niet heerlijk zijn als we haar allemaal konden opzoeken?'

'Precies. Maar dan moet ik haar wel eerst zien te vinden.'

Ik had de foto van Annie in het zilveren lijstje uit de woonkamer in mijn tas zitten.

'Pas goed op jezelf, liefje. Je wilt niet dat mensen denken dat ze in de problemen zit. Als ze nu een goed leven leidt, wil ze vast niet dat haar verleden roet in het eten gooit.'

'Ik zal wel zeggen dat ik de foto ergens heb gevonden en aan de eigenaar wil teruggeven.'

Ik ging naar Laurence toe en verontschuldigde me voor het feit dat hij al die tijd had verspild met de zoektocht naar de 'moordenaar' van mijn zus.
'Dat is echt niet nodig. Ze leeft tenminste nog. En ze is gelukkig.'
'En wreed. En egoïstisch.'
'Ben je dan niet blij dat haar niets mankeert?'
Hij keek me recht aan toen hij dit vroeg. Toen ik de vriendelijke blik in zijn ogen zag, moest ik mijn best doen om niet te huilen en ik boog mijn hoofd. Hij sloeg voorzichtig een arm om me heen en kuste me boven op mijn hoofd. Ik trok me onwillig los. Ik was in de war, maar voordat ik kans zag om te reageren, werden we gestoord door Dessie. Hij greep me vast bij mijn arm en trok me zo ruw van de barkruk dat die omviel.
'Wie ben jij verdomme?'
Laurence stond op en keek hem aan. 'Ik ben een vriend van haar. Laat haar los!'
'Alsjeblieft, Dessie. Wat doe je hier?' Ik trok me los.
'Je ma heeft me gebeld om te vertellen wat er is gebeurd. Ze zei dat jij hier zat met een "vriend". Is hij de reden dat je bij me weg bent gegaan?'
Iedereen in de pub zweeg en keek naar ons.
'Ik denk dat je beter kunt vertrekken,' zei Laurence.
'Ze is mijn vrouw.'
'Niet meer,' zei ik.
'Ik had gelijk over Annie. Ze veroorzaakte alleen maar ellende en ze heeft nooit iets om jou gegeven. Ik wacht buiten op je.'
De barman kwam op ons af om Dessie eruit te zetten. Die

hief zijn handen in de lucht om aan te geven dat hij geen problemen wilde en werd naar de deur begeleid.

'Het spijt me, ik moet met hem gaan praten.'

'Karen...'

'Laurence, heb je Bridgets adres in Athlone voor me? Ik neem de bus van zeven uur.'

'Je... Wat?'

'Ik ga haar zoeken. Heeft Bridget vakantie? Waarom is ze in Athlone?'

'Om Annie te zoeken? Maar in de brief stond toch dat ze met rust wilde worden gelaten?'

'Jawel, maar zo gemakkelijk komt ze er niet van af. Mag ik alsjeblieft Bridgets adres hebben?'

Hij schreef het op in mijn agenda. 'Karen, ik vind het echt heel erg.'

Buiten ging ik de confrontatie aan met Dessie. Ik was ziedend. 'Waag het niet dat ooit nog eens te doen! Je zet alleen jezelf voor schut. Ik ben niet je eigendom. Ik ben bij je weggegaan en nu weet ik zeker dat het een goede beslissing was. Laurence is een goede vriend van me, een vriend die de kwestie rond Annie begrijpt. Hij heeft verkering met een vrouw die toevallig ook mijn vriendin is. Er speelt helemaal niets tussen ons, en zelfs als dat wel zo was, zijn het jouw zaken niet.'

'Wat ik heb gezien was allemaal zo onschuldig niet. Of zoenen al je vrienden je?'

Ik beefde van de stress en van boosheid, maar slaagde erin om weg te lopen.

Pas later, in de bus naar Athlone, dacht ik terug aan de vreemde kus en de manier waarop Laurence had gezegd dat hij het heel erg vond. Ik had de indruk dat hij het echt heel erg vond dat Annie me in de steek had gelaten. Of misschien speet het hem dat hij me had gekust, ook al had hij er niets mee bedoeld. Ik wist niet wat de kus betekende, of hij überhaupt iets betekende, maar ik wist wel dat ik het fijn vond. Ik vond Laurence' troostende armen om me heen fijn. Ik vond zijn vriendelijke ogen fijn. Ik had het gevoel dat hij me begreep, vooral wat Annie betreft. Hij had echt heel veel voor me gedaan. In de weekenden was hij garages op het platteland afgegaan, en hij had illegaal dossiers van de sociale dienst ingekeken om te zien hoeveel geld Annie had gehad toen ze een uitkering kreeg, om dit te vergelijken met de bedragen die in dat schrift van haar stonden vermeld. Bridget had natuurlijk ook geholpen, maar volgens mij was zij er minder in geïnteresseerd. Laurence leefde echt mee. Ik voelde me schuldig dat ik dat dacht, alsof ik Bridget daarmee verraadde.

Ik stapte woensdagavond laat in Athlone uit de bus en wandelde door de regen naar Bridgets huis. Ik had natuurlijk beter het telefoonnummer van haar ouders kunnen opzoeken en eerst moeten bellen. Haar moeder nam me mee naar de woonkamer. Ze praatte op dezelfde zenuwachtige, jachtige manier als Bridget.
'Ik herken jou van de foto! Jij bent Karen, de vriendin van Bridget. Kom gauw binnen. Heeft ze je gebeld om je het nieuws te vertellen? Wat lief van je om te komen. Ze is er helemaal kapot van! Wacht hier maar even, dan zal ik haar roepen. Je krijgt zo een kop thee van me.' Daarna verdween ze naar de gang, en ik hoorde haar naar Bridget roepen, die boven was.
Ik begreep er helemaal niets van. Wat bedoelde ze in vredesnaam? Waar was Bridget helemaal kapot van?
Toen Bridget binnenkwam, was haar gezicht bleek en waren haar ogen roodomrand. Ze reageerde verbaasd toen ze me zag.

'Karen, wat doe jij... Hoe wist je het?'

We vertelden elkaar ons nieuws en ik begreep waarom Laurence mijn vragen over Bridget niet had willen beantwoorden. Hij had het drie avonden eerder met haar uitgemaakt. Ik deed mijn best om de herinnering aan de kus uit mijn gedachten te verjagen en mijn vriendin te troosten. Ik vertelde haar dat we een brief van Annie hadden gekregen met het poststempel Athlone.

'Wat? Ik dacht dat je zei dat ze dood was. We waren toch op zoek naar een man die haar had vermoord?'

'Ik heb me vergist. Ze is hier. Of in elk geval hier ergens in de buurt. Ik ga morgen naar haar op zoek, maar nu moet ik gaan. Ik heb een kamer gereserveerd in een B&B verderop in de straat.'

Mevrouw Gough kwam de kamer in met een dienblad in haar handen.

'Mam, Karen kan hier wel slapen, hè? Ze heeft een kamer geboekt in een B&B, maar ze kan toch gewoon hier logeren?'

'Ja, natuurlijk. Je bent hier van harte welkom, hoor. Het is zo lief van je om te komen. We verdelen de kamers net zoals in het weekend. Maureen en Josie kunnen er eentje delen.'

'Nee, alstublieft. U hoeft echt niet zoveel moeite te doen.'

'Geen gesputter, meisje. Het is echt geen enkele moeite. Och, Bridget. In het echt is ze zelfs nóg mooier. Je bent dus model? Tja, dat is alleen maar logisch. Goh, we hebben nooit eerder een model in huis gehad. Heb je trek? Vast wel. Ik zal een sandwich voor je maken. Bridget, steek het vuur aan voor onze gast. Het is hier stervenskoud. Je zou nooit denken dat het hartje zomer was.' Toen verdween ze in een wervelwind van nerveuze energie.

Bridget en ik keken elkaar glimlachend aan. Ik belde met

de telefoon van de Goughs naar de B&B om mijn reservering te annuleren.

'Ik heb mijn moeder niets over Annie verteld. Ze zou het niet begrijpen. Je weet wel, van de drugs en... dat andere, dus zij denkt dat je hier bent omdat Laurence me heeft gedumpt.'

'Dat geeft niet. Ik snap het wel. Ik zal er niets over zeggen tegen haar.'

Ze zei verontschuldigend dat ze me de volgende dag niet naar Annie kon helpen zoeken, omdat het stadje zo klein was dat haar ouders er beslist achter zouden komen, en ze wilde hun niet hoeven uitleggen dat ik de zus was van een... ze kon er geen beleefd woord voor bedenken. Ik voelde nog meer wrok tegen Annie en ook een beetje tegen Bridget.

Bridget en ik zaten tot laat in de avond bij de haard te kletsen, eerst over Annie, maar daarna kwam het gesprek steeds weer op Laurence. Bridget had een week vrij genomen van haar werk, omdat ze hem nog niet op kantoor onder ogen wilde komen. Ik was benieuwd waarom Laurence nooit op zichzelf was gaan wonen. Dat was best vreemd, ook al woonde ik zelf natuurlijk ook weer bij mijn pa. Maar ik had jarenlang in mijn eigen huis gewoond, totdat ik bij Dessie wegging. Ik probeerde achteloos naar Laurence te informeren.

'Denk je dat Laurence zíjn moeder over Annie heeft verteld? Zijn vader is toch overleden, hè? Wat is zijn moeder voor iemand?'

'Ik heb haar nooit ontmoet. Dat had ik natuurlijk als een slecht teken moeten opvatten. Als hij echt in mij geïnteresseerd was geweest, zou hij me wel aan zijn moeder hebben voorgesteld. Wat ben ik toch dom.'

Het was inderdaad vreemd dat Laurence Bridget in twee

jaar tijd nooit had meegenomen om kennis te maken met zijn moeder.

'Volgens mij lijdt ze aan die ziekte. Je weet wel, het tegenovergestelde van claustrofobie.' Ik had nog nooit van claustrofobie gehoord. Bridget legde het uit. Kennelijk kwam mevrouw Fitzsimons het huis nooit uit.

'Wat? Echt nooit?'

'Nou ja, ze gaat wel winkelen en zo, maar ze is nooit een nacht weg van huis. Ze gaat nooit een weekendje ergens naartoe.'

'Hoe ziet hun huis eruit?'

'Ik ben er nooit binnen geweest. Dat had ook een aanwijzing moeten zijn, hè? Hij vond me zeker niet goed genoeg. Maar ik ben er uit nieuwsgierigheid wel een keertje langsgelopen. Ik kon het vanaf de poort niet eens zien staan. Er loopt een brede oprijlaan naartoe. Het huis moet echt enorm zijn.'

'Doe niet zo mal. Hij heeft je heus niet gedumpt omdat je niet goed genoeg bent!'

'Nou, hij gedroeg zich de afgelopen maanden heel raar. Dat weet ik wel. Maar ja, hij is natuurlijk altijd al een beetje een aparte geweest.'

'Hoe bedoel je?'

'Toen we net verkering hadden, was hij echt heel dik. Obesitas, weet je wel? En tijdens het afvallen werd hij heel onrustig. Op kantoor was hij ook de hele tijd schrikachtig. Als hij bij mij bleef slapen, sliep hij maar drie uur per nacht. En hij werd steeds onrustiger, maar de laatste paar maanden was hij echt...'

'Wat?'

'Dan weer aanhalig en dan weer afstandelijk. Toen zei hij opeens dat hij kennis wilde maken met mijn ouders. En nadat hij hen had ontmoet, dacht hij volgens mij dat zijn moeder het nooit goed zou vinden.'

Ik had het akelige gevoel dat Laurence Bridget weleens om een heel andere reden kon hebben gedumpt. Ik herinnerde me de geur van zijn huid toen hij me naar zich toe trok voor de omhelzing en het gevoel van zijn lippen boven op mijn hoofd. Ik dacht terug aan alle keren dat hij was meegegaan als Bridget en ik naar de film wilden of gingen winkelen. Soms had ik de indruk gehad dat ik het vijfde wiel aan de wagen was, maar misschien was Bridget wel het vijfde wiel geweest.

Bridget barstte weer in snikken uit. 'Wat moet ik nou doen?' We bespraken het samen. Ze geloofde niet dat Laurence hun relatie nog een kans wilde geven. Daar was hij in hun laatste telefoongesprek heel stellig over geweest. Ze moest realistisch zijn, zei ze. Ze zou overplaatsing aanvragen naar een ander kantoor. Ze wilde hem niet elke dag tegenkomen.

Ik wilde haar vertellen dat ik hem eerder die avond had gesproken, maar iets weerhield me ervan. Er was geen duidelijke reden geweest voor onze ontmoeting. Wat we te bespreken hadden gehad, hadden we ook aan de telefoon kunnen afhandelen. Ik was me ervan bewust dat ik onze vriendschap verraadde door het haar niet te vertellen, maar ik wist dat het voor mij het begin van iets was. En voor Laurence ook.

De volgende ochtend maakte ik kennis met de rest van Bridgets familie. Het waren ontzettend lieve mensen. Het jongste meisje, Josie, wilde mijn handtekening hebben. 'Ik heb nog nooit eerder iemand ontmoet die in een tijdschrift heeft gestaan,' zei ze.

Ik bedankte hen voor hun gastvrijheid, omhelsde Bridget en sprak met haar af dat we elkaar nog zouden zien voordat ik de bus terug naar huis nam. Toen begon ik met mijn zoektocht naar Annie. Ik vertelde aan winkeliers, pub- en restauranteigenaren dat ik bij het busstation een foto in een zilveren lijst had gevonden en wilde weten of ze de vrouw op de foto misschien kenden. Het was de enige smoes die ik kon bedenken. Wellicht herinnerden mensen zich Annie wel vanwege haar hazenlip. Haar foto had aan het begin van het politieonderzoek hooguit een paar dagen in de kranten gestaan. Voor andere jonge vrouwen overal in het land die werden vermist, leidden jaarlijkse oproepen altijd tot hernieuwde media-aandacht, maar Annies zaak was nooit heropend, vermoedelijk vanwege haar verleden.

Een paar mensen die ik aansprak, zeiden dat ze hun bekend voorkwam, maar de meesten herkenden haar niet. Bij een kapperszaak opperde ik dat het waarschijnlijk een oude foto was en dat ze nu best een andere haarkleur kon hebben. De eigenaar keek me achterdochtig aan en ik hoorde zelf ook hoe bizar mijn verhaal klonk. De receptioniste van The Prince of Wales Hotel merkte op dat ze overal vandaan kon komen, aangezien Athlone een overstappunt was voor busreizigers uit Cork, Limerick en het westen.

Athlone was maar een klein stadje en na vier uur was ik bij elk bedrijf binnen geweest, zelfs die aan Roscommon Road en Galway Road. Toen ik de foto bij een tankstation aan de rand van de stad aan de klanten liet zien, wees een van hen me erop dat ik die ochtend al bij haar sieradenwinkel langs was geweest. 'Je doet wel erg veel moeite om een onbekende op te sporen,' zei ze wantrouwend. Het kon me inmiddels niet meer schelen.

Ik ging naar het politiebureau en vroeg brutaal of iemand daar het gezicht op de foto kende. De agenten haalden hun schouders op, maar stonden erop de ingelijste foto te houden. Het lijstje was waardevol, zeiden ze, dus degene die het was kwijtgeraakt zou het ongetwijfeld bij hen aangeven. Dat was een stomme zet van me.

Om drie uur ontmoette ik Bridget in een café.

'Geen geluk gehad?'

'Nee.'

'Het spijt me, maar het is ook zoeken naar een naald in een hooiberg. Ze kan op een rustig plekje kilometers buiten de stad wonen, in de buurt van Mullingar of Ballinasloe. Ze kan overal zijn.'

Mijn boosheid op Annie was niet afgenomen. Tijdens mijn urenlange zoektocht door de beregende straten had ik genoeg tijd gehad om te bedenken wat ik tegen haar zou zeggen als ik haar tegenkwam. Ik kon me niet eens meer voorstellen dat ik blij zou zijn als ik haar zag, zelfs niet als ze veilig was. Ik kon haar wel slaan voor alles wat ze ons had aangedaan.

Ik belde in een telefooncel naar huis om pa en ma het slechte nieuws te vertellen, maar ik zei dat ik de week erop een ander deel van de midlands zou doorzoeken. Als het moest, zou ik het hele land afgaan. Ik moest en zou Annie vinden. Ze was ons uitleg verschuldigd.

Toen ik die avond thuiskwam, at ik samen met mijn ouders. We zeiden geen van allen veel. Pa was kwaad omdat de politie zijn zilveren fotolijstje had gehouden. Foto's hadden we meer dan genoeg; we hadden er ten tijde van haar verdwijning honderden laten afdrukken. Maar het fotolijstje zat hem echt dwars.

'Dat had ik speciaal gekocht nadat ze...'

'... was weggelopen?' opperde ik.

'Precies.'

De volgende ochtend belde Yvonne me. Ze klonk ontzettend opgetogen.

'Ik hoop dat je je beter voelt, want drie keer raden wie er naar Rome gaat.'

'Ik voel me veel beter, dank je. Wat is er met Rome?'

'Het gaat om een nieuw parfum: Gilt. Ze willen dat jij er het gezicht van wordt.'

'Guilt? Wie noemt een parfum nou "Schuld"?'

'Gilt, zonder "u". Ze willen je aanstaande zaterdag in Rome hebben. Ik wist wel dat jij het zou worden. Ik heb het al die tijd geweten! Heb je enig idee hoe belangrijk dit is?'

Het was opwindend, maar ik was eigenlijk van plan geweest om naar Mullingar te gaan. Opeens drong het tot me door hoe dwaas ik me gedroeg. Ik kreeg de kans om naar Rome te gaan, maar overwoog om niet te gaan vanwege Annie. Ik kon best wachten. Annie kon best wachten. Ze had zes jaar gewacht voordat ze ons had laten weten dat ze nog leefde.

'Dat is fantastisch!'

'Is je paspoort geldig?'

Dessie en ik waren vorige zomer naar het Isle of Man geweest, dus mijn paspoort was piekfijn in orde. Yvonne zei dat ik bij haar kantoor moest langskomen om alle informatie op te halen.

Toen ik daar later die dag met alle gegevens wegging, had ik graag Bridget gebeld om haar het fantastische nieuws te vertellen, maar misschien zou dat opschepperig overkomen. Toch wilde ik het aan íemand vertellen. Ik wilde het aan Laurence vertellen.

Ik belde hem op zijn werk en bracht hem op de hoogte van mijn zinloze zoektocht naar Annie. Zijn stem klonk geruststellend, bezorgd. Toen vertelde ik hem over mijn tripje naar Rome.

'Wauw, Rome! Dat is geweldig!'

'Ben je er weleens geweest?'

'Nee, nooit. Mijn moeder houdt niet van reizen, dus we zijn nooit op vakantie geweest in het buitenland. In Engeland zelf trouwens ook niet.'

Voordat ik er erg in had, floepte het mijn mond al uit. 'Waarom ga je niet met me mee?'

Er viel een korte stilte. Toen zei hij: 'Oké. Graag.'

16

Lydia

Malcolm was een van mijn psychiaters tijdens mijn verblijf in het Saint John of God. Hij had me op mijn slechtst meegemaakt, half-comateus en apathisch. Ik had een-op-eensessies met hem gehad. Hij was op de hoogte van mijn onwil om met anderen om te gaan, mijn miskramen en mijn wanhopige verlangen naar een tweede baby. Wat hij uiteraard niet wist was hóé wanhopig. Zelfs in mijn verzwakte, door kalmerende middelen versufte toestand had ik hem nooit over Annie verteld. Daarmee zou ik Andrew hebben verraden. Toch vertrouwde ik Malcolm. Ik denk dat papa hem wel zou hebben gemogen. Ik had hem zelfs over Diana verteld en dat ik haar op onze negende verjaardag had laten verdrinken. Het is wel apart, want dat had ik Andrew nooit verteld. Hem had ik alleen gezegd dat ze op tragische wijze was verdronken. Malcolm benadrukte herhaaldelijk dat ik een kind was geweest en dat ik me niet verantwoordelijk hoefde te voelen voor iets wat ik op die leeftijd onmogelijk had kunnen begrijpen. Hij weigerde te accepteren dat ik haar had wíllen doden. Hij wilde per se het goede in me zien.

Dus toen ik hem vier jaar later op een middag bij de bloemist tegenkwam, begroette hij me voorzichtig en merkte hij op dat ik er goed uitzag. Hij nodigde me uit om een kop koffie met hem te gaan drinken. Ik weet zeker dat er een patiënt/dokter-regel is die dat verbiedt, maar dat vond ik niet erg. Ik vind het fijn om bewonderd te worden. Bovendien was hij mijn dokter niet meer. In die tijd zag ik alleen mijn huisarts van tijd tot tijd. De overgang was gekomen en gegaan, en medicijnen hielden mijn stemming stabiel en mijn gedachten rustig.

Malcolms Duitse vrouw was een paar jaar eerder overleden. We waren allebei ongebonden en begonnen voorzichtig een relatie. Als hij de liefde met me bedreef, deed ik mijn ogen dicht en beeldde ik me in dat hij Andrew was. Hij kwam soms bij me thuis langs, als Laurence er niet was. Ik wilde niet dat Laurence op de hoogte was van zijn bestaan. Laurence moest weten dat er niemand was van wie ik meer hield dan van hem.

Het probleem met Malcolm was echter dat hij bleef proberen me te genezen, ook al hoefde ik helemaal niet genezen te worden. Afgezien van onze vroegere therapiesessies praatte ik nooit over Diana. Toch bracht Malcolm het tijdens onze afspraakjes zo nu en dan ter sprake. Toen hij op een avond in Avalon kwam eten, vroeg hij na afloop waar de vijver was. Ik dacht dat mijn ijzige zwijgen wel een eind zou maken aan zijn nieuwsgierigheid, maar hij leek niets in de gaten te hebben.

'Jij bent echt een van de interessantste gevallen die ik ooit heb gehad. Verbazingwekkend dat je jouw schuldgevoel ruim twintig jaar verborgen hebt gehouden voor je eigen man. Ik vind het ongezond om dat soort dingen voor je te houden. Je zou er echt met iemand over moeten praten. Niet met mij, natuurlijk, maar je zou er beslist van opkijken wat het met je gevoel van vrijheid doet als je erover kon praten. Dan zou je misschien wel in staat zijn om een nachtje van huis te gaan, om op vakantie te gaan. Ik ben ervan

overtuigd dat dat de bron is van al jouw problemen.'
'Een van jouw gevallen? Is dat hoe je me ziet?' vroeg ik, terwijl ik de rest van zijn opmerkingen probeerde te negeren. Ik liep weg om koffie te zetten, maar toen ik naar de eetkamer terugkeerde was hij daar niet meer. De voordeur stond wagenwijd open. Ik trof hem aan in de achtertuin.
'Ik kan de vijver niet vinden,' zei hij.
Ik wees naar het verhoogde, bestrate gedeelte met het vogelbad erop. 'Mijn vader heeft de vijver na afloop dichtgegooid. Kom je koffie opdrinken voordat hij koud wordt.'
Hij stak zijn arm door die van mij en bewonderde de struiken. Toen gingen we naar binnen.
'Je hóéft er natuurlijk niet over te praten, Lydia, maar ik denk dat het je goed zou doen.'
Toen Laurence een weekend naar Athlone zou gaan, wist ik dat ik me vreselijk eenzaam zou voelen, dus nodigde ik Malcolm uit om zaterdag bij me te komen slapen.
Hij arriveerde rond lunchtijd en bracht een onverwachte gast mee. Hoewel ze niet mooi oud was geworden, herkende ik haar meteen. Ik heb er altijd op gelet dat ik fit bleef en er verzorgd uitzag. We waren even oud, maar haar haren waren kort en grijs, haar gezicht was gerimpeld en haar donkerblauwe kleren waren vormloos. Toen ik het kruisje om haar nek zag, realiseerde ik me dat ze non was geworden.
'Amy Malone,' zei ik. Ik zocht steun bij het tafeltje in de gang, maar toen mijn knieën mijn gewicht niet meer konden dragen, zakte ik in elkaar op de vloer.
Toen ik bijkwam, wuifde Malcolm me met een kussen koelte toe. Amy was er nog steeds.
'Drink een kopje thee met veel suiker, liefje. Het moet een verschrikkelijke schok voor je zijn.'
Amy had me op de borst van mijn zus zien zitten en het leven uit haar zien wegebben.

'Och, dokter Mitchell, u had haar moeten waarschuwen. Als ik had geweten dat u haar hier niet op had voorbereid, zou ik niet zijn gekomen!'

Ik ging rechtop zitten en duwde hun behulpzame handen weg. 'Alsjeblieft.' Zodra ik ertoe in staat was, ging ik op de bank zitten en dronk ik een kopje mierzoete thee.

'Lydia, je herinnert je Amy vast nog wel. Tegenwoordig heet ze zuster Madeleine, van de Loreto-zusters. Ik heb haar meegebracht om met je te praten.'

'Waarom heb je dat gedaan, Malcolm? Ik wil dit helemaal niet...'

'Zuster Madeleine weet dat het niet jouw schuld was. Zo is het toch, zuster?'

Ik liep in blinde paniek langs hen, regelrecht naar het drankkastje, terwijl zij achter me bleven keuvelen.

'We waren ontzettend jong, Lydia. We waren kinderen. Je kunt onmogelijk hebben geweten dat Diana dood zou gaan. Het was een ongeluk en je kon er helemaal niets aan doen. Het was de wil van God. Onze-Lieve-Heer zou niet willen dat jij je schuldig voelt. Het was niet je bedoeling dat ze zou sterven.'

'Zie je nou wel? Het leek me een goed idee om jullie bij elkaar te brengen, zodat jullie die dag konden bespreken en de nare herinneringen konden begraven.'

'Ik zal die dag nooit vergeten. Moge God haar zegenen. Het was een kinderachtige ruzie die uit de hand liep. Je kunt onmogelijk hebben geweten dat ze dood kon gaan. Het gebeurde nu eenmaal, Lydia, en je moet weten dat ik elke avond op mijn knieën voor Diana en jou bid.'

'Zal ik jullie een minuut of twintig alleen laten om alles door te nemen? Als ik straks terugkom, kan zuster Madeleine ons misschien voorgaan in het gebed op de plek van de oude vijver? Wat zeg je ervan, Lydia?'

Ik bleef met mijn rug naar hen toe staan, dronk mijn glas cognac leeg en schonk het weer vol. 'Ga alsjeblieft weg,' zei ik toen.

'Maar Lydia, zuster Madeleine is speciaal voor jou helemaal vanuit Sligo hiernaartoe gekomen…'

'Ga weg.'

'Het spijt me echt verschrikkelijk, Lydia. Ik had werkelijk geen idee dat dit een verrassing voor je zou zijn. Dokter Mitchell, breng me alstublieft terug naar het station.'

'Het is heus niet nodig…'

Nu keerden Amy en ik ons allebei tegen hem, en uiteindelijk vertrokken ze beschaamd. Malcolm belde me later nog op, maar ik hing op en dronk de rest van de fles cognac leeg. Ik was benieuwd hoe het met Laurence ging en of hij me miste. Ik vroeg me af hoe Bridgets ouderlijk huis was en wist dat het onmogelijk te vergelijken kon zijn met dat van ons. Ik trok het rolgordijn in de keuken op en tuurde naar Diana's graf. Ik wist natuurlijk wel dat het Annies graf was, maar ik vond het fijn om te denken dat het Diana was, dat ze op de rand van de vijver naar me zat te zwaaien en me wenkte om ook naar buiten te komen. Ik hief mijn hand en wuifde terug. Toen klom ik op een krukje en trok ik het rolgordijn van de muur. Ik hing de oorspronkelijke gordijnen weer op. Laurence moest er maar mee leren leven.

De volgende dag kwam Malcolm naar Avalon om zijn verontschuldigingen aan te bieden. Ik liet hem niet verder komen dan de gang, maar gaf hem wel de indruk dat hij op een dag zou worden vergeven. Gelukkig kwam Laurence thuis en onderbrak hij ons gesprek. Malcolm kletste nog even over koetjes en kalfjes, en vertrok toen. Laurence' missie was geslaagd. De brief was veilig op de post gedaan.

Die avond werd Laurence gebeld en na afloop verkondigde hij dat hij zojuist zijn relatie met Bridget had verbroken. Ik wist van tevoren al dat het geen stand zou houden. Het verbaasde me dat het nog zo lang had geduurd, maar ik neem aan dat de kennismaking met de oersaaie leventjes van anderen hem de ogen had geopend. Het moest tot hem zijn doorgedrongen dat hij nooit samen kon zijn met iemand als Bridget. Nu zou alles weer rustig worden.

Mijn schoonmoeder, Eleanor, kwam die avond eten. Ze was irritant punctueel. Als ze voor zeven uur was uitgenodigd, arriveerde ze te vroeg en bleef ze buiten onder het afdakje wachten tot de staande klok in de gang zeven uur sloeg. Dan belde ze pas aan. Na Andrews dood kwam ze elke maand, of ik haar nu uitnodigde of niet. Daarom was ik uiteindelijk gedwongen de laatste zondag van de maand vrij te houden voor haar bezoekjes. Ik zorgde er altijd voor dat Laurence erbij was. Ze kwam tenslotte niet voor mij.

Ze was erg blij dat het Laurence ruim een jaar lang was gelukt om op gewicht te blijven, alsof hij dat in zijn eentje had klaargespeeld. Ik kon zien dat ze dol op hem was, maar dat hij haar nog steeds een beetje behoedzaam benaderde. Hij had me verteld hoe ze hem had behandeld toen ik in de kliniek zat. Hij hield overduidelijk niet zoveel van haar als van mij. Ik was vanzelfsprekend niet van plan haar over Malcolm te vertellen. Tijdens elk bezoekje bleef ze altijd bij de schoorsteenmantel staan om alle foto's van Andrew te bekijken. Nadat Laurence dat van Annie 'had ontdekt', had hij al die foto's willen weghalen, maar ik vond dat ze moesten blijven staan. Eleanor maakte vaak opmerkingen over het grote, tochtige huis waar we in woonden en insinueerde dan dat het veel te groot was voor ons tweetjes. Ze merkte vaak op dat ik wel eenzaam zou zijn en dat het vast saai was om de hele dag in mijn eentje door te brengen. Het was zonneklaar dat ze bij ons wilde komen wonen. Ze was de laatste tijd erg fragiel geworden, en ik vermoed dat ze vond dat de cottage in Killiney iets te ver van de bewoonde wereld vandaan was.

'Bovendien gaat Laurence op een gegeven moment natuurlijk het huis uit. Is het niet zo, lieverd?'

'Ik hoop het wel,' zei Laurence.

'Misschien wil je wel een eigen gezin stichten. Wanneer ontmoet ik die Bridget nu eens?'

Ik zag dat Laurence in elkaar kromp. 'Dat kan ik niet zeggen.'

'Vind jij haar leuk, Lydia? Is ze goed genoeg voor onze knappe Laurence?'

'Niemand is goed genoeg voor onze Laurence,' antwoordde ik. Ik veranderde snel van onderwerp om hem niet te hoeven zien blozen.

Ik had verwacht dat de brief voldoende zou zijn en een eind aan de onrust zou maken. Het maakte me razend dat Annies familie de zaak niet kon laten rusten. Laurence had de familie Doyle vakkundig om de tuin geleid. Hij deed alsof hij Annies zus hielp en nam de belangrijkste onderdelen van haar onderzoek op zich. Hij maakte haar wijs dat er nergens melding was gemaakt van Andrews auto en dat het vast een dwaalspoor was. Ik zei tegen hem dat hij foto's moest zoeken van bekende personen met een gleufhoed op, maar Laurence weigerde iemand anders in de positie van verdachte te brengen. De brief had een eind moeten maken aan alle intriges. In plaats daarvan was Annie Doyles zus nu woest op haar en wilde ze haar opsporen om de confrontatie met haar aan te gaan. Bespottelijk gewoon.

En toen kondigde Laurence volkomen onverwacht aan dat hij over drie dagen op vakantie ging naar Rome. Op Carmichael Abbey was hij ooit mee geweest met een rugbytrip naar Marseille, maar verder had hij nooit blijk gegeven van een verlangen om het land uit te gaan. Ik zei dat het een belachelijk idee was en dat we het ons niet konden veroorloven, maar hij bracht me vinnig in herinnering dat híj ons inkomen verdiende. Inmiddels had Laurence het tot het management van het uitkeringsbureau geschopt. Het neusje van de zalm bereikt altijd de top. Toch was zijn salaris nog niet eens een derde van wat Andrew had verdiend. Ik snapte zijn plotselinge besluit niet, en al helemaal niet waarom uitgerekend Rome.

'Ik ben toe aan rust.'

'Ga je alleen?'

Een korte stilte. 'Ja.'

'Maar waarom dan, en voor hoe lang?'

'Een week.'

'Een hele week.' Ik begon nu echt hysterisch te worden. Ik was nog nooit eerder een hele week alleen geweest. 'Ik ga met je mee.'

'Nee, mam. Je hebt een hekel aan reizen, je hebt er een hekel aan om het huis te verlaten. Waarom zou je nu opeens naar Rome willen?'

'Wat moet ik hier in mijn eentje doen?'

'Wat je altijd doet.'

'In mijn eentje?' Ik kon niet geloven dat hij zo egoïstisch was.

'Mam.' Hij deed zijn best zo geruststellend mogelijk te klinken. 'Mam... soms denk ik... dat je een heel beschut leventje hebt geleid. Je hebt altijd iemand gehad die voor je zorgde. Maar de wereld is veranderd. De meeste vrouwen trekken nu de wereld in, ze hebben een baan en komen op voor hun rechten. Maar het lijkt wel alsof jij helemaal niet onafhankelijk wilt zijn. Je bent niet slecht, hoor... en ook niet fout, maar wel... anders.'

'Ouderwets?'

'Een beetje. Als je niet wilt veranderen, hoeft dat niet, maar ik leef nu in de nieuwe werkelijkheid en ik heb het daar naar mijn zin.' Hij zweeg even. 'Je kunt altijd je vriend Malcolm bellen. Hij zal je beslist wel gezelschap willen houden.'

Ik wendde mijn gezicht af.

'Het is goed, mam. Je mag best een... vriend hebben. Hij lijkt me een aardige man.'

'We... Zo zit het helemaal niet.'

'Nou, waarom vraag je anders niet of oma een paar dagen wil komen logeren? Ze vindt het vast heerlijk om te worden uitgenodigd. Ze laat altijd hints vallen.'

'Och, Laurence. Als oma hier komt, krijgen we haar nooit meer weg. Ze mag me trouwens niet eens.'

'Mam, er komt een moment dat ik op mezelf ga wonen. Ik kan niet de rest van mijn leven bij jou blijven. Misschien is het een goed idee dat oma hier intrekt, als gezelschap voor jou. Als ze de cottage verkoopt, wordt de opbrengst waarschijnlijk verdeeld tussen oom Finn en jou. Denk er in elk geval eens over na.'

Ik had er al over nagedacht. Ik had het met Eleanor over de cottage gehad en wat ermee zou gebeuren als ze overleed. Zij en ik hadden een stilzwijgende afspraak. Ik had gedacht dat dat ook voor Laurence en mij gold, en dat hij altijd bij me zou blijven, zoals ik bij mijn vader was gebleven. Het was werkelijk nergens voor nodig dat hij het huis uitging. De recente kwestie rond Annie Doyle en Laurence' betrokkenheid bij haar familie was een enorme vergissing. Ik begon te vermoeden dat Laurence me niet langer vertrouwde.

Hij zette zijn reisplannen door. Hij liet het telefoonnummer achter van het hotel waar hij zou verblijven en spoorde me aan om Malcolm, Finn en Rosie of Eleanor te bellen als ik me eenzaam voelde.

Twee avonden voor zijn vertrek kwam zijn vroegere vriendin Helen onaangekondigd langs tijdens het avondeten.

'Hoe gaat het, mevrouw F?' zei ze op haar gebruikelijke onbeleefde toon. 'Laurence heeft me verteld dat u volgende week alleen thuis bent, dus ik kom af en toe langs om te zien hoe het met u gaat.'

Ik wierp Laurence een geschokte blik toe. 'Om te zien hoe het met me gaat?'

Laurence tuurde naar zijn knieën en durfde me niet aan te kijken.

'Inderdaad. U weet toch dat ik tegenwoordig verpleegkundige ben? Misschien komt het wel van pas.'

Helen leek het fijn te vinden om te horen dat Laurence en Bridget hun vriendschap hadden beëindigd. 'Ze paste helemaal niet bij je, Lar. Ik snap echt niet hoe je het hebt uitgehouden met dat schele oog van haar.'

'Dat schele oog...?'

'Hebt u haar dan nooit ontmoet, mevrouw F? Ik wist nooit of ze nou tegen mij praatte of tegen het plafond. Een giller.'

Ik vond het verontrustend dat Laurence verkering had gehad met een mismaakt meisje. Hoe kon hij dat nu doen? Hij had moeten weten hoe belangrijk esthetiek voor me was. Had ik hem soms niet het goede voorbeeld gegeven?

Helen kletste onverstoorbaar verder. 'Kijk, toen je net verkering met haar had, was je een dikke papzak, dus toen waren jullie gelijken. Maar nu ben je al die kilo's kwijt, wat natuurlijk hartstikke goed is. Je ziet er nu eindelijk normaal uit.'

Ik huiverde vanwege haar vulgaire taalgebruik, en haar

compliment aan Laurence was echt veel te bescheiden. Hij zag er fantastisch uit. Precies zijn vader. Ik zag geen enkele reden om Laurence te vertellen dat ik een bijdrage had geleverd aan zijn gewichtsverlies. Toen hij anderhalf jaar geleden serieus werk begon te maken van zijn trainingsprogramma, besloot ik hem te helpen door fijngemalen pillen door zijn eten te doen. Phentermine. Het middel was me in de kliniek voorgeschreven om me uit mijn lethargische staat te halen, maar had als bijwerking dat het de eetlust onderdrukte en energie gaf. Door mijn omgang met Malcolm was het nooit een probleem om aan een receptenboekje te komen en in te vullen wat we nodig hadden. In de week voordat Laurence naar Athlone zou gaan, had ik hem de pillen onthouden. Ik beschouwde eten als zijn beloning, omdat hij Annies brief voor me zou posten. Wat Bridgets familie van hem dacht, deed er niet toe. Ik was benieuwd hoe het hem in Rome zou vergaan. Ik was degene die Laurence slank hield. In Rome mocht hij zich lekker volproppen. Dat zou hem misschien leren.

Ik begon Helen steeds aardiger te vinden. Ze kon best eens mijn bondgenoot worden en misschien kon ik haar in de toekomst vaker inzetten.

De avond voordat Laurence naar Rome vertrok, kwam hij thuis met een bloedneus en geschaafde knokkels. Mijn eerste reactie was opluchting. Hij beweerde het slachtoffer te zijn geweest van een overval, maar vreemd genoeg had hij zijn portemonnee en zakhorloge nog. Ook weigerde hij de politie te bellen. Hij knapte zichzelf op en belde Helen om medisch advies, maar ik wist al dat zijn gezicht bont en blauw zou worden. Hij wikkelde ijs in een theedoek en legde deze op zijn ogen.

'Wat verschrikkelijk jammer, lieverd. Ik weet dat je ontzettend naar je vakantie had uitgekeken.'

'Wat bedoel je daarmee?'
'Onder deze omstandigheden krijg je vast je geld wel terug.'
'Ik ga gewoon, hoor.'
'Maar lieverd...'
'Mam, ik ga gewoon. Ik mankeer niets.'
Waarom Rome? Waarom nu? Wie had mijn zoon geslagen en waarom? Waarom hield Laurence dingen voor me achter?

17

Laurence

Terwijl ik bij de gate stond te wachten, probeerde ik de krant te lezen, maar de koppen over de dood van monseigneur Horan en de Spaanse vissers die waren verdronken in zee zeiden me niets. Ik herlas ze een paar keer, in een poging te voorkomen dat de schrik van de vorige avond door mijn hoofd bleef malen.

Hij had me buiten bij de personeelsingang van het kantoor opgewacht. Hij greep me bij mijn kraag en smeet me tegen de muur.

'Ze is mijn vrouw. Blijf bij haar uit de buurt. Ik waarschuw je maar één keer.'

Hij haalde uit naar mijn gezicht, maar ik slaagde er net op tijd in mijn hoofd een klein stukje opzij te draaien, zodat hij mijn neus en jukbeen niet brak. Ik kon merken dat Dessie niet helemaal tevreden was over de klap, maar gelukkig vond hij kennelijk dat hij duidelijk genoeg was geweest, want hij liep weg. Sally hielp me met opstaan. Ze wilde de politie bellen, maar ik hield vol dat ik niets mankeerde. De politie mocht me nooit in verband brengen met Karens familie, voor het geval het iemand die daar mogelijk had gewerkt toen mijn vader werd verdacht van de moord op Annie op een idee zou brengen.

'Waar ging dat om?'

'Geen idee!' antwoordde ik. Intussen nam mijn vastberadenheid alleen maar toe. Karen mocht nooit teruggaan naar die bruut. Ook als het tussen ons nooit iets werd, zou ik haar beschermen tegen dat soort kerels, tegen kerels als mijn vader.

Terwijl de blikken omroepstem op het vliegveld de vertragingen aankondigde, zag ik dat er een verandering optrad in de sfeer. De mensen om me heen gingen rechtop zitten en draaiden hun hoofd om. Ik hief afwezig mijn hoofd op om te zien waar ze naar keken. Het was Karen, die rustig op me af kwam lopen, gekleed in een eenvoudig wit hemd en een hemelsblauwe zijden laagjesrok, met om haar ene enkel een gouden kettinkje. Ze was zelfs nog mooier dan de laatste keer dat ik haar had gezien en niemand kon zijn ogen van haar afhouden toen ze dichterbij kwam. Ze kwam naast me zitten.

'Laurence.'

'Hoi.'

'Wat is er met je gezicht gebeurd?'

'Een dom ongelukje op mijn werk. Er is een plank met mappen boven op me gevallen. Jij ziet er fantastisch uit.'

Over understatement gesproken. Ik kon de jaloezie die van de andere mannen om ons heen afstraalde bijna voelen. Ook de vrouwen keken naar ons.

'Heb je Bridget verteld dat je met mij meeging naar Rome?' vroeg ze.

'Nee.'

'Ik ook niet.' Ze keek me aan.

Ik had het liefst een hand uitgestoken om haar gezicht aan te raken, maar ik hield me in. Ik wilde dat ze zich bij mij veilig voelde. Ik wilde meer dan wat ook dat ze zich veilig voelde.

'Karen, jij hebt heel veel meegemaakt en ik ben aan vakantie toe. Ik stel voor dat we alles achter ons laten en van Rome gaan genieten.'

Ze glimlachte. 'En ik stel voor dat we het niet over Annie of Dessie hebben.'

'Of Bridget.'

Haar gezicht betrok. 'Ze is mijn vriendin. Het voelt alsof ik haar bedrieg.'

Ik deed alsof ik niet wist wat ze bedoelde. 'We doen helemaal niets verkeerds. Ik ben nog nooit in Rome geweest. Ik wil er al heel lang naartoe. Dit is gewoon een mooie gelegenheid.'

Ze keek beschaamd. 'Je hebt gelijk. We doen inderdaad niets verkeerds.'

Mijn angst verdween als sneeuw voor de zon. Karen zat naast me te kletsen en te lachen, en ze raakte mijn arm aan, alsof we altijd goede vrienden waren geweest. Toen we aan boord gingen, charmeerde ze de stewardess zo dat deze ermee instemde me een andere zitplaats te geven, zodat we samen in de businessclass konden plaatsnemen. Karens reis werd volledig vergoed en ze verbleef in een vijfsterrenhotel. Ik had een krap budget. Mijn hotel had nul sterren. Ze bestelde een gin-tonic voor ons allebei, ook al was het tien uur in de ochtend.

Karen ging drie dagen naar Rome voor een fotoshoot voor een Italiaans modeblad. Ze genoot duidelijk van haar werk, als je het tenminste zo kon noemen. Ik vond dat het eerder als een lange vakantie klonk.

'Je weet er duidelijk niets van!' zei ze lachend. 'We moeten heel vaak wachten en poseren in heel ongemakkelijke houdingen, in kleren waar je in wordt genaaid, bij bloedhete of ijskoude temperaturen. Doe jij maar eens een fotoshoot voor zomerkleding op een Iers strand in januari en vertel me dan nog maar eens hoe glamoureus het allemaal is.'

Toen ze me naar mijn werk en woonomstandigheden vroeg, vertelde ik haar zo min mogelijk over het leven bij mijn moeder thuis en stelde ik mijn managementfunctie mooier voor dan ze was. 'Eigenlijk heel saai dus,' zei ik verontschuldigend.

'Maar je verdient kennelijk best goed. Je moet een vrij hoge positie hebben als je naar het buitenland op vakantie kunt.'

Ik had geld geleend bij de bank.

Karen bleek pas de volgende dag aan de slag te hoeven, dus na de landing had ze een hele dag vrij. Het was alsof een lang gekoesterde droom werkelijkheid werd.

'Ik vind het vreselijk om in mijn eentje te reizen. De ploeg waarmee ik werk bestaat uit allemaal Italianen, die ik niet ken. Zullen we vandaag samen optrekken? Ik ben ook nog nooit in Rome geweest, dus we kunnen lekker gaan sightseeën.' Ze legde een hand op mijn arm om me over te halen. Alsof ik overgehaald moest worden.

Toen we onze bagage van de band hadden gehaald en naar buiten liepen, stuitten we op een muur van hitte die ik nog nooit eerder had meegemaakt. Karen hield een taxi aan. 'Die zet ik op mijn onkostenrekening,' zei ze tot mijn grote opluchting, want ik had de bus willen nemen. We besloten eerst naar mijn hotel te gaan om mijn koffer weg te brengen, en vervolgens naar dat van haar, dat dichter bij het centrum lag. De taxirit was een openbaring. Op elke hoek stond een monument, gebouw of beeld dat regelrecht uit mijn geschiedenisboeken leek te komen. Het was bijna angstaanjagend om ze tussen de drommen toeristen te zien staan.

We hielden stil bij mijn 'hotel', in een wat sjofele buurt achter het station Roma Termini. De ingang bevond zich in een armoedig straatje, en twee steile trappen leidden naar een piepkleine receptieruimte. Ik bracht mijn koffer snel naar mijn sfeerloze kamer en rende naar de badkamer aan het eind van de schuin aflopende gang, waar ik mijn oksels waste, royaal deodorant op spoot en mijn beste linnen overhemd met korte mouwen aantrok.

Toen ik in de spiegel een blik op mezelf wierp, zag ik een verbijsterend moment lang mijn vader naar me terugkijken. Op het dressoir thuis stond een foto van hem, met achterovergekamd haar en een krachtige kaak, met zijn rugbyteam tijdens een diner dansant. Hij had ook een blauwe plek onder zijn linkeroog, opgelopen tijdens de ruwe, ruige contactsport. Ik was net zo knap om te zien als hij was geweest. Uiterlijk vormden Karen en ik niet eens een vreemd paar. Heel even vond ik het jammer dat mijn vader niet lang genoeg had geleefd om me zo te kunnen zien, maar ik was niet van plan dit moment te verpesten door aan hem te denken en ik zette de gedachte uit mijn hoofd. Karen zat in de taxi te wachten. Op weg naar buiten gooide ik mijn sleutel min of meer naar de receptionist, Mario. Mario hield me staande. 'Je mama heeft gebeld,' zei hij. Hij klonk net als een personage uit een pizzareclame.

'Mijn mama?' herhaalde ik gegeneerd.

'Ja. Je moet haar nu terugbellen, ja?'

'Bedankt. Dat doe ik later wel.'

'Niet nu?' Hij was teleurgesteld in me.

'Straks,' zei ik, terwijl ik achterwaarts naar de trap liep.

Hij schudde afkeurend zijn hoofd. Ik maakte me zorgen. Dit was echt iets voor mama. Verdorie, kon ze me zelfs niet één dag met rust laten? Zou ze me elke dag bellen? Buitenlandse telefoongesprekken kostten een fortuin. Ik zou haar de volgende dag wel bellen. Nu ging ik eerst lekker een dagje sightseeën in Rome met mijn goede vriendin en model Karen.

Ze verbaasde me. Ik denk dat ik er automatisch van uit was gegaan dat een meisje uit de arbeidersklasse geen belangstelling zou hebben voor cultuur, maar ze wist juist heel veel van kunstgeschiedenis en we gingen op pad om een paar schilderijen van Caravaggio te bekijken in de augustijnerkerk Santa Maria del Popolo aan het Piazza del Popolo. Ik had op school het vak kunst niet gevolgd en wist helemaal niets van kunstgeschiedenis of kunstenaars, maar zij sprak er met enthousiasme en kennis van zaken over, en wees me op Caravaggio's gebruik van licht en schaduw. Ik deed mijn best alles door haar ogen te bekijken, en hoewel zelfs mijn ongeoefende oog kon zien dat de schilderijen onmiskenbaar fraai waren, verleende haar passie ze extra spanning en grootsheid. Ik kocht ansichtkaarten van de werken die ik had gezien en vond het jammer dat ik geen fototoestel had meegenomen. Vanwege Bridget had ik mijn buik vol van fotografie. Karen keek ervan op dat ik geen fototoestel had meegebracht, maar ze bracht zelf zoveel tijd door voor de camera's dat ze blij was een dagje zonder te kunnen doorbrengen. Later vond ik het jammer dat ik geen foto van Karen en mezelf had, samen in Rome.

Gelukkig was het in de musea en galeries koel. Buiten scheen de zon onbarmhartig. Ik was blij dat ik deze trip niet had gemaakt voordat ik was afgevallen, want dan had ik de warmte en het lopen nooit aangekund. 's Middags genoten we, zittend op de Spaanse Trappen, van eten dat we bij kraampjes hadden gekocht en ijskoud bier om het weg te spoelen. Daarna deden we alle prachtige kerken aan de Via del Corso aan, met hun ongelooflijk sierlijke zijkapellen. Aan het eind van die straat doemde een groot gebouw voor ons op. Pas toen we dichterbij kwamen, drong de monumentale omvang echt tot me door. 'Wat is dat?' vroeg ik.

Karen raadpleegde haar reisgids en vertelde dat het ging

om het monument voor Victor Emmanuel II, dat aan de voet van het Capitool oprees. 'Is het niet krankzinnig?' zei ze. 'De Romeinen vinden het schandalig. Te groot en te protserig. Al dat witte marmer! Is het niet fantastisch?'

Om zeven uur waren we allebei uitgeput. We keerden terug naar haar hotel en ik bleef in de rijkelijk in rococostijl versierde lobby wachten tot ze zich had opgefrist. Het biertje dat ik tijdens het wachten bestelde, kostte een paar duizend lire meer dan ik had verwacht.

Toen ze uit de lift kwam, bleef iedereen staan om naar haar te kijken. Haar haren waren hoog op haar hoofd gebonden, net als Minerva op de fresco's in de Villa Medici die we eerder die dag hadden bewonderd. Ze droeg een eenvoudige lange rechte jurk van donkerblauwe zijde, die bij haar middel was ingesnoerd met een touwachtige riem. Ze zag eruit alsof ze zo van een sokkel was gestapt en tot leven was gekomen. Het was me opgevallen dat Rome was gevuld met mooie, welgevormde vrouwen, maar Karen was een klasse apart met haar sproeten, glanzende rode haar en felgroene ogen. Geen wonder dat ze haar in hun tijdschriften wilden hebben. Hier zag niemand er zo uit als Karen.

'Je ziet er beeldschoon uit,' zei ik, maar ze wuifde het complimentje achteloos weg. Ze was het gewend. Ze nam me onderzoekend op, haalde een klein poederdoosje uit haar tas en depte voorzichtig met een roze sponsje onder mijn oog.

'Ik doe je toch geen pijn, hè?'

Integendeel. Ze draaide het spiegeltje naar me toe en de blauwe plek was bijna niet meer te zien door de make-up.

We wandelden naar buiten, de drukke avond van Rome in, waar het inmiddels ietsje koeler was geworden. We passeerden groepen Amerikaanse toeristen die achter een groene paraplu aan liepen, ijsverkopers, straatventers die voornamelijk religieuze souvenirs aan de man probeerden te brengen en groepjes Italianen, allemaal tot in de puntjes verzorgd, die met hun handen en monden tegelijk communiceerden.

We slenterden door de straat naar het Piazza Navona en kwamen langs verschillende restaurants die vol zaten met toeristen. Karen nam me echter mee, weg van de drukte, een steegje in naar een onopvallende deur in de muur.

'De conciërge van het hotel zei dat we hiernaartoe moesten,' zei ze. Ik tuurde weifelend naar de deur, die geen restaurantnaam liet zien, maar slechts een keramisch tegeltje met een nummer erop. Achter de deur lag een plantrijke overdekte binnenplaats. Hoge parasoldennen omringden drie ronde fonteinen, stuk voor stuk rijkelijk versierd als een mini-Trevi, de fontein waar we eerder die dag midden in een enorme mensenmassa langs waren gekomen. Uit de monden van stenen waterspuwers met emotieloze ogen stroomde water. Bougainvilleablaadjes glinsterden in de waternevel.

Vanuit het niets dook een man met slecht geverfd haar op, die ons verwelkomde. '*Prego*.' Hij wees naar een van de hoeken.

Toen we achter hem aan liepen, verscheen er achter de bomen een zuilenrij met een gewelfd plafond, die aan de ene kant aan een binnenplaats grensde en aan de andere op een drukke keuken uitkwam. Tussen de zuilen stonden eenvoudige houten tafels met een papieren tafelkleed erop, waar vooral oudere mensen aan zaten, allemaal Italianen. Wij waren de enige toeristen, en hoewel ze mij misschien als indringer beschouwden, waren ze zichtbaar onder de indruk van Karen, en ze begroetten ons met een vriendelijk knikje. Schoonheid is een internationaal toegangsbewijs tot acceptatie. Met behulp van mijn reiswoordenboekje ontcijferde ik het menu, dat pizza en pasta bevatte, zoals te verwachten viel, maar daarnaast ook aubergine, mozzarella en artisjok, dingen die me allemaal even exotisch voorkwamen.

Ik voelde de overweldigende aandrang om alles van het menu naar binnen te schrokken, maar deed mijn uiterste best om in het bijzijn van Karen netjes te eten. Zij at uiteraard zoals je dat van een model zou verwachten: als een ziek vogeltje, ook al beklaagde ze zich daar wel over. Ze zou dolgraag meer willen eten, bekende ze, maar ze durfde nog geen ons aan te komen, aangezien ze op dieet was. Ik kreunde inwendig toen haar halfvolle borden werden weggehaald en nam me voor om later, als ik alleen was, meer eten te halen bij een straatkraampje.

Ik kon me in mijn hele leven geen mooiere dag herinneren. We kletsten moeiteloos met elkaar. Dat we weinig gemeen hadden, deed er niet toe. Ze luisterde naar mijn mening over actuele zaken en boeken, en ik kwam meer te weten over popsterren, acteurs en mode dan ik ooit voor mogelijk had gehouden. We genoten van elkaars gezelschap en we hielden elkaar aangenaam bezig. Toch kwam het gesprek uiteindelijk onvermijdelijk op Annie.

'Ik geef niet op tot ik haar heb gevonden. Al moet ik ermee naar de kranten stappen. Of het haar nieuwe leven nou verpest of niet. Ze is het aan ons verschuldigd om contact met ons op te nemen. Eén rottige brief na zes jaar ellende is niet genoeg. Ze heeft ons bijna kapotgemaakt.'

Ik reageerde terughoudend. 'Wat zou er gebeuren als je het losliet? Als je niet langer naar haar zocht en haar vergat?'

Karens ogen glinsterden. 'Dat kan ik niet. Ik hield van haar. En ik weet dat ze van mij hield. Er klopt iets niet. Ik kan het gevoel niet van me afzetten dat ze ergens tegen haar

wil wordt vastgehouden. Het is gewoon niet logisch.'
Ik wist niet wat ik daarop moest zeggen, dus ik zweeg.
'Sorry, nu heb ik onze dag verpest. En het was juist zo'n heerlijke dag, of niet?'
'Jazeker.'
Ik betaalde de rekening en probeerde niet in paniek te raken bij de vraag hoe ik het de rest van de week moest uitzingen.
Om tien uur onderdrukte ze een gaap, en ik bood aan met haar mee terug te lopen naar haar hotel.
Terwijl we kalm door de straten slenterden, vroeg ik me af of ik haar hand moest vastpakken, die losjes naast die van mij hing, hooguit een paar centimeter bij me vandaan. Was het een uitnodiging? Ik putte moed uit de wijn die we bij het eten hadden gedronken en maakte mezelf wijs dat ik misschien een kans maakte, maar op het moment dat ik de daad bij het woord wilde voegen, draaide ze zich onverwacht naar me om.
'Kom morgen met me ontbijten! Ik word pas om elf uur opgehaald.' Ik stemde er gretig mee in. We namen afscheid met een zoen op de wang. Ik had heel even de indruk dat we elkaar echt hadden kunnen kussen, maar ik was degene die aarzelde. Waarom had ik dat gedaan? Ik zou niets liever hebben gewild dan haar de statige trap van het hotel op te volgen, maar iets hield me tegen.
'Tot morgen dan,' zei ze, en haar vingers gleden van mijn schouder.
Ik liep langzaam terug naar mijn hotel, piekerend over de vraag wat me mankeerde. Bij een kleine pizzeria bleef ik staan, en ik werkte in mijn eentje een extra grote pizza naar binnen. De eigenaar was verbijsterd over de hoeveelheid die ik kon verstouwen en ik vreesde dat mijn oude eetlust zou terugkeren.

In de straten en steegjes achter het Termini, die eerder op de dag nog erg levendig waren geweest, hing nu een grimmige sfeer. Aanvankelijk dacht ik dat mijn kwaadaardige gedachten de verandering in gang hadden gezet, maar toen kreeg ik de meisjes in het oog. Ze hingen in groepjes van twee of drie rond, ongepast gekleed voor hun leeftijd in superkorte minirokjes, nietsverhullende T-shirtjes en heel hoge hakken. De meisjes floten naar me toen ik dichterbij kwam, en het drong tot me door dat ze te koop waren. In een Mercedes die vlak bij hen stond, zat een gevaarlijk uitziende man in een leren jack, die zijn handelswaar gadesloeg. Hij was duidelijk de pooier. De meisjes floten en sisten naar me en liepen een paar meter achter me aan. Ze probeerden het in verschillende talen, waaronder ook Engels, maar ik keek niet op en stopte mijn handen diep in mijn broekzakken. Ik wist dat ik er niet rijk genoeg uitzag om te worden overvallen en ik passeerde hen ongeschonden.

Het incident bracht me van mijn stuk. Ik moest voortdurend aan Annie denken, die haar lichaam aan de eerste de beste koper had verkocht alsof het een ijsje was. Ik dacht ook aan de man in de Mercedes. Was hij daar om op hen te letten? Zou hij hen goed behandelen? Of sloeg hij hen, doodde hij hen?

Toen ik in mijn hotel aankwam, had Mario nog steeds dienst.

'Jij belt nu je mama, ja? Ze belt al vier keer.'

Jezus.

'Ik verbind jou nu door, ja?'

'Bedankt, maar ik bel morgenochtend wel.'

'Niet nu?'

'Nee. Het is al laat. Morgen.'

Hij slaakte een diepe zucht. Ik vermoedde dat hij zíjn moeder nooit op een telefoontje zou hebben laten wachten.
'Er is nog een boodschap. Een mevrouw. Naam is Helen.'
'Helen? Wanneer heeft ze gebeld?'
Hij leek het me eerst niet te willen vertellen.
'Halfuur geleden.'
Lieve god, er was iets aan de hand.
'Ik ga naar mijn kamer. Kun je over vijf minuten Dublin voor me bellen?'
'Ja. Helen of mama?'
Ik gaf geen antwoord, maar sprintte met twee treden tegelijk de trap op. Ik zag als een berg op tegen het nieuws dat ik zou ontvangen.
In mijn kamer nam ik met bevende hand de hoorn van de haak. Ik was niet in de stemming voor Mario's onbeschaamdheid en snauwde hem mijn telefoonnummer thuis toe. Hij verbond me onmiddellijk door. Helen nam op.
'Helen! Wat doe jij daar? Is alles in orde met mama?' Ik hoorde haar zeggen: 'Het is Laurence.' Er klonk gestommel en iemand anders nam de hoorn over. Op de achtergrond waren verschillende stemmen te horen.
'O, Laurence. Waar heb je gezeten? We proberen je al de hele dag te pakken te krijgen!' Mijn moeder, ademloos en opgewonden.
'Wat is er aan de hand? Wat is er zo belangrijk?'
'Nu niet overstuur raken, lieverd, maar het gaat om je oma. Ze is vanochtend overleden. Je oom Finn en tante Rosie zijn hier. Het is allemaal afschuwelijk. Er is zoveel gebeurd. Je moet het natuurlijk helemaal zelf weten, maar ik vind echt dat je naar huis moet komen.'
Verdomme. Verdomme. Verdomme.
'Ja, natuurlijk.'
'O, dat is heel fijn, lieverd. Ik wist wel dat je dat zou doen.

Helen is al naar het reisbureau geweest en heeft een ticket voor je geboekt voor morgenochtend vroeg.'
'Ze... Wat?'
'Ze is ontzettend behulpzaam geweest. Wil je haar even spreken? Helen!' Mijn moeder legde de hoorn neer en Helen kwam weer aan de lijn.
'Ik vind het heel erg van je oma, Lar. Ik weet dat ze een kreng was, maar ze was wel je oma.'
'Dank je. Hoe laat vertrekt mijn vlucht morgen?'
'Om tien voor halftien. Je kunt je ticket morgenochtend op het vliegveld ophalen. Is dat oké?'

Ik belde Mario en vroeg hem of ik de volgende ochtend kon worden gewekt. Ik vertelde hem dat ik zou uitchecken. Hij was nijdig omdat ik mijn verblijf van een week annuleerde, maar toen ik hem vertelde dat ik terug naar huis moest, naar mijn moeder, omdat mijn oma was overleden, begreep hij het meteen. Ik vroeg hem ook om Karens hotel te bellen. De receptioniste daar weigerde me door te verbinden, omdat Karen had aangegeven dat ze niet wilde worden gestoord. Kennelijk bestaat er echt zoiets als een 'schoonheidsslaapje'. Ik liet een bericht achter bij de receptie, waarin ik me verontschuldigde omdat ik onze ontbijtafspraak niet kon nakomen en uitlegde dat ik terug moest naar Ierland.

Ik ging op mijn bed liggen en liet de afgelopen achtenveertig uur de revue passeren. Gisteren leefde oma nog en had Karens man me aangevallen, en nu lag ik hier, na een dag met haar in Rome te hebben doorgebracht. Ik was oprecht verdrietig om oma Fitz. Ondanks haar botte gedrag had ze volgens mij altijd het beste met me voorgehad. Toen ik klein was, was ze zo dol op me dat mama jaloers was.

Ik wist dat ik na de begrafenis niet naar Rome zou terugkeren. De vluchten waren simpelweg te duur.

Gelukkig had Mario de volgende ochtend geen dienst. Een zwijgzaam meisje bracht me koffie met cacao erin en een croissant, en hield op straat een taxi aan om me naar het vliegveld te brengen.

Toen ik thuiskwam, begroette mijn moeder me met betraande ogen.

Helen was die nacht in een van de logeerkamers blijven slapen zodat mijn moeder niet alleen zou zijn. 'Jezus, Lar. Wat is er met je gezicht gebeurd?'

Ik was mijn blauwe oog helemaal vergeten.

'Laurence is door een stel straatschooiers overvallen,' zei mijn moeder.

Later hoorde Helen me uit over de 'overval'. Ze snapte niet waarom ze mijn horloge en portemonnee niet hadden gejat. 'Vooruit, Lar. Wat is er echt gebeurd?'

'Ik ben op mijn werk tegen een plank aan gelopen.'

Ze brulde van het lachen. 'Wat ben je toch een onhandige sukkel. Waarom denkt je moeder dat je bent overvallen?'

'Als ik haar vertel wat er echt is gebeurd, verbiedt ze me vast om naar mijn werk te gaan. Je weet hoe ze is.'

'Ga je ze aanklagen? Het kantoor?'

'Wat? Welnee.'

Helen haalde haar schouders op. 'Dat zou ik wel hebben gedaan.'

Dat wilde ik best geloven.

Helen greep me vast en omhelsde me. 'Allemachtig, man,' fluisterde ze. 'Ik dacht dat jouw oma het eeuwige leven had. Dat mens was een keiharde!'

Helen bleef de hele dag om mijn moeder te helpen. Ze deed zelfs wat huishoudelijk werk voordat ze afscheid kwam nemen. 'Dat is dan twintig pond, Lar.'

Het was gemakkelijker om haar te betalen dan om er ruzie over te maken.

Oma was door een van de buren gevonden. Ze had een hartaanval gehad. Waarschijnlijk had ze dezelfde aangeboren afwijking waaraan mijn vader was gestorven, ook al had in zijn geval de stress die het vermoorden van iemand met zich meebracht er ongetwijfeld aan bijgedragen. Mama was stoïcijns, ondanks de tranen. Ze regelde samen met oom Finn en tante Rosie de begrafenis. Tante Rosie merkte op dat elke begrafenis je deed denken aan alle andere begrafenissen die je ooit had bijgewoond. In mijn geval was dat er pas één.

'Weet je dat ik me bijna niets van je vaders begrafenis kan herinneren? Ik was er echt vreselijk aan toe!' zei mama.

Uit respect voor oma vroeg ik tante Rosie voor de begrafenis om make-up aan te brengen op de blauwe plek. Rosie wilde alles weten over de overval. Voordat ik ook maar iets kon uitleggen, arriveerde de begrafenisauto al om ons naar de kerk te brengen.

We stonden voor in de kerk, waar vrienden en kennissen van oma ons een hand gaven en ons condoleerden. Oma's kist was dicht. Blijkbaar had ze dat laten vastleggen, voor het geval iemand haar ongepaste kleding aantrok. Mama zei dat ze oma's tweed rok en stola van nerts hadden meegegeven aan de begrafenisondernemer. Dat leek me inderdaad ongepast. Begraven worden met een dier dat al dood was, was naar mijn mening erger dan het als kledingstuk dragen.

Na de verplichte aanwezigheid in het chaotische huis van oom Finn en tante Rosie, die verergerd werd door de stapels sandwiches, de dichte drommen oude mensen in verschillende stadia van gebrekkigheid en de acht rumoerige kinderen, bracht ik mama met de auto naar huis.

'Wat een dag!' zei ze, maar het klonk bijna opgewekt. Ze had haar zin gekregen. Haar bemoeizuchtige schoonmoeder was weg en haar zoon was weer thuis, waar hij hoorde. Ze deed niet eens alsof het haar speet dat mijn vakantie was afgebroken voordat ze goed en wel was begonnen. Ze vroeg me niet wat ik in mijn vierentwintig uur in Rome had gedaan. Mijn dag met Karen was iets wat ik voor mezelf kon houden. Ze merkte mijn sombere humeur niet op, of als ze dat wel deed, dacht ze waarschijnlijk dat het kwam doordat ik naar mijn vakantie verlangde of mijn oma miste. Ze was lekker op dreef en roddelde over wat de rouwenden hadden gedragen, wie van papa's vrienden waren gekomen en hoe goed tante Rosie zich had gehouden met 'al die mensen' in haar huis. Ze schonk een drankje voor ons allebei in.

'Ik denk dat we het nu wel zullen redden,' zei ze.

Ik had geen idee wat ze bedoelde. 'Wat?'

'Financieel. Eleanor heeft me vorig jaar verteld dat ze haar testament had gewijzigd om ons verzorgd achter te laten. Ik heb het net aan Finn verteld. Hij was woest. Ik weet niet precies wat ze heeft gedaan, maar ze beloofde me dat we verzorgd achter zouden blijven.' Mama verkneukelde zich zichtbaar. Ik had nooit in de gaten gehad dat ze zo hebzuchtig kon zijn. We hadden voldoende aan mijn salaris en haar weduwepensioen, maar dat viel in het niet bij wat mijn vader vroeger had verdiend, dus hoewel we onze rekeningen konden betalen, bleef er geen geld voor extraatjes over, zoals vroeger. Geen luxe etentjes buiten de deur of designerkleding, zoals mama vroeger gewend was. Ik miste dat soort dingen niet, maar mijn moeder verlangde ernaar terug.

'Mam?'

'Ja, lieverd?'

'Annies familie geeft de zoektocht naar haar niet op. Haar zus is naar Athlone geweest om haar op te sporen en is van plan om naar het gebied terug te gaan en de zoektocht voort te zetten zodra het kan.'

'O, lieve god nog aan toe, zijn ze nou echt zo dom?' Mijn moeder was geïrriteerd en ik vond haar ongevoeligheid verbijsterend. 'Dat is toch belachelijk? Waarom laten ze het niet gewoon rusten?'

'Als ik spoorloos verdween, zou jij dan niet naar me zoeken?'

'Lieverd, natuurlijk wel! Ik probeer alleen jou en de herinnering aan je vader te beschermen. Stuur haar nog een brief.'

'Wat?'

'Die zus. Hoe heet ze ook alweer? Stuur haar een brief van Annie, iets wat haar zal tegenhouden. We zullen hem samen opstellen. Je zult terug moeten naar Athlone om hem op de post te doen.'

Mijn moeder sprak vreselijk praktisch en gevoelloos over deze dekmantel voor het moordzuchtige verleden van haar echtgenoot. Het vervulde me met afschuw, maar wat kon ik eraan doen? Ze had gelijk. Het moest gebeuren. Bovendien gaf het me ook de kans om Karen te troosten.

'Karen. Ze heet Karen.'

18

Karen

Pa en ma waren min of meer weer bij elkaar. Hij was zo blij dat hij haar terug had dat hij zijn leven beterde, wegbleef uit de pub en serieus op zoek ging naar een baan. Hij had haar echt gemist en was vastbesloten haar thuis te houden. Dessie probeerde mij ook zover te krijgen dat ik bij hem terugkwam, en mijn moeder deed haar best om hem te helpen. Ze zeurde me voortdurend aan mijn hoofd. 'Maak nou geen fout waar je de rest van je leven spijt van zult hebben. Dessie Fenlon is een goede man. Hij houdt zielsveel van je.'

Vlak na Rome sprak hij me bij het verlaten van ons huis aan, maar toen ik hem negeerde, schreeuwde hij me door de straat achterna: 'Ik heb die vent van je van het uitkeringsbureau aangepakt! Die komt niet meer bij je in de buurt!'

Ik draaide me met een ruk om. 'Wat zeg je daar?'

'Ik heb hem het pak rammel gegeven dat hij verdiende.'

Ik dacht terug aan de blauwe plek onder Laurence' oog en zijn verklaring dat er op zijn werk een stapel dossiermappen boven op hem was gevallen. 'Wat ben je toch een stomme zak,' zei ik. 'Hij is een goede vriend van me, meer niet.'

'Nou, meer zal hij ook nooit worden nu ik met hem klaar ben.' Dessie liep zelfverzekerd weg, met zijn handen in zijn zakken en opgeheven hoofd, alsof hij een goede dag had gehad bij de hondenraces.

In gedachten beleefde ik mijn dag in Rome met Laurence opnieuw. Het was fantastisch geweest en het was verschrikkelijk jammer dat het maar zo kort had geduurd. Toen ik terugkwam, vertelde hij me dat zijn oma was overleden. Ik merkte dat ik de hele tijd aan hem moest denken en voelde me schuldig ten opzichte van Bridget. Laurence had me die dag kunnen kussen, hij had mijn hand kunnen vastpakken of zijn genegenheid laten blijken, maar dat had hij niet gedaan. Ik dacht dat ik de signalen verkeerd had geïnterpreteerd, maar ik had het gevoel dat hij en ik wel een bijzondere band met elkaar hadden. Toch had hij me elke keer dat ik probeerde onze vriendschap in iets meer om te zetten vriendelijk afgewezen. Bijvoorbeeld die keer dat ik om zijn telefoonnummer thuis had gevraagd en hij had gemompeld dat ik hem altijd op zijn werk kon bellen. Nu drong het tot me door dat Dessie hem had afgeschrikt. Of misschien voelde Laurence gewoon niet hetzelfde voor mij. Misschien had het modellenwerk me wel te veel zelfvertrouwen gegeven.

Ik belde Laurence op zijn werk en vroeg hem onomwonden of Dessie hem had belaagd. Hij bevestigde het schaapachtig.

'Waarom heb je me dat niet verteld?'
'Het zou onze trip hebben verpest.'
'Het spijt me verschrikkelijk, Laurence.'
'Dat is nergens voor nodig. Jij kunt er niets aan doen. Maar doe me een plezier en ga nooit meer naar hem terug.'
'Dat… dat zal ik niet doen.'
'Fijn.'

Weer die gemengde signalen. Laurence wilde niet dat ik naar mijn man terugging.

Ik zocht nog steeds naar Annie, maar ik zocht ook naar een flat. Yvonne vertelde me dat de fotoshoot in Rome een enorm succes was geweest, ik had meer geld dan ooit tevoren en er kwamen aanbiedingen binnen voor werk in Milaan en Parijs. Yvonne was bang dat ik naar Londen zou verhuizen en naar een andere agent zou overstappen, en misschien had ik dat ook wel gedaan als ik niet nog steeds op zoek was geweest naar Annie. Bovendien wilde ik Yvonne trouw blijven. Als zij zich niet over me had ontfermd, zou ik nog steeds bij de stomerij werken en bij Dessie wonen. Ik had haar niet verteld dat Annie nog leefde. Ik wilde niet dat ze te weten kwam dat haar zoon zich had vergist.

In het weekend na mijn terugkomst uit Rome belde Bridget me om te vertellen dat ze was overgeplaatst naar het kantoor in Mullingar. Ze nodigde me uit om haar daar te komen opzoeken en zei dat ik tijdens mijn speurtocht naar Annie in haar flat kon blijven slapen. Ik beloofde haar dat ik zou komen en op de eerste vrijdagavond van mijn bezoek bewonderde ik haar nieuwe onderkomen. Het was een gedeelde woning in een nieuwe wijk met sociale woningbouw net buiten de stad. Ze woonde er met twee andere meisjes, die naar *Blind Date* zaten te kijken. We gingen met een fles wijn naar haar kamer, waar ze een bed voor me had opgemaakt op de vloer. Ik dronk te veel en vertelde haar dat Laurence met me mee was geweest naar Rome. Daar kreeg ik meteen spijt van.

'Hij... Wat?'

'Ik zou sowieso gaan. Hij zei dat hij wel een vakantie kon gebruiken en boekte een ticket op dezelfde vlucht als ik. Het leek logisch. Ik had het je eerder moeten vertellen, maar ik wilde niet dat je voorbarige conclusies zou trekken. Nadat jullie uit elkaar waren gegaan, hebben we op een avond samen wat gedronken...' Ik legde alles veel te nadrukkelijk uit en maakte het met elk woord erger. 'Maar er is echt niets tussen ons, dat zweer ik. Je gelooft me toch wel, hè?'

Tot op dat moment wist ik niet dat je je ook een leugenaar kon voelen als je de waarheid vertelde. De rest van het weekend deed ze afstandelijk tegen me. De volgende dag zei ze dat ze verkouden was, dus ging ik in mijn eentje het stadje rond om Annies foto te laten zien en te vragen of iemand haar had gezien. Ik kreeg min of meer dezelfde reacties als in Athlone. Annie leek op iemand die ze vroeger hadden gekend. Wat was er aan de hand met haar mond? Waarom zocht ik haar? Had ik het aan de politie gemeld? Deze keer legde ik het niet uit.

Ik keerde nat, verkleumd en ontgoocheld terug naar Bridgets huis. Die avond zei ze bijna niets tegen me. Uiteindelijk bracht ik Laurence weer ter sprake.

'Ik had het kunnen weten,' zei ze. 'Niet te geloven dat ik zo stom ben geweest. Hij was altijd veel aardiger als jij erbij was. En hij heeft vreselijk veel tijd en energie gestoken in de zoektocht naar de moordenaar van je zus. Dat vond ik altijd belachelijk. Alsof jullie speelden dat jullie detectives waren.'

'Het is geen spelletje!'

'Jullie hebben me met z'n tweetjes voor gek gezet. Kennelijk heb jij jezelf wijsgemaakt dat hij niet in jou geïnteresseerd is, maar moet je ons nou eens zien.' Ze wees naar de spiegel achter ons. 'Wie van ons zou jij kiezen als je hem was?'

'Alsjeblieft, Bridget. Hij heeft nooit geprobeerd me te versieren, dat zweer ik...'

'Geef hem even de tijd. Hij zit zijn kans af te wachten. God weet dat hij niets ongepasts wil doen. Jij bent een getrouwde vrouw.' Er klonk verbittering door in haar stem.

De volgende ochtend keerde ik met een miserabel gevoel terug naar Dublin. Ik vertelde pa en ma dat ik op mezelf ging wonen. Ma huilde en zei dat ik weer bij mijn man hoorde te gaan wonen, maar pa begreep het wel. Ik waarschuwde ma dat ze Dessie niet meer over mij of mijn vrienden mocht vertellen. Mijn nieuwe flat lag aan Appian Way.

'Maar we kennen helemaal niemand in die buurt,' zei ma. Ze vond het niet prettig dat ik ergens woonde waar ik niet thuishoorde.

'Ik krijg binnenkort de sleutel en dan kun je een keer bij me komen eten, ma. Je vindt het vast geweldig.'

Aan het begin van de week erop werd ik op een ochtend vroeg wakker, omdat ma mijn kamer binnenkwam. Haar handen beefden. 'Er is weer een brief gekomen, met een pakje erbij. Van Annie. Het is voor jou.'

Ik draaide het pakje om en om in mijn handen. Het poststempel was van Athlone. Het papier om het pakje was op één hoek ingescheurd en ook zonder het papier weg te halen kon ik zien dat het een set olieverf was, in een doorzichtige plastic doos.

Leive Karen
Ik hep ma een paar weke geleje gesgreve en je zalt ut wel hebbe gehoort. ik hep veel aan je motte denke en ik wet dat ik je eerder hat motte sgrijve, en pa ok. ik weet dat ut vreseluk van me was om weg te lope, en dat jullie je zorruge om me hebbe gemakt en ik mot ok steds denke an die verfset die ik noit voor je hep gekogt zo as ik hat belooft. ik kan ut noit goedmake dat ik jullie zoveel ellende hep bezorgt maar ik hop dat je deze verf een keertje kan gebruike. ik hep gehoort dat iemand me zoekt en ik denk dat jij ut ben. as je van me hout laat me dan met rust

*maak je geen zorruge over mij ik ben veilig en gelukkug ik
mis jullie wel zellufs pa ik wet dat hij niet gemeen tege me
wilde zijn.
Ut is betur als je me me gang laat gaan. Misschien verras
ik je op een dag wel en kom ik bij je langs maar zoek me
asjeblief niet meer. ik kom als ik dr klaar voor ben.
Leifs, Annie*

Ik gaf de brief aan ma, die hem aan pa voorlas. Hij keek naar de letters en zei voor het eerst sinds ik me kon herinneren: 'Ik wou dat ik kon lezen.'

'Hoe vaak heb ik nou al niet aangeboden om het je te leren?' vroeg ma. 'Maar daar was je altijd te trots voor.'

'Nu niet meer,' zei hij.

Ze omhelsden elkaar stevig en het was net of ze Annie nog een keer waren kwijtgeraakt, maar elkaar hadden teruggevonden. Ik liet hen alleen en ging naar beneden.

Ze was dus in Mullingar of daar vlakbij. Dat moest wel. Ik had haar foto beslist aan iemand laten zien die haar had herkend en haar had gewaarschuwd. Ik vroeg me af of het de onbetrouwbaar uitziende kerel in het wedkantoor was geweest. Hij was de hele tijd dat ik daar was heel onrustig geweest. Ik vroeg me af waarom ze me niet in haar leven wilde toelaten. Uit de brief aan ma wist ik dat ze een andere naam gebruikte, dus waarschijnlijk had ze een verleden voor zichzelf verzonnen dat niet overeenkwam met de werkelijkheid. Toen ik er even over had nagedacht, leek dat me het meest logische.

Ik belde Bridget. Ik verwachtte dat ze koeltjes tegen me zou doen, maar ze klonk vrij ontspannen. Ik vertelde haar over de brief. 'Ze is in Mullingar of ergens daar in de buurt. Heb je de foto nog die ik heb achtergelaten? Zou je willen opletten of je haar ergens ziet?'

'Natuurlijk. Ik ben blij dat je haar op het spoor bent.'
'Ik zal haar voorlopig maar met rust laten. Ze wil me niet kennen, maar ik ben eigenlijk een beetje kwaad op haar. Snap je dat?'
'Ja, hoor.'
Er viel een stilte.
'Heb je Laurence nog gezien?'
Ik kon naar eer en geweten antwoorden: 'Nee, niet meer sinds de laatste keer dat ik jou sprak.'
'Oké.'
'Hoezo?'
'Ik denk... Het spijt me dat ik zo achterdochtig was over jullie twee.'
'Dat geeft niet, het moet heel raar zijn overgekomen.'
'Ja, maar nu denk ik dat hij me misschien weer terug wil.'
Ik ademde diep in. 'O?'
'Josie heeft hem op zaterdag in het centrum van Athlone gezien. Ik denk dat hij van plan was om bij me thuis langs te gaan, maar dat hij het uiteindelijk niet durfde. Hij wist waarschijnlijk niet dat ik naar Mullingar ben verhuisd.'
Bridget klonk ademloos van opwinding.
'Maar hij is dus niet bij je ouders langs geweest?'
'Nee, je weet hoe zenuwachtig hij kan zijn, en na wat er de vorige keer is gebeurd, kan ik hem dat niet kwalijk nemen. Ik heb hem gisteravond gebeld en een bericht achtergelaten, maar die trut van een moeder van hem heeft het waarschijnlijk niet aan hem doorgegeven. Ik ga hem morgen op zijn werk bellen.'
Ik deed mijn best om niet teleurgesteld te klinken. 'Fijn, dat is heel fijn. Ik ben ontzettend blij voor je. Dat meen ik echt,' zei ik, maar ik meende het natuurlijk helemaal niet.

Ik belde Laurence niet en hij belde mij niet. Ik verhuisde naar mijn nieuwe appartement. Tijdens het uitpakken van mijn dozen en koffers liet ik mijn blik door mijn nieuwe woning dwalen. Ik zag de verfset liggen die samen met Annies brief uit Athlone was verstuurd. Het was olieverf. Annie was vergeten dat ik een hekel had aan olieverf. Ik haalde de brief tevoorschijn. Ik had het papier waarin het pakje had gezeten ook bewaard. Ik bekeek de doorzichtige plastic doos waar de verf in zat. Die was totaal anders dan het antieke kistje dat in de etalage van Clark had gestaan, maar misschien kon ze zich niet meer veroorloven. Ik bekeek het poststempel nog een keer. Athlone, zaterdag drie weken geleden. Er zat me iets dwars. Was Laurence toen niet...?

Terwijl ik in gedachten alle details nog eens doornam, voelde ik zo'n knallende hoofdpijn opkomen dat ik bang was dat mijn hoofd zou ontploffen. De vraag lag opeens pijnlijk voor de hand. Had Laurence de brief verstuurd? Niet alleen deze, maar ook de eerste? Had hij Annies handschrift gekopieerd uit het schrift dat ik aan hem had uitgeleend? Ik herinnerde me dat hij Bridget en mij eens had verteld dat hij vroeger op school werd gedwongen om de rapporten van de andere jongens te vervalsen. Hij was er heel goed in. Hij moest alles hebben onthouden wat ik hem over haar had verteld en het hebben gebruikt om me ervan te overtuigen dat Annie nog leefde. Ik belde hem op kantoor.

'Laurence?'
'Hallo!'
'Hallo.'
'Hoe gaat het met je?'
'Goed, hoor. Ik moet je iets vragen en ik wil graag dat je eerlijk antwoord geeft, oké? Als het antwoord "ja" is, dan is dat niet erg, maar ik moet het gewoon weten.'

Aan de andere kant van de lijn bleef het stil.
'Laurence?'
'Oké.'
'Heb jij die brieven namens mijn zus geschreven?'

19

Laurence

Ik liet mijn moeder in de waan dat zij de tweede brief van Annie had opgesteld, maar vond hem veel te onpersoonlijk en ongevoelig voor wat ik van Annies karakter wist. Daarom verscheurde ik hem stiekem en schreef een andere, gebruikmakend van woorden die Karen volgens mij wilde horen. Ik herinnerde me dat Karen eens iets had gezegd over een verfdoos die Annie voor haar had willen kopen voordat ze verdween, dus kocht ik er eentje, die ik als pakje meestuurde. Ik dacht dat het een zekere authenticiteit aan Annies verhaal zou verlenen. Karen zou beseffen dat Annie nog steeds van haar hield. Dat was belangrijk voor me.

Die zaterdag nam ik de bus naar Athlone. Van meneer Monroe had ik gehoord dat Bridget naar Mullingar was overgeplaatst, dus de kans dat ik haar zou tegenkomen was nihil. Het was een eenvoudige opdracht: uit de bus stappen, regelrecht naar het postkantoor gaan en dan weer terug naar het busstation om met dezelfde bus terug te rijden naar Dublin.

Mama zat ongeduldig op me te wachten. Ze had een nieuwtje voor me. Ze was wezen winkelen en had heel veel nieuwe kleding voor zichzelf gekocht. In het drankkastje stond een dure fles wijn en in de koelkast lag gerookte zalm.

'We krijgen de cottage!' riep ze uit. Blijkbaar had oma de

cottage aan ons nagelaten. De inrichting, waaronder een paar mooie antieke meubelstukken en bijzondere schilderijen, ging naar oom Finn en tante Rosie. Acht jaar eerder had mijn vader zijn moeder overgehaald om haar vier slaapkamers tellende victoriaanse huis in Ballsbridge van de hand te doen en een geïsoleerd liggende cottage op een klif in Killiney te kopen. Het geld dat daarna over was, had hij geïnvesteerd in de rampzalige dealtjes van Paddy Carey die niets hadden opgeleverd. Mama was van plan de cottage te verkopen en de opbrengst te gebruiken voor luxezaken die we ons lange tijd niet hadden kunnen veroorloven. Ook nu was ik ontzet over haar opgetogen houding. De vervalste brieven lieten haar koud. Ze vroeg niet eens hoe mijn reis was geweest.

Een paar dagen later kwam oom Finn met tante Rosie bij ons thuis. Ik verwelkomde hen vriendelijk, maar oom Finn was niet in de stemming voor beleefde formaliteiten.

'Mijn moeders testament. Ik hoop dat je zo fatsoenlijk zult zijn om het juiste te doen,' zei hij tegen mij.

Mama kwam tussenbeide. 'Dit is wat Eleanor wilde. Je wilt toch niet beweren dat ze ontoerekeningsvatbaar was?'

'Nee, maar je snapt zelf ook wel hoe oneerlijk dit is. Andrew is degene die onze erfenis heeft verkwanseld en nu profiteren jullie als enigen van wat er nog over is.'

'Ze heeft de inboedel aan jullie nagelaten. Het is niet zo dat je niets krijgt.' Mijn moeder deed haar best om redelijk te zijn.

Tante Rosie keek boos naar mij. 'Je bent ons iets verschuldigd.'

Waarom keken ze nu naar mij? Mama wuifde hun woorden weg. 'Je gaat het testament toch niet aanvechten, Finn? Ons voor de rechter slepen en de familienaam openlijk te schande zetten?'

'Natuurlijk niet, maar Laurence is oud genoeg om zelf te beslissen wat er moet gebeuren.'

Ik begreep het niet. 'Ik? Waarom ik?'

Oom Finn wierp een woedende blik op mijn moeder. 'Je hebt hem niet eens de hele waarheid verteld, hè?' Hij keek weer naar mij. 'Mijn moeder heeft de cottage aan jou nagelaten, Laurence. Niet aan Lydia, maar aan jou. Zodat je onafhankelijk zou zijn, zei ze.'

Mama reageerde uitdagend. 'Ja, en Laurence ziet geen enkele aanleiding om de opbrengst met jullie te delen.'

Tante Rosie was woest. 'Je had het hem moeten vertellen, Lydia. En, wat zeg je ervan, Laurence? Ga je de cottage verkopen en het geld voor jezelf houden, of ga je het als een fatsoenlijk mens met ons delen?'

Mama ging achter me staan en legde haar handen op mijn schouders. 'Ik vind het afschuwelijk dat jullie mijn zoon zo onder druk zetten. Ik moet jullie vragen te vertrekken. Nu meteen.'

Mama liet hen uit.

'De brutaliteit van die mensen! Wie denken ze wel dat ze zijn dat ze ons denken te kunnen vertellen wat we met onze erfenis moeten doen? Je vader zou laaiend zijn als hij kon zien hoe het er hier aan toegaat. Negeer hen maar, Laurie. De cottage is van ons en we doen ermee wat we willen.'

'Van mij. De cottage is van mij,' verbeterde ik haar.

'Vanzelfsprekend, lieverd,' zei ze met haar stralendste glimlach. Ze tierde nog even door over oom Finn en tante Rosie.

'Waarom heb je het me niet verteld, mam?'

'Doe nou niet zo moeilijk, Laurence. Wat maakt het nu uit?'

'Maar het is gewoon niet eerlijk, mam. Ze horen minstens de helft van de waarde van de cottage te krijgen.'

'Waarom? Waarom moeten zij iets krijgen? Eleanor wist heel goed wat ze deed. Finn en Rosie kunnen hun acht kinderen zelf onderhouden, en als ze dat niet kunnen, nou, dan hadden ze er niet zoveel moeten nemen.'

Mijn moeder probeerde te verbergen dat ze jaloers was op tante Rosie, omdat die acht kinderen op de wereld had gezet.

'We hebben het niet gemakkelijk gehad. Je weet dat ik niet wil klagen, maar ik zou graag weer kunnen leven in de stijl die we gewend waren. Toen je vader overleed, probeerde iedereen me over te halen om dit huis te verkopen en in een akelig flatje te trekken, en ik weet dat het een zware verantwoordelijkheid voor jou is geweest om ons hier te houden, maar nu kunnen we ons een beetje ontspannen. Dat heb je wel verdiend, lieverd.'

Later die avond kwam Helen langs. Mama en zij konden het tegenwoordig prima met elkaar vinden nadat Helen tijdens oma's begrafenis zo 'behulpzaam' was geweest. Ik kreeg zelfs de indruk dat mama graag zou zien dat we onze jeugdromance nieuw leven inbliezen. Ze liet ons nadrukkelijk alleen.

'Oma heeft me in haar testament haar cottage nagelaten.'

'Wauw! Echt waar? Wat tof. Je eigen huis!'

'Niet echt. Mama wil het verkopen.'

'Wacht even. Aan wie heeft je oma de cottage nou nagelaten?'

Het drong nu pas tot me door. Tot nu toe had ik gedacht dat we het huisje inderdaad moesten verkopen en de opbrengst met oom Finn moesten delen, maar door Helens opmerking besefte ik dat er ook andere opties waren.

'Je eigen huis. Geen huur! Wat is het voor huis?'

Terwijl ik de cottage voor haar beschreef, realiseerde ik

me dat het perfect was, precies wat ik nodig had. Oma had er nadrukkelijk bij vermeld dat ze wilde dat ik onafhankelijk zou zijn.

'Hij ligt erg afgelegen, aan een zijweggetje van een met bomen omzoomde laan in Killiney. Er is één grote slaapkamer die over een klif uitkijkt en een flinke woonkamer met uitzicht op het eiland Dalkey en de baai. De keuken is een beetje ouderwets. Geen buren. Aan de ene kant loopt een treinspoor, en daarachter zijn de kliffen en de zee.'

'Dat wordt lekker feesten!' zei Helen, die me helemaal verkeerd begreep.

Karen had me in Rome verteld dat ze haar vaders huis zou verlaten. Ik was onder de indruk van haar plan om vrij en onafhankelijk te zijn. Het was hoog tijd dat ik hetzelfde deed. Het verbaasde me dat Karen me niet had gebeld nadat ze de brief had ontvangen, maar ik werd in beslag genomen door mijn plannen voor onze toekomst, onze gezamenlijke toekomst.

Die avond vertelde ik mama dat ik aan het eind van de week in de cottage zou trekken. Ik draaide er niet omheen, maar vertelde haar ronduit dat ik als volwassene op mezelf hoorde te wonen en dat ze binnenkort wel zou inzien dat het ook goed was voor haar. Ik legde uit dat ik haar rekeningen en uitgaven zou blijven betalen, en dat ik minstens één keer week bij haar langs zou komen. Nu zou ze Malcolm kunnen uitnodigen wanneer ze maar wilde. Ik was ervan overtuigd dat hij zich meer op zijn gemak zou voelen in het huis als ik er niet was.

Mama smeekte me huilend om te blijven, maar ik troostte haar niet. Het was heel akelig, maar ik mocht niet meer aan haar toegeven. Ik moest de kans krijgen om volwassen te worden. Ze trok zich terug in haar slaapkamer en bleef daar de hele avond.

Om een uur of elf klopte ik op haar deur om haar welterusten te wensen. Er kwam geen antwoord. Ik duwde de deur open. Ze was nog aangekleed en lag languit op haar bed.

'Mama?' Toen viel mijn oog op de twee lege pillenpotjes. Ik schreeuwde tegen haar en tilde haar hoofd op. Ze leefde nog, maar haar ademhaling was ongelijkmatig en oppervlakkig.

'Jezus! Mama! Wat...' Maar ik wist precies wat ze had gedaan en ik wist ook waarom.

'Laat me met rust,' mompelde ze. 'Ik wil alleen maar slapen.'

Ik sleepte haar naar de badkamer, zette alle ramen open en plaatste haar in een zittende houding op de vloer. Met mijn ene hand hield ik haar mond open en met de andere stak ik een tandenborstel achter in haar keel tot ze begon te kokhalzen. Ik sleurde haar naar het toilet en ze gaf over.

'Mam, ik ga een ambulance bellen.'

Tussen het kokhalzen door gilde ze: 'Niet doen, niet doen! Dan sturen ze me terug!'

Ik wist dat ze het Saint John of God bedoelde, en ik wist ook dat ze gelijk had. Ik liet haar brakend achter, rende naar beneden en draaide een nummer.

'Hallo?'

'Helen, ik ben het, Laurence.'

'Jezus, weet je wel hoe laat...'

'Kun je hiernaartoe komen? Nu meteen? Het is een noodgeval.'

'Hoezo? Wat is er dan gebeurd?'

'Kun je komen? Alsjeblieft. Mijn moeder heeft pillen ingenomen, heel veel pillen!'

De dringende klank in mijn stem drong eindelijk tot haar door. 'Is ze bij bewustzijn?'

'Ja, ze zit nu over te geven.'
'Goed. Dat is goed. Ja, oké. Ik ben over tien minuten bij je.'

Helen was echt fantastisch. Nadat ik haar had uitgelegd wat mijn moeder had gedaan, nam Helen het van me over. Ze schonk geen aandacht aan mijn moeders protesten en stopte haar uiteindelijk terug in bed, maar eerst haalde ze alle medicijnen weg uit de slaapkamer en badkamer. We bleven bij mijn moeder tot ze in slaap was gevallen en gingen toen naar beneden.

'Maak je geen zorgen, vanavond zal ze niets meer proberen. Ze zal minstens twaalf uur onder zeil zijn. Waarom heeft ze het gedaan?'

'Ik heb haar verteld dat ik het huis uit zou gaan.'

Helen keek me meelevend aan. 'Je had een ambulance moeten bellen.'

'Dan brengen ze haar terug naar het Saint John of God.'

'Tja, misschien hoort ze daar wel thuis.'

Opeens kon ik het niet meer inhouden. Er welden tranen op in mijn ogen en ik begon te snikken. Ik word er niet mooier op als ik huil. Mijn schouders schokken, het is luidruchtig en mijn gezicht vertrekt vreselijk. Helen liep naar het drankkastje en schonk een flink glas whiskey voor me in.

Ik nam het glas dankbaar aan en dronk de helft in één teug op. Er stroomde een heerlijk warm gevoel door me heen. 'Ik heb haar beloofd dat ze daar niet naar terug hoefde.'

'Jezus nog aan toe, Laurence. Je moet niets beloven wat je niet kunt waarmaken!'

'Ik zal wel moeten.'

'Welnee, je moet helemaal niets.'

'Je begrijpt het niet, Helen. Ze heeft niemand anders. Het is mijn plicht om voor haar te zorgen.'

'Hoe zit het dan met wat je jezelf verplicht bent? Hoe kun je dan je eigen leven leiden? Blijf je soms de rest van je leven thuis wonen om te voorkomen dat je moeder zichzelf om zeep helpt?'

'Ik had niet verwacht dat ze het zo zwaar zou opnemen. Ik wist wel dat ze overstuur was, maar ik dacht dat ze uiteindelijk wel zou inzien dat het voor ons allebei het beste was. Ze is al een paar jaar stabiel. En ze heeft een vriend…'

'Is hij bereid om voor haar te zorgen? Is hij lief voor haar? Denk je dat hij met haar wil trouwen en bij haar zal intrekken? Is dat een mogelijkheid?'

'Dat weet ik niet. Ik ken hem niet echt. Hij is psychiater.'

Helen begon te lachen, en door alle emoties en schrik over wat er zojuist was gebeurd, lachte ik met haar mee. Het was even alsof er een luchtdrukklep werd opengezet. Maar de vrolijkheid zakte snel weer weg.

'Wat moet ik nou doen?'

Helen dacht even na. 'Je wilt dus absoluut niet dat ze teruggaat naar de psychiatrische inrichting?'

'Precies. We zouden het trouwens niet eens kunnen betalen.'

'Zou je mij kunnen betalen?'

'Jou? Hoe bedoel je? Jij werkt toch in het Saint Vincent? Of niet soms…?'

'Niet meer. Ik ben afgelopen week ontslagen. Ze waren erachter gekomen dat ik een voorraad valium had gejat.'

Waarom verbaasde dat me niet? 'Helen! Waarom heb je dat gedaan?'

'Weet ik niet. Het was eigenlijk ontzettend stom. Ik had beter amfetaminen of zoiets kunnen pikken. Iets waar je een roes van krijgt. Godsamme. Van valium word je hart-

stikke suf. Ik was vorige maand op een feestje en iedereen vroeg ernaar, maar die idioten slikten ze alsof het Smarties waren. Bijna iedereen viel in slaap. Het was rampzalig!'
'Wat ga je nou doen?'
'Dat weet ik nog niet. Ik heb mazzel dat ze me niet uit het beroepenregister voor individuele gezondheidszorg hebben geschrapt. Ik was van plan om te gaan solliciteren bij verpleeghuizen, maar ik zou natuurlijk ook hier kunnen werken.'
'Wat?'
'Een paar weken maar, tot je moeder weer stabiel is, zeg maar. Ik heb de valiumtabletten nog. Die zal ze de komende tijd waarschijnlijk nodig hebben, en ik kan de dosis in de gaten houden...'
'Helen, mijn moeder mag je niet eens.'
'Ach, nou ja, ze mag me nu meer dan vroeger. En wat voor andere keus heeft ze? Ga jij soms je baan opzeggen om haar te verzorgen en in de gaten te houden?'
Het klonk als een drastische oplossing, maar Helen had gelijk. Ik had weinig keus.
'Je hoeft hier niet te komen wonen. Je hoeft haar alleen maar in de gaten te houden terwijl ik op mijn werk ben.'
'Prima.'
We bleven tot drie uur in de nacht op. We onderhandelden over haar salaris. Ze vroeg trouwens veel minder dan ik had verwacht. 'Vriendenprijs. Wel contant afrekenen,' zei ze.
Ik vertelde haar over mijn werk. We bespraken onze rampzalige relatie in het verleden. Ze gaf toe dat ze onnodig wreed tegen me was geweest en ik gaf toe dat ik me niet tot haar aangetrokken had gevoeld.
'Eikel,' zei ze. Ze vertelde me over de negen verschillende vriendjes die ze in de afgelopen zes jaar had gehad. 'Jij was niet de enige klootzak met wie ik verkering heb gehad.' Ze

gaf me een complimentje over mijn gewichtsverlies. Ik liet mijn voorzichtigheid varen en vertelde haar over mijn breuk met Bridget en het niet-bestaande huwelijksaanzoek. Zoals verwacht vond ze het om te gillen. Ze overtuigde me ervan dat ik echt het huis uit moest, dat ik op mezelf moest gaan wonen.

'Het zal je goed doen. En haar ook. Roep de hulp in van die Malcolm.'

Ik was Helen die avond ontzettend dankbaar voor haar gezelschap.

De volgende dag ging ik niet naar mijn werk. Ik vertelde mama voorzichtig dat Helen de komende weken voor haar zou zorgen en beloofde haar dat ik pas zou verhuizen als ze wat stabieler was. Ze was verdrietig en schaamde zich. Ze zei herhaaldelijk dat het haar speet.

'Het spijt me echt verschrikkelijk. Waarom ben ik zo'n lastpost? Waarom ben ik toch zo?'

'Je bent geen lastpost, mam. Helemaal niet. Je bent er alleen nog niet aan toe om mij te zien vertrekken. Ik had je de tijd moeten geven om aan het idee te wennen.'

'Ga alsjeblieft niet weg!'

'We hebben het er nog wel over wanneer je wat bent aangesterkt. Zal ik Malcolm bellen?'

'Nee! Vertel hem alsjeblieft niets. Hij zou alleen maar... Vertel het hem niet.'

'Oké, dan vertel ik hem niets. Mam, waarom ben je zo... Is hij soms getrouwd?'

Ze keek me verbluft aan. 'Nee, natuurlijk niet.'

'Je praat namelijk nooit over hem en je nodigt hem nooit hier uit als ik er ben... Maar zodra je beter bent wil ik hem graag een keer ontmoeten, oké?'

Ze knikte. 'Malcolm is... Hij is... Ik wil hem graag bij alles weghouden, apart van de rest van mijn leven.'

'Waarom?'

'Hij kent me... iets te goed.'

'Vind je hem dan niet... leuk? Wil je wel met hem blijven omgaan?'

'Jawel, hij is een goed mens. Het probleem is alleen... dat hij het wéét.'

'Van Annie Doyle?'

'Nee, natuurlijk niet. Dat zou ik echt nooit aan iemand vertellen, maar...' Haar stem stierf weg.

Ik had geen flauw idee waar ze het over had, maar ik vermoedde dat ze misschien vond dat ze bij hem haar privacy kwijt was. Maar als dat het geval was, waarom bleef ze dan met hem omgaan? Het sloeg nergens op, maar toen ik doorvroeg werd ze zo nerveus dat ik de kwestie liet rusten.

Ik dacht terug aan de onverschillige houding die Helen vroeger in het bijzijn van mijn ouders had gehad en was bang dat het een grote vergissing was om haar voor mama te laten zorgen, maar in de hoedanigheid van verzorgende gedroeg ze zich heel anders: beleefd, respectvol en toegewijd. Toen ik op een avond thuiskwam van mijn werk, zat ze samen met mijn moeder aan de keukentafel planten te verpotten. Ze praatte kalm en ondersteunde mijn moeders arm toen de pot uit haar handen dreigde te vallen. Was ze maar altijd zo. Dat zei ik later ook tegen Helen.

'Tja, ik kan nou eenmaal goed acteren. Eigenlijk zou ik er zo'n verrekte Oscar voor moeten krijgen.'

In die paar weken ontwikkelden mama en Helen een hechte band met elkaar. Wie had dat ooit gedacht? Helen vertelde me dat Malcolm een paar keer had gebeld, maar dat mijn moeder weigerde met hem te praten. Kennelijk maakte hij zich zorgen.

'Moeten we hem vertellen wat er is gebeurd?' vroeg ik aan Helen.

'Nee. Dat moet zij zelf doen. Als ze hem niet wil zien, hoeft het niet.'
'Maar hij geeft duidelijk om haar.'
'Kan wel zijn, maar geeft zij ook om hem?'

Op het werk was ik het onderwerp van recente kantoorroddels. De vrouwen hielden me verantwoordelijk voor het feit dat Bridget haar baan had opgezegd. Evelyn en Sally wilden weten waarom ík niet om overplaatsing had gevraagd. Ik probeerde hun wijs te maken dat Bridget dichter bij haar ouders wilde zijn, maar ze hadden haar gesproken en wisten dat ik het had uitgemaakt met haar.
'Ze was echt te goed voor jou,' merkte Jane op. 'Je ging veel gezonder eten toen jullie net verkering hadden. Dat was je in je eentje nooit gelukt.'
Ik sputterde tegen dat ik het wel degelijk alleen had gedaan. Ze beschuldigden me ervan ondankbaar te zijn. Ik liet mijn gezag gelden en stuurde hen terug naar hun bureau. Bridget belde me een paar keer thuis en op het werk, in de hoop op een verzoening. Ze vertelde me dat Josie me in Athlone had gezien. Ik ontkende het in alle toonaarden en zei dat Josie zich moest hebben vergist. Later die middag belde ze terug. Ze had het nagevraagd en Josie wist zeker dat ik het was geweest.
'Jezus, Bridget. Hou er nou eens over op, oké? We komen niet terug bij elkaar. Ik ben niet in Athlone geweest. Ik hou niet van je.' Toen ik ophing, zag ik dat Jane door de openstaande deur van mijn kantoor naar me stond te kijken. Ze schudde afkeurend haar hoofd.

Een paar dagen later stond Malcolm voor de deur. Ik was net een uur thuis van mijn werk en mama lag boven te rusten.

Hij wilde niet binnenkomen, maar bleef een beetje stuntelig bij de deur staan. 'Het spijt me echt ontzettend. Ik wilde alleen maar... Ik maak me vreselijk veel zorgen om haar,' zei hij bij wijze van uitleg. 'Ze belt me niet terug en ik was bang dat ik haar misschien op een of andere manier heb beledigd.' Hij leek oprecht van slag.

'Nee, ik kan je verzekeren dat het niets met jou te maken heeft. Ze heeft even rust nodig.'

'Is ze... Is ze bij een arts onder behandeling?'

'Ze is in goede handen.' Dat was ook zo.

'Laurence, het... Het is echt niet mijn bedoeling om de plaats van je vader in te nemen. Dat weet je toch wel, hè? Ik zou nooit tussen een moeder en haar zoon komen.'

'Natuurlijk niet, dat begrijp ik best. Zodra ze sterk genoeg is, moet je maar een keer bij ons komen eten.'

'Meen je dat? Dat zou ik heel fijn vinden. Ik mag haar heel graag.'

Ik zag dat hij het meende en beloofde dat ik hem over een paar weken zou bellen. Hij zag er opgelucht uit.

Mijn moeder herstelde. Ze deed alsof haar overdosis een onbeduidende misstap was geweest – 'Heel mal van me' – hield vol dat het nooit meer zou gebeuren en zei dat ze overtrokken had gereageerd op mijn nieuws dat ik het huis uit zou gaan. 'Ik ben gewoon nog nooit alleen geweest...' Maar ze wilde nog steeds niet dat ik verhuisde.

Langzaam maar zeker begon ik wrok te koesteren jegens mijn moeder. Haar emotionele chantage hield me gevangen. Helen was leuk gezelschap geweest en hoewel we hadden afgesproken om contact te houden, miste ik haar na haar vertrek. Er was niets romantisch tussen ons, maar hoe onwaarschijnlijk het ook klonk, ze was in tijden van crisis een goede vriendin geweest.

Desondanks had ik voortdurend aan Karen gedacht en

was ik benieuwd hoe ze op de tweede Annie-brief had gereageerd. Toen belde ze me op een dag op kantoor.

'Heb jij die brieven namens mijn zus geschreven?'

Ik reageerde ontwijkend om tijd te winnen en in gedachten de gevolgen van alle mogelijke antwoorden op haar vraag door te nemen, maar ik had genoeg van het zoeken naar uitvluchten, was klaar met het bedrog en voelde me doodop van al het liegen. Ik wilde gewoon wat het beste was voor Karen. Als ze nu te weten kwam dat mijn vader haar zus had vermoord, dat Annie bij ons in de achtertuin begraven lag en dat haar zoektocht voorbij was, zou het haar dan rust brengen? Zou het míj rust brengen?

'Ja,' antwoordde ik.

Ze ademde diep uit en zei toen volkomen onverwacht: 'Ik denk dat ik ook van jou hou.'

20

Lydia

Laurence vertelde me dat hij ging verhuizen. Dat kon ik niet toestaan. Zijn plaats zou altijd hier zijn, bij mij. Hij dacht dat ik labiel was. Dat merkte ik aan de manier waarop hij soms tegen me praatte, alsof ik een kind was. Ik besloot zijn mening over mijn onevenwichtigheid in het voordeel van ons allebei te gebruiken. Hij creëerde de laatste tijd steeds meer afstand tussen ons, hij hield dingen voor me achter en gedroeg zich verdacht. Het was hem erg zwaar gevallen om de hele kwestie rond Annie Doyle geheim te houden. Ik zei tegen hem dat hij het allemaal uit zijn hoofd moest zetten, maar het hield hem nog steeds erg bezig.

Die verdraaide Eleanor was me te slim af geweest. Ze had beweerd dat ze ons verzorgd zou achterlaten, maar ze had mij buitengesloten en alleen Laurence verzorgd achtergelaten. Ze was altijd gek op hem geweest en had vaak commentaar gehad op mijn opvoedkundige vaardigheden, maar toen ik haar woorden uit de mond van de notaris hoorde – 'Zodat hij onafhankelijk zal zijn' – kwam het nog steeds niet bij me op dat Laurence me ooit zou verlaten. Het enige gevecht waarop ik was voorbereid, was dat met Rosie en Finn, die hun 'rechtmatige deel' wilden hebben, omdat ze zo egoïstisch waren geweest om acht kinderen te nemen. Ik had me voorgenomen om kleding te gaan kopen in de chique winkels waar ze me nog bij naam kenden. Ik wilde Laurence mee uit eten nemen om hem kennis te laten maken met gastronomische hoogstandjes en goede wijnkaarten. De zijden gordijnen in onze woonkamer waren hard aan vervanging toe, evenals de vloerbedekking in de gang, op de trap en de overloop. In de muur boven de schoorsteenmantel zat een barst en in mijn badkamer was het email versleten. Papa zou zulke tekortkomingen nooit hebben getolereerd. Eindelijk beschikten we over de middelen om alles op te knappen, maar nu wilde Laurence zich daar blijkbaar tegen verzetten.

De zelfmoordpoging was een wanhoopsdaad, maar ik moest íéts doen. Ik had de pillen niet echt ingenomen, maar wel heel veel water gedronken, zodat ik kon overgeven zodra hij me vond. En ik wist dat dat zou gebeuren. Ik wist ook dat Laurence me niet naar het Saint John of God zou sturen. Gelukkig bleef hij kalm en belde hij Helen. Daarna begon ik Helen in een heel ander licht te zien. Het was duidelijk dat ze dol was op Avalon. Ze had eigenlijk geen excuus nodig om langs te komen. Ze had zich al eerder nuttig gemaakt, na het overlijden van Eleanor. Ze kon vulgair en onbeschaafd zijn, maar ze was ook vermakelijk en bijzonder discreet, en ze had tenminste een bekende achternaam. Haar moeder, Angela d'Arcy, was een beroemde dichter. Wat ze schreef was niet mijn smaak en uiteraard was ze zo'n vreselijke bohemien. Het was dan ook niet verrassend dat Helen als een halve wilde was opgegroeid. Zij vertelde me trouwens ook het hele verhaal over Laurence' bezoek aan Bridgets familie in Athlone. Het was lachwekkend dat het dwaze kind echt had geloofd dat mijn Laurence met haar, een meisje van lage komaf, zou trouwen. Het leek me handig om Helen in de buurt te houden, aangezien Laurence haar duidelijk meer toevertrouwde dan mij.

Helaas betekende de 'overdosis' slechts een tijdelijk uitstel van Laurence' plannen. Hij was vastbesloten om in Eleanors cottage te gaan wonen. Hij probeerde me voor te bereiden op zijn vertrek door Malcolm vaker uit te nodigen, alsof Malcolm ooit Andrew of Laurence zou kunnen vervangen.

Malcolm en ik hadden het niet meer over het incident met Amy Malone gehad. Ik had hem duidelijk te verstaan gegeven dat hij Diana's naam nooit meer mocht laten vallen als we onze relatie wilden voortzetten. Laurence vertelde hem niet over de pillen, maar toch vermoedde Malcolm dat er een terugval was geweest in mijn mentale toestand, en hij moedigde me aan om met een professional te gaan praten. Ik hield vol dat ik slechts een flinke griep had gehad. Laurence en hij konden het goed met elkaar vinden, en ik vroeg Malcolm om in te grijpen en aan Laurence te vragen om niet weg te gaan.

'Lydia, hij is drieëntwintig. Denk je echt dat hij hier altijd zal blijven?'

'Waarom niet? Alles wat hij nodig heeft, is hier in Avalon.'

'Behalve dan zijn vrijheid.'

'Dat begrijp ik niet.'

'Een jonge vent als hij hoort zijn vriendinnetje mee naar huis te kunnen nemen zonder dat zijn moeder over zijn schouder meekijkt.'

'Maar hij heeft geen vriendinnetje. Bij mijn weten niet, tenminste.'

'Dat is nou precies wat ik bedoel. Hij is een knappe jongeman. Als hij nu geen vriendin heeft, krijgt hij die binnenkort wel. Had jij niet gezegd dat je het vorige meisje nooit hebt ontmoet? Bridget heette ze toch?'

'Het was Laurence' beslissing om haar niet mee naar huis te nemen. Ik heb haar zeker nooit uit dit huis verbannen. Helen komt en gaat wanneer ze wil.'

'Ik kijk ervan op dat je haar hier duldt. Ze kan vreselijk slechtgemanierd zijn. Het verbaast me dat Laurence ooit verkering met haar heeft gehad.'

'Helen is juist goed voor Laurence. Zie je nu wel dat je Laurence helemaal niet kent?'

'Ik weet dat hij volwassen wil worden en op zichzelf wil wonen, en ik denk dat het goed voor jou zou zijn als hij dat deed. Ik woon hier maar tien minuten vandaan. Als je me nodig hebt, ben ik zo bij je.'

Ik had Malcolm helemaal niet nodig, maar was te beleefd om dat te zeggen. Ik had een ander plan om Laurence thuis te houden. Het hield wel een groot financieel offer in, maar we zouden niet alles kwijtraken.

Op een avond ging ik op bezoek bij mijn zwager.

Finns verwelkoming was niet hartelijk. 'Lydia, wat kom je doen?' De respectloze klank in zijn stem was onvergeeflijk, maar ik onderdrukte mijn afkeer en kwam meteen ter zake.

'Finn, ik heb nog eens goed nagedacht en ik zie nu in dat het verkeerd van me was om te denken dat we de cottage konden houden. Ik zou graag doen wat jij voorstelde, namelijk de cottage te koop zetten en de opbrengst delen.'

Hij deed nog net geen vreugdedansje. Hij riep Rosie en ik werd uitgenodigd om te blijven eten. Wat een vertoning was dat. Ja, ik had altijd meer kinderen gewild, maar míjn kinderen zouden welopgevoed zijn geweest. Vijf van hun acht kinderen waren aanwezig, onder wie twee tieners die een wedstrijdje deden wie het chagrijnigst kon zijn. Laurence had zich nooit zo gedragen, totdat hij van school moest veranderen, en dat was Andrews schuld geweest. De kleinere kinderen klommen over en onder de tafel, en gooiden als wilden doperwten naar elkaar. Naast de erwten bestond de maaltijd uit vissticks en aardappelwafeltjes, een compleet nieuwe ervaring voor me. Rosie verontschuldigde zich daar niet voor. Toen de tafel was afgeruimd en de kinderen de kamer uit waren gestuurd, zei ze: 'Ik ben ontzettend blij met je besluit, Lydia. Het valt echt niet mee met acht kinderen. We kunnen het geld goed gebruiken. We betalen ons blauw aan schoolgeld.'

'Tja, toen wij de broekriem moesten aanhalen, moest Laurence naar een openbare school.'

'Och ja. Dat weet ik natuurlijk wel, maar Andrew was degene die het geld had vergokt. Finn had er niets mee te maken...'

'Zullen we dat allemaal achter ons laten?' onderbrak Finn ons, die mijn broze stem had opgemerkt.

'Er is alleen wel een probleempje,' zei ik. 'Laurence heeft het plan opgevat om zelf in de cottage te gaan wonen en zoals jullie weten, staat het huis op zijn naam. Ik heb mijn best gedaan hem te laten inzien dat het het beste en ook het eerlijkste zou zijn als hij thuis bleef wonen.'

Finn en Rosie keken elkaar even aan.

'Wat wil je daar precies mee zeggen, Lydia?'

'Nou, alleen maar dat ik geen ruzie wil krijgen met mijn zoon, dus ik hoop eigenlijk dat jullie hem onder druk kunnen zetten zonder dat ik erbij betrokken ben.'

'Och, in jezusnaam!' zei Rosie.

'Rosie,' zei Finn waarschuwend.

'Het is te gek voor woorden!' Rosie schonk geen aandacht aan hem. 'Je had dat reusachtige huis van je jaren geleden moeten verkopen. Er zit niet eens meer een hypotheek op! Dan zou er meer dan genoeg geld voor Laurence en jou zijn om geschikte woningen te kopen. Je hebt Andrew waanzinnig veel stress bezorgd met die grillen en eisen van je voor het onderhoud van Avalon, en nu heeft Laurence er ook genoeg van. Het klopt niet dat een jonge man als hij zijn luie moeder in haar landhuis moet onderhouden. Hij wil

eronderuit en nu gebruik je ons om hem thuis te houden.'
'Rosie!' zei Finn luid.
Ik negeerde haar volkomen en richtte me tot hem. 'Als jij erin slaagt om hem over te halen, krijgen we allebei onze zin.'
Rosie beende woedend de kamer uit en smeet de deur met een harde klap achter zich dicht.
Finn zei kalm en nadrukkelijk: 'Weet je, mijn vrouw heeft gelijk. Andrew aanbad je. Hij vond je het mooiste wezen dat hij ooit had gezien. Hij duldde zelfs al je fobieën omdat het betekende dat hij je grotendeels voor zichzelf kon houden. Hij deed ontzettend hard zijn best om je alles te geven wat je wilde, of het nu een diamanten ring, een bontjas of een lunch bij Mirabeau was, maar het was nooit genoeg voor jou, hè? Ook al was ik het er niet mee eens, mijn moeder wist heel goed wat ze deed toen ze de cottage aan Laurence naliet. Andrew zou nooit zulke financiële risico's hebben genomen als jij hem niet continu onder druk had gezet. Mijn moeder probeerde Laurence uit jouw greep te redden. Als we dat geld niet zo hard nodig hadden, zou ik er geen enkel probleem mee hebben om Laurence de cottage te laten houden. Maar ik zal met hem praten. Je krijgt zoals gewoonlijk weer eens je zin, Lydia.'
Tijdens zijn speech had ik mijn tas en jas gepakt. Hij liep met me mee naar de gang en het trapje voor hun vervallen huis af. Ik hield mijn pas niet in.
Uiteindelijk bleken Finn en Rosie Laurence niet te kunnen overhalen om de cottage op te geven. Ik vermoed dat ze het ook niet echt hebben geprobeerd. Ze waren tot de conclusie gekomen dat ik een of ander monster was. Mijn lieve jongen wilde nu koste wat het kost het huis uit. En toen maakte Malcolm de situatie er nog veel erger op.

Laurence was nog niet verhuisd, maar hij kwam wel steeds later thuis en bleef soms zelfs zonder enige verklaring een nacht weg. Ik vroeg er niet naar, maar was ervan overtuigd dat hij met allerlei meisjes naar bed ging. Hij zorgde ervoor dat Malcolm op die avonden vaak bij me was. Op een avond kwam hij rond negenen thuis, en ik kon aan zijn gezicht zien dat er iets was gebeurd. Hij trof me in de keuken aan.

'Vertel me eens over Diana,' zei hij kalm.

'Wat?'

Hij haalde haar ingelijste foto achter zijn rug vandaan en zette hem tussen ons in op de tafel. 'Vertel me over de dag dat ze verdronk.' Hij leidde me naar een stoel en gebaarde dat ik moest gaan zitten.

'Waarom? Ik wil niet... Waar heb je het over?'

'Ik weet nog dat ik als kind papa naar haar vroeg. Hij zei dat ze op het strand was verdronken. Hij waarschuwde me dat ik jou er nooit naar mocht vragen, omdat je dan van streek zou raken.'

'Hij had gelijk. Ik wil er niet over praten.' Ik wilde opstaan, maar Laurence versperde de deuropening.

'Ik heb net met Malcolm gegeten. Ik kan bijna niet geloven dat je dit mijn hele leven voor me verborgen hebt gehouden. Hij zegt dat ik je ernaar moet vragen. Dat het je echt kan helpen als je erover praat. Vertel me over de dag dat Diana verdronk.'

'Dat kan ik me allemaal niet meer herinneren. Ik was nog een kind.'

'Hij zegt dat jij je het wel degelijk herinnert, hij zegt dat je het nooit kunt vergeten. Hij zegt dat ze is verdronken en dat jij dat jezelf verwijt.'

Ik was heel even dwaas genoeg om te denken dat Malcolm misschien wel gelijk had. Misschien zou het Laurence en mij dichter tot elkaar brengen als ik hem het verhaal over het ongeluk vertelde. Het was al een hele tijd geleden dat hij zo teder tegen me had gesproken. Iedereen heeft altijd beweerd dat het niet mijn schuld was, en Laurence hield van me. Misschien was zíjn vergeving wel precies wat ik nodig had.

'Na Diana's dood ben ik naar een tante op het platteland gestuurd. Ik wist niet of ik ooit nog terug zou mogen naar huis. Ik was eenzaam en doodsbang. Ik ben nog nooit zo bang geweest. Zelfs nu nog kan ik niet wachten tot ik weer thuis ben, zelfs als ik alleen maar boodschappen ga doen. Het gevoel dat ik was verbannen was een kwelling voor me. Het duurde maar tien maanden, maar voor een kind is dat een eeuwigheid.'

'Mam,' zei Laurence met een diepe zucht, en er laaide een vreugdevolle gloed op in mijn ziel. Ik kon het voelen. Hij ging het me vergeven. 'Toe maar, je kunt het me vertellen. Ik zal je niet veroordelen, ik zal je niet onderbreken.'

'Het gebeurde nadat mama was weggegaan. Ze is niet gestorven toen we nog baby's waren, zoals ik je heb verteld. Het was beter geweest als het wél zo was gegaan. Papa was beneden zijn stand getrouwd. Mama was anders dan de moeders van onze vriendinnen. Ze was luidruchtig en lichtzinnig, en ze droeg scharlakenrode lippenstift.'

Ik keerde in gedachten terug in de tijd, naar dit huis in zijn hoogtijdagen. In mijn hoofd hoorde ik papa en mama in de gang ruziemaken.

'Papa probeerde mama altijd te leren hoe ze zich in het openbaar moest gedragen, maar als ze dan naar de sportdag op onze school kwam, werd ze dronken en flirtte ze met de andere vaders. Ze stelde ons altijd teleur. Diana schaamde zich voor haar, maar ik hield van mijn moeder. Toen ging ze ervandoor met de loodgieter. Ik heb haar daarna nooit meer gezien. Ze liet ons in de steek. Maar ik hield nog steeds van haar, dom kind dat ik was. Ik kon nooit helemaal accepteren dat ze niet genoeg van ons had gehouden om te blijven. Toen ze weg was, werd alles... harder. Alle zachtheid verdween uit het huis. Diana zei dat ze blij was dat mama weg was. Papa en Diana waren altijd samen, en ik werd buitengesloten. Twee jaar lang was alles vreselijk, en ik was de hele tijd verdrietig. Toen zei papa op een dag dat we een feestje mochten houden voor onze negende verjaardag. We kregen nieuwe jurken van pauwblauwe zijde. Hannah, onze dienstmeid, en Tom, de klusjesman, versierden de tuin. Het zag er prachtig uit. De kersenbomen stonden in bloei. Er stond een feestmaal klaar en tussen de bomen hingen slingers met vlaggetjes. We waren ontzettend opgewonden en ik weet zeker dat we de avond voor de grote dag geen oog dicht hebben gedaan. Diana en ik hadden alle meisjes uit onze klas uitgenodigd, maar...' – ik klapte even dicht bij de herinnering – 'Amy Malone was de enige die kwam. Ze vertelde ons dat de anderen niet mochten komen, omdat onze moeder een snol was.'

Laurence staarde me meelevend aan. Ik wilde niet dat die tederheid zou verdwijnen, dus ik paste mijn verhaal aan, een klein beetje maar.

'Ik snapte niet wat ze bedoelde. Diana zei dat mama alles had verpest, en dat ik net zo was als zij. Ordinair, net als mama. Ze schold me uit en noemde me slet, en toen hebben we gevochten. Ik duwde haar onder water en ze... ze stootte haar hoofd ergens tegenaan. Ik voelde me vreselijk ellendig. Nog steeds. Iedereen zei dat ik het mezelf moest vergeven, maar...'

Laurence keek me niet-begrijpend aan. 'In het bad?'

'Nee, lieverd, in de vijver.'

'Waar papa Annie Doyle heeft begraven?'

Ik worstelde me door tientallen jaren terug naar het heden en was even afgeleid. 'Ja, het was de geschiktste plek die ik toen kon bedenken. We waren die avond verschrikkelijk in paniek...'

Laurence sperde zijn ogen open en keek me aan. Het drong opeens tot me door wat ik had gezegd. Ik hield abrupt op met praten, en draaide me om naar het aanrecht om naar de donkere tuin te kijken. Maar het was al te laat.

'Het was dus jouw beslissing om Annie Doyle daar te begraven?' Hij wees door het raam naar de duisternis erachter. 'Je wist het dus?'

'Wat? Sorry, ik ben een beetje in de war. We hadden het over Diana...'

'Je zei net dat het de geschiktste plek was die jíj kon bedenken.' Laurence sprong op van zijn stoel. 'Je wist ervan. O, god!'

'Laurence, nu moet je niet...'

'Heb jíj haar vermoord?'

'Nee!'

'Heb jij haar vermoord en heeft papa je geholpen om het geheim te houden? Is dat wat er is gebeurd?'

'Laurence, wind je nou niet zo op. Je reageert echt overtrokken! Ik had het over Diana en je bracht me in de war...'

Toen brulde hij tegen me: 'Lieg niet! Mijn god. Ik kan je niet eens aankijken.'

'Het was haar verdiende loon! Ze was een dief en een leugenaar! Ze had ons bedrogen!'

Hij rende de keuken uit.

Na mama's vertrek en Diana's dood kon papa me ook niet aankijken. Ik tuurde in de spiegel boven de keukentafel. Ik wist dat ik nog steeds mooi was, maar toch wilde niemand naar me kijken. Ik hoorde Laurence boven met dingen gooien. Na een tijdje kwam hij met een koffer in zijn hand de trap af. Ik wachtte hem in de gang op.

'Ga niet weg,' smeekte ik hem. 'Dat overleef ik niet.'

Hij bleef even staan en ik dacht dat ik hem had overgehaald, maar zijn ogen stonden vol tranen. Toen draaide hij zich om en sloeg de voordeur met een luide klap achter zich dicht. Ik hoorde dat de auto knarsend in z'n achteruit werd gezet en hij reed van me weg alsof zijn leven ervan afhing.

21

Karen

Samenzijn met Laurence was anders dan samenzijn met Dessie. Laurence gaf me het gevoel dat ik zelf iemand was, in plaats van Annies zus of iemands eigendom of de moeder van iemands kinderen. Hij verwachtte niet van me dat ik altijd voor hem klaarstond. Hij leende kunstboeken uit de bibliotheek waarvan hij dacht dat ik ze interessant zou vinden. Hij bracht me naar het vliegveld en wenste me succes als ik weg moest voor een opdracht, en hij verwelkomde me bij terugkomst met bloemen. Ik kreeg al snel in de gaten dat hij niet zo welgesteld was als ik had gedacht, maar het was me nooit te doen geweest om zijn rijkdom of afkomst. Hij stelde me voor aan zijn collega's, van wie ik de meeste al had ontmoet op de vrijdagavonden in de pub, toen hij nog met Bridget samen was. Sommigen vonden het prima dat ik er was, maar anderen waren op het onbeschofte af. 'Leuke vriendin ben jij,' beet Evelyn me toe tijdens een van de eerste avonden dat ik als Laurence' vriendin met hen meeging, maar ik bezwoer haar dat ik Bridget nooit verdriet had willen doen en dat we haar niet hadden bedrogen.

Laurence nam het voor me op. 'Karen heeft er niets mee te maken,' zei hij ferm. 'Er zijn verschillende redenen waarom ik het heb uitgemaakt met Bridget.'

De oudere man, Dominic, zei: 'Sodeju, Lar, die meid is d'r gewicht in goud waard, man, als je snapt wat ik bedoel. Gewicht, vat je 'm?' Vervolgens vertelde hij mij dat Laurence ontzettend dik was geweest. Ik herinnerde me dat Bridget ook zoiets had gezegd. Voor mij deed het er niet toe. Ik was ook veranderd. Vroeger werd ik verteerd door de gedachte aan gerechtigheid en wraak, maar de liefde had me genezen. Dat had ik nooit voor mogelijk gehouden.

Laurence bleef af en toe bij me slapen. Hij stond op het punt in een cottage te trekken die hij had geërfd, maar hij vertelde me over zijn moeders breekbare geestelijke gezondheid en dat ze erg aan hem gehecht was. Ik zei dat hij de verhuizing niet moest overhaasten en er eerst voor moest zorgen dat het goed met haar ging. Hij probeerde te regelen dat de vriend van zijn moeder, Malcolm, er voor haar zou zijn wanneer hij weg was. Ook was er wat juridisch gedoe met zijn oom over de cottage, maar Laurence was vastbesloten het huis te houden. We gingen er een paar keer kijken. Het was een prachtig sprookjeshuis met witgepleisterde muren, ook al was het dak van leisteen in plaats van stro. Ik keek ernaar uit om hem daar te bezoeken, op het strand te wandelen, voor de haard tegen elkaar aan te kruipen en de zon boven de baai te zien ondergaan.

Ik had natuurlijk kunnen weten dat iemand van Laurence' werk Bridget over ons zou vertellen. Ik had de moed moeten opbrengen om het zelf te doen, maar tijdens ons laatste gesprek was ze ervan overtuigd geweest dat hij haar terug probeerde te krijgen, en ik was te laf om contact met haar op te nemen. Toen ze de waarheid over ons hoorde, belde ze me huilend op en schreeuwde ze door de telefoon tegen me.

'Je was zogenaamd mijn vriendin! Ik heb je alles verteld. Ik kan niet geloven dat je me dit aandoet!'

'Bridget, ik vind het echt heel erg. Het is nooit onze bedoeling geweest...'

'Speelde dit zich allemaal achter mijn rug af? Vuile trut, na alles wat ik voor jou heb gedaan. Je bent zelfs bij mijn ouders thuis geweest en al die tijd ging je stiekem met hem om...'

'Dat is niet zo, dat zweer ik. We hebben pas veel later wat gekregen. Ik heb jou nooit verdriet willen doen. Ik weet dat het verkeerd lijkt, maar...'

Ze gooide de hoorn op de telefoon. Het vertrouwen tussen ons was geschonden en kon nooit meer worden hersteld. Ik voelde me schuldig, want hoe je het ook wendde of keerde, ik had wel een vriendin bedrogen. Ze nam echter op zo'n wrede manier wraak op Laurence dat ik daarna geen medelijden meer met haar had. Laurence vertelde het me niet eens zelf. Zijn vriendin Jane vertelde het me in de pub. Bridget had foto's van Laurence naar al zijn vrienden op kantoor gestuurd. Foto's die waren gemaakt toen hij op zijn dikst was, waarop te zien was dat hij naakt lag te slapen. Hij deed er luchtig over in de pub, maar ik kon aan hem zien dat hij het verschrikkelijk vond. Toen we later alleen waren, vertelde hij me erover.

'Ze maakte de hele tijd foto's, maar ik wist niet dat ze ook foto's van mij maakte als ik lag te slapen. Een paar collega's lachten me achter mijn rug om uit en maakten rare opmerkingen. Ik had geen idee wat er aan de hand was totdat Sally het me vertelde.'

Evelyn had alle foto's verzameld en weggegooid. Ook had ze Bridget in Mullingar gebeld en haar flink op haar nummer gezet.

Laurence probeerde het als een goede grap af te doen en ik kon merken dat zijn collega's hem graag mochten. Hij was een goede baas, heel fair. Privé zat het hem enorm dwars, maar we probeerden het achter ons te laten en samen verder te gaan met ons leven. Hij schreef Bridget een boze brief om haar duidelijk te maken dat haar vrienden haar actie walgelijk hadden gevonden. Daarna hoorden we nooit meer iets van haar.

Pa was erg verrast toen hij hoorde dat ik verkering had met Laurence. Hij wist niet dat Lar het had uitgemaakt met Bridget. 'Nu snap ik het,' zei hij. 'Hij vroeg altijd indirect naar jou.' Pa had hem altijd aardig gevonden. Inmiddels had hij een nieuwe baan gevonden als facilitair servicemedewerker bij het Mater-ziekenhuis, dus hoefde hij geen uitkeringscheques meer te halen bij het kantoor waar Laurence werkte. 'Geen belangenverstrengeling,' zei hij grinnikend. Ik durfde mijn ouders niet te vertellen dat Laurence de brieven uit Annies naam had geschreven. Ik denk niet dat ze zouden hebben begrepen dat hij dat voor mij had gedaan. Hij had meer werk verzet om haar moordenaar te vinden dan wie ook. Hij wist dat hij op een dood spoor zat en wilde onze pijn alleen maar verzachten. Het was het attentste, vrijgevigste wat iemand ooit voor me had gedaan. Pa was bereid het los te laten nu hij in de tweede brief van alle blaam was vrijgepleit.

'Ze zegt toch dat ze op een dag contact met ons zal opnemen? Ik hoop dat het heel snel is,' zei hij. Ik wist dat vergeving en hoop genoeg waren om hem op de been te houden, ook al zou Annie nooit meer thuiskomen.

Ma had na de eerste brief alles al geaccepteerd. Ze was het met Dessie eens geweest dat we niet naar Annie moesten zoeken. Ze was het in alles met Dessie eens. Ze vond het heel erg dat ik met Laurence omging. 'Het is overspel,' zei ze. 'In de ogen van God ben je nog getrouwd en zul je dat altijd blijven. Die jongen is altijd hartstikke goed voor je geweest. Kijk eens naar je vader en mij. Wij zijn ook weer bij elkaar. Waarom geef je hem niet nog een kans, liefje? Die Laurence zal je alleen maar verdriet doen. Dat weet ik zeker. Hij heeft iets waardoor ik hem niet vertrouw. Waarom zou iemand als hij, uit dat grote huis dat jij hebt beschreven, geïnteresseerd zijn in iemand als jij? Hij is gewoon uit op een pleziertje. Dat komt doordat je model bent. Als je nog bij de stomerij had gewerkt, had hij je vast niet zien staan.'

'Stil nou, Pauline. Laat haar met rust. Die Laurence is een vriendelijke vent. Hij was heel aardig voor me, al voordat hij Karen leerde kennen.'

Mijn moeders woorden kwamen hard aan en ik vroeg me af of ze misschien deels waar waren. Maar Laurence werd graag met me gezien en stelde me aan iedereen voor als zijn vriendin. Hij behandelde me nooit als een losse scharrel.

De enige uitzondering was zijn moeder. Ik wist dat Bridget haar nooit had ontmoet. Laurence en ik stonden natuurlijk pas aan het begin van onze relatie, maar hoewel we het er nooit over hadden, voelde ik dat we een heel hechte band met elkaar hadden. Ik was weliswaar nog steeds met Dessie getrouwd, en het echtscheidingsreferendum was eerder in het jaar mislukt, dus trouwen was zelfs geen optie, maar zoals hij over de cottage praatte, klonk het alsof hij het als óns huis zag. Hij had het ook over reizen die we in de toekomst samen zouden maken en vond kunstcursussen waar ik me voor kon inschrijven. Het was beslist geen vluchtige affaire, maar toch stelde hij nooit voor om me mee te nemen naar zijn moeder. Hij had me verteld over haar fobieën en dat ze moeite had met onbekenden, maar als ze gezond genoeg was om naar de supermarkt te gaan, zou ze mij toch ook aan moeten kunnen, leek me. Ik wilde hem graag vragen of hij haar over me had verteld, maar ik was bang dat ik teleurgesteld zou worden door het antwoord. Als Bridget de indruk had gehad dat haar familie misschien niet goed genoeg was voor Laurence' moeder, zat ik in hetzelfde schuitje. Maatschappelijk gezien zaten Bridget en ik op hetzelfde niveau. En misschien zat ik zelfs nog iets lager, omdat ik bij mijn man was weggegaan en dus een losbandige vrouw was.

Met mijn werk ging het goed. Ik was veel op reis. Nu Dessie me niet langer in de gaten hield en beperkte in mijn vrijheid, kon Yvonne ook opdrachten aannemen die hij niet zou hebben goedgekeurd. Ik weigerde nog steeds sexy lingerieshoots te doen, maar werkte wel mee aan een fotoshoot voor zwemkleding voor de Britse *Vogue* in Cap d'Antibes. Ik was vreselijk zenuwachtig, want de andere meisjes waren allemaal Engels, Sri Lankaans en Ethiopisch. Vergeleken met hun perzik-, koffie- en ebbenhouttinten was mijn huid bleekblauw, maar de regisseur van de shoot hield vol dat het precies was wat hij zocht. Het was allemaal heel smaakvol. Een legertje stylisten zorgde ervoor dat ik er mooi uitzag, en met hulp van wat nauwkeurig geplaatste vullingen nam mijn borstomvang flink toe. Laurence vond het grappig. Dessie zou ziedend zijn geweest.

Tijdens elk bezoek aan het huis van pa en ma lag er een brief van Dessie op me te wachten. In het begin stonden ze vol verontschuldigingen en smeekbedes om ons huwelijk nog een kans te geven. Maar na een tijdje bevatten ze vooral praktische zaken, zoals de rekening voor de reparatie van de boiler. Omdat ik er indertijd ook had gewoond, vond hij dat ik daaraan moest bijdragen. Hoewel hij in zijn eentje kon beschikken over het huisfonds waarin ik elke week geld had gestort, stuurde ik hem toch een postwissel, omwille van de lieve vrede en om hem uit mijn buurt te houden. Vervolgens werden de brieven grof en beledigend. Ik had hem voor schut gezet. Hij zou me nog wel krijgen. Iedereen bij de stomerij lachte me uit als ze me in een tijdschrift zagen. Iedereen dacht dat ik mezelf heel wat vond. Hij was mijn man en ik had niet het recht om hem te verlaten. En ten slotte werd de inhoud echt gemeen. Ik was een domme slet, net als mijn zus, en ik zou net als zij als prostituee eindigen. Hij zou er niet van opkijken als ik op een dag werd vermoord, omdat ik zo met mezelf te koop liep in het openbaar. Hij dreigde een verhaal over mijn zus, de junkie en hoer, aan de roddelbladen te verkopen, en ik begon bang te worden voor de schade die hij aan mijn carrière kon aanrichten. Ik wist dat hij regelmatig met ma sprak, dus ik liet haar de brieven zien en waarschuwde haar nogmaals dat ze hem niets over me mocht vertellen, ook niet waar ik woonde. Ze schrok enorm en voelde zich schuldig omdat ze zijn kant had gekozen. Een tijdje later maakte ze kennis met Laurence, die haar voor zich won met zijn knappe uiterlijk en deftige manieren. Als ze met hem praatte, zette ze altijd haar telefoonstem op, totdat pa en ik haar ermee plaagden.

Mijn relatie met Laurence verliep vanaf het begin soepel. Bij hem hoefde ik geen moeite te doen, ik hoefde me niet te kleden om hem te behagen en hoefde niet op een bepaalde manier te praten om indruk op hem te maken. Hij zei heel vaak tegen me dat ik mooi was, maar hij zei ook dat ik slim, interessant en grappig was, en ik dacht hetzelfde over hem. Onze afspraakjes waren heel gewoon. De bioscoop, muziekoptredens in een pub, af en toe uit eten, maar we hadden elkaar altijd wat te vertellen, en ik wist dat ik nooit genoeg zou krijgen van zijn knappe gezicht.

Alles verliep voorspoedig, totdat Laurence me op een avond totaal onverwacht belde om te zeggen dat hij naar de cottage was verhuisd. Hij klonk overstuur, maar wilde er niet over praten. Het verbaasde me, want er stonden op dat moment bijna geen meubels. Hij zei dat hij me die week wel zou zien, maar toen ik zijn werk belde om een boodschap door te geven, kreeg ik te horen dat hij ziek was. Dat weekend ging ik met de trein naar Killiney en wandelde ik de heuvel op. Laurence had allerlei plannen gehad voor het opknappen van de cottage. Het was een mooi huis. De ramen hadden ruitvormige glaspaneeltjes, de muren waren begroeid met klimop en aan weerszijden van de voordeur stonden rozenstruiken. Ik klopte aan met de koperen klopper. Geen reactie. Ik klopte nog een keer. Na een tijdje hoorde ik geschuifel achter de deur, die op een kier openging.

'Laurence, ik ben het.'

Hij deed de deur aarzelend verder open.

'Ik hoorde dat je ziek was. Hoe gaat het nu met je?'

'Wel goed.' Hij liet me binnen. Het was duidelijk dat het helemaal niet goed met hem ging. Hij was in zijn ochtendjas en had zich niet geschoren. Ik liep achter hem aan naar de kale woonkamer. De gordijnen waren dicht, zodat het adembenemende uitzicht op de baai niet te zien was, en het rook er zurig.

'Je ziet er verschrikkelijk uit. Ben je bij de dokter geweest?'

'Het gaat best met me.'

Dat was duidelijk niet waar. Op de vloer lag een eenpersoonsmatras met een dekbed erop. Er stond een televisie naast waarvan het geluid was uitgezet. De vloer eromheen was bezaaid met chipszakken, mueslikommen, koekdozen en lege cognacflessen.

'Laurence, wat is er aan de hand?'

Hij trok me naar zich toe, legde zijn hoofd op mijn schouder en begon te huilen.

Ik schrok vreselijk. 'Wat is er?' Ik sloeg mijn armen om

hem heen in een poging zijn verdriet te verdrijven.

'Ik kan niet... Mijn moeder...' snikte hij. Hij rook naar alcohol en oud zweet.

'Waarom ga je niet douchen? Daar knap je vast van op. Dan zal ik vast water opzetten voor thee.'

Hij knikte en liep naar de badkamer. Ik zocht in een koffer op de vloer naar een schone handdoek, die ik in de opstijgende damp over het handdoekrek hing. Daarna liep ik naar de keuken, die vol stond met vieze vaat en lege etensbakjes. Ik begon zo goed en zo kwaad als het ging af te wassen en schoon te maken. Laurence was duidelijk overhaast in de cottage getrokken, want er waren geen theedoeken en schuursponzen, en er was slechts een handjevol oude, beschadigde borden en bestek, die nog uit de tijd van zijn oma stamden.

Ik had altijd geweten dat Laurence gevoelig was en emotioneel kon zijn, maar ik was benieuwd wat deze onverwachte instorting kon hebben veroorzaakt.

Hij kwam gladgeschoren de keuken in en ik gaf hem een set schone kleren. Hij kleedde zich met zijn rug naar me toe aan, alsof hij zich schaamde.

'Lar, je weet toch dat ik van je hou, hè? Wat er ook is gebeurd. Dat is het allerbelangrijkste.'

'Ik ben vreselijk moe,' zei hij. 'Ik wil alleen maar slapen.'

'Je had het over je moeder...'

'Ik kan er niet over praten. Ik wil haar niet zien. Nooit meer.'

'Maar ze houdt van je. Je hebt altijd gezegd dat ze zelfs te veel van je hield.'

'Vraag me alsjeblieft niet naar haar, oké? Ik kan het gewoon niet aan.'

'Wil je een paar dagen bij mij komen logeren? Je kunt zo lang blijven als je wilt.'

Hij boog zijn hoofd. 'Ik verdien jou niet, ik verdien jou echt niet.'
Laurence liet mij rijden, omdat hij zelf niet nuchter genoeg was. Toen we bij mijn appartement aankwamen, kroop hij meteen in bed. Hij sliep twaalf uur achter elkaar.

Hij heeft me nooit verteld waar de ruzie met zijn moeder over ging, maar het raakte hem heel diep. Ik kon niets bedenken wat deze onenigheid kon hebben veroorzaakt, maar ik moet eerlijk bekennen dat ik stiekem opgelucht was. Hij was zo aan haar verknocht geweest dat zelfs zijn collega's het bizar vonden. Ze maakten er grapjes over en hij had zich altijd een beetje gegeneerd voor het feit dat hij nog bij zijn moeder woonde. Hij bleef een week bij mij en ging toen weer aan het werk. Hij had een vriendin, Helen, die wat spullen voor hem uit zijn moeders huis haalde. Intussen vloog ik naar Milaan voor een fotoshoot voor lippenstift. Toen ik terugkwam, was hij voorgoed in de cottage getrokken. Hij was met een verhuiswagen naar Avalon geweest om daar bedden, oude banken, stoelen, tafels, vloerkleden, gordijnen en een servies op te halen, allemaal spullen die volgens hem nooit werden gebruikt en niet zouden worden gemist. Hij vertelde me dat de spullen op de zolder bij hem thuis jarenlang bedekt waren geweest met stoflakens. Ik hielp hem met het uitpakken van dozen vol boeken en platen en met het ophangen van schilderijen en gordijnen. Ik maakte kennis met zijn vriendin Helen, die op een dag nog wat losse dingen kwam brengen. Laurence was naar de doe-het-zelfzaak om verf te halen.

'Dus jij zit hierachter.'
'Pardon?'
'O, begrijp me niet verkeerd. Hij had jaren geleden al uit

huis moeten gaan, maar zijn moeder is op dit moment erg kwetsbaar.'

Dit leek me niet de juiste manier om onze kennismaking te beginnen. 'Hallo, ik ben Karen.'

'Helen. Ik was zijn eerste vriendin.' Ze kwam opdringerig en gemeen over, en banjerde langs me heen de woonkamer in. Ze keek om zich heen.

'Ik heb zijn oma gekend, je weet wel, van wie deze cottage was. Wat een kenau was dat, zeg.'

'Lust je misschien een kopje thee?'

'Woon je hier al?'

Ik geneerde me. Ik wilde alleen beleefd zijn, maar besefte dat het klonk alsof het mijn huis was.

'Nee, hoor. Ik help Laurence alleen maar. Maar het water heeft net gekookt.'

'Super.' Ze zette de dozen voor de televisie neer en ging op Laurence' leunstoel zitten.

Ik deed mijn best om welgemanierd te blijven. 'Je had het zo-even over zijn moeder. Ik weet dat ze ruzie hebben gehad, maar ik weet niet waarover.'

Helen keek me achterdochtig aan. 'Heeft hij het je dan niet verteld? Mij ook niet, maar ik neem aan dat het ging over dat hij het huis uit wilde. Zijn moeder is gestoord, maar ik vind echt dat hij op zijn minst met haar moet gaan praten. Hij kan best even bellen. Ik ben daar om de dag. Laurence betaalt me om een oogje in het zeil te houden, maar ze eet niet en slaapt nauwelijks. En ze weigert met Malcolm te praten. Weet je wie Malcolm is? De psychiater. Hij zegt dat ze weer zal moeten worden opgenomen als er niet snel iets verandert.'

'Lieve god. Ik had geen flauw idee dat het zo slecht met haar ging.'

'Allemachtig, ze slaapt zelfs in zijn bed. Laurence moet

echt naar haar toe. Naar mij luistert hij niet. Ja, ze is zo gek als een deur, maar hij behandelt haar niet netjes. Ze zit de hele tijd te janken en zegt dat hij alles is wat ze heeft. Eenmaal per week een bezoekje kan toch niet te veel gevraagd zijn?'
'Hij was ook overstuur door de ruzie. Heel erg zelfs.'
'Maar je weet dus niet waar het over ging?'
'Nee.'
'Misschien ging het wel over jou.'
'Over mij?'
'Ja, omdat hij jou heeft verkozen boven haar. Je moet tegen hem zeggen dat hij bij haar langs moet gaan.'
'Niemand heeft hem gedwongen om te kiezen. Maar ik zal tegen hem zeggen dat hij haar moet opzoeken.'
Ze leunde achterover in de stoel. 'Zeg, hoe lang ga jij al met Lar om?'
'Een paar maanden.'
'Echt? Hoe hebben jullie elkaar ontmoet?'
Haar vragen waren onbeleefd en bemoeizuchtig, maar ik weigerde erom te liegen. 'Laurence werkt bij het bureau waar mijn pa zijn uitkering kreeg.'
Helen gniffelde spottend. 'Dat zal Lydia niet leuk vinden om te horen.'
'Lydia?'
'Zijn moeder. Ze is een vreselijke snob.'
'Dan zal ze het ook niet leuk vinden om te horen dat ik bij mijn man weg ben.'
'Godsamme! Echt waar? Geen wonder dat ze ruzie hebben gehad.'
Helen bleef een tijdje zitten om op Laurence te wachten. We kletsten vriendelijk met elkaar, maar ik kon merken dat ze me niet echt mocht. Uiteindelijk moest ze toch vertrekken.

'Het is niet beledigend bedoeld, hoor, want je lijkt me best aardig en je bent leuk om te zien en zo, maar het wordt nooit wat tussen Laurence en jou. Jullie werelden verschillen te veel van elkaar.'
'Volgens mij zijn dat jouw zaken niet.'
'Ik ken hem veel langer dan jij.'
'Hij houdt van me.'
'Daar zeg je zo wat. Maar het is niet genoeg. Veel succes.' Ze slenterde nonchalant de kamer uit en griste in het voorbijgaan brutaal een fles wijn van de tafel. 'Hij staat bij me in het krijt.'
Ik was aardig van slag. Toen Laurence thuiskwam, vertelde ik hem over Helen en wat ze had gezegd.
'Let maar niet op haar. Ze is gewoon jaloers. Jij en ik? We hebben elkaar onder bizarre omstandigheden leren kennen en zijn daar goed uit gekomen. Dat mogen we niet door anderen laten verknoeien.'
Ik vond het feit dat pa zijn uitkering bij zijn kantoor afhaalde niet echt bizar, maar putte toch troost uit zijn woorden. 'Waarom had je zo lang nodig bij de doe-het-zelfzaak?'
'Ik was van plan om terug naar huis te lopen, maar ik werd zo vreselijk moe dat ik de bus moest nemen en het duurde een eeuwigheid voordat die kwam. Ik voel me de hele tijd doodop en uitgehongerd. Ik probeer écht minder te eten. Ik snap niet waarom ik de hele tijd behoefte heb aan eten, net als vroeger.' Hij liet zich op de bank vallen, trok zijn voeten op en zette de televisie aan.
Hoewel ik er niets van had gezegd, was Laurence er de afgelopen weken inderdaad steeds molliger uit gaan zien. Ik was ervan overtuigd dat het een fase was, iets wat vanzelf goed zou komen zodra hij de ruzie met zijn moeder had bijgelegd. Hij was minder attent geweest dan anders en leek somber en depressief.

'Misschien heeft Helen gelijk en moet je bij haar langsgaan.'
'Bij wie?'
'Dat weet je best. Je moeder.'
Als Laurence niet over iets wilde praten, kreeg hij soms een lege blik, alsof hij zich in zichzelf terugtrok. 'Nee.'
'Luister, ik weet heus wel dat ze me niet zal goedkeuren. Dat heeft Helen me al met zoveel woorden verteld. Maar als ze echt onder de situatie lijdt, moet je het proberen, Lar. Ze is tenslotte je moeder.'
'Nee.'
'Laurence...'
'Hou je kop over haar, begrepen?'
Het was de eerste keer dat Laurence me afsnauwde. Hij deed me op dat moment aan Dessie denken, die me met agressie tot onderdanigheid had willen dwingen. Dat had ik niet verwacht van Laurence. Ik vroeg me voor het eerst af of ik misschien een vreselijke vergissing had begaan. Natuurlijk bood hij me later zijn verontschuldigingen aan en was hij extra lief voor me. Net als Dessie. Ik maakte mezelf echter wijs dat Laurence een beter mens was. Ik hoopte dat hij zou laten zien dat ik gelijk had, maar moest in plaats daarvan machteloos toezien dat hij zich steeds verder in zichzelf terugtrok.

22

Laurence

Mijn moeder. Ik probeerde weer aan het werk te gaan, ik probeerde weer van Karen te houden, ik probeerde weer normaal te zijn, maar ik kreeg mijn moeder maar niet uit mijn hoofd. Als negenjarige had ze haar tweelingzusje vermoord, maar ze had het keurig weggestopt, het voorval opzijgeschoven, en was doorgegaan alsof het nooit was gebeurd... Misschien was het inderdaad een ongeluk geweest, maar als er geen opzet in het spel was geweest, waarom had ze er dan nooit over gepraat? En nu ik wist dat ze ook betrokken was geweest bij de dood van Annie, had ik het gevoel dat ik al die tijd met één bepaalde versie van mijn moeder had geleefd. Ik kende haar beter dan wie ook, maar toch had ik geen flauw idee wie ze was of waartoe ze in staat was. Ze kon in een oogwenk van een emotioneel wrak in een soort robot veranderen, onpersoonlijk, gevoelloos en afstandelijk. Malcolm had natuurlijk altijd het beste in haar willen zien en was dus geneigd haar in het geval van Diana het voordeel van de twijfel te geven, maar hij was niet op de hoogte van Annie Doyle.

Ik twijfelde inmiddels aan alle gesprekken die ik ooit met haar had gehad over Annies lichaam en de reden dat mijn vader haar zou hebben vermoord. Ik analyseerde alle manieren waarop ze me had gemanipuleerd, en dacht terug aan hoe ze in de maanden voorafgaande aan mijn vaders dood tegen hem had gesproken. Zij was sterk geweest. Hij was ingestort. Ze waren allebei medeplichtig aan de moord op Annie, en ik wist dat het niet nodig zou zijn geweest om alles te verbergen als het een eenvoudig ongeluk was geweest. Ik kon niet bedenken wat haar of hen ertoe kon hebben gedreven om een kwetsbare jonge vrouw te doden, maar ik kon ook niet voorkomen dat ik in gedachten allerlei mogelijke scenario's zag langskomen met Karen in de hoofdrol in plaats van Annie. Het was een marteling. Mijn moeder was net zo'n monster als mijn vader, misschien nog wel erger, want zij had moeiteloos al die tijd kunnen liegen en veinzen. Ik deed mijn best het te begrijpen. Mijn lieve, broze, kwetsbare moeder had een mens gedood, misschien zelfs twee. Het verklaarde haar neuroses, haar snobisme, haar angst om het huis te verlaten. En het maakte me doodsbang. Want als mijn ouders in staat waren tot moord, was ik dat dan ook?

Karen begreep helemaal niets van mijn stemmingswisselingen. Het was juist zo goed gegaan tussen ons en ze verdiende het niet dat ik haar zo afsnauwde. Had die verrekte Helen zich er nou maar niet mee bemoeid. Ik zag het vertrouwen uit Karens ogen wegvloeien. Ik probeerde uit alle macht de schade te herstellen en we deden ons best om ons weer normaal te gedragen, maar het kostte me moeite om mijn stemmingswisselingen onder controle te houden. En hoewel mijn gewicht jarenlang relatief stabiel was geweest, kostte het me nu ook moeite om dát onder controle te houden. Ik had voortdurend honger. Ik probeerde meer te bewegen, als tegenwicht aan mijn steeds grotere voedselinname, maar de kleinste inspanning putte me al uit. Karen dacht dat ik depressief was. Ze zei niets over mijn opbollende buik, maar ik zag haar verbazing en ontzetting als ik mijn shirt uittrok. Mijn oude schaamte stak de kop weer op en als we vreeën voelde het anders aan dan vroeger, totdat ik het uiteindelijk helemaal vermeed, uit angst dat ik me steeds dieper zou gaan schamen.

Karen hield het een maand lang vol. Ze accepteerde mijn opvliegendheid, mijn sombere stemming en mijn groeiende omvang, maar ze sprak niet langer over ons als een eenheid en ik wist dat ik haar langzaam kwijtraakte. Ergens was ik opgelucht. Ik verdiende haar niet, niet na wat mijn familie de hare had aangedaan. Ik kon er niet zeker van zijn dat ik haar op een dag niet vreselijk pijn zou doen. Maar ik wist ook dat ik onthand zou zijn als ze me verliet.

Drie weken voor Kerstmis volgde de zoveelste avond vol ongemakkelijke stiltes. Ik had alle belangstelling voor het opknappen van de cottage verloren. Uitgedroogde kwasten stonden in potten met hard geworden verf, en aan één muur bungelden stroken half afgetrokken behang. Zonder iets te zeggen raapte ze de spullen bij elkaar die ze in de cottage had liggen. Haar tandenborstel, een paar T-shirts, wat make-up in de badkamer. Ze stopte alles in een tas, maar liet de cadeaus die ik haar had gegeven liggen. Ik had het moeten zien aankomen. We hadden wekenlang geen seks gehad en ik kwam het huis amper uit, behalve om naar mijn werk te gaan. Misschien was mijn moeders neurose wel erfelijk.

'Je gaat bij me weg.' Het was geen vraag, maar een vaststelling.

Er glinsterden tranen in haar ogen. 'Ik dacht dat je van me hield.'

'Dat doe ik ook. Je weet niet half hoeveel.'
'Wat is er dan veranderd?'
'Ik...' Ik wist niet waar ik moest beginnen.
'Moet je horen, Lar. Het kan me niet schelen of je moeder

me aardig vindt of niet. Wat belangrijk voor me is, is wat jíj denkt. Ik hoef haar nooit te ontmoeten, maar jij wel. Als je het niet goed met haar maakt, is het uit tussen ons. Je kunt zowel haar als mij in je leven hebben. Het is geen kwestie van of-of. Ga naar haar toe.'
 'Je weet niet wat je van me vraagt. Dit draait niet om jou.'
 'Natuurlijk draait het wel om mij. Behandel me alsjeblieft niet als een dom kind. Ga naar haar toe. Vertel haar dat we een relatie hebben, maar dat je elke week bij haar langs zult gaan. Zeg tegen haar dat ze me nooit hoeft te ontmoeten, maar verban haar niet uit je leven. Doe het voor jullie allebei. Ze heeft niet het eeuwige leven. Ze is helemaal alleen. Je hebt altijd gezegd dat ze niemand anders heeft. Je kunt ruimte maken voor ons allebei. Je hoeft niet te kiezen.'

Karen is de liefste persoon die ik ooit heb ontmoet. Ze wist dat mijn moeder haar verafschuwde, ook al had ze geen idee waarom, en toch was ze bereid me met haar te delen, omdat ze het niet kon verdragen om mij te zien lijden of te horen over het lijden van mijn moeder. Ik kon haar ultimatum niet weigeren, dus die middag ging ik bij mijn moeder langs. We hadden elkaar zes weken niet gesproken. Zo lang waren we in mijn hele leven nog nooit van elkaar gescheiden geweest.

23

Lydia

Ik wist wel dat hij uiteindelijk zou terugkomen. Hij moest wel. Laurence en ik zijn met elkaar verbonden. Ik heb hem gebaard, dus hij is van mij.

Tijdens zijn zes weken durende afwezigheid at ik vrijwel niets, want ik wist dat Helen alles aan hem zou doorbrieven. Ik was echt radeloos, vooral toen onze vervreemding zo lang aanhield, maar ik wist dat hij Helen betaalde om op me te letten, dus het was niet alsof hij niets meer om me gaf. Hij hield heus van me.

Ik vervloekte Malcolms domheid en loslippigheid. De eed van Hippocrates zei hem kennelijk niets. Ik zou Laurence of Andrew zelf nooit iets over Diana hebben verteld. Daar hoefde Laurence niets over te weten. Maar toen ik ertoe werd gedwongen, versprak ik me over de vijver. Mijn zoon dacht dat Andrew en ik de vrouw samen hadden vermoord. Hij mocht dan misschien gelijk hebben, maar hij kon onmogelijk de reden hebben geweten, en ik wist dat hij het wel zou begrijpen als ik maar met hem kon praten.

Ik sliep en huilde in zijn bed, waar ik zijn herinnering probeerde vast te houden. In mijn jeugd was het mijn slaapkamer geweest. Toen ik het bureau van de muur wegschoof, vond ik mijn oude bergplek in de muur. Daar trof ik foto's aan van de jonge vrouw die vermoedelijk Laurence' nieuwe geliefde was. Ik schrok toen ik zag hoe mooi ze was. Het waren geposeerde, professionele foto's. Ze had best een filmster kunnen zijn. Ik begon me nu echt zorgen te maken, want deze vrouw had iets waarmee ik niet kon wedijveren. Schoonheid, maar daarnaast ook jeugdigheid. Ik wilde haar niet in ons leven hebben. Verder vond ik ook het naamarmbandje, de krantenknipsels over Annie Doyles verdwijning en verontrustende handgeschreven fantasieën waarin hij verkering had met Annie Doyle en seks met haar had. Wanneer had hij die geschreven? Waarom had hij de voorwerpen bewaard? Waarom kon hij het verleden niet laten rusten?

Ik belde hem op, maar hij nam niet op als ik naar zijn werk belde en hing op als ik naar de cottage belde. Een week na zijn vertrek kwam hij met een gehuurde vrachtwagen naar het huis om meubels op te halen. Hij weigerde met me te praten of me aan te kijken. Hij beende zeven of acht keer door het huis en negeerde mijn gejammer en smeekbedes. Ik overwoog een nieuwe overdosis, maar Helen had mijn medicijnen in beslag genomen en deelde de pillen aan me uit alsof ik een kind was. Ze had ook de Phentermine gevonden.

'Waarom slik je deze?' vroeg ze.

Ik loog dat Malcolm me het middel had voorgeschreven.

'Wat een sukkel,' zei ze. Ze spoelde de pillen weg in de wc.

Helen was heel opmerkzaam. Ik had nog steeds een van Malcolms receptenblokjes en kon aan alle medicijnen komen die ik wilde hebben, maar ik besloot te wachten. En hoe langer ik wachtte, hoe bozer ik op Laurence werd.

Toen hij na zes weken belde om te zeggen dat hij naar Avalon zou komen om met me te praten, slaakte ik echter een enorme zucht van verlichting, want mijn zoon kwam eindelijk naar huis. Ik schreef een recept voor hem uit.

Zijn uiterlijk kwam als een schok voor me en ik denk dat het mijne hetzelfde effect had op hem. Voor elke pond die ik aan gewicht was kwijtgeraakt, was hij er drie aangekomen. Hij was bijna weer de veel te dikke jongen die ik volledig in mijn macht had gehad. Dat vond ik fijn, want dat kon zijn vriendin nooit aantrekkelijk vinden.

Ik stuurde Helen naar huis en bereidde zijn lievelingsmaal. Ik had me zorgvuldig gekleed en mijn haar gewassen, en ik had de tafel in de eetkamer gedekt. Terwijl ik zijn bord volschepte, kletste ik over het weer en televisieprogramma's.

Aanvankelijk zei hij bijna niets, maar ik wist hem al snel tot een gesprek te verleiden.

'Lieverd, het is zo fijn om je te zien. Ik ben blij dat je bent teruggekomen.'

'Ik ben alleen maar op bezoek.'

'Natuurlijk. Hoe bevalt het in oma's cottage? Het is zeker wel tochtig, met die grote ramen.'

'Dat valt wel mee.'

'Is het er niet eenzaam?'

'Nee.'

'Komen je vrienden je daar opzoeken? Want als je dat leuk vindt, zouden ze je hier ook kunnen opzoeken. Dan blijf ik wel in mijn kamer...'

'Er komt maar één bezoeker en dat is mijn vriendin.'

'O, heb je een nieuwe vriendin? Wat geweldig.' Ik deed alsof ik van niets wist. Over háár wilde ik het niet hebben. Ik ging snel over iets anders verder. 'Lieverd, wat Annie betreft...'

Hij streek met een hand over zijn ogen. 'Daar wil ik het niet over...'

'Het moet, anders blijf je je hele leven denken dat je vader en ik monsters zijn, en dat zijn we niet. Het was een ongeluk, net als bij Diana...'

'Mam, alsjeblieft...'
'Annie Doyle was door je vader ingehuurd om iets voor hem te doen.'
Zijn nieuwsgierigheid won het. 'Wat dan?'
'Je weet toch nog wel dat ik wanhopig graag een baby wilde, een broertje of zusje voor jou? Herinner je je dat nog?'
Hij zei niets, maar keek naar me en sloeg mijn mond gade terwijl ik praatte.
'Je vader en ik... We hadden Annie ingehuurd... om zwanger te worden.'
'Wat?'
'Het was mijn idee. Je vader zou haar zwanger maken en zij zou ons de baby geven.'
'Maar... dat is belachelijk! Dat zou papa...'
'Ze zou ons een dienst verlenen, lieverd. Ik wist niet dat ze een prostituee was. En je vader wist het ook niet. Mijn Andrew is nooit een hoerenloper geweest. Hij moest heel discreet te werk gaan. Hij betrapte haar op een dag toen ze zijn zak wilde rollen en kreeg medelijden met haar. Hij had haar kunnen laten oppakken, maar in plaats daarvan hielp hij haar. En na een tijdje vroeg hij haar om ons te helpen. Ze werd rijkelijk beloond voor haar diensten en vertelde hem al na drie of vier keer dat ze in verwachting was.'
'Dat is krankzinnig! Om te beginnen is het wettelijk verboden en... O, mijn god. Arme papa.'
'Ik weet het. Die arme Andrew wilde er niets van weten, maar ik was ten einde raad. Ik heb hem gesmeekt, en hoewel hij zijn best deed me ervan te overtuigen dat het een verschrikkelijk slecht idee was, lukte het me toch hem over te halen. Ik had die baby nodig. Jij werd groot. Wat moest ik zonder jou beginnen?'
'Mam, heb je enig idee hoe gestoord je nu klinkt?'
Het kostte me moeite om rustig te blijven. 'Niet doen. Dat

moet je niet zeggen. Ik heb dit huis altijd willen vullen met kinderen, met leven. Het is niet gestoord om moeder te willen zijn. Zelf had ik geen moeder toen ik opgroeide en ik had iemand nodig die van mezelf was. Ik had ook geen zus, want die was dood.'

'Maar mam...'

Ik stond niet toe dat hij me onderbrak. 'En ik had heel veel liefde om te geven. Elke miskraam knaagde aan mijn ziel. Je zult nooit weten hoe erg het voor me was dat keer op keer het leven uit me werd weggerukt. Ik heb familie nodig.'

Laurence zat doodstil. 'Wat is er precies met Annie gebeurd?'

'Ze loog tegen ons. Ze wilde steeds meer geld hebben. Ze weigerde ons een briefje van haar huisarts te laten zien dat bevestigde dat ze inderdaad zwanger was. En toen, op die... op de laatste avond zei ik tegen je vader dat ik haar wilde spreken. Hij had... het contact met haar onderhouden, hij had alles geregeld en haar zwanger gemaakt. Of dat dacht hij tenminste. Ik was uit de buurt gebleven, maar ik maakte me wel zorgen. We hadden niet veel geld en hij betaalde haar per maand. Ik wilde bewijs hebben dat ze een baby verwachtte. Toen ze naar eigen zeggen een maand of vijf ver was kreeg Andrew ruzie met haar, omdat ze had ontdekt wie hij was en toegaf dat ze helemaal niet zwanger was. Ze probeerde hem te chanteren. Ze zei dat ze naar de krant zou stappen en hij verloor zijn zelfbeheersing.'

'En?'

'Hij verloor zijn zelfbeheersing. Hij kon er niets aan doen. Hij stond financieel onder zware druk en ze had ons bestolen. Ze was een ordinaire dief, Laurence. Ze had ons gebruikt en bedrogen, en je vader... verloor zijn zelfbeheersing.'

Laurence schoof zijn lege bord weg en stond op van tafel.

Het was belangrijk voor me dat Laurence inzag dat de vrouw het slachtoffer was geworden van pure pech. Ik moest de waarheid een beetje verdraaien.

'Hij heeft haar gedood.'

'Jawel, maar niet met opzet. Het was een ongeluk. Ze bedreigde hem met een mes. Ze was een akelige straatmeid. Het was zelfverdediging. Hij wurgde haar. Hij was er helemaal ondersteboven van. Het was niet zijn bedoeling om haar te doden.'

'Mijn god. Ik had dus al die tijd gelijk. Hij heeft haar vermoord, maar jij hebt net zoveel schuld.'

'Ik?'

'Niet te geloven dat je papa hebt gedwongen mee te doen aan zo'n schandalig plan. Geen wonder dat hij kort daarna is overleden. De stress is zijn dood geworden.'

Er welden tranen op in mijn ogen. Ik wilde dat Laurence het begreep.

'Ik mis hem elke dag. Die vrouw was kwaadaardig. Ze probeerde hem te steken! Ze heeft hem net zo lang gepusht tot er iets bij hem knapte.'

'Jíj hebt hem gepusht tot er iets bij hem knapte. En daarna ben je gewoon doorgegaan alsof er niets was gebeurd, precies zoals je ook hebt gedaan nadat Diana... was verdronken.'

'Het leven zit nu eenmaal vol tegenslagen. Die moeten we overwinnen.'

'Was Annie een tegenslag? En Diana?' Laurence' stem begaf het.

'Doe nou niet zo theatraal. Gedane zaken nemen geen keer en we zijn hier allebei bij betrokken.'

Ik voelde dat hij woedend was.

'Jíj hebt me hierbij betrokken. Je wist wat er was gebeurd en hebt mij erbij betrokken. Ik heb cement over haar graf gestort!'

'Inderdaad, maar nu moeten we het vergeten en zorgen dat alles weer normaal wordt.'
'Jij weet helemaal niet wat normaal is.'
'Ik zal alles doen wat je wilt. Ik kan echt veranderen.'
'Welnee, dat kun je niet.'
'Maar ik zal...'
'Mam, ik kom nooit, maar dan ook echt nooit meer bij je in huis wonen.'
'Juist, ja.' Ik bleef volkomen rustig, met een glimlach op mijn gezicht.
'Ik wil niet op een kerkhof leven.'
Ik zette het enige wapen in dat ik had. 'Lieverd, ik kan ervoor zorgen dat je weer slank wordt. Moet je zien hoe dik je bent geworden sinds je hier weg bent.'
Ik wist dat ik hem had overrompeld met deze opmerking.
Hij slaakte een diepe zucht en kneep met zijn duim en wijsvinger in de brug van zijn neus. 'Waar heb je het in vredesnaam over?'
'Ik heb je Phentermine laten slikken. Het is een medicijn dat wordt voorgeschreven tegen lethargie en depressie, maar een van de bijwerkingen is gewichtsverlies.' Ik vertelde hem hoe ik aan de pillen was gekomen en ze fijngemalen door zijn eten had gedaan. Ik haalde het potje achter de vanille-essence in de keuken vandaan om het aan hem te laten zien. 'Hier, je mag het wel hebben. Het werkt echt heel goed. Ik heb je niets verteld, omdat ik niet wilde dat je je ervoor zou schamen. Ik wilde je laten geloven dat je op eigen kracht was afgevallen.'
Laurence begon te huilen. Ik sloeg mijn armen om hem heen en stopte het potje tabletten in zijn zak, maar hij schudde me wild van zich af en ging in de andere hoek van de kamer staan.
'Dit is waanzin. Onvoorstelbaar.'

'Alles wat ik doe, doe ik voor jou, lieverd.'
'Hou alsjeblieft op!'
Ik hield mijn mond, want alles wat ik zei leek het er alleen maar erger op te maken. Hij zette een raam open en ademde diep in. De ijskoude decemberlucht kroop de kamer in. De stilte tussen ons hield aan en de sfeer werd net zo ijzig als de temperatuur. Toen hij zich ten slotte naar me omdraaide, waren zijn tranen opgedroogd. Hij plaatste zijn duim onder zijn kin, zoals Andrew ook altijd had gedaan wanneer hij iets wilde meedelen. Hij klonk emotieloos.

'Voorlopig zal ik je zo goed mogelijk financieel blijven ondersteunen. Ik kom één keer per maand bij je eten.'

Mijn hart maakte een sprongetje van vreugde. Het was in elk geval iets. Ik zou hem wel overhalen om er één keer per week van te maken.

'Maar op één voorwaarde. Ik heb een vriendin. Je zult haar moeten accepteren, want ze komt met me mee. Ik ben hier nu alleen omdat zij me ertoe heeft gedwongen.'

'O, Laurence. Kunnen we niet gewoon met z'n tweetjes blijven? Je bent mijn enige familielid. Zij zou zich een indringer voelen.'

'Mam, ik kom hier niet wonen en ze zal zich alleen een indringer voelen als jij haar dat gevoel geeft. En... ik moet je iets over haar vertellen.'

Zijn voorhoofd glom van het zweet en ik vroeg me af waar hij zo zenuwachtig om kon zijn.

'Ze is de zus van Annie Doyle. Het is Karen. Karen Doyle is mijn vriendin.'

Ik was werkelijk met stomheid geslagen. 'De zus van de prostituee?'

'Ik vind dat je Annie het slachtoffer van een moord moet noemen. Karen is geen dief, junkie of prostituee. Ze is lief, vriendelijk en gul, en heel erg mooi. Als je haar een kans geeft, zul je zien dat je haar echt aardig zult vinden. Op dit moment doet ze modellenwerk, maar ze is van plan om kunstgeschiedenis te gaan studeren, en ze heeft veel gereisd. Misschien ben je haar weleens tegengekomen in een tijdschrift...'

Hij ratelde maar door en zijn ogen glansden terwijl hij het over haar had, maar ik probeerde niet te luisteren, want mijn hoofd begon te bonzen. Dat voorkwam echter niet dat ik hem hoorde zeggen: 'Ik hou van haar, mam.'

Wat een smerige klootzak.

Op een of andere manier wist ik me in te houden en lukte het me alle sporen van de storm die door mijn hoofd raasde te verbergen. Laurence vroeg of hij de vrouw de volgende keer dat hij kwam eten mocht meebrengen. Ik knikte glimlachend.

'Weet je het zeker?' vroeg hij. 'Of heb je meer tijd nodig om aan het idee te wennen? Ze weet uiteraard niet wat er met Annie is gebeurd. We zullen het niet over Annie hebben. Ik denk dat ze niet op haar gemak zou zijn als ze wist... dat jij het weet van haar zus. Weet je echt zeker dat het goed is?'

'Heel zeker, lieverd.'

Hij keek me weifelend aan. 'Ik ben ergens wel blij dat ik nu de waarheid weet. Over papa en Annie. Ik denk dat ik wel begrijp waarom hij het heeft gedaan, ook al blijft het onvergeeflijk. En mam, ik vind echt dat je hulp moet zoeken, psychische hulp. Je kunt Malcolm natuurlijk niet over Annie vertellen, maar je zou een andere professional moeten zoeken. Volgens mij laat je jouw leven te veel van mij afhangen en dat moet je nu loslaten.'

Ik stemde in met alles wat hij zei en glimlachte welwillend om al zijn ideeën, maar ondertussen kolkten er withete golven van woede tussen mijn slapen.

Nadat Laurence was vertrokken, ging ik naar boven en deed ik nauwgezet het laatste restje van mama's scharlakenrode lippenstift op.

24

Laurence

Nu ik eindelijk de waarheid weet, geeft dat me... Ik weet niet wat het juiste woord ervoor is. Opluchting? Geen gemoedsrust, want dat is iets heel anders. Ik vind de geestelijke gesteldheid van mijn moeder en haar rol in het leven en de dood van Annie bijzonder verontrustend. Ik moet voortdurend denken aan wat mijn vader heeft gedaan. Ik word misselijk bij de gedachte dat ik dit de rest van mijn leven geheim zal moeten houden voor Karen, maar mama heeft er in elk geval mee ingestemd om een psychiater te bezoeken en heeft eindelijk geaccepteerd dat ik niet meer thuis kom wonen. Ik denk dat het haar heeft geholpen dat ze de waarheid heeft verteld. Ondanks alles is ze mijn moeder. Ze houdt echt van me en heeft me grootgebracht, en ik ben haar in zekere zin iets verplicht. Ik zal haar niet voor de leeuwen gooien, en misschien brengen deze onthullingen haar wel een zekere rust en stabiliteit. Ze heeft geen geheimen meer, niets om te verbergen.

Achteraf besef ik dat ze mijn hele leven door mij geobsedeerd is geweest, en ik vraag me af wanneer die liefde is ontspoord. Ik ben geneigd te geloven dat het na de dood van papa is gebeurd, omdat ze toen met zekerheid wist dat ze geen ander kind meer zou krijgen. Helen had het al die tijd bij het rechte eind. Toch heb ik medelijden met haar, met ons allebei, omdat ik nooit genoeg voor haar was. Ik vraag me af of alles anders was verlopen als ze nog een kind had gekregen, of dat ze slechts naar een band met iemand verlangde die net zo hecht was als haar band met Diana ongetwijfeld was.

Mijn moeder is in het beste geval indirect verantwoordelijk voor de dood van twee mensen, en dan tel ik mijn vader niet mee. Dat ik moet leven met die wetenschap is de last die ik zal moeten dragen, maar ik kan haar geen rechtszaak aandoen wegens moord. Dat zou ze beslist niet overleven en er zijn al genoeg doden gevallen.

Na Kerstmis ga ik naar een specialist voor mijn gewicht. Ik heb twee jaar lang medicijnen toegediend gekregen. Ik wil best geloven dat mama dacht dat ze me hielp, en misschien moet ik haar dankbaar zijn, maar ik ben vooral boos op haar, omdat ze het me niet heeft verteld. Ze was vastbesloten om mijn hele leven te regelen. Ik slik de tabletten nu weer om zo snel mogelijk af te vallen. Als gevolg daarvan barst ik weer van de energie en slaap ik heel weinig. Ik doe dit slechts tijdelijk, totdat ik een afspraak heb met een diëtist. Karen vindt het fantastisch dat ik fitter ben, dat ik elke ochtend ga hardlopen voordat ik naar mijn werk moet en dat ik op de fiets naar kantoor ga. Ze heeft nooit iets over mijn omvang gezegd, maar het kan nooit aantrekkelijk zijn, en ik wil haar geen nieuwe reden geven om aan onze relatie te twijfelen. Afgelopen vrijdag stootte Dominic haar in de pub aan. Hij wees naar mij en zei: 'Belle en het Beest, snap je wel?'

Volgende week gaan we voor het eerst samen bij mama eten. Ik heb mama een paar keer gebeld om er zeker van te zijn dat ze niet van gedachten is veranderd en dat ze niet raar zal doen tegen Karen. Ik heb mama nog niet durven vertellen dat Karen getrouwd is. Eén stapje tegelijk. Maar mama's stemming is duidelijk verbeterd. Ze zegt dat ze uitkijkt naar het etentje en dat ze allerlei kookboeken heeft doorgenomen om ervoor te zorgen dat het een perfecte maaltijd wordt. Ik doe mijn best niet aan Karen te laten merken hoe zenuwachtig ik ben voor deze ontmoeting. Misschien kunnen ze het goed met elkaar vinden, misschien ook niet, maar als mama me dwingt om te kiezen, dan kies ik Karen.

25

Karen

Toen Laurence me vertelde dat zijn moeder me had uitgenodigd om te komen eten, wist ik dat dat heel belangrijk voor hem was. En voor mij ook. Ik was doodsbang voor een vrouw die ik nooit had ontmoet, maar met Laurence leek het na zijn bezoek aan zijn moeder veel beter te gaan. Ik was blij dat ik hem ertoe had gedwongen. Hij begon weer te sporten, stopte met ongezond eten en had opeens veel meer energie. Hij ruimde de cottage op en begon serieuze plannen te maken voor de renovatie. Hij kwam zijn depressie snel te boven en ik vroeg me af of het altijd zo zou blijven. Ik nam me voor om Laurence altijd te steunen als hij last had van depressieve buien. Niemand begreep me beter dan Laurence. Hij had het beste met me voor. Laurence steunde me altijd in al mijn beslissingen. Hij was niet jaloers of kleingeestig. Bij hem was ik een betere versie van mezelf. Ik wilde hem gelukkig maken. Op de ochtend van het etentje vroeg ik Laurence in bed voorzichtig of het hem een goed idee leek als ik bij hem introk. Ik struikelde over mijn woorden, want het is traditie dat de man deze vraag stelt, maar ik wilde laten zien dat ik hem was toegewijd.

Hij keek me lachend aan. 'Ja! Ja, natuurlijk. Ik wilde het je wel vragen, maar was bang dat ik je had afgeschrikt. Ik wil dolgraag officieel met je samenwonen. Als echtscheiding wettelijk mogelijk was, zou ik ook met je trouwen...' Hij zweeg abrupt, plotseling verlegen. 'Als je "ja" zou zeggen, natuurlijk.'

'Ik zou zeker "ja" zeggen.' Ik legde mijn hoofd naast dat van hem op zijn kussen en zoende hem op zijn mond. Hij zoende me terug, traag en vol passie, en we bedreven tederder dan ooit tevoren de liefde.

Toen we ons later klaarmaakten om naar zijn moeder te gaan, kleedde ik me met grote zorg aan. Het was begin december en koud. Ik had die week een flinke cheque van Yvonne ontvangen, met een briefje erbij waarop stond vermeld dat er in The Westbury Hotel een uitverkoop werd gehouden van designersamples. Ik sprak daar met haar af. Ze was op de hoogte van mijn relatie met Laurence. Ze had hem nooit ontmoet, maar toen ik haar vertelde over zijn moeders uitnodiging om in Avalon te komen eten en wat het adres was, leek ze blij voor me. Toch waarschuwde ze me.

'Als ik je een goede raad mag geven, liefje, ga dan niet naar waar je niet thuishoort. Dat pakt zelden goed uit.'

Ik lachte haar uit. 'Bij jou heeft het anders wel goed uitgepakt.'

'Mijn leven is één groot toneelspel. Dat zou ik niet iedereen aanraden, en ik heb jou in mijn hart gesloten,' zei ze, terwijl ze een lange sigaret opstak.

De manier waarop ze dit zei, had iets triests. Ik moest aan haar gestorven zoon denken en het feit dat ze het nooit meer over hem had gehad sinds die ene dag dat we over Annie hadden gesproken.

Bij de uitverkoop koos ze een smaragdgroene jurk van zijde en wol voor me uit. Ik wees naar mijn haar.

Ze sloeg haar ogen op in een overdreven geïrriteerd gebaar. Yvonne geloofde niet in het adagium 'rood met groen, boerenfatsoen', waardoor de meeste modehuizen me liever witte, blauwe en bruine tinten lieten dragen. 'Onzin. Pas eens.' Dat deed ik en hij stond me prachtig.

Laurence deed de deur open en zei: 'Wauw.'
'Denk je dat ze het mooi zal vinden?'
'Het doet er helemaal niet toe of zij het mooi vindt of niet.'
Ik hoopte dat hij gelijk had. We hadden afgesproken om samen naar Avalon te gaan. Laurence reed. Hij was erg stil tijdens de rit.
'Oké, geef me dan in elk geval wat tips,' zei ik.
'Nee. Ik wil niet dat je doet alsof. Probeer alleen niet te vloeken,' zei hij glimlachend.
'Zoals Helen, bedoel je?' We lachten.
Toen we de lange oprit naar het huis op reden, hield ik mijn adem in. Aan de voorkant zag het eruit als een landhuis, maar toen we om het huis heen reden om de auto naast een garage te parkeren, zag ik dat het twee keer zo diep was als breed.
'Mijn god.'
'Het is gewoon een huis, hoor.' Hij kneep even in mijn hand.
'Maar het is...'
'Gewoon een huis,' fluisterde hij. Hij legde een vinger tegen mijn lippen en ik drukte er een kus op.

Achter een van de ramen zag ik een gedaante, die in beweging kwam toen we om het huis heen naar de voordeur wandelden. Ze was er eerder dan wij en hield de deur wijd open.
'Welkom, welkom!'

Ze zag er bijzonder stijlvol uit. Ik was tijdens opdrachten oudere modellen tegengekomen die ongeveer van dezelfde leeftijd waren als Laurence' moeder, maar de jaren waren bijzonder vriendelijk voor mevrouw Fitzsimons geweest. Ze had hooguit een paar grijze haren bij haar slapen en een paar vage rimpeltjes om haar helderblauwe ogen. Ze was lang en slank, en haar schouders waren maar een beetje gebogen. Ze droeg een jurk van zwart kasjmier en een lange parelketting.

Ze glimlachte naar me. 'Ik ben zo blij dat ik je eindelijk ontmoet, Karen. Je bent echt een plaatje om te zien!'

Hoewel Laurence recht achter me stond, kon ik zijn opluchting voelen.

'Aangenaam, mevrouw Fitzsimons.' Ik overhandigde haar een doos Milk Tray-chocolaatjes.

'Och, dank je, lieverd. En zeg alsjeblieft Lydia. Laurence, je had me verteld dat ze mooi was, maar je bent adembenemend, lieverd. Werkelijk adembenemend.'

'Hallo, mama.'

Ze omhelsde eerst Laurence en daarna ook mij hartelijk, ook al waren haar armen mager en knokig. Toen nam ze ons mee naar binnen. Ik had nog nooit van mijn leven zo'n huis vanbinnen gezien. Voor mijn werk was ik weleens in een herenhuis geweest en daar deed Avalon me een beetje aan denken. Naast de statige trap hing een kristallen kroonluchter, en hoewel het huis hier en daar wat slijtage vertoonde, was het veel imposanter dan ik me had voorgesteld. Ik probeerde te bedenken wat pa en ma zouden zeggen als zij nu hier waren geweest. Ik dacht niet dat zij zich ooit op hun gemak zouden voelen in een dergelijke omgeving. Ik vroeg me af hoe Lydia hen zou hebben ontvangen, maar tegen mij was ze in elk geval erg aardig. Ze complimenteerde me met mijn haar en mijn jurk en schonk een glas gin-tonic voor me in. Ik was blij met het drankje, want ik wist dat ik ondanks Lydia's hartelijke ontvangst waarschijnlijk een paar ongemakkelijke vragen over mijn achtergrond zou moeten beantwoorden. Laurence had gezegd dat ik gewoon eerlijk moest zijn, maar bekende wel dat hij niet had verteld dat ik getrouwd was. 'Misschien kunnen we dat beter voor een andere keer bewaren, oké?'

Laurence en zij praatten over zijn werk en zijn plannen voor de cottage, die op haar goedkeuring konden rekenen. Ze zei dat hij er heel goed uitzag en loofde zijn nieuwe fitnessregime. Ze knikte naar mij. 'Het is wel duidelijk dat Karen een goede invloed op je heeft.'

Toen ze naar de keuken liep, bood ik aan om mee te gaan en te helpen, maar ze hief afwerend haar handen op. 'Niet nodig, ik heb alles onder controle. Maak je over mij maar geen zorgen. Misschien wil Laurence je het huis laten zien.'

Laurence nam me vanuit de woonkamer mee door de gang, langs de eetkamer, de ontbijtkamer, de speelkamer, de bijkeuken, de garderobe en de bibliotheek. Daarna pakte hij mijn hand en leidde hij me de trap op.

'Op een dag zal dit allemaal van jou zijn,' fluisterde hij.

Ik stootte hem aan en we lachten. Ik zag de slaapkamer waarin hij het grootste deel van zijn leven had geslapen. Een mannenkamer, spaarzaam en praktisch ingericht, ondanks de kroonlijsten langs het plafond en de enorme open haard. Ik wierp een blik op het uitzicht op de brede laan tussen de kale bomen en probeerde me voor te stellen hoe het moest zijn om in deze luxe op te groeien. Zou Annie dan ook zo onstuimig zijn geworden? Ik verjoeg de gedachte snel uit mijn hoofd.

Op de hoek van de overloop stond een oud hobbelpaard. 'Daar mocht ik nooit mee spelen. Ik ben vergeten waarom. Misschien was het te teer,' zei hij.

Uit respect voor haar privacy gingen we de slaapkamer van zijn moeder niet in, maar de andere drie slaapkamers en het kabinetje – 'Daar sliep in mama's jeugd de dienstmeid' – waren prachtig van vorm, ook al lagen er overal kapotte meubelstukken, boeken en dozen, bedekt met een laag stof. Naast Lydia's slaapkamer bevond zich een grote lege ruimte met een spiegelwand en een barre. Ik kon mijn verbazing niet verbergen.

'Ja, toen mama jong was, deed ze aan ballet. Ze oefent nog steeds elke dag.'

Geen wonder dat ze er zo goed uitzag.

'Zou je me de tuin willen laten zien?' vroeg ik. Ik tuurde door een raam en probeerde door mijn eigen weerspiegeling heen te kijken.

'Een ander keertje misschien. Nu is het te koud en te donker.'

Lydia riep ons vanuit de gang om te zeggen dat het eten klaar was. Laurence greep me vast en kuste me op de mond. Toen renden we naar beneden.

Ik schrok toen ik de gedekte tafel in de eetkamer zag. We zaten met ons drietjes aan het ene uiteinde van een lange tafel, met Lydia aan het hoofd, tussen Laurence en mij in. Ik had etiquettelessen gevolgd voor Yvonne, maar er waren veel te veel vorken en messen, en ik kon me niet herinneren welk toastbordje ook alweer van mij was. Laurence merkte mijn verwarring op en zei geluidloos: 'Volg mijn voorbeeld maar.'

Lydia vroeg Laurence om de lamsschouder te snijden, en zij en ik gingen zitten.

'Het is er natuurlijk niet het juiste seizoen voor, dus ik ben bang dat het uit de vriezer van de supermarkt komt. Ik hoop dat je van lamsvlees houdt, Karen.'

'Ja, hoor. Het is vast heerlijk.'

Tijdens het eten zag ik dat Laurence zich langzaam ontspande. Ik kon Lydia niet één keer op snobistisch gedrag betrappen en zag ook geen spoor van haar beruchte neurose. Ze was de hele avond vriendelijk, charmant en gezellig. Misschien was dit een van haar goede dagen, of misschien paste ze iets meer op haar tellen na haar recente ruzie met Laurence. Of misschien had hij haar toestand en gedrag enorm overdreven. Tegen mij was ze in elk geval erg aardig.

'Ik heb begrepen dat jullie elkaar hebben leren kennen doordat jouw vader een uitkering ontving van het bureau waar Laurence werkt. Dat is interessant. Van wat ik op televisie zie, lijkt iedereen elkaar tegenwoordig te ontmoeten in smakeloze nachtclubs.'

'Karen houdt niet van nachtclubs,' merkte Laurence op.

'Heel verstandig,' zei ze glimlachend.

'Mijn vader krijgt niet langer een uitkering. Hij heeft een paar maanden geleden een nieuwe baan gevonden.'

'O, maar dat is geweldig. Wat voor baan?'

'Facilitair servicemedewerker bij een ziekenhuis.'

Ik zag dat Laurence verstijfde.

'Echt waar? Dan moet hij wel een erg lieve, zorgzame man zijn als hij dat soort werk doet. Ik vind het bewonderenswaardig. Vind je ook niet, Laurence?'

'Hij is erg aardig, mam. Je zult hem wel een keer ontmoeten.' Laurence glimlachte naar zijn moeder en ze legde haar hand op die van hem, vermoedelijk om hem gerust te stellen.

Terwijl ze onze wijnglazen volschonk en de borden naar de keuken bracht, waarbij ze weer alle hulp wegwuifde, zei ik tegen Laurence: 'Ik weet niet waar jij je zo druk om maakt. Ze is geweldig.'

'Ik weet het. Ik kan het bijna niet geloven. Ze gedraagt zich echt voorbeeldig.'

Lydia kwam de kamer weer in. 'Wat suf van me. Ik ben vergeten een extra fles wijn te kopen. Het stond op mijn boodschappenbriefje en ik bedenk nu pas dat ik het niet heb doorgestreept. Het spijt me heel erg.'
'Het geeft niet, mam. We hebben genoeg gehad.'
'O, maar het leek me juist heerlijk om met een lekker glaasje in de woonkamer naar Karens reisverhalen te luisteren. Ik was van plan om Italiaanse wijn te halen, om jullie aan Rome te herinneren.'
Laurence en ik keken elkaar even aan.
'Ik ben niet dom, lieverd. Maar goed, misschien put ik wel inspiratie uit Karens reizen om zelf ergens naartoe te gaan.'
Ik bood aan om naar de dichtstbijzijnde drankwinkel te gaan, maar daar wilde Lydia niets van weten. Toen stelde ik voor dat Laurence zou gaan, maar hij voelde er weinig voor.
'Alsjeblieft, Laurence. Ik wil je moeder dolgraag over Parijs en Milaan vertellen. Volgens mij zal ze vooral Parijs enig vinden.'
Hij weifelde even, maar stemde er toch mee in. 'Ik kom zo snel mogelijk terug.'
Zijn moeder keek hem glimlachend aan. 'Lieverd, je hoeft echt niet bang te zijn. Ik vind haar een schat! Wil je kijken of je een chianti kunt vinden?'
Toen Laurence weg was, stond ze toe dat ik haar hielp in de keuken. Ik droogde een paar schalen af en intussen kletsten we verder.
'Kijk eens naar buiten. Zie je dat? Toen ik klein was, lag daar een grote siervijver.'
Ik drukte mijn gezicht tegen het glas en kon net een stenen verhoging in het gras ontwaren met een klein stenen voorwerp erop. 'Wat is dat?' vroeg ik.
'Het is een oud vogelbadje dat vroeger in de vijver stond.

Een jaar of vijf, zes geleden bedacht Laurence opeens dat hij een verhoging wilde maken, met cement eroverheen. Geen idee wat die jongen bezielde. Daarvoor had hij nooit belangstelling getoond voor de tuin, maar hij liet zich er door niets en niemand van afbrengen. Het was nog in de winter ook, rond deze tijd van het jaar, als ik me niet vergis. Ziet het er niet vreemd uit?'

Ik lachte en beaamde dat het er inderdaad vreemd uitzag. 'En het gekke is dat hij vanaf het moment dat het klaar was bijna geen voet meer in de achtertuin heeft gezet.'

We gingen naar de woonkamer en namen in de gloed van de open haard plaats in zachte leunstoelen. Op de hoeken rafelden ze een beetje, maar je kon zien dat de stof duur was geweest.

'Zou je het leuk vinden om kinderfoto's van Laurence te zien?'

Ik antwoordde bevestigend en Lydia kwam met een paar in leer gebonden fotoalbums op de armleuning van mijn stoel zitten. Ze sloeg de bladzijden om en merkte op dat hij een schattige baby was geweest. Hij was inderdaad erg snoezig, zwaaiend naar de camera met zijn lepel of onder een tafel vandaan kruipend. Op een van de foto's was hij een jaar of vijf en droeg hij een hoed die veel te groot voor hem was.

'Dat was de gleufhoed van zijn opa. Laurence had hem heel vaak op, ook toen hij groter was. Hij was er erg aan gehecht. Ik zal hem eens vragen wat ermee is gebeurd. Ik heb die hoed al een jaar of zes niet meer gezien. Tja, ze zijn tegenwoordig natuurlijk uit de mode.'

Lydia sloeg weer wat bladzijden om en ik hapte naar adem bij de aanblik van een foto van een erg dikke Laurence, die samen met Lydia naast een donkerblauwe vintage Jaguar stond. Ik kende elk type en model Jaguar uit die

periode. Ik zorgde dat mijn stem kalm klonk. 'Waar is die foto genomen? Van wie was die auto?'
'Dat was de auto van mijn man. Een Jaguar sedan uit 1957. God mag weten hoeveel geld hij erin heeft gestoken om dat ding op de weg te houden voor Laurence.'
'Voor Laurence?'
'Jazeker. Toen Laurence zeventien was, smeekte hij Andrew om hem te leren autorijden. Laurence was echt geobsedeerd door die oude auto. Ze hebben er enorme ruzies over gehad. Laurence had indertijd niet eens een rijbewijs. Heeft hij je dat niet verteld? Nadat Andrew was overleden, heeft hij hem op een dag zomaar ineens verkocht, alsof hij er helemaal niets om gaf. Misschien moet ik je waarschuwen. Laurence is weliswaar een schat, maar hij heeft zo zijn eigenaardigheden!' Ze keek me lachend aan. 'Je had hem moeten zien, achter het stuur van die auto met de oude hoed van zijn opa op zijn hoofd. Het was ontzettend grappig!'

Ik had na mijn gin-tonic maar één glas wijn gehad, maar voelde me nu warm en koud, verward en misselijk.

Dat ontging Lydia niet. 'Voel je je niet lekker, lieverd? Je ziet erg bleek. Zal ik een glas water voor je halen?'

Er is niets aan de hand, hield ik mezelf voor. Het was logisch dat Laurence me niet had verteld dat hij in die auto had gereden of zo'n hoed had gedragen. Hij wist dat ik daarvan zou schrikken. Ik vermande me.

Lydia kwam terug met een glas water en een kartonnen doos. 'Alsjeblieft, lieverd. Drink maar lekker op. Weet je zeker dat er niets aan de hand is?'

'Ja hoor. Een lichte hoofdpijn, meer niet.'

'Ik heb deze spullen gevonden op een oud bergplekje in Laurence' slaapkamer. Het is waarschijnlijk oude troep, maar misschien wil hij ze wel meenemen naar de cottage.'

Ze zette de doos op mijn schoot en verliet de kamer weer om de kolenkit bij te vullen.

Er zaten foto's in, met de achterkant naar boven gedraaid. Toen ik ze voorzichtig omkeerde, zag ik dat ze van mij waren. Ik voelde me iets beter. Hoewel het niet hoorde, snuffelde ik verder in de doos. Ik vond foto's van mij die uit tijdschriften waren geknipt, met daaronder vergeelde krantenknipsels. Ik haalde ze eruit en vouwde ze open. Ze kwamen me misselijkmakend bekend voor. De knipsels waren gedateerd van november en december 1980. Allemaal artikelen over de verdwijning van mijn zus. Laurence was wel heel grondig geweest in zijn zoektocht. Opeens hield ik op met lezen. Hoe was hij hieraan gekomen? Ik had hem pas vorig jaar ontmoet. Er klopte iets niet. Toen viel mijn blik op iets anders. Een in vloeipapier verpakt luciferdoosje. Ik trok het met trillende handen open, zonder enig respect voor Laurence' privacy.

Ik draaide het kapotte naamarmbandje om. Daar stond het: MARNIE. Het ene uiteinde was afgebroken, maar ik zag de donkerrode vlek op de sluiting, die Annie daar had achtergelaten toen ze het op de dag dat ik het haar gaf had opgepakt voordat haar nagellak droog was.

Ik sprong op van mijn stoel en alle spullen vielen op de grond. Ik probeerde alle gedachten die door mijn hoofd suisden te rationaliseren, maar Laurence kon dat armbandje echt alleen van Annie hebben gekregen. Hij had de auto, hij had de hoed en het armbandje, en hij had krantenartikelen over haar uitgeknipt. Terwijl de radertjes in mijn hoofd op volle toeren draaiden, kwam Lydia terug, maar ik verstond niet wat ze zei, kon alle bewijzen om me heen niet geloven. Ik probeerde me te herinneren hoe hij in ons leven was gekomen. Lang voordat ik Laurence ontmoette, had pa me al verteld over een man op het uitkeringsbureau die extra goed voor hem zorgde. Hij had die brieven namens Annie niet geschreven om ons rust te schenken, maar om ons op een dwaalspoor te zetten.

Annies moordenaar was niet dood. Laurence had haar vermoord. Laurence had mijn zus vermoord. Ik wurmde me langs Lydia heen, rende naar de voordeur en sprintte over de oprit naar de poort. Toen ik bij het hek aankwam, reed Laurence net naar binnen. Ik bleef abrupt staan.

'Waar ga je naartoe? Wat is er gebeurd? Is er iets?'

Ik kwam weer in beweging en rende zo hard mogelijk weg. Hij sprong uit de auto, riep me na en begon ook te hollen, maar hij woog nog steeds vrij veel en het lukte hem niet om me in te halen. Ik rende tot ik hem niet meer zag, dook toen de eerste de beste telefooncel in en belde het alarmnummer.

26

Lydia

Laurence smeet me dwars door de kamer. Ik heb nooit geweten dat hij zo opvliegend was. Dat had hij zeker van Andrew.

Hij kwam het huis in stormen, buiten adem en met een knalrood gezicht. Ik had de inhoud van de doos opgeruimd en weggeborgen, samen met het fotoalbum.

'Wat heb je gedaan? Wat heb je tegen haar gezegd?'

'Ik moet je waarschuwen dat je waarschijnlijk binnen afzienbare tijd wordt gearresteerd, Laurence.'

'Wat? Waar heb je het over? Karen is doodsbang! Ze is voor me weggevlucht. Wat is er gebeurd?'

'Je had me niet in de steek moeten laten. Ik heb je vaak genoeg de kans gegeven om terug te komen naar huis, maar je verkoos de zus van die sloerie boven mij.'

Hij was buiten zichzelf van boosheid en gromde knarsetandend tegen me: 'Wat heb je tegen haar gezegd?'

'Ik heb het niet met zoveel woorden tegen haar gezegd, maar ik heb haar het bewijs laten zien.'

'Wat voor bewijs?'

'Het bewijs dat jij haar zus hebt vermoord.'

'Maar... dat heeft papa gedaan. Samen met jou.' Hij schudde zijn hoofd. 'Dat zou je nooit doen. Het slaat ook helemaal nergens op. Dat gelooft ze toch niet.'

'Jij hebt Annie Doyle vermoord. Ik heb mijn best gedaan om je te beschermen, maar dat gaat nu niet meer.'

'O, mijn god, je bent hartstikke gestoord!'

'Er zijn genoeg bewijzen en Karen heeft alles gezien.'

'Waarom doe je dit? Wat voor ziek spelletje speel je nu weer?'

'Het is geen spelletje. Het moederschap is nooit een spelletje geweest. Je hebt me afgewezen, ook al wist je hoezeer je me daarmee kwetste. Je hebt haar verkozen boven mij. Ik kan met je doen wat ik wil en ik kies ervoor om je de gevangenis in te laten draaien.'

'In jezusnaam, mam, je slaat wartaal uit! Wat heb je precies tegen haar gezegd?'

'Ik heb haar de foto laten zien van jou naast papa's oude auto. Ik heb haar verteld dat je er op je zeventiende al in reed.'

'Dat is niet waar. Je hebt me jaren later pas leren rijden.'

'Wat ben je toch vergeetachtig, lieverd. Je vader heeft je in de Jaguar leren autorijden. Dat wilde je per se.'

Laurence rukte aan de kraag van zijn overhemd en leunde tegen de piano om niet te vallen.

'En de foto van jou als baby, met opa's hoed op. Ik heb haar verteld hoe gek jij altijd op die hoed was, tot hij… even denken, hoor… een jaar of zes geleden opeens weg was.'

'Dat is gelogen! Ik heb dat ding nooit gedragen!'

'Je hebt een selectief geheugen. Ik heb haar alle krantenknipsels, vieze verhalen en dat goedkope prul van een armbandje gegeven die jij in het gat achter je bureau had verstopt. Karen herkende het meteen. En tijdens jouw afwezigheid heb ik haar ook de graftombe laten zien die je in de achtertuin hebt gebouwd.'

Hij ging door het lint en stormde spugend met een rood gezicht op me af. Hij smeet me letterlijk dwars door de kamer. De salontafel brak mijn val, maar ik wist meteen dat er iets met mijn pols was. Toen hoorden we de sirenes. Ik keek hem nijdig aan, de ondankbare snotaap voor wie ik mijn hele leven had opgeofferd.

Ik zei heel zacht: 'Je had me moeten gehoorzamen. Nu trouw ik waarschijnlijk met Malcolm. Je laat me geen andere keus. We zullen elkaar ongelukkig maken, maar hij zal me nooit verlaten. Daar is hij het type niet voor.'

Opeens leek alles in slow motion te gaan, en het was alsof ik terugging in de tijd. Laurence werd nog roder, ademde hortend en stotend, en staarde verwilderd om zich heen. Hij klauwde naar zijn borst en viel op de grond. Net als zijn vader. Er scheen een blauw zwaailicht door het raam naar binnen en er werd op de deur gebonsd. Ik liet de politie binnen en krijste dat ze een ambulance moesten bellen. Laurence' ogen waren in zijn hoofd weggedraaid, net zoals die van Annie, en zijn lichaam was helemaal slap, net zoals dat van Diana. Ik was hysterisch. Ik was te ver gegaan, net als bij Diana.

Toen de ambulance arriveerde, mocht ik met Laurence meerijden naar het ziekenhuis. Terwijl ik de steile trap op werd geholpen, zag ik Karen huilend op de achterbank van een van de politieauto's zitten die overal op ons gazon stonden.

Uiteindelijk heb ik dus mijn zin gekregen. Mijn zoon zal voorgoed bij me in huis blijven wonen. Hij zal me nooit meer tegenspreken en hij zal doen wat hem wordt gezegd. De hartaanval die hij heeft gehad, heeft de zuurstoftoevoer naar zijn hersens afgesneden. Dat betekent dat hij nu geestelijk een kind is en fysiek een tikje beschadigd. Zijn mond hangt open en zijn voeten staan naar binnen gedraaid. Het personeel in het revalidatiecentrum was op de hoogte van zijn misdaad en behandelde hem nogal hardhandig. Ik was degene die ervoor zorgde dat hij zijn dagelijkse oefeningen deed. Ik heb de controle over alle aspecten van zijn leven en hij verzet zich niet tegen me.

Hij is mijn kind weer, dus ik hoefde niet meer met Malcolm te trouwen, want ik ben niet langer alleen. Laurence blijkt de zwakke bloedvaten van zijn vader en grootmoeder te hebben geërfd, ook al zeiden de artsen later dat de hoeveelheid Phentermine in zijn lichaam en zijn snelle gewichtstoename en -verlies ook zeker hadden bijgedragen aan zijn hartstilstand.

De politie drong mijn huis binnen en ik werd urenlang ondervraagd. Ze vonden al het bewijsmateriaal dat op Laurence' schuld duidde, en ze groeven de vijver uit, zoals ik had kunnen vermoeden, en troffen daar de stoffelijke resten van Annie Doyle aan. Ik mocht mijn huis niet in zolang de forensisch onderzoekers alles uitkamden, maar bracht tijdens de mediastorm mijn dagen door in het ziekenhuis en mijn nachten bij Malcolm.

PROSTITUEE VERMOORD DOOR SCHOOLJONGEN

MOORDVERDACHTE KRIJGT HARTAANVAL TIJDENS ARRESTATIE

TOPMODEL KAREN FENLON WAS GOEDE BEKENDE VAN DE MAN DIE WORDT VERDACHT VAN DE MOORD OP HAAR ZUS

Haar achternaam was Fenlon. De achternaam van haar echtgenoot. Ze heeft nooit recht gehad op mijn Laurence. De brutaliteit van dat mens om te denken dat ze mijn zoon kon inpalmen, met haar onbeschaafde accent en afschuwelijk slechte tafelmanieren. Al haar foto's uit de bladen werden opnieuw afgedrukt, nu naast schreeuwende krantenkoppen: ZUS VAN VERMOORDE PROSTITUEE.

Vanwege Laurence' medische toestand kon hij onmogelijk terechtstaan. Daardoor konden de kranten hem niet bij naam noemen. Maar Dublin is zo'n kleine stad dat iedereen die er ook maar iets toe deed binnen enkele dagen wist dat Laurence de verdachte was. Ik moest in die tijd continu op mijn hoede zijn. Ik verafschuwde publiciteit, maar ik realiseerde me dat als ik weer in de inrichting belandde, als ik gedwongen werd opgenomen, Finn en Rosie gevolmachtigd zouden worden en Avalon zouden verkopen, dus ik moest gefocust blijven en helder nadenken. Malcolm hield me op de been.

Iedereen was in shock. Niemand van Laurence' collega's had hem ooit tot zoiets in staat geacht. Gek genoeg was Helen ontroostbaar. Ze kwam een paar keer bij me langs, in de hoop erachter te komen hoe hij dit voor haar verborgen had kunnen houden, zoekend naar iets wat het goedpraatte. Ik huilde bittere tranen met haar, maar vertelde haar dat Laurence af en toe last had gehad van agressieve buien. Tijdens onze laatste confrontatie had ik mijn pols gebroken, dus ik had voldoende bewijs om mijn bewering te staven. Helen had uitgerekend dat ze ten tijde van Annies verdwijning verkering met Laurence had gehad. Ze had niet in de gaten dat zij zijn alibi was, omdat niemand ooit het precieze tijdstip of de precieze datum van Annies dood kon vaststellen.

Karen Fenlon schijnt haar modellencarrière te hebben opgegeven en te zijn teruggegaan naar haar man, die zo dom was om haar terug te nemen.

Drie maanden na Laurence' hartaanval kreeg ik toestemming om naar Avalon terug te keren. Ik was dagenlang in de weer met het wissen van alle sporen die het politieonderzoek in mijn huis had achtergelaten. Malcolm maakte de vijver weer dicht en plantte er rozenstruiken op. Laurence werd onder mijn toezicht gesteld. Hij kon nog een beetje praten, maar was bijzonder gezeglijk. Hij zou nooit meer kunnen lezen of schrijven, zou nooit meer voor zichzelf kunnen zorgen. Hij had hulp nodig bij het eten, maar kon wel zelf naar het toilet en ook aankleden lukte hem grotendeels nog. Hij brabbelde onzinnige dingen, maar kende het woord 'mama' en wees als hij iets nodig had.

Malcolm bleef nog maandenlang in de buurt en probeerde me te troosten. Hoewel hij dagelijks te maken had met mentale instabiliteit, vond hij een geestelijke handicap gelukkig moeilijker om mee om te gaan, en uiteindelijk verdween hij uit ons leven, behalve als ik hem nodig had voor mannenklussen in en om het huis.

Omdat Laurence volgens de wet wilsonbekwaam was kon ik de cottage op mijn naam laten zetten. Ik verkocht hem meteen. We zouden geruime tijd van de opbrengst moeten leven. We konden het geld niet verkwisten. De arbeidsongeschiktheidsuitkering die de overheid ons betaalde voor Laurence en mijn weduwepensioen zorgden ervoor dat we geen honger hoefden te lijden. Na een tijdje was Helen de enige die ons nog kwam bezoeken, afgezien van zo nu en dan een maatschappelijk werker. Maar meestal zijn Laurence en ik alleen. Volgens mij begrijpt hij niet veel, maar ik tref hem wel heel vaak aan in de keuken, waar hij door het raam naar buiten staart. Dan vraag ik hem waar hij naar kijkt, maar hij antwoordt niet en tuurt met een lege blik voor zich uit.

DEEL 3
2016

27

Karen

Ik was indertijd zo overstuur dat ik niet op mijn eigen oordeel durfde te vertrouwen. Ik had er in alle opzichten naast gezeten. Dessie was ongelooflijk lief voor me. Hij bood me een schouder aan om op uit te huilen en beloofde me dat alles goed zou komen. Pa en ma waren diep geschokt. Laurence had hen ook om de tuin geleid, vooral pa. Ma denkt dat Laurence mij waarschijnlijk ook wilde vermoorden, maar dat zullen we nooit zeker weten.

Als ik terugdenk aan de nachten die ik met hem heb doorgebracht, kan ik de haren wel uit mijn hoofd rukken. Soms doe ik dat ook. De politie waarschuwde ons om uit de buurt van Avalon te blijven toen Laurence uit het ziekenhuis kwam. Ik wilde er nooit meer naartoe, maar pa had hem graag in elkaar geslagen. Ik ben nog steeds woest omdat hij er zonder straf van af is gekomen. Laurence heeft mijn zus vermoord, maar ik ben nooit te weten gekomen hoe of waarom. En ook al heeft hij een hersenbeschadiging, wat mij betreft is hij niet zwaar genoeg gestraft, want hij hoeft niet met zichzelf te leven, zoals ik.

Omdat ik in die tijd een publieke persoon was, kon Yvonne me niet beschermen tegen de media. Het huis van pa en ma werd belegerd, en op een of andere manier kwamen ze ook mijn appartement op het spoor. Ze mochten Laurence' naam niet gebruiken, maar die van Annie en mij wel, en ze drukten foto's van me af naast schreeuwerige krantenkoppen. Dessie bood me onderdak aan en ik ging met hem mee naar huis. In de eerste weken dronk ik om alles te vergeten. Ik was er niet best aan toe. De politieverhoren leken eindeloos te duren. Agent Mooney had ernaast gezeten met zijn vermoeden dat de moordenaar dood was, ook al konden ze de mogelijkheid dat Laurence' vader hem had geholpen niet helemaal afschrijven, ondanks Lydia's stellige verklaring dat hij nooit zoiets zou doen. Arme Lydia. Deze keer nam de politie het wel serieus, omdat er een man uit de middenklasse uit Cabinteely bij betrokken was.

Drie dagen nadat ik in de telefooncel de politie had gebeld, drong de betekenis van het tuinmonument dat Laurence had gebouwd tot me door. Mijn vermoedens bleken juist. De politie had het huis verzegeld en doorzocht alles. Ze vonden een paar verhalen in Laurence' handschrift waarin hij beschreef dat hij met Annie uitging en seks met haar had. Ik word nog steeds misselijk als ik eraan denk.

Het was nooit mijn bedoeling geweest om terug te gaan naar Dessie, maar hij was een rots in de branding en bereid me te vergeven. Door samen verder te gaan hoopte ik dat ik weer een normaal leven kon leiden en de klok kon terugzetten naar de tijd dat we gelukkig waren geweest. Volgens Yvonne zou de publiciteit na een tijdje wel overwaaien en zou ik mijn carrière weer kunnen oppakken, want op het vasteland van Europa was er nog steeds veel vraag naar me, maar het hele modellenwereldje kwam nu dwaas en onbeduidend op me over. Dessie zei dat het geld goed van pas zou komen, maar hij liet de beslissing helemaal aan mij over. Na verloop van tijd vond ik een baan op de schoenenafdeling van Arnotts. Dessie was nog net zo beschermend als voorheen, maar dat was precies wat ik toen nodig had.

In het begin deed hij zijn best om niets over mijn drankgebruik te zeggen.

We hebben een huis in Lucan en twee kinderen, Debbie en Stevie. Ik zou gelukkig moeten zijn. Ik zou het verleden moeten kunnen loslaten. Maar ik had nooit moeten teruggaan naar Dessie. Na een tijdje sloeg zijn beschermende gedrag om in intimidatie en dreigementen. Hij heeft me nooit meer geslagen, maar dat is ook niet nodig, want hij weet dat ik veel te bang ben om ooit nog bij hem weg te gaan. Hij wordt stapelgek van onze dochter. Ze was als tiener net zo wild als Annie en volgens hem was dat mijn schuld. Ik ging nog meer wijn drinken om alles buiten te sluiten. Stevie is een goede jongen. Hij is vrachtwagenchauffeur en gaat dit jaar trouwen. Ik heb niet echt een hechte band met hem. Dessie en Stevie zijn juist vier handen op één buik. En Debbie en Stevie ook. Ik word door iedereen buitengesloten.

Toen in de jaren negentig de schandalen over de tehuizen voor ongehuwde moeders en baby's in het nieuws kwamen, overwoog ik even om Marnie te gaan zoeken, maar Dessie ging over de rooie toen ik erover begon.

'Jezus christus, Karen. Weet je nog hoe je vorige zoektocht is afgelopen? Hoe dom ben je dan?'

Ik ben inderdaad dom. Een dwaas.

De enige die ik regelmatig spreek, is Helen. Ik weet eigenlijk niet waarom we nog steeds contact met elkaar hebben. We gaan ongeveer twee keer per jaar samen naar een pub en herkauwen dan het hele verhaal, als oude soldaten die samen hun tijd aan het front herbeleven. Helen is tegenwoordig farmaceutisch vertegenwoordiger en voor de tweede keer getrouwd, met een *lab technician*. Ze heeft geen kinderen. We mogen elkaar nog steeds niet echt, maar zijn door onze ervaring met Laurence Fitzsimons voorgoed met elkaar verbonden.

Ze gaat nog steeds langs bij Avalon. Ik snapte niet waarom ze dat doet, maar ze heeft me verteld dat Lydia haar in het begin betaalde om boodschappen te doen, schoon te maken en te helpen met de verzorging van Laurence. Helen zegt dat het moeilijk is om Laurence als een moordenaar te zien wanneer ze hem wast en hem zijn eten voert. Ik vind het moeilijk om hem als iets anders te zien. Sinds een paar jaar bewonen Laurence en zijn moeder nog maar drie kamers op de begane grond. Lydia is door haar geld heen, alles van waarde is verkocht en ze kan Helen niet langer betalen.

'Waarom blijf je hen dan helpen?' vroeg ik haar onlangs.

'Vanwege het huis!' antwoordde ze triomfantelijk.

Ze bekende dat ze het officieel op papier heeft laten vastleggen. Een jaar of tien geleden heeft ze een deal gesloten met Lydia. Lydia heeft een testament laten opmaken waarin ze het huis aan haar nalaat, op voorwaarde dat Helen elke week de boodschappen komt brengen en alle andere zaken die nodig zijn. De afspraak houdt in dat Lydia daar tot haar dood kan blijven wonen. Lydia en Laurence komen nooit meer buiten. Volgens Helen is Avalon inmiddels miljoenen waard, ook al is het slecht onderhouden, en ik heb geen reden om aan haar woorden te twijfelen.

Ik heb vaak medelijden met mezelf en ik zou echt moeten stoppen met drinken, maar degene met wie ik het meeste medelijden heb, is Lydia. Hoe zou het voelen om de moeder en fulltimeverzorger van een moordenaar te zijn? Ze moet inmiddels ruim in de tachtig zijn. Helen zegt dat ze aan dementie lijdt. Dat zal beslist een zegen voor haar zijn.

28

Lydia

Ik weet niet meer of ik Laurence vandaag al te eten heb gegeven. Hij huilt heel veel en we hebben het erg koud.
 Enkele jongens hebben stenen door onze ramen gegooid. Wanneer was dat ook alweer? Ik heb de man gebeld die zo gek op me is, maar ik denk dat zijn telefoon het niet meer doet. Papa zal heel boos zijn wanneer hij thuiskomt en de glasscherven ziet.
 Ik lig onder een deken op de bank. Een gesprongen veer prikt pijnlijk in mijn ribben.
 Dat meisje... Helen... Zo heet ze, nu weet ik het weer! Ze is geen meisje meer, zij is de vrouw die altijd kwam. Soms neemt ze kolen mee als ze met haar auto de boodschappen komt brengen. Maar vandaag is het heel koud en ik kan de lucifers niet vinden. Diana heeft ze afgepakt. Ze zegt dat we niet met lucifers mogen spelen.
 Andrew zegt dat ik moet zorgen dat Laurence ophoudt met huilen. Misschien komen zijn tandjes door. Ik heb hem in de tuin gezet en hem vastgebonden aan de regenpijp, zodat hij niet kan weglopen.
 Mama roept me naar binnen voor het eten. Ik vind haar parfum lekker ruiken. Ik volg de geur naar binnen.
 Buiten is het donker. Ik hoor hem nog steeds huilen.

Dankwoord

Mijn grote dank gaat uit naar mijn agenten: Marianne Gunn O'Connor, voor haar trouw en vriendelijkheid, en Vicki Satlow, die me met grote zorg in de beste internationale handen heeft geplaatst.

Ook wil ik graag mijn redacteur, Patricia Deevy, bedanken voor haar intelligente input en voor het feit dat ze me voor verschillende valkuilen heeft behoed.

Verder een bedankje voor mijn maatjes bij Penguin Ireland: Michael McLoughlin, Cliona Lewis, Patricia McVeigh, Brian Walker, Carrie Anderson en Aimée Johnston, die er met z'n allen voor hebben gezorgd dat dit boek in jullie handen is terechtgekomen.

Daarnaast alle lof voor het fantastische team bij Penguin UK: Stephenie Naulls, Rose Poole, Keith Taylor, Holly Kate Donmall en Sam Fanaken, die er verantwoordelijk voor zijn dat ik belezen overkom en dat jullie over dit boek hebben gehoord. Dank je wel, Caroline Pretty, voor je indrukwekkende oog voor detail en chronologie. Dank je wel, Leo Nickolls, voor het adembenemende omslagontwerp. En dank je wel, Catherine Ryan Howard, mijn social media-expert.

Ook wil ik graag het Irish Writers' Centre en het Tyrone Guthrie Centre uit de grond van mijn hart bedanken voor hun steun in de vorm van de Jack Harte-studiebeurs, die me de tijd en ruimte bood om aan dit boek te werken.

Eveneens een vorstelijk bedankje voor Judith Gantley van de Princess Grace Irish Library in Monaco, voor haar bijzondere behandeling, waaraan ik best zou kunnen wennen.

De volgende mensen ben ik enorm dankbaar voor hun specialistische hulp: dr. Marie Cassidy, patholoog van het ministerie van justitie, voor haar uitleg over in staat van ontbinding verkerende lijken (!); Anne O'Neill, farmaceut, voor haar bijdrage over medicijnen; mijn zus, dr. Mary Nugent, educatief psycholoog, en mijn broers, Peter Nugent en Michael Nugent, juristen, voor hun feedback over respectievelijk dyslexie en juridische kwesties; dr. Eileen Conway, die haar dissertatie over adoptie schreef; Yvonne Woods, communicatiemedewerker van het Free Legal Advice Centre; Richard Walsh, neuroloog; Peter Daly, FCA, accountant; Joe McGloin van het Department of Social Protection; en ten slotte Barry McGovern en Donna Dent, omdat ze Oliver en Moya tot leven hebben gebracht.

Voor hun expertise op diverse andere vlakken: Gillian Comyn, Benjamin Dreyer, Rachel O'Flanagan, Isibéal O'Connell, Declan Paul Reynolds, Finian Reilly en Donald Clarke.

En voor hun aanmoedigingen: Sam Eades, Rhian Davies, Rick O'Shea, Maureen Kennelly, Sophie Hannah, Marian Keyes, Sinead Gleeson, Sinead Desmond, Sue Leonard, Martina Devlin, Claire Hennessy, Aifric McGlinchey, Victoria Kennefick, Bert Wright, David Torrans, Frank McGuinness, Ryan Tubridy, het Kilkenny Arts Festival, de Roundstone Culture Night, het Belfast Book Festival, het Mountains to Sea Festival, de Airfield Writers Group, het Dromineer Literary Festival, het Sunday Miscellany, het Skibbereen Arts Festival, het Dalkey Book Festival, het Hay Festival Kells, het International Literature Festival of Dublin.

Voor het aanhoren van dit eindeloze geklets over mij: mama, papa, Peter, Grainne, Michael, Lucy, Paddy, Monica, Mary, Matt, James, Fiona, Jennifer, Gary, Elaine, Colm, Joanne, Alan, Davy, Jennifer, Julie, Patrick, Julie en John.

Ook een flinke berg liefde voor mijn almaar uitdijende vriendengroep, onder anderen: Brid, Maria, Rachel, Olivia, Grainne, Mike, Susie, Al, Aingeala, Frank, Philip, Margaret, Anne O', Anne M, Beta, Katherine, Susan, Nuala, Deirdre, Claudia, Clelia, Vanessa, Sinead M, Sinead C, Jane, Karen, Paul, Donna, Marian, Tara, Louise, Kate, Martina, Hilary, Lise-Ann, Jen, Angie, Alexia, Gillian, Megan, Fiona, Paraic, Donal, Tania en Grace.

Voor hun hartelijke ontvangst wil ik graag mijn dank uitspreken voor de geweldige groep lezers, schrijvers, bibliotheekmedewerkers, boekverkopers en bloggers die weten dat er echt altijd ruimte is voor meer verhalen.

En als laatsten, maar zeker niet de minsten, de schrijvers van de toekomst: Sophie Nugent, Robert Nugent en Mia Creamer.